Playa Soledad

MELANIA SEBASTIÁN

PLAYA SOLEDAD

ESPASA

Espasa, sello editorial de Editorial Planeta, S. A.
Avda. Diagonal, 662-664
08034 Barcelona

Primera edición: enero de 2023

Preimpresión: MT Color & Diseño, S. L.

Depósito legal: B. 21.710-2022
ISBN: 978-84-670-6760-6

Espasa, en su deseo de mejorar sus publicaciones, agradecerá cualquier sugerencia que los lectores hagan al departamento editorial por correo electrónico: sugerencias@espasa.es.

www.espasa.com
www.planetadelibros.com

Impreso en España/*Printed in Spain*
Impresión: Rodesa, S. A.

PEFC
PEFC/14-38-00305
Certificado PEFC
Este libro procede de bosques gestionados de forma sostenible y fuentes controladas
www.pefc.es

El papel utilizado para la impresión de este libro está calificado como **papel ecológico** y procede de bosques gestionados de manera **sostenible.**

A Cecilia y Miguel, por supuesto

La mojada
tarde me trae la voz, la voz deseada,
de mi padre que vuelve y que no ha muerto.

JORGE LUIS BORGES, *La lluvia*

1

Sofía Amoretti abrió los ojos y se incorporó, dándose por vencida. Nunca había conseguido dormir en un avión y esta vez no iba a ser diferente. Sacó un caramelo de nicotina del bolso y se lo metió en la boca.

Miró a su alrededor aburrida. Era noche cerrada, hacía rato que habían servido la cena y muchos pasajeros dormían. Su compañero de asiento había guardado la tableta y la prensa naranja, se había encajado unos auriculares de los caros sobre sus impecables canas y estaba viendo una película. Sofía estiró el cuello hacia su izquierda tanto como pudo, intentando adivinar cuál habría sido la elección. Por la pinta del caballero, habría apostado a que se trataba de una persecución de coches deportivos o de un cruce de mamporros entre americanos musculosos. Se encontró, sin embargo, con un primer plano de la irresistible sonrisa de Tony Soprano.

Nunca había encontrado una explicación convincente a su debilidad por Tony Soprano y sintió cierto alivio al comprobar que quizás fuera el actor, y no el personaje, quien le atraía. Aunque tampoco era fácil explicar qué era lo que podía gustarle de un tipo como Gandolfini. Sus mejores amigos no se cansaban de repetirle que una mujer de su edad y su posición debía interesarse por hombres en buen estado de forma, elegantes, educados, bien peinados, bien olientes y a ser posible con posibles, como el pijo que tenía al lado; pero, por alguna razón, esos hombres convenientes solo le provocaban ganas de bostezar.

El pijo pausó la película sin previo aviso, se quitó sus auriculares de diseño y se dirigió a ella con cierta arrogancia:

—*Enough said.*

Las palabras cogieron a Sofía desprevenida, en parte porque estaba prácticamente segura de que no había dicho nada inadecuado, al menos no en voz alta, y en parte porque creía que un tipo que se hacía un vuelo de ocho horas con camisa azul de vestir con las iniciales bordadas solo podía ser español, los pijos americanos son más de polo, pensó.

—*I beg your pardon?* —dijo ella en el inglés más relamido que supo entonar.

—Esta película —el pijo la sacó de dudas arrastrando las eses de su español nativo—, se llama *Enough said*. Le resultará más cómodo verla en su propia pantalla.

—Pues tiene usted razón —contestó Sofía a la vez que forzaba la más genuina de sus sonrisas falsas—. Menos mal que me lo ha dicho, porque estaba a punto de descoyuntarme.

El hombre volvió a empotrarse sus auriculares sin el menor interés por lo que Sofía tuviera que añadir. Ella borró su sonrisa, le dedicó un amplio bostezo y miró su reloj. Quedaba una hora y media para aterrizar en Madrid; en menos de una hora empezaría la retahíla de mensajes inútiles del comandante y su tripulación por la megafonía del avión, así que no daba tiempo a ver ninguna película. Aun así, la buscó: *Enough said*. Había oído hablar de ella, sabía que era la última película de Gandolfini, rodada justo antes de que al pobre le diera un infarto mortal en un hotel de Roma, pero no la había visto. El cartel le pareció interesante. Gandolfini se había dejado barba. Posaba sonriente, sentado en un bordillo junto a la chica de la película. Decidió ver el tráiler. Se trataba de una comedia romántica con argumento aparentemente simple: una mujer divorciada, que podría ser ella, tenía una historia de amor con un hombre divorciado, que podría ser Tony Soprano. La idea prometía. Volvió a ver el tráiler y lamentó no haber descubierto la película un par de horas antes.

Abrió el bolso y sacó lo que ella llamaba su cuaderno 3D. Hacía ya varios años que en la portada del cuaderno había escrito «Diario Darío Doria», de ahí lo de 3D. Darío Doria era su psicoanalista y Sofía utilizaba el cuaderno para anotar todo aquello que ella consideraba que debía recordar. Cada vez que salía de la consulta hacía alguna anotación. En muchas ocasiones, simplemente era la fecha y un breve «Nada relevante», pero también había sesiones en las que rellenaba páginas con sus notas sobre las conversaciones con Darío. Además, entre sesión y sesión anotaba ideas o pensamientos que consideraba que debía comentar a su analista, lo cual la ayudaba, o eso creía ella, a sacarle el máximo partido a la pasta que se dejaba todos los meses en terapia.

Abrió el cuaderno por la primera página en blanco y anotó: «¿Por qué me pone James Gandolfini?». Miró su frase, la tachó y en su lugar escribió: «¿Qué es lo que me atrae de Tony Soprano?», pero también tachó esa versión y la sustituyó por: «¿Me gusta James Gandolfini o Tony Soprano?».

La serie *Los Soprano* era uno de sus temas de conversación recurrentes. Había tantos argumentos sobre la razón de su éxito como devotos de la serie, y ella seguía pensando que había algo más que aún no se había dicho. Era fácil comparar a Tony Soprano con Vito Corleone, pero ella veía más diferencias que similitudes entre ambos mafiosos, y lo que le interesaba eran precisamente esas diferencias. Se sentía identificada con esa debilidad del hombre poderoso que tiene los mismos miedos que tenemos todos y va semana tras semana a la consulta del psicoanalista aunque no crea en el psicoanálisis. Pero lo grave era que además de identificada, se sentía atraída por él, por un asesino despiadado al que racionalmente detestaba, o quizás solo se sentía atraída por Gandolfini, un tipo gordo, calvo, torpe y encima muerto. Volvió a fijarse en el cartel de la película. Había pocas miradas capaces de transmitir tanta ternura como la de Gandolfini, eso era indudable. Abrió de nuevo su cuaderno 3D y anotó: «La ternura es un bien escaso».

El avión aterrizó puntual. Sofía calculó que, estando en la terminal 4, quedaban unos cuarenta y cinco minutos para que su maleta saliera por la cinta. El avión aún no se había detenido cuando empezaron a sonar los mensajes en los teléfonos móviles recién encendidos y los clics de los cinturones de seguridad desabrochándose. En pocos segundos los pasillos se habían convertido en una masa compacta de pasajeros incrustándose los equipajes de mano los unos a los otros, a pesar de que aún no se habían abierto las puertas. Los aviones pertenecen a una dimensión inexplorada del comportamiento humano, pensó, en la que ciertas convenciones como la compostura, el comedimiento o la necesidad de mantener un espacio vital dejan de ser válidas; alguien debería estudiar esto.

Justo cuando la cola empezaba a moverse, el cretino de la camisa azul se incorporó a empujones a la aglomeración y se despidió de ella con una mirada de desprecio. Sofía le saludó alzando la cabeza, mientras pensaba: «No pasa nada, guapetón, tú tampoco eres mi tipo». Se comió el último caramelo de nicotina y, una vez que el pasillo se hubo despejado, salió tranquilamente.

Caminaba con desgana hacia la salida de la terminal cuando oyó una voz a su derecha:

—¡Sofía Amoretti!

De entre todas las personas a las que no le apetecía nada ver en ese momento, tenía que cruzarse precisamente con un directivo de la competencia.

—Hombre, Ramón, cuánto tiempo —le saludó Sofía con frialdad.

—¿Qué haces tú por aquí? —preguntó el hombre sonriente.

—¿En Barajas? He venido a hacerme la cera.

—Hay que ver, con lo menudita que eres, la mala leche que tienes —contestó él entre risas.

—¿Y tú qué? —preguntó Sofía—. ¿Trabajo o placer?

—Me apuesto lo que quieras a que vienes de Hamburgo —insistió él—. ¿Me equivoco?

—Un millón de euros.

—¿Cómo?

—Has dicho que te apuestas lo que yo quiera, ¿no? Pues quiero un millón de euros.

—Déjate de chorradas. ¿Has estado en Hamburgo?

—Si no aflojas la pasta, te vas a quedar con las ganas de ver mi tarjeta de embarque.

—Mira que eres. Pues, lo creas o no, justo estaba pensando en llamarte.

—No te molestes, Ramón, por teléfono tampoco te voy a pasar mi agenda.

—Escúchame un momento, joder. ¿Te llamo luego y hablamos? Deberíamos coordinar las tarifas para los alemanes.

—¿No estarás hablando en serio?

—Totalmente.

—Pero ¿tú no sabes que acordar precios es ilegal?

—No tiene por qué enterarse nadie.

—Mira, haré como que nunca me has propuesto semejante cosa, ¿te parece?

—No podemos seguir así, Sofía. Como sigáis tirando precios vais a hundir el sector —la sonrisa de Ramón se había esfumado—. Y supongo que sabes que vender por debajo de costes también es ilegal.

—No vendemos por debajo de costes. Lo que pasa es que como yo no le pago los vicios a los clientes, tengo más margen que tú. Igual deberías probar.

—¿Qué vicios?

—Las putas, la cocaína... Esas cosas que te gustan a ti.

—Tú qué sabrás...

—Mucho más de lo que me gustaría saber, la verdad.

—Coño, Sofía, que estoy hablando muy en serio. Si no entras en razón, no voy a tener más remedio que hablar con tu jefe.

—Pues habla con mi jefe. A mí, como si te lo llevas también de putas. Oye, te voy a tener que dejar, que no quiero hacerle esperar a mi *esteticién*.

—Te vendrá bien, tienes mala cara. Ya sabes que los años no perdonan.

—A ti en cambio te queda de coña esa calvorota que te estás dejando.

—Qué cabrona eres. —Ramón volvió a cambiar el ceño fruncido por la sonrisa exagerada—. No sabes lo que me pone tu mala leche —dio un paso atrás para observar a Sofía de arriba abajo—. Y además de verdad. Sigues teniendo un buen polvo.

—Espero tener más de uno.

—¿Por qué no quedamos un día a tomar algo?

—¿De verdad crees que así vas a conseguir que entre al trapo?

—Podríamos pasarlo bien —Ramón no se daba por vencido.

—Bueno, ahora sí que te dejo, que es que se me ha revuelto el estómago —remató Sofía señalando la puerta que tenía a su izquierda.

Se dio la vuelta, y sin decir nada más, entró en el cuarto de baño. Aprovechó para lavarse la cara y la nuca con agua fría. Se miró en el espejo. Efectivamente, tenía mal aspecto. Solo de ver sus ojeras y sus arrugas remarcadas se sintió más cansada aún de lo que ya estaba. Acababa de cruzar el Atlántico después de quince días discutiendo con su jefe, y discutir en un idioma que no era el suyo le resultaba especialmente agotador. Pero lo que su rostro mostraba no era solo un cansancio físico, que también, sino más bien un cansancio vital. Llevaba un tiempo con la sensación de que se había metido en un bucle devastador del que no sabía cómo salir. No recordaba, por ejemplo, la última vez que se había reído con ganas, y eso tenía que ser un síntoma de que su vida no iba bien.

Volvió a pensar en esa sonrisa de Gandolfini que tanto le atraía. Si se paraba a pensar, Tony Soprano no era menos cafre que los hombres con los que ella se relacionaba a diario, pero era otro tipo de cafre, un cafre mucho más auténtico. A diferencia de los tipos como Ramón o como su jefe, Tony Soprano nunca había fingido ser lo que no era. Quizás la clave fuera esa.

Trató de desenredarse los rizos con los dedos, pero era imposible. Sacó una pinza del bolso y se recogió la melena en un moño improvisado. Se pintó los labios de rojo, se echó unas gotas de perfume y volvió a salir.

Nada más llegar a la sala de recogida de equipajes, se le acercó tímidamente un chico con gorra de béisbol y camiseta de los 76ers. El muchacho quería saber por dónde saldría su maleta y no sabía a quién preguntar. Sofía le señaló amablemente la pantalla en la que se leía claramente que el equipaje del vuelo procedente de Filadelfia saldría por la cinta 16. Entonces el muchacho se disculpó con una carcajada nerviosa y le explicó que estaba buscando *Philadelphia* con «P». Sofía caminó junto al chico unos pasos, pero no tenía ganas de mantener otra conversación, por lo que sacó el móvil del bolso y se detuvo, dejando que el chico se alejara. Aprovechó para encender el teléfono, que aún seguía en modo avión. No tenía ningún mensaje. Decidió hacer tiempo buscando la etimología de Philadelphia en Google. Tenía toda la pinta de venir del griego; el significado de *philia* era obvio, pero no conseguía adivinar el significado de *delphia* o quizás *adelphia*... ¿Amor a las adelfas? No parecía muy probable. Pronto salió de dudas: *adelphos* significaba «hermano»: Filadelfia era la ciudad del amor fraternal, quién lo hubiera dicho.

Inevitablemente, su siguiente pensamiento fue para su hermano Gabriel. Llevaban tiempo sin hablar. Le entraron ganas de enviarle un mensaje, pero antes de encontrar su nombre en la agenda, se detuvo. Por el punto más extremo de su ángulo de visión acababa de pasar el mismísimo James Gandolfini. Obviamente no podía ser él, su inconsciente acababa de jugarle una mala pasada. Volvió la cabeza con curiosidad y observó al hombre que andaba despacio hacia la salida. Era corpulento y calvo, quizás algo más bajo que Gandolfini y sin duda más viejo. Pensó en los mecanismos del cerebro que hacen aflorar los pensamientos ocultos de las formas más insospechadas y sonrió: tenía que contárselo a Darío. Pero entonces el hombre volvió la cabeza durante un instante y Sofía pudo verle la cara. El pánico la paralizó. No era Gandolfini, era su padre. Lo que le faltaba. Solía bromear con la posibilidad de estar perdiendo la cabeza, pero por primera vez sintió que el riesgo era real.

Miró la cinta 16, que empezaba a moverse. Intuía que la mejor forma de serenarse, por absurdo que pareciera, era correr hacia el hombre y confirmar que ni era Gandolfini, ni era su padre. Pero el hombre ya estaba casi en la salida, no llegaría a tiempo de alcanzarle antes de que pasara el control de seguridad y si salía, no podría volver a entrar a por su equipaje. Como última opción decidió gritar el nombre de su padre, «¡Emilio!», pero el hombre desapareció por las puertas correderas sin volverse.

Sofía caminó de lado a lado de la sala intentando recuperar la cordura. Tenía que tratarse de un parecido asombroso, no había otra explicación. Todo ha sido un espejismo fruto del cansancio, se repetía a sí misma una y otra vez sin llegar a convencerse.

En cuanto pudo agarrar su maleta, salió hacia la parada de taxis y miró a su alrededor, pero no había rastro de aquel hombre. Encendió un cigarrillo y caminó en paralelo a la cola de viajeros que esperaban taxi, aún con la esperanza de volver a verle. Cuando tuvo la certeza de que el hombre ya no estaba allí, se sentó en un banco. Necesitaba hablar con alguien. Buscó el número de Indalecio, su supuesta pareja, pero antes de marcarlo cambió de opinión. Nada de lo que Indalecio pudiera decir sería de ayuda en ese momento, él era más partidario de contar sus penas que de escuchar las de los demás. Volvió a pensar en su hermano Gabriel y miró el reloj. Gabi no solía madrugar mucho y además no quería alarmarle, tampoco podía llamarle a él. Su rodilla derecha empezó a temblar arriba y abajo, sin control, cada vez más deprisa, así que volvió a ponerse en pie. Casi sin pensárselo, marcó el número de su hijo, aunque solo fuera por oír su voz: «Hola. Soy Ernesto. Déjame un mensaje».

Echó un vistazo a su lista de llamadas recientes y descartó nombre por nombre, hasta que finalmente se dio por vencida. La única opción era Darío.

Aún era pronto para llamarle, así que le escribió un mensaje: «Darío, necesito verte urgentemente». «La próxima sesión le va a encantar, pensó, anda que no le va a sacar jugo al parecido entre Tony Soprano y mi padre».

El móvil de Sofía sonó antes de que acabara de fumar su segundo cigarrillo.

—Sofía, ¿cómo has estado?

—¡Darío! Menos mal.

—Parecés angustiada.

—Vaya ojo tienes.

—Decime, ¿qué ha pasado?

—No sé por dónde empezar. —Hizo una pausa durante la cual Darío esperó pacientemente—. Estoy harta de este trabajo de mierda, Darío, no puedo más.

—No es la primera vez que decís eso.

—Ya, pero es que no es solo eso. También estoy preocupada por mi hijo, llevo un mes sin saber nada de él, como si se lo hubiera tragado una ballena... ¿En el Mediterráneo hay ballenas? —cogió aire antes de seguir—; y luego está Indalecio, que no tiene huevos para decirme que quiere volver con su exmujer, y como siga sin decidirse a dejarme, no voy a tener más remedio que dejarle yo, con lo mal que se me da eso.

—Entiendo. —Darío se había dado cuenta de que Sofía necesitaba un pequeño empujón para ir al grano—. Y aparte de todo esto, ¿te ha ocurrido algo hoy?

—Acabo de cruzarme con mi padre en el aeropuerto de Barajas. —Hizo una pausa para asegurarse de que Darío asimilaba la información—. Lleva nueve años muerto y yo acabo de verle, ¿qué te parece? Pero bueno, por lo demás, todo bien.

—Ya veo... Te puedo ver a las dieciocho treinta. ¿Te va bien?

—Sí, me va bien. —Sofía hizo una nueva pausa antes de seguir—. Darío, ¿qué se hace cuando se va todo a la mierda?

Darío conocía a Sofía lo suficiente para saber que la pregunta requería una respuesta antes de las dieciocho treinta.

—¿Qué creés vos que se hace?

Sofía le dio una calada al cigarrillo antes de contestar.

—Volver a empezar, supongo.

Esa misma semana, Sofía Amoretti, consejera delegada de Konigsberg Advisors, multinacional americana con sede en Filadelfia, Pensilvania, presentó su carta de dimisión.

2

La despertó la luz que entraba por la ventana y su enfermizo sentido del deber la empujó a incorporarse de un salto. Era de día, no estaba gravemente enferma y seguía en posición horizontal: todo mal.

Su primer instinto fue salir zumbando hacia la ducha, pero aún no había terminado de abrir los ojos y ya se había dado cuenta de que ese no era su dormitorio. Siempre que se despertaba fuera de casa necesitaba un instante para recordar dónde estaba, instante que con los años se iba haciendo cada vez más largo. Echó un vistazo a su alrededor con los ojos aún entornados, sorprendida de que esta vez la incertidumbre afectara no solo al espacio, sino también al tiempo.

La habitación parecía sacada de una película española de los años setenta: estampados geométricos, cortinas de tergal, adornos de ganchillo, tapizados de terciopelo y un enorme bodegón colgado de la pared.

Giró la cabeza a su derecha temiéndose que, en consonancia con la decoración, al otro lado de la cama pudiera haber un macho ibérico de pelo en pecho y sombrero cordobés. En su lugar se encontró con un perro pastor alemán que apoyaba la cabeza sobre la colcha y la observaba fijamente con las orejas estiradas hacia atrás, lo cual la hizo volver al presente: estaba en Laredo, en el apartamento de alquiler al que había llegado la noche anterior, y por primera vez desde que tenía uso de razón no tenía nada que hacer.

Volvió a observar la habitación a la luz del día preguntándose a qué se debía ese furor por lo *vintage* que marcaba las últimas tendencias estéticas. Podía llegar a aceptar que algunos encontraran placer en recordar el pasado, pero ya lo de revivirlo le parecía un exceso.

Cogió el móvil de la mesilla de noche y consultó la hora: eran casi las nueve de la mañana. Decidió levantarse igualmente, pero forzándose a hacerlo sin prisas.

A pesar de la decoración, el apartamento era mejor de lo que esperaba. Lo habían construido en el interior de lo que había sido el garaje de un lujoso chalé con el que compartía parcela. El chalé estaba vacío y era de suponer que seguiría así hasta que llegara el verano, con lo cual el perro y ella tenían aún varios meses por delante para poder disfrutar, en exclusiva, de un precioso jardín.

Antes de que se hubiera calzado sus alpargatas de andar por casa, sonó su móvil. Miró el número y cortó la llamada. Hacía ya más de seis meses que había dejado Konigsberg, pero seguían llamando cada dos por tres para consultarle las chorradas más elementales. Daba la sensación de que, salvo para dejar de pagarle la nómina, no se habían dado por enterados de su salida. El nombre que había visto en la pantalla era el de Roberto, su antiguo director de operaciones. Era la tercera vez que rechazaba una llamada suya en menos de una semana, a pesar de que Roberto siempre había sido su favorito. En un ataque de debilidad, le pareció que con él podía hacer una excepción y decidió que le llamaría más tarde.

Una vez se hubo aseado, y siempre seguida por el pastor alemán, cruzó el distribuidor para ir hacia la cocina y se topó con las tres maletas que había traído consigo. Las miró durante unos segundos y sonrió al constatar que seguía sin arrepentirse de nada.

Su decisión de dimitir no se había limitado a su puesto de trabajo. Después de Konigsberg le había llegado el turno a Indalecio. La conversación había sido breve:

—Somos un poquito incompatibles —le había dicho Sofía, en un esfuerzo por reemplazar el «No te soporto» que le rondaba la cabeza por una frase más amable.

—Supongo que tienes razón —había contestado él, entre ofendido y aliviado—. Espero que encuentres, por fin, tu lugar en el mundo.

—No sé qué significa eso, pero gracias.

Dicho esto, Sofía había pagado las cañas y había salido del bar sin volver a mirarle. Le sorprendió lo fácil que le había resultado la ruptura. Quince años antes habría dudado por miedo a quedarse sola, se habría preocupado por él, le habría elogiado alguna virtud, le habría explicado que lo de volver con la tarada de su exmujer era una gilipollez más grande que lo de pensar que había que encontrar un lugar en el mundo y, por último, le habría deseado buena suerte. Pero esta vez se fue sin más.

Una vez se hubo deshecho de su trabajo y de su amante, y aquejada de algo parecido a un síndrome de Diógenes inverso, había dedicado varios meses a desprenderse de los objetos que había acumulado cuidadosamente durante las tres décadas anteriores. Lejos de ser un proceso doloroso, cada nuevo espacio libre le había producido auténtico placer, como si sus muebles, sus libros, o sus obras de arte la hubieran estado encadenando a una vida de la que necesitaba salir por piernas.

Por último, había vendido su ático del Barrio de las Letras y había dejado ahí lo poco que quedaba salvo su Volkswagen Golf, el pastor alemán que acababa de adoptar y el contenido de aquellas tres maletas que encajaban perfectamente en el maletero del coche.

No tardó en vaciarlas y colocar sus escasas pertenencias en el apartamento. Al fondo de la tercera maleta apareció su cuaderno 3D. Sofía abrió el cuaderno y leyó sus últimas notas mientras se preparaba un café. Darío había sido el único en apoyar su decisión. Se había despedido de ella con un «Te felicito, pasarás miedos al principio, pero luego estarás bien. Si me necesitas, llámame». Daba igual que sus amigos la hubieran sermoneado por renunciar a un trabajo oficialmente envidiable, el respaldo de su psicoanalista había bastado para darle toda la seguridad que podía necesitar. Volvió a leer la última frase de Darío. En realidad, no había sido exactamente así. Cogió un bolígrafo y corrigió la acentuación de las últimas dos palabras: «Si me necesitás, llamame».

Cuando el café hubo pasado a la parte superior de la cafetera italiana, apagó el fuego, llenó una taza y se sentó en uno de los taburetes de la cocina. El perro se sentó en el suelo a su lado apoyando la cabeza sobre su rodilla. Sofía lo miró con cariño y le habló en voz alta:

—Darío se equivocaba, Carver. Me he pasado por el forro la fase de los miedos.

El perro, agradecido por la atención que recibía, movió enérgicamente el rabo de lado a lado barriendo el suelo de la cocina, aunque quizás fuera solo una forma de decirle que necesitaba vaciar la vejiga. Sofía se dio cuenta entonces de que lo único que iba a echar de menos era tener alguien con quien hablar libremente, y pensó que podría llegar a necesitar un sustituto para Darío. Desbloqueó el móvil y tecleó en el buscador: «psicoanalista laredo cantabria». Google le devolvió más de trescientos mil resultados. Leyó los diez primeros, que anunciaban gabinetes psicológicos por la zona, y se dio cuenta de que, llegado el caso, tendría que utilizar otro método de búsqueda.

Buscó la cajetilla de tabaco que había abierto la noche anterior y miró la hora en el teléfono. Había decidido fumar solo a las horas en punto con la ilusión de que así empezaría a controlar su adicción. Eran las 9.50, quedaban diez minutos para poder encender un cigarrillo, el tiempo justo para llamar a Roberto.

—Hola, jefa —contestó alegremente Roberto—, ¿no te habré despertado?

—No me llames jefa, Roberto. Como te oiga tu jefe se va a cabrear.

—Para mí siempre serás la jefa, jefa.

—Relájate, anda, que ya no tienes que hacerme la pelota —contestó Sofía—. Bueno, dime, ¿qué puedo hacer por ti?

—¿Ya estás en Laredo?

—Sí, llegué anoche.

—Menos mal —replicó Roberto aliviado—. Verás, es que el viernes vino un mensajero con un sobre para ti y....

—¿Un sobre de quién?

—No lo sé.

—Aunque venga a mi nombre será para Konigsberg. Ábrelo.

—Ya no lo tengo, jefa. Te lo mandé el mismo viernes.

—¿A dónde?

—A tu nueva dirección. La que dejaste en Recursos Humanos.

—¿Aquí? ¿Y cómo no me llamaste antes?

—Sí te llamé, jefa, pero me saltó el buzón.

—Bueno, no pasa nada —contestó Sofía sabiendo que era cierto—. Cuando lo reciba te lo vuelvo a enviar, porque seguro que es para vosotros.

—Lo mandé por correo certificado por si era algo importante, ¿vale?

—Vale, Roberto, no te preocupes. Te aviso cuando lo tenga. ¿Todo bien por ahí?

—Sí. Bueno, bien... Con un lío de narices. El fin de semana entraron en la oficina y está todo manga por hombro.

—Vaya, qué putada —contestó Sofía intentando que no se notara que le traía sin cuidado—. Espero que no falte nada importante.

—Aún no hemos colocado todo. Creo que solo falta documentación. Escrituras, contratos, esas cosas...

—Si se han llevado los contratos y han dejado los ordenadores, ha tenido que ser un competidor con pocos escrúpulos y menos luces. Se me ocurren un par de candidatos.

—Eso pienso yo, pero aquí están convencidos de que ha sido un empleado cabreado, porque también han hurgado en las fichas de personal.

—A mí no me miréis.

—No, jefa, tú no habrías necesitado revolverlo todo. Oye, ya que te tengo aquí, ¿tú sabes qué hay que hacer para reponer las escrituras?

—Sí, sí lo sé, Roberto, pero estoy segura de que mi sustituto lo sabe mejor que yo. En una empresa tan moderna y tan paritaria como Konigsberg, no me cabe duda de que, si a él le pagan el doble de lo que me pagaban a mí, solo puede ser porque tiene un criterio infinitamente más valioso que el mío.

—Este no se entera de nada, jefa, dudo mucho que gane más que tú.

—Pues yo no lo dudo nada, porque los mastuerzos de Filadelfia me mandan a mí el *email* con su nómina todos los meses.

—No me digas —dijo Roberto entre risas—, esos tampoco se enteran. ¿Sabes que siguen encabezando con tu nombre todos los documentos de Europa?

—Pues estará contento el nuevo.

—Anda, jefa, échame una mano con lo de las escrituras.

—Joder, Roberto, que estas cosas las debería saber tu jefe. Alguien con poderes va a las notarías, pide nuevas copias autorizadas, las paga y asunto resuelto.

—Gracias —dijo Roberto a la vez que tomaba nota—. ¿Y sabes qué notarías son?

—No, querido, procuro almacenar otro tipo de información en mi cabeza, pero como mi ilustre sustituto sabe perfectamente, está todo escaneado en el servidor. Y si alguna escritura no está escaneada, vais al Registro Mercantil y ahí la localizáis.

—Gracias, jefa. Te debo una.

—Hazme un favor. Pásale al amo mis honorarios de consultoría —en el lenguaje de Sofía, «el amo» era el señor Konigsberg—: son mil euros la hora más gastos. A partir de ahora, cada llamada que me hagáis os la facturo.

—Vale, jefa —dijo Roberto con una nueva carcajada—. Si tú me lo pides, yo se lo transmito.

—No, mejor no le digas nada, que es capaz de aceptarlo. Bueno, ¿tus niños bien?

—Sí, dando guerra, como siempre. Todo bien.

—Genial, pues a seguir bien, Roberto, que te lo mereces —se despidió Sofía mirando el reloj de la cocina.

Eran las 9.58. Si no se cambiaba de zapatos, tenía el tiempo justo para salir a la calle a fumar el primer cigarrillo del día. En cuanto abrió la puerta, Carver salió disparado hasta la acacia más cercana y levantó la pata. Sofía se quedó en el umbral cuidando de que no se cerrara la puerta. Antes de encender el mechero aspiró con fuerza, sin entender cómo había podido sobrevivir tantos años respirando el aire de Madrid, tan diferente de ese aire húmedo con el que había crecido. Miró a su alrededor preguntándose si el pueblo habría cambiado tanto como ella.

El perro terminó de olisquear los árboles de ese tramo de acera prácticamente a la vez que ella apagaba su cigarrillo y volvieron al apartamento.

Sorprendentemente, le entraron ganas de cocinar. Abrió la nevera vacía sabiendo que estaba vacía, como si al mirar las baldas desocupadas se le fuera a antojar algo concreto. El método funcionó. Imaginó una lubina a la plancha acompañada de una lechuga rizada de esas que solo se encuentran en Cantabria y le pareció una idea insuperable.

Decidió estrenar la riñonera de cuero que se había comprado para hacer juego con su nueva vida. Metió algo de dinero, el tabaco, el mechero, el móvil, el DNI, el bolígrafo, las bolsas para recoger las cacas de Carver y las llaves de casa. El cuaderno 3D no cabía. Se ató la riñonera a la cintura, probó a recorrer el apartamento de un extremo a otro y se paró delante del espejo del distribuidor. Decididamente era mucho más cómodo caminar con zapatillas de deporte y sin bolso, aunque, pensó, si su pobre madre la viera con esa pinta se echaría a llorar.

En cuanto salió a la calle se detuvo un instante dudando qué camino tomar. De frente, a unos doscientos metros, estaba la casa en la que había vivido de niña. Hacia la derecha, a dos manzanas, la playa. No tardó en descartar ambas opciones y tiró de la correa hacia su izquierda para dirigirse a la calle General Mola, que probablemente ya tendría otro nombre.

—Vayamos al pueblo, Carver.

Antes de doblar la primera esquina, se cruzó con un motorista con casco amarillo que conducía una Vespa, también amarilla, y disminuía la marcha cada pocos metros para comprobar los números de los portales. Sofía iba distraída y no se dio cuenta de que el cartero aparcaba la moto justo a la altura de su apartamento.

3

Caminó tranquilamente hasta el centro del pueblo sin importarle que el perro se entretuviera a inspeccionar cada alcorque del camino. Al llegar a la plaza de la Constitución se sentó en un banco frente a la fachada principal del antiguo ayuntamiento y esperó a que el minutero del reloj estuviera totalmente vertical para sacar la cajetilla de tabaco. Encendió el cigarrillo pensando en la de veces que había pasado por ahí sin pararse a admirar aquel edificio que, calculó, debía tener más de quinientos años. Una placa conmemoraba el último desembarco de Carlos V en la playa de Laredo, camino de su retiro en el monasterio de Yuste. Supuestamente reproducía las palabras que el teutón había pronunciado de rodillas en ese mismo lugar: «A ti vuelvo, desnudo y pobre, del mismo modo que salí del vientre de mi madre».

Sofía trató de imaginar la escena, pero le resultaba imposible. No le cuadraba nada que el emperador recién abdicado fuera por la vida ni desnudo ni pobre, ni que se arrodillara, ni mucho menos que pronunciara una frase tan dramática. Le veía más bien cargado de ropajes y joyas y más contento que unas castañuelas. Quizás algo incómodo por la arena y el salitre, eso sí, lo cual no le impediría mostrar una enorme sonrisa sobre su mandíbula prominente justo antes de hacerle un corte de mangas a su séquito y pronunciar algo más parecido a «Ahí os quedáis con vuestro imperio, que yo me piro».

—No era tonto Carlitos —le dijo a Carver mientras se ponía en pie para pisar la colilla.

Decidió coger el callejón que daba a la calle del Paseo y se encontró de frente con lo que ella conocía como «la plaza», un edificio modernista que siempre había sido el mercado de pescado. Parecía que lo habían restaurado con cierta fortuna, pero quedaba ensombrecido por la cubierta del nuevo mercado construido justo detrás: una gigantesca estructura oxidada, que en algún momento había estado pintada de amarillo, sostenía una cuadrícula de cristales opacos por la suciedad; todo muy consistente con la epidemia de horror arquitectónico que asolaba la villa desde antes incluso de que ella naciera.

Miró hacia ambos lados antes de decidirse a cruzar. A su izquierda, a pocos metros, estaba la plaza de Cachupín, que recibía el nombre de los famosos cachupines de Laredo, hidalgos tan hidalgos que hasta salían caricaturizados en el Quijote. A su derecha, la calle terminaba en la Atalaya, el monte que dominaba la bahía de Laredo. Desde donde estaba podía distinguir la boca del túnel que lo atravesaba para llegar hasta el puerto viejo. Había recorrido muchas veces ese túnel. A ella le daba miedo, pero los más intransigentes de su pandilla consideraban que era una aventura insustituible y Sofía siempre acababa accediendo a acompañarlos por no quedarse sola. Para colmo, su bicicleta era la única que tenía faro delantero, así que siempre le tocaba a ella liderar la expedición y lo hacía pedaleando a toda velocidad con tal de que el recorrido durara lo menos posible.

—En cuanto compre la lubina, vamos a ver qué ha sido del puerto viejo —le prometió al perro.

Cruzó la calle. Carver la esperó obedientemente sentado en la acera mientras ella entraba al antiguo mercado. Por dentro el edificio estaba irreconocible, ya no había humedad en el suelo, ni olor a mar, ni jaleo, ni gigantescas básculas ancladas a los mostradores, ni pescaderas gritando la oferta del día. El primer puesto a su izquierda era de los pocos que aún vendían pescado. En primera fila había una montaña de cocochas. Sofía las miró pensativa. Cuando ella era niña, las cocochas eran siempre para ocasiones especiales, y siempre había pocas, y siempre eran solo para su padre. Cayó en la cuenta de que nunca las había probado, nunca las había comprado ni las había pedido en un restaurante, como si las cocochas fueran un plato prohibido para ella.

Pensó que ya tenía edad de comer lo que le diera la gana y decidió que dejaría la lubina para otro día, pero cuando estaba a punto de llegarle el turno, de pronto le vino a la memoria una imagen de su madre inmóvil en el centro de la cocina con una plasta de esas bolas grises gelatinosas sobre su melena negra y churretes de salsa verde cayéndole por la frente. No recordaba muy bien los detalles del incidente. Estaba casi segura de que la discusión había surgido por el vino, aunque quizás estuviera mezclando recuerdos. Claudia, que así se llamaba su madre, era muy dada a insistir en que el pescado debía acompañarse con vino blanco, y Emilio, su padre, solía contraatacar afirmando que el vino blanco era una mierda. Se ve que él era más de tinto. El caso es que aquel día, la discusión había ido subiendo de tono hasta que Emilio, enfurecido, había vaciado el plato de cocochas sobre la cabeza de su mujer, y luego lo había estampado contra el fregadero gritando que comería carne.

Sofía volvió a mirar las cocochas con una mueca de repulsión. El recuerdo le había provocado dolor de estómago. Los gritos, aunque fueran imaginarios, siempre hacían que le doliera el estómago.

No tardó en salir sujetando como un trofeo una bolsa con una lubina de ración.

—Ya estoy aquí, Carver. Donde esté una lubina, que se quiten las cocochas.

Se acercó a soltar la correa del perro, que había dejado atada a un plátano de sombra, pero al agacharse distrajo la mirada hacia la acera de enfrente y todos sus movimientos, incluida su respiración, se detuvieron en seco. El hombre que acababa de salir de la notaría con un maletín en una mano y echaba a andar con torpeza hacia la plaza de Cachupín parecía el mismo con el que se había cruzado meses antes en el aeropuerto de Madrid.

No podía ser, otra vez no.

Sintió cómo un aluvión de pensamientos incontrolados cruzaba su cabeza sin ningún orden y solo sacó en claro que no podía volver a permitir que aquel hombre desapareciera sin hacer nada por evitarlo. Su primera reacción fue gritar:

—¡Eh! ¡Eh, usted!

El hombre debía ser duro de oído porque era el único en varias decenas de metros a la redonda que no se había sobresaltado ante los alaridos de Sofía y seguía, imparable, arrastrando los pies hacia la plaza de Cachupín.

—¡Espere!

Viéndolo cada vez más lejos, Sofía por fin se decidió a correr tras él. Carver se dio cuenta de que algo no iba bien y empezó a ladrar y a dar saltos tirando con todas sus fuerzas de la correa que seguía atada al árbol.

Sofía cruzó la calle en diagonal corriendo hacia la plaza, justo en el momento en el que una furgoneta de reparto, que bajaba por la calle Revellón, giraba hacia el puerto. El conductor clavó el pie en el freno y detuvo el vehículo a escasos centímetros del cuerpo de Sofía. Antes de que ella pudiera reaccionar, el repartidor abrió la ventanilla, le dedicó un amplio surtido de improperios, dio marcha atrás para esquivarla y continuó hacia su destino, al que sin duda llegaba tarde. Sofía, furiosa, recitó sus mejores blasfemias sin perder de vista al anciano, que ya había llegado a la altura de la parada de taxis de la plaza y que por primera vez giraba la cabeza hacia ella.

No supo catalogar la mirada que se cruzaba con la suya, podía ser una mirada de sorpresa, de miedo o incluso de vergüenza, pero fuera lo que fuera, Sofía supo que quien la miraba era su padre y que la había reconocido.

Intentó echar a correr de nuevo tras él, pero a esas alturas ya estaba rodeada por un grupo de viejucas, de las de moño blanco y chaquetita negra, que la sujetaban, la miraban de arriba abajo y hablaban todas a la vez con su inconfundible canturreo pejino: «Allá va, lin, ¿en qué pensabas?», «Tú estás pal veinte, lin», «Cagu en la mar, lin, qué susto nos has dau». No consiguió liberarse, pero sí ponerse de puntillas y alzar la cabeza lo justo para ver cómo su padre se subía apresuradamente a un coche que enfilaba inmediatamente por la calle Revellón hacia la salida del pueblo.

Lo perdió de vista con una mezcla de rabia, impotencia y tristeza, todo ello enmascarado por el agobio que le producía aquella congregación de añejas laredanas que, sin dejar de murmurar, la examinaban detenidamente como haciendo recuento de daños. Acostumbrada a dar órdenes, no se le ocurrió otra cosa que decir con voz autoritaria:

—Circulen, hagan el favor.

Las mujeres, sin duda convencidas de que su lucidez se había visto gravemente afectada por el golpe, la escoltaron hasta la arcada del antiguo ayuntamiento. Sofía, sintiendo que estaba a punto de perder las fuerzas y la paciencia, y no necesariamente en ese orden, se sentó sobre uno de los bolardos que había bajo los arcos con la bolsa de la lubina aún en la mano. Carver había conseguido arrancar la correa del árbol y se hizo un hueco entre la concurrencia para llegar hasta ella y mostrarle su apoyo cubriéndole la cara de lametones. Sofía se abrazó al pastor alemán y le suplicó en voz baja:

—Carver, sácame de aquí.

Entonces sintió una mano que la cogía del brazo desde atrás, la ayudaba a levantarse y le decía en voz baja:

—Dale, vení.

Sofía se dejó llevar por el desconocido sin oponer resistencia, escoltada por el bueno de Carver, que de vez en cuando miraba hacia atrás para asegurarse de que nadie los seguía.

Observó a su acompañante como de refilón, consciente de que difícilmente habría accedido a caminar junto a ese hombre si su acento hubiera sido diferente. Era un tipo interesante: no demasiado alto, ojos despiertos, paso lento pero firme, pelo gris, barba gris, bigote gris, gafas de pasta modernas, vaqueros, zapatos impecables, jersey negro una talla más pequeña de lo que le correspondía, y una edad que ella no supo calcular, entre los cuarenta y cinco y los sesenta y cinco años. Le pareció que tenía aspecto de intelectual, pero de los de verdad, no de esos que recitan como loros todo aquello que han leído, sino de los que producen pensamientos propios.

—¿El perro es tuyo? —le preguntó el hombre.

Sofía tardó en contestar. Para ella Carver era algo mucho más cercano a un amigo que a un objeto de su propiedad, pero iniciar ese discurso con un argentino podía ser letal, así que se limitó a decir:

—Se llama Carver.

—¿Carver? —preguntó el argentino sorprendido—. ¿Por qué le pusiste ese nombre?

—«Si me necesitas, llámame» era demasiado largo—contestó ella sin pensar.

El argentino emitió una sonora carcajada mientras Sofía caía en la cuenta de que probablemente su inconsciente había elegido el nombre de Carver condicionado por la cariñosa despedida que le había dedicado Darío pocas horas antes de que adoptara el perro.

—¿Sabés que yo lo conocí? —el argentino interrumpió su reflexión.

—¿A quién?

—A Raymond Carver. Asistí a una conferencia que dio en mi ciudad en mil nueve ochenta y cuatro.

El hombre entonces acarició al perro por primera vez y Sofía observó sorprendida que el pastor alemán se dejaba hacer.

—Carver, sos tan lindo como tu dueña.

—Yo no he dicho que sea su dueña—puntualizó Sofía, algo molesta por la torpeza del comentario y la simpleza del piropo.

—Vos no sos de aquí —contraatacó el argentino con una sonrisa casi comparable a la de Gandolfini.

—Pues anda que tú —contestó ella sonriendo por primera vez.

—*Touché* —replicó el argentino—. ¿Estás de paso?

Se habían detenido junto a la puerta del bar Bauer. Sofía no tenía ganas de entrar en detalles personales y en lugar de contestarle dejó caer la pregunta que llevaba varios minutos rondándole la cabeza:

—Oye, ¿tú no serás psicoanalista?

—No, yo pertenezco al otro cinco por ciento de la población argentina. —La risotada de Sofía le animó a dar el siguiente paso—. Dale, pasá, que te invito a un café.

Ante las objeciones de Sofía, el argentino le aseguró que el dueño del bar no pondría ninguna pega a que entrara con el perro y ella finalmente aceptó la invitación.

El bar tenía su encanto. Sofía recorrió el interior con la mirada tratando de recordar si alguna vez había estado ahí. Una larga barra de madera clara con banquetas tapizadas en piel negra recorría el lado izquierdo. Detrás de la barra, la pared estaba cubierta por un mueble de la misma madera repleto de bebidas alcohólicas y fotografías en blanco y negro de artistas de Hollywood, muy al estilo de las coctelerías del Madrid antiguo. A la derecha, en cambio, había un muestrario de mesas y sillas de distintos estilos sin ningún tipo de gracia, como si el decorador hubiera decidido jubilarse a mitad de proyecto. Todas las mesas estaban desocupadas salvo una en la que un hombre y una mujer, ambos de unos setenta años, desayunaban en silencio, con las gafas de cerca puestas y muy concentrados en sus respectivas lecturas: el hombre sujetaba un periódico entre las manos, la mujer pasaba las páginas virtuales de algo que parecía un libro electrónico.

Prácticamente no había más muebles salvo un piano de pared, encajado al fondo del todo, entre las dos puertas que daban a los aseos. Sofía lo miró preguntándose a quién se le habría ocurrido colocar un piano en semejante sitio, como si el objetivo fuera que el pianista amenizara la espera de los que hacen cola para utilizar el baño.

Mientras Sofía elegía una mesa lo más lejos posible de los ávidos lectores, el argentino se acercó a la barra y dio una breve instrucción a la camarera, a la que llamó «flaca», y sin duda lo era. La flaca no tardó en llevarles dos cafés con leche y un suculento bollo de mantequilla con almendras partido por la mitad.

Estuvieron más de una hora hablando, aunque durante la primera media hora en realidad solo habló él. Resultó que se llamaba Omar, que el bar era suyo, que llevaba varios años en Laredo, que había nacido en Rosario, provincia de Santa Fe, Argentina, que había llegado a España en los noventa buscándose la vida, que estando en Barcelona se había enamorado de una hermosa mujer, de nombre Belén, que había resultado ser de Colindres, que no había dudado en seguirla hasta allí con el idílico proyecto de poner un negocio juntos, y que se había hipotecado hasta las cejas para comprar ese local poco antes de que la bella Belén le dejara por un ertzaina que veraneaba por la zona.

—¿Por un ertzaina? —bromeó Sofía—. A mí me han dejado por una bailarina del Opus Dei, por una catequista ninfómana, por una concejala del Partido Popular y por una exmujer psicótica, pero he de reconocer que lo del ertzaina se lleva la palma.

Ambos rieron de nuevo.

—Bueno, ¿y vos qué? —preguntó el argentino.

Sofía señaló a la pareja de jubilados en un intento nada sutil de evitar la pregunta.

—¿Para qué saldrán a desayunar juntos si luego se van a ignorar el uno al otro?

—¿Los eruditos? —preguntó el argentino.

—¿Son eruditos?

—Y, yo te diría que sí, con las horas que pasan acá leyendo.

—Me entristecen las parejas que no tienen nada que decirse.

—Estos sí, a veces discuten.

—¿Sobre qué? —preguntó Sofía.

—Sobre lo que sea, con tal de discutir, lo mismo les da.

Omar, viendo que Sofía parecía más serena, decidió que era el momento de abordar el asunto.

—¿Querés hablar de lo que pasó allá fuera?

—Es difícil de explicar —Sofía dudó.

—¿Quién era el viejo que huía de vos? —insistió él.

—No me creerías —contestó, a la vez que negaba con la cabeza.

—Probá —la retó Omar.

Ambos se miraron unos segundos tras los cuales Sofía decidió aceptar el reto:

—Era mi padre.

—Y, mirá, tampoco es tan raro —Omar alzaba las manos al hablar—, en todas las familias hay quilombos. Si yo te contara...

—No lo entiendes —le interrumpió Sofía—. Mi padre murió hace casi diez años.

Omar la miró atónito sin saber cómo continuar la conversación.

—A la flauta —fue su única observación.

—¿Qué te parece? —añadió ella, tratando de averiguar a qué modalidad de flauta haría referencia la expresión del argentino—, esto es mejor que lo del ertzaina.

—Pero ¿vos estás segura de que era tu padre?

—¿Lo ves? Te dije que no me ibas a creer —dijo Sofía haciendo amago de levantarse de la silla—. Te agradezco mucho el café. Y que me hayas rescatado de las hienas.

—Esperá —Omar la detuvo—. Esperá. Me decís que tu padre murió y que recién ahora le viste pasar por la calle. No podés marcharte sin explicármelo.

—¿Y qué quieres que te diga?

—¿Vos creés en la resurrección?

—Solo los domingos y fiestas de guardar —contestó Sofía alzando las cejas.

—Estás de acuerdo conmigo en que o tu padre no murió o el viejo no era tu padre, ¿no es cierto?

—Era mi padre —contestó Sofía con un hilo de voz.

—De acuerdo, entonces ¿por qué decís que murió?

—No lo sé, Omar, se supone que murió. —Sofía intentaba ordenar sus pensamientos—. Yo llevaba bastante tiempo sin saber nada de él y un día me dijeron que había muerto y le habían incinerado, y salió una esquela en el *ABC* y hasta hubo un funeral, y luego los papeles de la testamentaría... —Sofía hizo una pausa para recomponerse—. Si no murió, lo disimuló de cojones, la verdad.

—Y decime una cosa. ¿Ocurrió algo recientemente que te hiciera pensar en él?

Sofía se encogió de hombros a modo de respuesta. Entendía que Omar no la creyera, pero cualquier cosa que dijera haría que todo sonara aún más inverosímil. Omar la observaba sin decir nada, como si supiera que ocultaba algo.

—Mira, no sé qué está pasando aquí, pero ese señor era mi padre. La otra vez no estaba segura pero esta vez...

—¿La otra vez? —la interrumpió Omar.

—Sí, es que no es la primera vez que le veo. Hace unos meses, en Madrid, me pareció verle de lejos. Pero hoy le he visto bien... No puedo explicártelo, ni yo misma lo entiendo. Pero sé que era él. Nos ha hecho creer que estaba muerto, y no tengo ni puñetera idea de por qué. —Sofía hizo una pausa para mirar a Omar—. No me mires así, que no estoy loca. Si estuviera loca, elegiría otro fantasma, alguien interesante, yo qué sé, Sócrates, Leonardo da Vinci, Paul Newman, mi tío Mauro... Pero no mi padre. Sería un fantasma inútil. A ver cómo te lo explico. —Sofía hizo una nueva pausa, pensativa—. Cuando yo era niña, mi padre era un señor que llegaba a casa borracho, gritaba mucho, arrojaba objetos y se volvía a marchar. Luego se divorció de mi madre y aprovechó para darse por divorciado del lote completo, se casó con su querida de toda la vida y mi hermano y yo dejamos de existir. Fin de la historia. ¿Por qué iba a tener yo el menor interés en revivir a ese señor?

Sofía detuvo el discurso, sorprendida de haber entrado en detalles íntimos con alguien a quien acababa de conocer. Omar la escuchaba en silencio, muy atento a cada una de sus palabras.

—¿Seguro que no eres psicoanalista? —preguntó Sofía a continuación.

—¿Te gustaría que lo fuera? —replicó Omar recuperando su enorme sonrisa.

—Mejor lo dejamos aquí antes de que esto se nos vaya de las manos —contestó Sofía, intentando devolverle la sonrisa a la vez que se levantaba definitivamente de la silla—. Gracias por todo otra vez —añadió—, incluyendo la terapia.

—¿Qué pensás hacer?

—De momento comerme esta lubina —contestó Sofía levantando la bolsa— y el resto, como diría Escarlata O'Hara, ya lo pensaré mañana.

—¿Te hospedás aquí en Laredo?

—Sí, he alquilado un apartamento.

—¿Acá en el pueblo?

—Por la zona del Ancla.

—¿Vos estás bien? ¿Querés que te acompañe?

—No, muchas gracias. Bastante has hecho ya. Carver me acompaña.

Sofía se despidió de Omar con un apretón de manos, cogió la bolsa con la lubina y echó a andar, agarrando la correa de Carver más corta de lo habitual, solo para sentir el calor de su cuerpo rozarle la pierna a cada paso.

Cuando llegó al apartamento, se dio cuenta de que había olvidado comprar la lechuga.

4

Había conseguido dormir un par de horas, lo cual significaba que al menos uno de los ansiolíticos que se había ido tomando a lo largo de la noche había hecho su efecto, pero aun así no se quitaba a su padre de la cabeza.

El argentino había resumido muy bien la situación: o todo el rollo de la muerte de su padre había sido un camelo, o ese anciano que insistía en cruzarse en su vida no era su padre. No había más opciones.

Entró en la cocina para hacer café. Sobre la mesa estaba el aviso de Correos que le habían metido por debajo de la puerta el día anterior. Le echó un vistazo rápido para confirmar que se trataba del sobre que le había anunciado Roberto. Efectivamente, el remitente era Konigsberg Advisors. Había un plazo de quince días para recogerlo, Konigsberg podía esperar.

Cuando el café estuvo listo, se sentó a desayunar. Mientras removía la cucharilla, cerró los ojos tratando de reproducir mentalmente la imagen del hombre que había visto salir de la notaría, pero no logró recordar ni uno solo de sus rasgos y, por mucho que lo intentara, tampoco era capaz de reconstruir el rostro de su padre. Sin embargo, podía ver perfectamente ambas miradas y eran idénticas. No entendía bien cómo se las apañaba su cerebro para hacerle ver una mirada sin mostrarle las facciones que había detrás. Se dio cuenta de que algunas imágenes dejaban en ella un poso intangible, algo imposible de identificar racionalmente, pero no tenía ni idea de si ese algo intangible formaba parte de lo observable o, por el contrario, lo fabricaba ella misma como observadora. En otras circunstancias habría profundizado en la reflexión, pero no estaba de humor para divagaciones, así que aparcó la idea y decidió enfocarlo de otra manera.

Llevaba muchos años sin ver a su padre, demasiados para reconocerle a la distancia a la que le había visto: no podía estar segura de que aquel hombre fuera él. Por otro lado, había algo que no le cuadraba, aunque no conseguía saber qué era. Repasó mentalmente los escasos encuentros con su padre de los últimos treinta y cinco años, y entonces se dio cuenta: en todos los casos Emilio Amoretti aparecía escoltado por su vigilante esposa.

Sofía había intentado, sin éxito, verle a solas varias veces. Recordaba perfectamente su último intento. Estaba en Santander por una reunión de trabajo. Había terminado antes de lo previsto y no tenía nada que hacer, así que se le ocurrió llamar a su padre para invitarle a cenar, los dos solos. Él puso mil excusas, una detrás de otra, que Sofía fue desmontando pacientemente, hasta que por fin Emilio confesó avergonzado: su mujer no le dejaba salir solo de casa.

—¿Por qué no la mandas a tomar por el culo? —le sugirió Sofía indignada.

—Es mi mujer, Sofía, yo la quiero.

—Y una mierda la quieres. Tú no puedes querer a ese monstruo. Lo que pasa es que has permitido que te aparte de todo el mundo y ahora te cagas de pensar que ella es lo único que te queda.

—Me estás pidiendo que elija entre mi mujer y tú.

—No, no te equivoques. Ni en cien mil vidas te pediría semejante cosa. Por mí te puede seguir torturando por los siglos de los siglos si eso es lo que quieres. Yo solo te pido que interrumpas la tortura durante dos horas para salir a cenar conmigo. Cojo un taxi y voy a buscarte. Le puedes decir a esa bruja que la cena la pago yo, a ver si así te da el salvoconducto.

—¿Y qué más te da que vaya con ella? Podemos cenar los tres. Yo os invito. Han abierto un italiano al lado de casa que te va a encantar.

—No, papá —le interrumpió Sofía dándolo por imposible—. Lo siento, pero no. Deberías entenderlo. Si algún día quieres verme, ya sabes mi teléfono. Madrid está a media hora de avión, tú me llamas y yo vengo a verte. Pero sin ella.

Esa había sido su última conversación. Nunca recibió esa llamada y nunca volvió a ver a su padre, exceptuando las dos apariciones recientes. Pero tanto el hombre del aeropuerto como el de la plaza de Cachupín estaban solos. Cada vez parecía más inverosímil que ninguno de los dos pudiera ser su padre.

Tampoco encontraba ninguna explicación a que su padre estuviera vivo. La gente fingía su propia muerte en las películas de espías, pero no en la vida real. Ni siquiera había dejado un seguro de vida que cobrar, que habría sido todo un detalle si planeaba simular su muerte. Y, además, ¿para qué iba su padre a hacerse pasar por muerto? No tenía causas pendientes con la justicia, al menos no que ella supiera, y si hubiera tenido problemas con Hacienda, habrían salido a la luz en la testamentaría. Podía haber querido quitarse de encima a alguien que le estuviera haciendo la vida imposible, como por ejemplo a la energúmena de su mujer, pero entonces no habría sido tan imbécil de traspasarle a ella todo su patrimonio justo antes de hacerse el muerto. Por un instante se preguntó si su padre podría estar metido en algún negocio sucio hasta el punto de que alguien le hubiera amenazado de muerte, pero descartó la idea inmediatamente. El parecido entre Tony Soprano y su padre se limitaba al aspecto físico; en todo lo demás eran opuestos. Tony nunca habría sido tan cobarde, nunca se habría desentendido de sus hijos y nunca habría permitido que una gilipollas dirigiera su vida. Sofía intentaba rechazar la idea que le venía a la cabeza, pero era tan aplastante que tuvo que aceptarla.

Cogió el cuaderno 3D y pasó las páginas hasta que encontró la pregunta que estaba buscando: «¿Me gusta James Gandolfini o Tony Soprano?». En el hueco que quedaba debajo escribió: «Tony Soprano es la demostración de que papá podría haber sido de otra manera».

Cerró el cuaderno. La conclusión era suficientemente inquietante como para reconocer que no podía seguir adelante sin Darío. «Si me necesitás, llamame», le había dicho su psicoanalista antes de despedirse de ella. Eligió bien las palabras antes de teclear: «Hola, Darío. ¿Pasarías consulta por Skype?».

Ahora tocaba esperar.

5

Trató de ensayar mentalmente cómo le iba a decir a Darío que había vuelto a ver a su padre. Se habría sentido más cómoda si hubiera tenido algo más que sus visiones para reforzar la idea de que Emilio Amoretti seguía vivo. Pero no tenía nada. Igual le daba tiempo de averiguar algo más sobre lo ocurrido diez años antes; no podía ser tan sencillo hacerse pasar por muerto sin que nadie notara algo extraño.

En condiciones normales, cualquiera habría empezado por contactar con Francisca Somolinos, la supuesta viuda, a quien Sofía y su hermano conocían con el sobrenombre cariñoso de «la Zorra». Pero no podía ni plantearse llamar a su madrastra, entre otras cosas porque llevaba años enfrentándose a ella en los juzgados. No era una opción.

Intentó recordar el nombre de algún amigo de su padre, aunque en el fondo sabía que era misión imposible: su estridente madrastra se había esmerado con ahínco durante décadas para que la vida social de la pareja se limitara en exclusiva al clan Somolinos.

Solo quedaban sus tíos. La relación de Emilio con sus hermanos no había sido nunca ejemplar, pero quizás en el último momento alguno de ellos se habría ablandado lo suficiente para acercarse a él.

Emilio había sido el mayor de cuatro hermanos. El siguiente, y oficialmente el más sensato de los cuatro, era Camilo. A pesar de que eran hermanos, Camilo y Emilio no podían haber sido más diferentes. Camilo era muy rubio; Emilio, muy moreno; Camilo era estirado como un junco; Emilio, más bien esférico; Camilo era arquitecto y un apasionado del arte; Emilio, abogado y un apasionado de los chuletones, y la lista podría seguir así hasta el infinito.

La relación de Sofía con Camilo nunca había sido muy estrecha, pero ella sentía cierta simpatía por él, sobre todo porque parecía tan incompetente, sentimentalmente hablando, como ella. Aunque, en realidad, eran incompetencias de naturaleza muy diferente. Camilo tenía tendencia a enamorarse locamente de mujeres muy guapas y muy jóvenes y a pedirles matrimonio en la primera cita. Cada una de las que habían aceptado le había dado un único hijo, salvo la segunda que le dio dos: mellizos. La procreación debía ser para él algo así como la bandera que coronaba la cima, porque en cuanto la legítima en vigor daba a luz a la criatura, Camilo se enamoraba de otra más joven y más guapa y se apresuraba a pedir el divorcio con la misma facilidad con la que había pedido el matrimonio. Sofía había perdido la cuenta de cuántos primos tenía, todos muy rubios y muy estupendos. En favor de Camilo tenía que decir que se volcaba con todos sus hijos, sentía adoración por cada uno de ellos, los veía tanto como se lo permitían sus respectivas madres, y al menos una vez al año los juntaba a todos y se los llevaba de viaje a algún país exótico.

La siguiente hermana, por orden de edad, era su tía Gabriela. Describir a Gabriela era muy sencillo: estaba como un cencerro. Sofía recordaba haberse acercado a ella siempre con mucha cautela, como tratando de prepararse para recibir un golpe que no sabía por dónde iba a llegar. Si ese día Gabriela consideraba que su hermano Emilio era un bendito, a Sofía le caía la bronca por no bailarle el agua a su madrastra. Si, por el contrario, tocaba un día en que Emilio había hecho algo inaceptable, bajo el siempre discutible criterio de Gabriela, entonces la bronca venía en su condición de hija de su padre. La cosa era abroncar.

Y luego estaba el pequeño y favorito de Sofía: su tío Mauro. Para ella había sido como un hermano mayor en la distancia. En la época en la que solo se hablaba por teléfono cuando había algo importante que decir, Sofía y Mauro se relacionaban sobre todo por carta, pero cada tres o cuatro meses, Mauro iba a buscarla a Laredo y se la llevaba a merendar a Limpias, al cine a Santander o de excursión a la Bien Aparecida. Nadie entendía por qué se llevaban tan bien, pero a ellos les daba igual, les gustaba estar juntos y pasar la tarde hablando de cualquier cosa.

Mauro, como Camilo, había estudiado arquitectura. Al poco de casarse con Olga, su novia del instituto, y harto de que le compararan con su hermano, decidió emigrar a Oslo para gran alivio de Camilo, que nunca pudo soportar que su hermano pequeño le hiciera sombra. La distancia no fue un obstáculo para que Mauro siguiera manteniendo contacto con su sobrina por carta, y así fue cómo Sofía se enteró de que, al poco de llegar a Noruega, su tío había ganado un concurso de arquitectura, y después, de que Olga estaba embarazada, y de que si era niña la iban a llamar Sofía, y por último de que a Mauro le habían detectado un bultito en el hígado que tenía muy mala pinta. Esa fue la última carta que recibió y nunca supo si su respuesta había llegado a tiempo de que su tío la leyera. La pobre Olga volvió sola a Santander poco después, con un embarazo de ocho meses y una tristeza incurable. Fue niño y se llamó Mauro, como su padre.

Sofía buscó en su agenda y encontró el teléfono de Camilo. No tenía el número de Gabriela ni el de Olga, así que no había mucho que pensar.

—¿Quién es? —descolgó Camilo en un tono que a Sofía le resultó intimidante.

—Hola, Camilo, soy Sofía.

—¿Qué Sofía?

—De Borbón y Grecia —contestó algo ofendida—. ¿Qué Sofía va a ser? Tu sobrina.

—¡Hombre, Sofía! ¿Cómo estás?

—Pues divina de la muerte, la verdad. ¿Y tú?

—Yo muy bien, también. Trabajando un poco.

—¿No has pensado en jubilarte?

—¿Jubilarme para qué? El equilibrio perfecto se alcanza trabajando tres días por semana y pegándose la gran vida los otros cuatro. Te lo recomiendo. Yo llevo toda la vida practicándolo y me ha ido de maravilla. ¿Y tú? ¿Qué es de tu vida?

—Pues yo he preferido pegarme la gran vida a tiempo completo y me he venido a pasar una temporada a Laredo.

—¿A Laredo? Mira qué bien. Oye, te llamo yo en diez minutos y me lo cuentas con calma, que me has pillado con un contratista, ¿te importa?

—No, claro que no. Llámame a este número cuando puedas.

Colgó el teléfono algo aliviada. Después de tantos años evitando el contacto con su familia, no sabía cómo se iba a tomar Camilo su llamada, pero por el tono cariñoso de su tío, parecía que en ese sentido podía estar tranquila.

No habían pasado ni dos minutos cuando oyó el sonido de su móvil y se sorprendió de que Camilo hubiera despachado a su contratista tan rápido. Cogió el teléfono y observó la pantalla. No era Camilo, sino Roque, su abogado.

—Qué oportuno —dijo en voz alta, dudando si contestar. Con un poco de suerte, la llamada significaba que ya había salido la sentencia que estaba esperando, pero no podía correr el riesgo de perder la oportunidad de hablar con su tío, así que dejó que el teléfono sonara sin descolgarlo. Al fin y al cabo, si llevaba más de ocho años esperando esa sentencia, no pasaba nada por esperar media hora más.

Se calentó una taza de café y se sentó a la mesa de la cocina con el móvil en la mano, comprobando cada pocos minutos que su psicoanalista tardaba en contestar su mensaje, que su tío tardaba en devolverle la llamada, y que su abogado tardaba en enviarle un *email* con las novedades que hubiera del juzgado. Estaba a punto de alcanzar los niveles de estrés de su vida anterior cuando por fin sonó el teléfono.

—Bueno, sobrina, cuéntame —le dijo Camilo sin más preámbulo—. ¿Cómo es que estás en Laredo? ¿De vacaciones?

—No, qué va. Me he retirado.

—¿Y eso? ¿Tú no tenías un puestazo?

—Puestazo, puestazo... Según cómo se mire.

—¿Y de qué vas a vivir ahora? ¿Te ha tocado la lotería?

—Vendí mi casa. Con eso tengo para aguantar unos años.

—Si te sigues dedicando a pleitear, no serán muchos.

—¿Por qué lo dices? ¿Por la Paca?

—¿Cómo se os ocurrió demandarla?

—No me digas que te vas a poner de su parte, Camilo.

—Yo no me pongo de parte de nadie, pero no entiendo que tengáis que acabar en los juzgados.

—Nos hizo la vida imposible a todos, empezando por mi padre. Ahora que se joda.

—¿Es una cuestión de venganza?

—Es una cuestión de justicia.

—La justicia no existe, querida sobrina, a ver si te caes del guindo. No vais a ganar nada. Con los pleitos, los únicos que ganan algo son los abogados.

—Bueno, mira, pues es lo que hay. Me conformo con que le salga una úlcera de pensar que podría quedarse sin nada. A estas alturas ya debe estar buscando otro primo al que trajinarse con su carita de mosquita muerta. A su edad.

—No sé por qué le tienes tanta manía. Es un poco simple, no te digo yo que no, pero no es mala persona.

—¿Cómo que no es mala persona? Entonces ¿quién es mala persona?

—No tienes razón, Sofía. Yo nunca la he visto actuar con maldad.

—Pues gradúate la vista, Camilo. Si hacemos una escala de malos, la Paca está entre Adolfo Hitler y Hannibal Lecter.

—Cómo te gusta exagerar.

—¿Exagerar? Pero ¿tú sabes lo que nos hizo?

—¿Qué os hizo? ¿Casarse con tu padre? Los hijos siempre ven con malos ojos que su padre se vuelva a casar, te lo digo por experiencia, pero tenéis que asumirlo, estas cosas pasan.

—No, no va por ahí, Camilo. Me trae sin cuidado que se casara con mi padre. Pero nos robó, y eso ya sí que me jode. De una forma miserable, además. Se quedó con todo y nos dejó con el culo al aire.

—Mira, Sofía, tu padre tenía derecho a dejarle su dinero a quien le diera la gana. Si se lo dejó a ella, te tendrás que aguantar.

—A ver, Camilo, aparte de que eso de que tenía derecho a dejarle su dinero a ella es muy discutible, porque hay una ley que dice lo contrario, es que no se lo dejó a ella.

—¿Entonces? —preguntó Camilo sorprendido.

—Es que ella ya se lo había quedado todo antes de que mi padre muriera. Tu hermano fue tan imbécil que le firmó un poder general, de esos que los notarios llaman «poder de ruina».

—¿De ruina?

—Sí, poder de ruina. ¿No lo has oído nunca? Lo llaman así porque si lo firmas, el apoderado puede hacer lo que le dé la gana en tu nombre, como por ejemplo arruinarte. Y la Paca se lo tomó al pie de la letra.

—Venga ya, Sofía. ¿Qué hizo? ¿Gastarse el dinero de tu padre? Pues oye, si tu padre lo permitió...

—Joder, Camilo. Menos mal que no te pones de parte de nadie. Mejor dejamos el tema.

—Tampoco creo que tú te puedas quejar, ¿no? Por lo que sé no te ha ido mal.

—Pues no, no me ha ido mal. Pero nunca he tenido nada que no me hubiera ganado yo solita. Y me habría encantado seguir así, pero lo que no voy a hacer es tragarme los pufos de la Paca.

—¿Qué pufos?

—Hipotecó el piso de mi madre por un dineral. La Paca se quedó la pasta y nosotros la deuda. ¿Cómo lo ves?

—Pero vamos a ver. ¿Tu madre también le firmó un poder?

—No, hombre, no. El piso de mi madre estaba a nombre de mi padre.

—Entonces no era de tu madre.

—Dijera lo que dijera la escritura, el piso era de mi madre. La casa de Laredo siempre fue de mi madre, eso supongo que lo sabes, ¿no?

—¿Y qué?

—Pues que cuando mis padres se divorciaron, decidieron venderla y comprar un piso para cada uno. Así que el piso de mi madre en el paseo de Pereda y el que tenía papá en el Sardinero se compraron con el dinero que les dieron por una casa que era de mi madre. Lo mires como lo mires el piso de mi madre es de mi madre.

—Y ¿cómo acabó a nombre de tu padre?

—El problema es que la muy imbécil firmó los papeles del divorcio sin leerlos, y resultó que los dos pisos se escrituraron a nombre de papá, que por lo que se ve, era un listillo.

—Mira, Sofía, estamos hablando de mi hermano, yo prefiero que no...

—Vale, tienes razón —le interrumpió Sofía—. En realidad, vete a saber por qué lo hizo. Él lo justificaba diciendo que así le facilitaba las cosas a mamá. Nos prometió que mientras viviera, él correría con todos los gastos del piso, y cuando muriera nos lo dejaría en herencia a Gabi y a mí.

—¿Y os lo dejó?

—Sí, lo heredamos. Pero hipotecado. Ya te lo he dicho. La Paca aprovechó el poder que le había firmado su maridito para hipotecarlo. Así que mi hermano y yo hemos heredado un piso en el paseo de Pereda que no es nuestro y una deuda de narices.

—Hombre, algo más heredaríais.

—¿Qué más? No había nada, Camilo. Ya te he dicho que todo estaba a nombre de la Paca.

—Madre mía, Sofía. No tenía ni idea de todo esto.

—Pues ya ves. ¿Sigues creyendo que tu cuñada es una santa?

—No sé qué decirte. Me cuesta creer que Paca hiciera algo así sin que tu padre lo supiera.

Sofía tardó varios segundos en contestar.

—Si te digo la verdad, a mí también —dijo por fin, abatida.

—Oye, si puedo ayudaros en algo...

—Gracias, Camilo, pero nos vamos apañando.

—Estoy seguro. Tú siempre has sido fuerte. Bueno, y cuéntame, ¿para qué me llamabas?

—Para nada en especial, la verdad.

—No he sabido de ti en todos estos años y ¿me llamas solo para charlar?

—Me apetecía hablar contigo, que hace siglos que no sé nada de ti.

—Fuiste tú la que desapareciste.

—Bueno, pero ahora he vuelto. Y desde que estoy aquí pienso mucho en papá. —Había llegado el momento de lanzar la pregunta—. Ni siquiera pude despedirme de él. ¿Tú sabes cómo murió?

—No lo sé muy bien. De un infarto, supongo. Yo tampoco pude despedirme. Me pilló en Vietnam, de vacaciones con mis hijos.

—Vaya. ¿Y la tía Gabriela estaba en Santander?

—Pues no lo sé, la verdad.

—¿Qué tal está? No tengo su teléfono. ¿Puedes pasármelo?

—Sí, claro. En cuanto colguemos te lo mando. Pero te aviso de que últimamente está intratable.

—No te preocupes, ya la conozco. Solo quiero hacerle una llamada de cortesía.

—Y por lo demás, ¿qué tal? ¿Cómo está tu hijo?

—Bien. Muy mayor —se limitó a contestar Sofía.

—¿Por qué no venís un día a verme? Me he comprado una casa en San Miguel de Aras que te va a encantar.

—¿Eso dónde está?

—En la junta de Voto. Vente un día y os invito a merendar.

Sofía quedó en ir a visitarle pronto y se despidieron.

Colgó el teléfono, algo frustrada. La conversación con Camilo solo había servido para discutir sobre la Zorra, y para averiguar que cuando se produjo el hipotético fallecimiento, su tío estaba fuera de España y, por tanto, no podía confirmar ni desmentir nada.

6

La respuesta de Darío seguía sin llegar. Miró la hora en el teléfono y cogió el paquete de tabaco. Fue a abrir la puerta de cristal que daba al jardín, pero antes de hacerlo vio pasar a una mujer con sombrero de paja que llevaba en la mano unas tijeras de podar. El casero ya la había avisado de que la jardinera se pasaría por ahí de vez en cuando, pero aquella mujer parecía tener más ganas de fisgar que de ocuparse del jardín, así que Sofía cambió de opinión.

Miró a Carver, que la observaba desde el vestíbulo, y le sonrió. El perro entonces señaló con el hocico hacia el perchero en el que Sofía colgaba la correa, sugiriendo que ya era hora de salir de casa.

Le pareció buena idea, el aire le sentaría bien y de paso evitaba quedarse otra vez petrificada con el teléfono en la mano esperando la respuesta de su psicoanalista.

Metió el tabaco y las llaves en un bolsillo de la cazadora y el teléfono en el otro y, en cuanto enganchó la correa al collar del perro, salió de casa sin pensárselo. Giró a la izquierda, echó a andar sin elegir ningún rumbo concreto y la línea recta la llevó hasta el barrio de San Lorenzo.

Por el camino, fue observando disimuladamente a cada viejo con el que se cruzaba, pero no encontró ninguno que le recordara, ni de lejos, a Tony Soprano.

Llegó a una esquina en la que había quedado una diminuta parcela triangular sin construir junto a algo parecido a un riachuelo. En mitad de la parcela habían colocado una enorme jaula de malla metálica que encerraba lo que debía ser un contador eléctrico. Sobre la hierba, que estaba demasiado crecida, había un banco de hormigón con vistas a la jaula. Parecía un sitio lo suficientemente inhóspito como para sentarse a fumar sin que nadie los molestara.

Carver se sentó a su lado hurgando con su hocico entre la hierba, como esperando descubrir algún tesoro. Por fin, el teléfono vibró en su bolsillo. «¿A las trece quince te va bien?», le proponía Darío. Contestó afirmativamente y respiró aliviada. El contacto con Darío le hacía sentirse parte de ese mundo apacible de las personas previsibles y las certezas absolutas, y eso era precisamente lo que necesitaba.

Nada más encender el cigarrillo oyó la sirena de una ambulancia. Recordó que su casero le había comentado que el hospital de Laredo, inaugurado a principios de los noventa, le había dado mucha vida al pueblo. La frase le había resultado paradójica. Sin duda los hospitales daban vida en más de un sentido, pero ella procuraba evitarlos, convencida de que allí dentro se producían más muertes que en ningún otro lugar, no había más que mirar las estadísticas.

Se preguntó dónde habría muerto su padre. Simular un fallecimiento en un hospital no debía de ser fácil. Ni siquiera sabía de qué había muerto. Se lo había preguntado a Camilo, pero él tampoco parecía saberlo. Quizás ese fuera el problema, que le faltaban datos para asentar en su cabeza la idea de que Emilio Amoretti había muerto. No parecía algo difícil de resolver, bastaba con pedir un certificado de defunción para salir de dudas.

Caminó de vuelta a casa sin prisas. Nada más llegar, se sentó en el sofá del salón, encendió su portátil, comprobó que su usuario de Skype funcionaba correctamente y dedicó los minutos que le quedaban a curiosear en la página del Registro Civil. Se sorprendió positivamente de comprobar que existía la posibilidad de pedir certificados de manera telemática.

—Mira qué bien, Carver, cuando ya nadie daba un duro por ello, la administración de este país se moderniza. Si lo consigo a la primera, te compro el hueso más grande que encuentre en la carnicería.

Sin embargo, la alegría le duró solo hasta que llegó al apartado del formulario en el que le pedían el folio y el tomo de la inscripción del fallecimiento.

—Te acabas de quedar sin hueso, Carver, ya lo siento —dijo cerrando el portátil de un manotazo—. Se ve que estos iluminados han decidido que solo pueda pedir un certificado de defunción quien ya lo tenga.

Buscó a Carver con la mirada, pero el perro ya no estaba a su lado. Se levantó extrañada y caminó hasta la cocina. La puerta del jardín estaba abierta de par en par y Carver había aprovechado para salir de expedición. Sofía se acercó a la puerta y probó el picaporte, tratando de entender cómo se las había apañado el perro para abrirlo. Se dio cuenta de que si no corría el cerrojo, la puerta no cerraba bien. Aun así, se inquietó. Se asomó al jardín por primera vez y lo examinó con la mirada. La parcela era más grande de lo que había imaginado. Carver corría feliz, dando vueltas a toda velocidad alrededor de la casa principal. Era la primera vez que podía correr libremente desde que estaban en Laredo y parecía necesitarlo.

Volvió a entrar en el apartamento. Miró a su alrededor, pero no vio nada fuera de lugar. La ha tenido que abrir un golpe de viento, pensó a pesar de que estaba casi segura de que no había soplado una gota de aire en toda la mañana.

Fue a calentar el café que había quedado en la cafetera, pero cambió de opinión y abrió una lata de anchoas y una botella de rioja. Untó dos trozos de pan con mantequilla, puso una anchoa encima de cada uno de ellos, llenó una copa de vino y colocó todo en una bandeja para llevárselo al salón.

La llamada de Darío tenía que estar a punto de llegar. Abrió su *webcam* y miró la imagen que le mostraba la pantalla. Le costaba aceptar que esa mujer fuera ella. De hecho, no era ella; tan solo era la imagen de Sofía Amoretti que el mundo percibía cada vez que ella, desde detrás de sus ojos, trataba de comunicarse con él. Probó a sonreír, a ponerse seria, a fruncir el ceño, a negar, a asentir, a encogerse de hombros, y en cada gesto se sorprendía de ver el resultado. Entonces trató de mirarse fijamente con el fin de averiguar si su mirada también dejaba un poso intangible, pero se perdió intentando descifrar quién miraba a quién.

Por fin oyó el apremiante soniquete característico de Skype y aceptó la llamada. Le llegó la sonrisa de Darío antes que su voz. Sin que él se diera cuenta, Sofía hizo un pantallazo de la imagen para poder recurrir a esa sonrisa en caso de emergencia.

—¿Cómo estás? —le preguntó Darío.

—Bienitú —contestó Sofía todo seguido.

Era una especie de ritual entre ellos. Darío iniciaba siempre la sesión con un «cómo estás», con la intención de entrar directamente al asunto. Con el tiempo, Sofía se había dado cuenta de que el «bien, ¿y tú?», que a ella le salía de manera natural, a Darío le incomodaba, como si le pareciera inadecuado que una paciente le preguntara cómo estaba él, así que había acabado sustituyendo el «bien, ¿y tú?» sincero por un «bienitú» de cortesía que no requería respuesta.

—He vuelto a ver a mi padre —dijo Sofía sin más preámbulos.

Darío la miró a los ojos, asegurándose de que su rostro no mostrara ninguna expresión, y preguntó:

—¿Cuándo?

—Ayer.

—Contame qué pasó.

—Yo salía del mercado y le vi por la calle, por la acera de enfrente. Entonces, intenté acercarme a él, pero se subió a un coche antes de que pudiera alcanzarle.

Darío esperó unos segundos a que Sofía continuara su narración, pero ella apartó la mirada de la pantalla.

—¿Y eso dónde ocurrió?

—Aquí, en Laredo.

—¿Estás en Laredo?

—Sí.

—¿Fuiste sola?

—No, con Carver.

—¿Quién es Carver?

—Espera, que te lo presento —dijo Sofía moviendo el portátil para que la cámara apuntara al perro que entraba en ese momento en el salón.

—¡Adoptaste un pastor alemán! —exclamó Darío con una sonrisa.

—La última vez que estuve en tu consulta ya te dije que de ahí me iba directa a la protectora de animales.

—Y, pero no sé por qué pensé que elegirías un perro pequeño.

—¿Tú me ves a mí con un caniche?

Darío sonrió a modo de respuesta.

—Es guapo, ¿verdad? Al pobre lo abandonaron cuando aún era un cachorro.

—Y ¿cuándo decidiste ir a Laredo?

—Llegué hace un par de días. ¿Te parece mal?

—Me sorprende.

—La idea era volver a empezar, ¿no?

—¿Qué entendés vos por volver a empezar?

—Vaya pregunta —contestó Sofía como si fuera obvio—. Algo así como volver al principio y tomar un camino diferente.

—Volver al principio —repitió Darío—. ¿Al principio de qué?

—Al principio. A la casilla de salida. Al momento en que empecé a cagarla.

—¿Querés encontrarte con tu pasado?

—No. No tengo la menor intención de encontrarme con mi pasado, al contrario. Se trata de sustituirlo, de borrarlo. Lo que quiero es que mi pasado deje de existir.

—El pasado no puede cambiarse, Sofía. Lo único que podés hacer es cambiar el relato.

—Nunca se sabe. Mira mi padre. Se murió y ahora resulta que está vivo. Si eso no es cambiar el pasado...

—¿Pensaste mucho en él en estos meses?

—No sé. ¿Qué es mucho?

—Más de lo habitual.

—A veces recuerdo cosas que había olvidado, y que, dicho sea de paso, preferiría seguir olvidando... Yo qué sé, no sé si pienso o no pienso en él. Intento evitarlo, pero así no hay quien pueda.

—Intentás evitarlo. Entonces ¿por qué volviste a Laredo?

—Me dio el punto y vine. En algún momento tenía que volver, ¿no?

—¿Qué esperás encontrar ahí?

—No, no se trata de eso. Aquí no me queda nada.

—¿Recordás nuestras últimas sesiones? Decías que llevabas toda la vida haciendo cosas que no te gustaban. Y de pronto dejaste tu trabajo, dejaste a Indalecio y te fuiste a Laredo. ¿Cómo deberíamos interpretar eso?

—Bueno, no hay mucho que interpretar. Tú lo sabes mejor que nadie. Estaba cansada de ser la mujer modélica y de ponerme metas cada vez más altas que no tenían nada que ver con lo que yo quería. Un buen día me harté y lo mandé todo a la mierda, tampoco creo que sea tan raro.

—¿Y por qué Laredo?

—¿Y por qué no? Se me ocurrió venir y vine. Tampoco lo pensé mucho.

—¿Y no podríamos pensar que fue al revés? ¿No será que ya habías decidido volver a Laredo y por eso dejaste tu trabajo, dejaste a Indalecio, dejaste tu piso...?

—No, lo de Laredo se me ocurrió después.

—Después. Y al poco de llegar te cruzaste con tu padre.

—¿No te lo crees? —Sofía observó la sonrisa pétrea de Darío—. ¿Crees que han sido alucinaciones mías?

—Cuando fuiste hacia él, ¿qué querías decirle?

Parecía una pregunta obvia, pero a Sofía no se le había ocurrido hacérsela. Tardó unos segundos en encontrar la respuesta.

—Nada. Es curioso. No se me ocurre nada que decirle. Triste, ¿no? —Sofía recurrió a su sonrisa irónica antes de seguir verbalizando los pensamientos que se cruzaban por su cabeza—. Esto de mi padre es como lo del gato de Schrödinger. ¿Sabes a qué me refiero?

—Que nunca sé si el gato está vivo o muerto —contestó Darío.

—Más bien que mientras nadie abra la caja, el gato está vivo y muerto a la vez. —Sofía pensó durante un instante—. ¿De verdad crees que no era él? Tampoco es tan descabellado. No conozco a nadie que estuviera ahí cuando murió. Fue todo muy raro, Darío, mi padre murió así, de repente, en pleno agosto, cuando todo el mundo está de vacaciones. —Sofía miró a Darío fijamente antes de pronunciar su siguiente frase—. Eres un poco cabronazo.

—¿Por qué?

—Porque ahora me estás haciendo dudar.

—Parecés decepcionada.

—Puede que sí. Un poco. No mucho, ¿eh? Una decepción pequeñita, algo así como cuando compruebas un décimo de lotería que no te ha tocado. Te jode, pero era de esperar.

—¿Por qué querés que esté vivo?

—No quiero que esté vivo —Sofía rectificó inmediatamente—. Eso ha sonado fatal. Tampoco quiero que esté muerto. No quiero nada. Que se pudra en su caja y me deje en paz. No es justo, Darío —siguió Sofía—. ¿Y ahora qué? Si el imbécil de mi padre está muerto, lo mío debe de ser un caso de psicosis de libro. Pero ¿y si es verdad que está vivo? Porque si está vivo, esto solo han sido un par de coincidencias espaciotemporales desafortunadas, ¿no? La diferencia no es pequeña. Si te paras a pensar, mi diagnóstico no depende de mí, sino de mi padre. Es decir, que el gato soy yo y mi padre es el que está fuera de la caja. Es inquietante, no me digas que no. Si mi padre no abre la caja, ¿cómo podemos saber si lo mío es neurosis o psicosis?

—Volvamos a lo de antes. Quizás deberíamos pensar qué significa exactamente que aparezca tu padre coincidiendo con tu decisión.

—¿A qué te refieres?

—A entender qué fue lo que te empujó a cambiar de vida.

—Ah, ¿es que se puede cambiar? —bromeó Sofía—. Venga, te cambio mi vida por la tuya.

—No sabés lo que decís —dijo Darío riéndose.

Se hizo una pausa durante la cual Sofía parecía estar eligiendo su siguiente frase.

—Fíjate —dijo por fin—, si mi padre estuviera vivo, tendría más sentido todo lo que hizo. Habría una razón para que le traspasara todo a su mujer. Si pensaba fingir su muerte, no tenía más remedio que hacerlo, ¿no? Lo que hubiera quedado a su nombre, lo habríamos heredado mi hermano y yo.

—Interesante que pienses esto. Si fuera así, ¿te sentirías mejor?

—No. O sí, no lo sé —dudó—. No, la verdad es que no. Vale que pusiera todo a nombre de ella, pero lo de la hipoteca... Pedir un préstamo como ese, sabiendo que la deuda nos la íbamos a tragar mi hermano y yo, parece algo demasiado miserable, incluso para mi padre. Y además, tampoco tiene sentido que apoderara a su mujer, podía haber firmado él todos los chanchullos directamente. Se habrían ahorrado la demanda.

—¿Hubo alguna novedad con todo eso?

—Qué va. Seguimos esperando. —Sofía hizo una pausa—. ¡Coño! Se me ha olvidado devolverle la llamada a mi abogado. Me llamó antes y no pude atenderle. En cuanto acabemos la sesión, le llamo. Igual ha salido ya la sentencia.

—Curioso.

—¿El qué?

—Con los años que estuviste esperando esa sentencia, me resulta curioso que olvides devolver ese llamado.

—¿Qué es lo que estás pensando?

—La sentencia, sea a favor o en contra, pondrá fin a todo el conflicto, ¿no es cierto? Vos viste a tu padre, y a continuación tu inconsciente olvidó el llamado de tu abogado. Pareciera que estás retrasando ese momento de poner fin a todo.

—¿Me quieres decir que tú crees que las apariciones de mi padre tienen que ver con la demanda?

—¿Vos lo relacionás?

—Yo qué sé, Darío. No soy capaz de analizar nada, por eso te pregunto a ti.

—Pensalo. Pensá lo que significa esa demanda para vos y lo seguimos hablando.

El inoportuno «Es la hora» de Darío llegó antes de que Sofía se lo esperara, pero comprobó en el reloj de su pantalla que no solo era la hora, sino que se habían extralimitado en casi diez minutos. Acordaron la siguiente cita y Sofía se despidió agitando la mano a cámara. Después de años teniendo que estrechar la mano de su psicoanalista en lugar de abrazarle, como le habría gustado a ella, le pareció un alivio que a través de la pantalla la despedida fuera tan sencilla.

Apagó el ordenador y se recostó en el sofá para tomarse el aperitivo que había dejado sobre la bandeja. Solo cuando en el plato no quedaba ni una miga y la copa de vino ya no daba más de sí, se puso en pie y volvió a la cocina.

El cuaderno 3D seguía abierto sobre la mesa. Rellenó la copa preguntándose qué porcentaje de las páginas escritas tendría relación con su padre y le pareció que, fuera cual fuera, sería un porcentaje desproporcionado. Su padre había sido el gran ausente en su vida y, sin embargo, en muchas sesiones con Darío había tenido un protagonismo que no se merecía, más por la insistencia del analista en sacar el tema que por interés suyo, o al menos eso creía ella.

7

Sofía dejó la copa sobre la encimera y cogió el cuaderno. Le sorprendió ver que se había quedado abierto por una de las primeras páginas. Estaba convencida de que ella no lo había dejado así, pero ya había aprendido a aceptar el juego sucio de su inconsciente, así que decidió rendirse y leer la página en cuestión.

Debía ser la primera referencia a Emilio. Aunque Sofía siempre había sido de lágrima fácil, no había llorado la muerte de su padre. Ella lo justificaba pensando que no le quedaba ningún rastro de sentimiento por él, ni bueno ni malo, pero Darío le había sugerido que podía haber otra explicación, que quizás hubiera algo pendiente de resolver antes de que pudiera llorar en paz. Recordaba haber estado dándole vueltas a esa hipótesis durante varios días, y precisamente fue en esa época cuando decidió demandar a la desconsolada viuda.

Habían pasado varios años desde aquello y aún no sabía el resultado, pero fuera cual fuera, ahora tenía sus dudas de que esa sentencia pudiera resolver ningún asunto pendiente con su padre.

—Carver, los psicoanalistas pueden llegar a ser tóxicos —dijo—; uno sale con más problemas de los que tenía al llegar.

Miró la hora en su móvil. Se había hecho un poco tarde, Roque debía estar ya comiendo. Puso una alarma a las cuatro de la tarde para asegurarse de que no volvía a olvidarse de llamar a su abogado, cogió la copa de vino y salió al jardín.

Carver la siguió y se metió a olisquear entre los arbustos que había junto a la puerta de la cocina.

—Cuidado con las plantas, Carver. ¿Qué hay ahí? —le preguntó Sofía—. ¿Algún bicho?

Sofía tiró con fuerza del collar del perro hasta que vio que lo que sujetaba entre los dientes era su riñonera.

—¿Cómo ha llegado esto hasta aquí? ¿Has sido tú? —le gritó enfadada.

Carver soltó su presa y agachó la cabeza compungido.

—Perdóname —dijo acariciándole la cabeza—. No tenía que haberte gritado.

Sofía cogió la riñonera del suelo y la miró extrañada. La abrió y repasó su contenido: un paquete de tabaco, un mechero, dos billetes de veinte euros...

—No pasa nada, guapetón, pero esto no es un juguete, ¿vale? Ya te compraré una pelota.

Caminó hasta la escalinata que daba a la casa principal, se sentó sobre el último escalón y encendió un cigarrillo. Carver se tumbó a su lado.

«Pensá lo que significa esa demanda para vos», le pedía Darío ahora. No sabía lo que significaba esa demanda para ella. No significaba nada. Significaba que su hermano y ella llevaban años removiendo el estiércol sin poder descansar. Y significaba que, si ganaban, la Zorra, por una vez en la vida, no se saldría con la suya. Y también significaba que, salvo que su padre siguiera en este mundo, no iba a poder presenciar, en vivo y en directo, cómo aplastaban a su mujercita en los juzgados. Ahí estaba la respuesta. No era un pleito contra la Zorra, nunca se trató de enfrentarse a ella. Daba igual lo que ella hubiera hecho, el verdadero problema era que nadie se lo había impedido. La demanda no era más que un contraataque a la última puñalada de su padre.

Todo había sido demasiado complicado. Cuando se enteraron de que su padre había muerto, ni Sofía ni su hermano sabían lo que se iban a encontrar. Lo único que querían era recuperar el piso de su madre.

Nunca habían confiado en que su padre cumpliera la promesa de dejarles el piso en herencia. La Zorra los había amenazado en más de una ocasión con quedárselo si no se mostraban suficientemente dóciles, y los dos hermanos sospechaban que era capaz de hacerlo.

Sin embargo, todo parecía indicar que su madrastra no se había salido con la suya porque el testamento ni siquiera la mencionaba. Ellos eran los únicos herederos.

Eso sí, pronto supieron que no heredaban más que problemas. En cuanto pidieron la nota simple del piso, descubrieron dónde estaba la trampa: venía de regalo con una hipoteca de más de cuatrocientos mil euros.

Inicialmente pensaron que heredarían algo más, al menos lo suficiente para cancelar la hipoteca. En contra del criterio de Sofía, Gabriel hizo un primer intento de preguntarle a la Zorra; pero ella, que nunca se había caracterizado por ser especialmente colaboradora con sus hijastros, se limitó a contestarle que su padre se había muerto sin un duro. Aquello no cuadraba en absoluto con el nivel de vida que llevaba la feliz pareja, y Sofía pensó que lo más rápido sería presentarse en una delegación de Hacienda para pedir toda la información que tuvieran sobre don Emilio Amoretti.

La primera funcionaria que la atendió le dijo que solo podían darle esos datos al interesado, es decir, a don Emilio. Sofía, con un ejemplar del Código Civil en la mano, en el que había marcado varias páginas, volvió a empezar desde el principio y le explicó una vez más a la señorita que don Emilio Amoretti había fallecido y por tanto ella, su hija y legítima heredera, heredaba entre otras cosas el derecho de su padre a obtener cualquier información. Ante la insistencia de Sofía, la funcionaria puso cara de asco, dijo que tenía que consultar a un superior y desapareció por un pasillo, no sin antes coger su bolso y su pañuelo, lo cual significaba que lo de reaparecer no figuraba entre sus planes.

Sofía, que tenía sobrada experiencia en tratar con la administración, había sacado varios papelitos de turno y probó con el segundo. El siguiente funcionario le explicó, con cierta desidia, que los datos de su difunto padre estaban bloqueados porque dicho contribuyente había fallecido. Con algo menos de paciencia, Sofía le aclaró que se refería precisamente a eso cuando había calificado a su padre como difunto, y de nuevo insistió en que, dada su condición de legítima heredera de su difunto padre, que además había fallecido, quería una copia de esos datos bloqueados. El funcionario en cuestión, que parecía estar a punto de sufrir un cortocircuito neuronal, le sugirió entonces que fuera al Registro Civil y pidiera que anularan el fallecimiento.

Sofía miró hacia el techo y le preguntó al tipo si había una cámara oculta o le estaba hablando en serio, pero el hombre insistió en que mientras don Emilio siguiera fallecido, el sistema no le dejaba sacar ningún dato. Sofía pensó que nadie iba a creerla si contaba lo que estaba oyendo, y le pidió al hombre que repitiera lo que acababa de decir mientras encendía la grabadora de su teléfono, pero él amenazó con llamar al vigilante de la puerta si no se iba inmediatamente de su ventanilla.

Le quedaba un papelito de turno y decidió probar una vez más. Afortunadamente, al tercer intento dio con un funcionario resolutivo que a los cinco minutos sacó por la impresora copias de las declaraciones de su padre de los últimos cinco años.

Ahora recordaba lo bien que se había sentido al salir de la delegación con sus papeles en la mano. No era solo por haberse salido con la suya. Darío solía echarle en cara que no disfrutaba con nada, e insistía en que debía buscar alguna actividad que le produjera placer. Ella siempre le contestaba, medio en broma, que en lo relativo al sexo no tenía ninguna queja, pero en el fondo sabía muy bien a qué se refería su psicoanalista. Su visita a Hacienda le había servido para encontrar, por fin, algo que la apasionaba: descifrar un misterio, fuera el que fuera. No era una cuestión de curiosidad, ni de necesidad de conocer la verdad; era más el placer de ir tirando del hilo, de deshacer el nudo poco a poco hasta ganarle la batalla a cualquier enigma que se le pusiera por delante.

En lo referente al patrimonio de su padre había encontrado varios hilos de los que tirar. Y tiró de todos ellos. La peregrinación por entidades financieras, registros de la propiedad, notarías y contactos que le debían favores le llevó varias semanas.

Fue una investigación complicada, pero las conclusiones no lo eran. Cuatro años antes de morir, Emilio tenía, entre saldos, acciones, fondos de pensiones y bienes inmuebles, un patrimonio de más de tres millones de euros. A su muerte solo quedaba el piso de Claudia, con su inseparable hipoteca, y un saldo en una cuenta corriente del BBVA de cincuenta y un euros con ochenta y nueve céntimos. Por muchos percebes que se hubiera comido en sus últimos años de vida, no podía haberse pulido ese dineral.

Y no lo había hecho. El dinero, simplemente, había cambiado de manos. La Zorra se había enriquecido, casualmente, al mismo ritmo al que él se había arruinado. Cuatro años antes de la muerte de Emilio, lo único que tenía ella era el poder general que le había otorgado su amante esposo. Haciendo uso de ese poder, se las había apañado para hipotecar el piso de Claudia, para venderse a sí misma todos los bienes de Emilio y para firmar cheques al portador contra la cuenta de su maridito casi a diario. De hecho, el mismo día del fallecimiento de Emilio se habían cobrado siete cheques en distintas oficinas del BBVA por un total de más de cien mil euros. A través de un conocido en el banco, Sofía descubrió que los siete cheques los había hecho efectivos Luis María Somolinos Expósito, que no era otro que el hermano de la Zorra.

Hizo un último intento con el acreedor de la hipoteca, con la esperanza de que la deuda se hubiera saldado en algún momento, pero no hubo suerte. El acreedor era una sociedad privada, de nombre Lumami Inversiones, S. L., de la que Sofía ni siquiera había oído hablar. El hecho de que la Zorra hubiera recurrido a un chiringuito financiero en lugar de a un banco era una prueba más de lo oscuro que había sido todo. Sofía envió un burofax al domicilio social de Lumami Inversiones solicitando los detalles de la hipoteca, y no tardó en recibir un *email* de un tal Marcelo Pereira Sousa, que muy amablemente le enviaba sus condolencias y le adjuntaba copia de la escritura, detalle del saldo pendiente y un número de cuenta donde debía ingresar las mensualidades. La existencia de la deuda era incontestable.

En resumen, la Zorra se había quedado con todo y, no contenta con ello, había hecho que su hermanito vaciara la cuenta en el último minuto para que no quedara ni la raspa. Como resultado, Sofía y su hermano heredaban un piso en el paseo de Pereda, que en realidad era de su madre, y tenían que asumir una deuda de más de cuatrocientos mil euros si no querían que a su madre la desahuciaran.

Cuando todo estuvo claro, Sofía le explicó a su hermano la situación: su padre lo había dejado todo organizado para que a su muerte sus hijos no olieran un duro, dejándoles como despedida final un buen marrón para seguir jodiéndoles la vida después de muerto.

En aquel momento, Gabriel propuso vender el piso del paseo de Pereda, hacerle un hueco a su madre en su casa y olvidarse de todo. Sin embargo, Sofía no quiso ni oír hablar de esa opción y acabó convenciendo a su hermano para que presentaran una demanda contra la Zorra, demanda que ya llevaba ocho años de gira por el sistema judicial.

Ya no se trataba de descifrar ningún enigma, sino de no dejarse insultar. La forma en la que el matrimonio Amoretti-Somolinos, o quizás fuera más adecuado decir Somolinos-Amoretti, había escamoteado el patrimonio de su padre era demasiado burda, como si Emilio menospreciara a sus hijos, dando por hecho que eran demasiado cobardes o demasiado imbéciles para enfrentarse a su mujercita, o simplemente presuponiendo que no iban a tener suficiente dinero para pleitear, porque lo cierto era que entre tasas, abogados, procuradores y peritos judiciales, no habían dejado de soltar dinero en los últimos ocho años.

—Dicen que la justicia solo actúa contra los robagallinas, Carver, pero no es exactamente así —Sofía empezaba a cogerle el gusto a desahogarse con el perro—: la diferencia no está en el chorizo, sino en la víctima. Si el dueño de las gallinas no tiene un buen saldo en la cartilla, puedes robarle tranquilamente las gallinas, el gallinero y el rosario de su madre, que no va a tener forma de defenderse.

Sofía apuró la copa de vino y volvió al apartamento.

Abrió la nevera. Ahí seguía la lubina. La lavó debajo del grifo, picó ajo y perejil y puso la sartén al fuego mientras pensaba en su hermano. Estaba preocupada por él. El proceso judicial había sido demasiado tortuoso y ahora se sentía culpable por haberle arrastrado con ella. Tenía que buscar la forma de compensarle, sobre todo si perdían.

Aunque ella estaba convencida de que iban a ganar. Y ya era hora de ir pensando qué iba a hacer con el dinero. Le daba cierto remordimiento que la fortuna de un señor a quien ella no le había importado nunca lo más mínimo acabara siendo suya. Por otro lado, la sensación de que todo lo que tenía se lo había ganado ella sola y no le debía nada a nadie le producía un placer casi físico al que no pensaba renunciar.

La cifra no iba a ser pequeña. Según su abogado, cabía esperar que el juzgado anulara todas las operaciones que había firmado la Zorra en nombre de su padre. De ser así, Gabi y ella heredarían un pastón. Si recibiera esa misma cantidad en forma de salario, tendría que calcular que, descontando impuestos, se le iba a quedar, más o menos, en la mitad. Pero esto era así, tal cual, libre de polvo y paja, como si siempre hubiera sido suyo.

—Es absurdo, Carver —le dijo al perro, que no dejaba de mirar el trozo de pan que había sobre la mesa—. No sé en qué momento la clase media se ha tragado eso de que la riqueza se puede redistribuir a través del impuesto sobre el trabajo. Las grandes fortunas deben estar partiéndose de la risa de ver cómo nos la han colado —añadió mientras le daba el pan al perro.

En cuanto la lubina estuvo lista, se sentó a la mesa de la cocina y se sirvió otra copa de vino. No terminaba de entender esa defensa casi unánime de las herencias. Ella nunca había contado con heredar de su padre, ni se había preocupado por lo que su hijo recibiría cuando ella muriera. Apoyaba a Ernesto incondicionalmente, tomara las decisiones que tomara con su vida, pero eso no incluía resolvérsela por la cara. Tenía la intención de pulirse sus ahorros antes de jubilarse y, a partir de ahí, vivir de la pensión que le quedara, dejando el saldo a cero. Al menos, Ernesto no heredaría deudas.

Estaba terminando de recoger la mesa cuando sonó la alarma de su teléfono. Había llegado el momento de llamar a Roque.

—Dame una buena noticia —dijo Sofía a modo de saludo.

—Hola, Sofía, ¿cómo estás?

—Divinamente, ¿cómo estás tú?

—Bien también.

—¿*Habemus* sentencia?

—No, no, qué va, no te llamaba por eso, no te asustes.

—No me asusto, Roque, me cabreo —contestó Sofía claramente decepcionada—. Me dijiste que habían señalado fecha para votación y fallo en junio. No entiendo que tarden tantos meses en redactar una sentencia.

—Bueno, ya debe de estar al caer, es un asunto complicado.

—Es complicado y por eso hemos esperado pacientemente no sé cuántos años a que resolvieran. Pero si resolvieron en junio, ¿a qué coño esperan para poner su resolución por escrito? —Sofía se dio cuenta de que estaba alzando la voz y se detuvo—. Perdona que te grite, Roque, no es culpa tuya.

—No, si tienes razón. Si quieres presento un escrito de protesta.

—Ni hablar, no presentes ningún escrito —le interrumpió Sofía—. Ahora solo falta que sus señorías nos cojan tirria.

—Bueno, escucha. Me ha llamado la abogada contraria.

—¿Y qué quiere?

—Me dice que Francesca está enferma.

—¿Francesca? —Sofía soltó una larga carcajada—. Toda la vida ha sido la Paca ¿y ahora que es millonaria se llama Francesca? ¿Quién se cree que es? ¿La de *Los puentes de Madison?*

—Creo que ha dicho Francesca, pero igual me he liado yo y ha dicho Francisca, perdona, error mío. El caso es que me dice que su clienta está enferma y le dan como mucho tres meses de vida.

—No me lo creo.

—Bueno, eso es lo que me dice. Y nos hace una oferta porque quiere dejar este asunto resuelto antes de que...

—Es mentira, Roque.

—Oye, yo te lo transmito.

—¿Y qué propone?

—Os ofrece cincuenta mil euros a cada uno, es decir, cien mil euros en total.

—¡Ni de coña! Le dices que no, que somos tontos pero no gilipollas. ¿Tú crees que si se estuviera muriendo le importaría un bledo la demanda? Venga, hombre, no se lo cree ni ella. Esa es la prueba de que ha robado mucho más. Esta sabe que está a punto de salir la sentencia y le ha entrado la diarrea.

—La verdad es que a mí tampoco me parece muy creíble...

—Te digo yo que esta no se muere. Dile que sentimos mucho la inminente pérdida de su clienta, y que Dios nos libre de privarla de cien mil euros, con la de misas que se pueden pagar con ese dinero.

—Igual deberías pensártelo, son cien mil euros. Ten en cuenta que la sentencia nunca se sabe...

—Mira, pásale mi contrapropuesta: nos devuelve todo lo que le robó a mi padre y nosotros, en reconocimiento a lo bien que ha desempeñado su papel de madrastra durante tantos años, le dejamos el usufructo del palacete durante seis meses: los tres que le quedan de vida y tres más de regalo para que las sobrinas tengan tiempo de desvalijarlo.

—No va a aceptar.

—Y dile que además le firmo un papel renunciando a seguir por lo penal.

—Si se muere no podemos seguir. La responsabilidad penal se extingue con el fallecimiento.

—Por si acaso resucita, que nunca se sabe.

—Yo se lo transmito, pero ya te digo que no va a aceptar.

—Pues nada, entonces que decidan sus señorías, si es que sus señorías no se mueren también antes de firmar la sentencia. —Sofía hizo una pausa—. Por cierto, Roque, ¿tú podrías conseguir el certificado de defunción de mi padre?

—Sí, claro, lo presentamos con la demanda. Debo tener una copia en el despacho, ¿te vale con una copia?

—Sí, me vale. ¿Me lo puedes enviar por *email?*

—En cuanto llegue al despacho te lo mando.

—Muchas gracias.

—Te llamo con lo que me diga la abogada.

Sofía colgó el teléfono y empezó a andar por el apartamento de lado a lado. ¿Por qué, después de tanto tiempo, la Zorra quería negociar justo ahora? Podía ser casualidad, podía incluso ser cierto que estuviera enferma, pero solo encontró una manera de encajar todas las piezas: la idea de que su padre estaba vivo volvía a tomar forma. Su padre se había dado cuenta de que ella le había reconocido y no se le había ocurrido otra cosa que ofrecerle dinero para que dejara las cosas como estaban.

Tenía que hablar con Gabi.

8

Los Amoretti habían sido conserveros. Angelo Amoretti, natural de Porticello, un pueblito marinero de la costa siciliana, fue uno de tantos salazoneros italianos que a principios del siglo xx viajaron al norte de España soñando con hacer fortuna con la anchoa del Cantábrico. Angelo eligió Laredo para instalarse. Empezó alquilando una bodega donde almacenaba los barriles que durante la temporada de pesca iba llenando de anchoas, colocándolas bien prensadas entre capas de sal. Al final de la temporada enviaba los barriles a Italia, donde las anchoas se valoraban mucho más que en España.

Poco a poco el negocio fue creciendo. Al morir Angelo, la fábrica Amoretti pasó a manos de su hijo Giulio, el abuelo de Sofía.

Los mejores recuerdos que tenía Sofía de su infancia estaban relacionados con el Nono, que era como ella llamaba a su abuelo Giulio, y con la fábrica de conservas. Casi toda la familia, empezando por su abuela Ulpiana, se había ido mudando a Santander; en Laredo solo quedaban sus padres, su hermano y ella, así que durante la temporada de pesca, que era cuando la fábrica estaba en funcionamiento, el Nono vivía con ellos.

Muchos días, a la salida del colegio, Sofía subía por la calle Gobernador para ir a la fábrica a recoger al Nono. Entraba armando tanto jaleo que durante un instante la producción se detenía y las obreras, que eran todas mujeres, se volvían para saludarla. Corría a ponerse un gorro y un delantal y se colocaba junto a ellas para limpiar y filetear el pescado, pero siempre llegaba el capataz, al que ella llamaba «el zángano», y la echaba de ahí con malos humos.

Entonces aparecía el Nono conteniendo la risa, y hacía como que la reprendía:

—No le llames zángano —le decía—, no le gusta.

—¿Por qué no? Si ellas son las obreras, él tiene que ser el zángano ¿no?, no va a ser la reina.

—La reina algún día serás tú, pescadito —el Nono siempre la llamaba «pescadito».

Lo cierto era que a Sofía no le había ido mal en la vida, desde muy joven había desempeñado altos cargos en empresas cada vez más grandes, pero nunca dejó de soñar con la fábrica. El Nono decía a todo el mundo que su nieta algún día la dirigiría porque era la única de la familia que llevaba auténtica sangre Amoretti en las venas, y Sofía daba por hecho que iba a ser así; en una familia siciliana lo que diga el Nono no se discute.

Pasaba las horas con él aprendiendo cómo se seleccionaban las mejores anchoas, que esas seguían viajando a Italia, o cómo variaba el nombre de cada pescado de un puerto a otro, o cómo funcionaba el télex para saber en todo momento a cuánto estaba la lira o el dólar, o el aceite de oliva en los mercados mayoristas.

Lo que más le gustaba era la subasta de pescado. Cuando un barco llegaba a puerto, sonaba una sirena en todo el pueblo, muchas veces en plena noche. Sofía se levantaba de un salto, se vestía a toda prisa y bajaba corriendo las escaleras hasta llegar a la cocina donde el Nono ya estaba esperándola con un vaso de leche caliente. Ella lo apuraba a toda prisa y se subían los dos al Opel Kapitan del Nono para ir hasta la lonja. Aparte de ella, en la lonja solo había hombres y casi siempre alguno protestaba:

—Don Giulio, no puede traer a la niña a la lonja.

—¿Quién lo dice? —contratacaba el Nono—. Este pescadito, aquí donde lo veis, algún día controlará toda la industria, así que chitón.

El caso es que no pudo ser. Un día su padre la sacó del colegio a media mañana y le dijo que el Nono había muerto. Así, sin más. Un infarto cerebral, dijeron.

Con apenas once años, Sofía se dio de morros con la muerte, con la muerte de verdad, la de los adultos, la que no tiene remedio, tan diferente de la muerte de los cuentos que se cura con el beso de un príncipe. Llegó a la fábrica de la mano de su padre sin saber qué se iba a encontrar y nada más atravesar el portón vio al Nono tumbado en el suelo rodeado de obreras, sanitarios y curiosos que pasaban por ahí. Le habían tapado el cuerpo con una sábana demasiado pequeña y asomaban por un lado los zapatos y por el otro la cabeza. Sofía recordaba lo furiosa que se había sentido al ver a toda esa gente mirando al Nono sin que él pudiera hacer nada por evitarlo. Hubiera querido tirar de la sábana para taparle la cara, pero la escena le provocaba tanto miedo que no se atrevía a mover un músculo sin permiso. Aún aferrada a la mano de su padre le suplicó: «Cuando yo me muera tápame, papá, yo no quiero que nadie me mire muerta». Su padre chascó la lengua, como si hubiera dicho una enorme estupidez, y le ordenó que le diera un beso al Nono para despedirse de él antes de que se lo llevaran. Ella se arrodilló temblorosa, rozó con sus labios esa mejilla inmóvil que ya no era la mejilla del Nono y miró a su padre asustada, sin entender por qué le había pedido que hiciera eso. En ese momento sintió cómo, de la misma manera que acababa de perder al Nono, se quedaba sin infancia.

No volvió a pisar la fábrica. Debía de ser cierto que a su padre no le circulaba auténtica sangre Amoretti por las venas, porque ni siquiera se planteó mantener el negocio. Menos aún el resto de sus tíos, que llevaban años viviendo de espaldas a Laredo. Así que no tardaron en echar el cierre y derribar la fábrica para construir una enorme torre de apartamentos.

Muerto el Nono y cerrada la fábrica, el padre de Sofía pasó a centrarse en «sus negocios», que Sofía nunca supo en qué consistían, pero que le obligaban a pasar mucho tiempo en Santander. Aun así, Emilio Amoretti no abandonó su pueblo natal hasta varios años después.

Una noche llegó a casa con un par de copas de más, como tantas otras noches. Sofía, su hermano Gabriel y Claudia, su madre, estaban sentados en el comedor, esperando a Emilio para cenar. La mesa estaba puesta y la cena ya se había enfriado, pero nadie se atrevía nunca a tocar un cubierto antes de que llegara Emilio. Gabi, con su bata de cuadros azules y verdes y los rizos repeinados hacia atrás como si acabara de salir del baño, jugaba aburrido a ponerle el traje de buzo a su Madelman. Claudia llevaba puesto un camisón rosa y una chaquetita blanca de punto y miraba hacia abajo con los ojos enrojecidos sin moverse de la silla. Ni su madre ni su hermano decían nada, pero Sofía no paraba de protestar, que tenía hambre, que no entendía por qué tenían que seguir esperando, que al día siguiente había que madrugar, que ella iba a empezar, que no había derecho, y una interminable lista de quejas que prolongó durante horas hasta que al fin llegó su padre. Se limitó a mirarlos y a decirles que fueran recogiendo sus cosas porque se mudaban a Santander. Por primera vez Sofía se enfrentó a él:

—Tú te puedes ir a Santander con tu amante si quieres, pero nosotros nos quedamos aquí.

Emilio cerró los puños y apretó los dientes con tanta fuerza que se le enrojeció la cabeza entera como si estuviera a punto de explotar. Finalmente agarró lo primero que vio, que resultó ser una jarra de cristal, y la arrojó apuntando a la cabeza de Sofía. Ella se apartó a tiempo y la jarra se estrelló contra la pared, pero Emilio ya se había dado la vuelta. Salió de casa dando un portazo, sin molestarse siquiera en comprobar si había acertado el tiro.

Poco tiempo después, le preguntaron a Gabriel si prefería vivir con su padre en Santander o con su madre en Laredo, y Gabriel contestó que prefería vivir con Sofía, le daba igual dónde. A ella no hacía falta preguntarle.

De los dos años siguientes, Sofía solo recordaba el llanto constante de su madre que, sin decirlo, la culpaba a ella de que su marido se hubiera ido, y la mirada asustada de Gabi, que buscaba cualquier excusa para entrar en la habitación de su hermana, ¿me ayudas a hacer los deberes?, ¿queda bien esta camisa con este pantalón?, ¿te vienes a dar una vuelta en bici?, ¿tú crees que ahora podremos tener perro?

Al final llegó el juicio de divorcio y Emilio convenció a Claudia para que vendieran la casa de Laredo, así que después de todo tuvieron que irse. Sofía trató de hacerle ver a su madre que lo mejor era instalarse lo más lejos posible de allí, pero Claudia seguía convencida de que su marido volvería a sus brazos, así que eligió Santander como destino para ponérselo más fácil. Gabriel se fue con su madre. Sofía no. Puso la excusa de que siempre había soñado con ser ingeniera de telecomunicación y nadie pareció ponerlo en duda. En realidad, no tenía la menor idea de en qué consistía eso de la telecomunicación, pero era una carrera que en aquel entonces solo se podía estudiar en Madrid o Barcelona y su único objetivo era alejarse. Durante varias semanas, la principal preocupación de la familia fue tratar de convencer a Sofía de que debía decir «telecomunicaciones» en lugar de «telecomunicación». Ella, que ya había rellenado los impresos de matrícula y sabía perfectamente que el término correcto era el singular, dejó que continuara el debate, agradeciendo que nadie tratara de hacerle cambiar de opinión, hasta que por fin llegó el día de irse de casa para no volver.

Gabriel, sin embargo, se quedó en Santander. En cuanto tuvo edad de salir con chicas, se hizo novio de una llamada Irene y tres décadas después, contra todo pronóstico, seguía con ella. Los padres de Irene les habían prestado el dinero para montar un local de fotocopias en la avenida de los Castros y, mal que bien, sacaban lo suficiente para salir adelante con sus dos hijos, sus dos perros y su Harley Davison, con la que se iban de vez en cuando por ahí a sentirse libres.

Sofía ahora, pasados los años, envidiaba la vida de Gabi, pero era de esas cosas que solo podía contarle a su psicoanalista. Quién más iba a tomarse en serio lo frustrada que se sentía por sus repetidos fracasos sentimentales, o por la falta de comunicación con su hijo. Ser oficialmente la gran triunfadora significaba que no tenía derecho a quejarse de nada.

Se sentó en el sofá con el teléfono en la mano y la mirada perdida, tratando de decidir si llamaba a su hermano o cogía el coche y se presentaba en Santander sin avisar. Cuando creyó que no podía demorarlo más, marcó el número de Gabi sin saber muy bien qué iba a decirle.

—¡Hermanita! ¿Cómo me llamas a estas horas? Los pobres *pringaos* tenemos que currar para vivir, ¿sabes? ¿Hay noticias del juzgado?

—No, no te llamo por eso. La Zorra quiere negociar.

—¿Y eso?

—Dice que se está muriendo de cáncer.

—¡No jodas! ¿Y eso cómo afecta al juicio?

—Yo no me lo creo.

—Suena un poco raro, la verdad.

—Nos ofrece cien mil euros.

—¿Con eso cubrimos los gastos de todo este suplicio?

—Si no contamos la hipoteca de mamá, por ahí debe andar la cosa. Le he dicho al abogado que le transmita mi deseo de que se meta los cien mil euros por el culo, pero si tú quieres aceptarlo, aún estamos a tiempo.

—Lo que tú digas.

—Hombre, no voy a decidir yo sola. Piénsatelo.

—¿Y por qué quiere negociar ahora?

—Yo tengo mi teoría, pero mejor te lo cuento cuando nos veamos. ¿Cenamos juntos?

—Me está entrando un cliente, Sofía, ¿te llamo ahora?

—Solo una cosa, Gabi —Sofía conocía a su hermano lo suficiente para saber que «te llamo ahora» significaba que tardaría varios días en llamar, así que no le dio opción a colgar—, ¿tú sabes de qué murió papá?

—Ni idea. Con lo gordo que estaba, de cualquier cosa.

—Tú no le viste, ¿verdad?

—¿Cómo que si le vi? ¿Qué quieres decir?

—Que si estabas ahí... Que si le viste muerto.

—¿Es que no te acuerdas?

—¿De qué?

—De que la Zorra no nos llamó. No nos dijo que papá había muerto. Tú estabas convencida de que ella lo había hecho aposta, para poder decirle a todo el mundo lo malos hijos que somos que ni siquiera fuimos a despedirnos de nuestro padre. Si hasta se lo dijo al juez, ¿cómo no te acuerdas?

—Sí, sí me acuerdo, pero tú fuiste al crematorio, ¿o lo he soñado?

—Sí, claro, en cuanto me enteré fui para allá.

—¿Y le viste?

—Pues no. Cuando llegué ya lo habían incinerado. Pero ¿a qué viene esto ahora?

—¿Y qué pasó con las cenizas?

—Yo qué sé. Se las llevaría la Zorra. ¿Me quieres decir por qué me preguntas esto ahora? —preguntó Gabi.

—Nada, curiosidad.

—No me lo creo, Sofi, algo estás tramando, que te conozco.

—No es nada, de verdad, no te preocupes.

—Hablamos luego. Si quieres llamo a mamá y cenamos los tres, ¿sabe ya que andas por aquí?

—No, aún no se lo he dicho.

—Deberías llamarla.

—Sí, ya lo sé. La semana que viene voy a verla, pero déjame que se lo diga yo.

—Como quieras. Te dejo, que mi cliente empieza a echar humo por las orejas.

Sofía colgó el teléfono, pensativa. Tampoco Gabi había llegado a ver el cuerpo de su padre.

Oyó el sonido de un motor procedente del jardín y se acercó a la ventana de la cocina. Una chica de unos treinta años, vestida con un peto vaquero y botas de agua, sujetaba algo parecido a un lanzagranadas apuntándolo hacia el suelo. El aparato soplaba aire con tanta fuerza que levantaba las hojas secas y las desplazaba, para lo cual hacía un ruido infernal.

Sofía pensó que aquella chica no se parecía nada a la otra jardinera que había visto el día anterior. Abrió la puerta del jardín y salió. Cuando la mujer la vio, apagó el soplador y saludó a Sofía.

—Buenos días.

—Hola. Soy Sofía.

—Yo Concha, la jardinera.

—Ayer estuvo aquí una compañera tuya.

La jardinera frunció el ceño antes de contestar.

—Se equivoca. Yo trabajo sola.

—Pues ayer había por aquí una mujer con unas tijeras de podar.

—No puede ser. Este jardín lo cuido yo. Además, en esta época solo se podan los rosales, y mire cómo están —la chica señaló a su derecha—, pensaba podarlos la semana que viene.

Sofía balbuceó una disculpa y volvió a entrar en el apartamento. Estaba tan segura de haber visto a la otra mujer en el jardín como de que ahora estaba esa chica ahí, encendiendo de nuevo su estruendoso artilugio. Y era incuestionable que aquella chica era real. Si hubiera sido una creación de su mente, llevaría un silencioso rastrillo.

Algo raro estaba pasando. Alguien había estado merodeando en su jardín, alguien había entrado en su apartamento y alguien había husmeado entre sus cosas, todo el mismo día en que se había cruzado con su padre por la calle.

9

Marcó el teléfono de Camilo casi sin pensarlo, tenía una excusa perfecta para volver a llamarle.

—Al final no me diste el teléfono de la tía Gabriela.

—¡Anda! Tienes razón, se me pasó totalmente. Ahora mismo te lo mando. No te preocupes, que esta vez no se me olvida.

—Muchas gracias.

—¿Qué tal por Laredo? Habrás encontrado todo muy cambiado.

—La verdad es que sí, bastante.

—Ya no hay quien lo reconozca. Y ¿cuánto tiempo piensas quedarte? ¿Vas a buscar trabajo ahí?

—Aún no lo he decidido. Aunque tenga que pagar la hipoteca de mi madre —añadió con retintín—, de momento no tengo prisa por volver a trabajar. Todo va a depender de si el juzgado nos da la razón.

—¿Sabes que Paca está ingresada?

—¿Dónde? ¿En un frenopático? ¿O es que le ha cogido el gusto a la liposucción?

—Estoy hablando en serio, Sofía, deben tenerla ya con paliativos.

Sofía se quedó un instante pensativa. No se había creído en ningún momento lo de la enfermedad de la Zorra y ahora Camilo parecía confirmárselo.

—¿Cómo lo sabes? —preguntó por fin.

—Santander es una ciudad pequeña, todo se sabe.

—Ya —se limitó a contestar Sofía.

—Igual deberíais retirar la demanda y dejar que se muera en paz.

—Coño, Camilo, ¿cómo puedes decir eso?

—Hombre, dadas las circunstancias, igual podéis negociar. Yo en vuestro lugar trataría de llegar a un acuerdo con sus abogados para resolver lo de la hipoteca a cambio de olvidaros de todo lo demás. Con libraros de la deuda, os deberías conformar, ¿no crees? Tú piensa que, al fin y al cabo, ella cuidó de tu padre durante los últimos años, mientras que vosotros no quisisteis saber nada.

—Eso de que no quisimos saber nada ¿de dónde te lo sacas? —Sofía quería ser amable con su tío, pero no se lo estaba poniendo fácil—. ¿Alguna vez le oíste a mi padre decir eso?

El silencio de Camilo le confirmó sus sospechas.

—Son cosas de la Paca, ¿verdad? —añadió Sofía—. ¿Ves como es mala? Cuando quieras mi versión, me la preguntas. Y, por cierto, ¿tú veías mucho a tu hermano? Porque igual el problema es que ella no le dejaba ver a nadie. Los últimos años papá estaba solo por culpa de ella. Lo tuvo aislado hasta el final. La prueba es lo que tardó en avisar de que había muerto. ¿No te pareció raro? Cualquiera pensaría que se lo había cargado y quería incinerarlo cuanto antes.

—Pero qué barbaridad, Sofía. ¿No lo dirás en serio?

Sofía decidió dar un paso más.

—O eso o estaban los dos metidos en algo turbio. De hecho —hizo una pausa antes de decidirse a seguir—, si solo estaba la Paca cuando papá murió, ¿cómo podemos estar seguros de que murió realmente?

Camilo tardó en contestar, como tratando de asimilar la pregunta.

—¿Qué me quieres decir?

—Que igual no murió.

—Pero ¿qué estupidez es esa, Sofía?

—Puede que suene raro..., pero piénsalo. Si nadie le vio muerto, no podemos estar seguros de que muriera.

—No me lo puedo creer, con lo inteligente que pareces, las tonterías que puedes llegar a decir. —A Camilo le gustaba utilizar el tono de un catedrático que está a punto de darle una lección magistral a un alumno despistado—. ¿Tú no sabes que hay unos trámites cuando alguien se muere? Hay un médico que certifica la defunción, hay una funeraria, hay un entierro, está el Registro Civil...

—¿Y por qué dejó papá que ella pusiera todo a su nombre?

—Querría evitar que la dejarais en la calle cuando él muriera.

—Claro, mucho mejor dejarnos en la calle a nosotros.

—Vosotros tenéis vuestras vidas. Mira, Sofía, tu padre quería a Paca y la quiso proteger. Ya está, no le des más vueltas.

—Ya, pero es que le he visto —soltó Sofía de sopetón.

—¿El qué has visto?

—He visto a mi padre.

—A ver. —El tono alterado de Camilo ahora recordaba más al de un decano—. Tú no estás bien. Tu padre lleva diez años muerto, no has podido verle. Habrás visto a alguien que te ha recordado a él, esas cosas pasan cuando uno tiene mala conciencia. Te voy a dar el teléfono de un psiquiatra amigo mío que pasa consulta en Castro. Dile que vas de mi parte.

—No, Camilo, no me des ningún teléfono —Sofía decidió dejar el tema—. Bueno sí, el de Gabriela, acuérdate.

—Te aviso de que Gabriela está cada vez peor. Como le digas que has visto a tu padre, se puede montar la de dios es cristo.

—No, no te preocupes. Solo quiero saber qué tal está.

—¿Cómo no voy a preocuparme? —Camilo hizo una pausa, pensativo—. Mira que decir que has visto a tu padre... Tienes que quitarte esa idea de la cabeza, porque con una descerebrada en la familia ya tenemos suficiente.

—Olvídalo, Camilo. Me pareció verle hace unos días, pero ya te digo que lo olvides. Me habré equivocado.

—Obviamente.

Sofía volvió a prometer que iría pronto a visitarle y se despidieron. Nada más colgar, recibió un mensaje con el número de su tía Gabriela, pero necesitaba un café y un cigarrillo antes de hablar con ella.

Mientras esperaba a que saliera el café, se dio cuenta de que tenía un *email* sin abrir. Roque, cumpliendo su promesa, le había enviado una copia escaneada del certificado de defunción de su padre, pero en el teléfono no se leía bien. Cuando el café estuvo listo, se sirvió una taza, se sentó en el salón y encendió el ordenador. Con un poco de suerte, se ahorraba tener que llamar a Gabriela.

Pasó la mirada de arriba abajo por el documento y sintió una pequeña decepción. La causa de la muerte no aparecía por ningún lado. El lugar del fallecimiento era el domicilio de su padre, así que tampoco había un hospital donde poder preguntar. Volvió a leer el certificado, esta vez con calma, fijándose en cada detalle.

No era más que una ristra de datos en forma de formulario: nombre, primer apellido, segundo apellido, DNI, hijo de, nacido el día... Le dio por pensar que algún día Ernesto leería un documento exactamente igual que ese, pero con sus datos en lugar de los de su padre, y le estremeció que el resumen oficial de una vida fuera algo tan impersonal. No costaba tanto incluir un apartado en el formulario para que cada familia pudiera añadir algún dato que humanizara el documento: fumaba puros, conducía como un loco, echaba la cabeza hacia atrás cuando se reía, le pirraban las cocochas, le gustaba arrojar objetos, se daba un aire a Tony Soprano, nunca se interesó por sus hijos... Sin embargo, el documento no decía nada sobre la vida de su padre. Y por mucho que lo leyera, tampoco decía demasiado sobre su muerte.

En el apartado titulado «Declaración de D./Dña.», en vez de figurar el nombre de una persona, simplemente ponía «Empleado Funeraria Sandosa». No le quedaba nada claro en qué consistía la declaración del señor funerario, pero no debía de ser demasiado relevante si el registro tragaba con que ni siquiera diera su nombre. Probablemente la funeraria se limitaría a certificar que se había producido una incineración, que, dicho así, lo mismo podía tratarse de unos restos humanos, de un ataúd vacío o de una falla valenciana.

El siguiente apartado llevaba por título «Comprobación», y ahí sí figuraba el nombre de un médico y un número de colegiado, lo cual en realidad tampoco era garantía de nada. No debía ser complicado rellenar un papel con los datos de un médico cualquiera, o incluso aunque la firma del médico fuera auténtica, como mucho podía certificar que había visto un cuerpo sin vida, pero ¿cómo podía saber quién era el difunto?

Volvió al apartado «Defunción». Su padre había muerto un lunes a las cuatro de la mañana en pleno agosto. Difícilmente iba a estar disponible su médico de cabecera en un momento así. O la firma del médico era falsa o se trataba de uno que pasaba por ahí y no le conocía de nada.

Fue a la cocina, se sirvió otro café y regresó al salón. Volvió a leer el certificado de defunción con la sensación de que había algo que no encajaba bien, pero tuvo que leerlo un par de veces para encontrar el dato que chirriaba.

El nombre del médico era Jorge Danny Díaz Granda. Lo de Jorge Danny, escrito así, con dos enes y acabado en Y griega no podía ser español.

Sin saber muy bien qué esperaba encontrar, buscó al tal Jorge Danny en Google. Lo primero que encontró fue la página del Colegio de Médicos de Cantabria. El amigo Jorge Danny era un alergólogo. ¿Por qué un alergólogo? Si ella necesitara un médico urgentemente para que asistiera a un moribundo, lo último que se le ocurriría sería recurrir a un prescriptor de antihistamínicos. Pero lo que realmente la desconcertó fue el siguiente resultado. Se trataba de un documento fechado en 2014, es decir, cuatro años después de la muerte de su padre. Un juzgado de Solares formulaba una solicitud a la República del Perú para que extraditaran al ciudadano peruano Jorge Danny Díaz Granda por varios delitos de fraude.

Le bastó una búsqueda en las noticias publicadas por esas fechas para ampliar información. El titular decía «Cae un entramado de corrupción policial». Parecía una gran operación, pero leyendo el artículo se dio cuenta de que se trataba de una trama más bien cutre. Unos cuantos funcionarios de Santander lo habían organizado todo para que cualquier miembro de la Policía Nacional que quisiera prejubilarse en la plenitud de la vida pudiera hacerlo a cambio de una suma de dinero. El papel de Jorge Danny consistía en emitir los certificados médicos falsos para conseguir la incapacidad permanente a cualquiera que quisiera pagar por su firma.

Sofía cerró el ordenador aturdida. No parecía que esa panda de policías sin escrúpulos tuviera ninguna relación con la muerte de su padre, pero estaba claro que el tal Jorge Danny era un pieza, y tenía una inclinación manifiesta a firmar documentos falsos.

Había tenido la esperanza de que el certificado de defunción la ayudara a convencerse de que su padre había muerto y estaba ocurriendo todo lo contrario.

Era el momento de llamar a su tía Gabriela.

—Hola, Gabriela. Soy tu sobrina Sofía.

—¿Y qué quieres? —contestó.

Después de años sin hablar con ella, Sofía había olvidado lo incómodo que podía llegar a ser interactuar con su tía. Tragó saliva y decidió continuar.

—Nada especial. Como hace mucho que no hablamos...

—¿Cómo tienes la desfachatez de llamarme? —la interrumpió Gabriela elevando el tono de voz—. ¿Qué quieres? ¿Burlarte de mí?

—No entiendo lo que me quieres decir. De verdad que no quiero molestarte, llamaba para preguntar cómo estás.

—¿Cómo estoy? Pues mal, ¿cómo quieres que esté después de lo que me hizo tu padre?

—No sé lo que te hizo mi padre, Gabriela, pero sea lo que sea, no tiene nada que ver conmigo. De verdad que solo te he llamado para saludarte.

—Pues muy bien. Ya me has saludado. ¿Algo más?

—No, nada más. Bueno —no perdía nada por intentarlo—, ya que te tengo en esta oreja, tengo una duda, igual tú puedes ayudarme. Cuando murió papá, Gabi y yo no pudimos despedirnos de él y no sabemos muy bien cómo fue. ¿Tú fuiste al crematorio?

—¿Lo dices en serio? —Gabriela seguía gritando—. Mira, déjame en paz. Ni a rastras hubiera ido —añadió antes de colgar.

Tenía razón Camilo en eso de que Gabriela estaba cada vez peor. Pero lo importante era que, al parecer, ella tampoco había visto a su padre muerto.

Sofía se recostó en el sofá. Le sorprendió ver lo rápido que su cuerpo se iba relajando. Tenía cosas en las que pensar, pero de momento solo sentía alivio, un alivio inmenso de saber que su cabeza funcionaba perfectamente y lo suyo no habían sido alucinaciones.

10

Sofía miró el cenicero y contó tres colillas. Eso significaba que llevaba más de tres horas caminado de un extremo a otro del apartamento.

La mezcla de nicotina y actividad física solía ser infalible cuando se trataba de tomar decisiones complicadas, pero en este caso no estaba funcionando y aún faltaban más de veinticuatro horas para poder hablar con Darío de nuevo. Seguía sin saber qué hacer. Lo razonable era olvidarse definitivamente de su padre, pero eso no iba a suceder hasta que no averiguara qué había pasado realmente con él.

El sonido de su teléfono la sobresaltó.

—Hola, jefa. ¿Estás bien? —preguntó Roberto.

—Sí, bien, Roberto, aún no he podido recoger el sobre. Ya te avisaré cuando lo tenga.

—No, tranquila, jefa, no te llamaba por eso.

—¿Algún problema con las escrituras?

—No, no, tampoco. Eso ya está resuelto.

—Entonces, ¿qué necesitas?

—Verás, es que... no sé si será importante, pero he pensado que debía decírtelo. Hemos estado ordenando el archivo de empleados y parece que la única carpeta que falta es la tuya.

—¿La mía? ¿Cómo la mía? ¿Qué había en esa carpeta?

—Documentos originales. Tus contratos, tu carta de dimisión, la ficha con tus datos..., esas cosas.

—Bueno, no te preocupes —Sofía trató de quitarle importancia—. Si el robo fue cosa de la competencia, igual es que quieren saber cuánto ganaba para hacerme una oferta escandalosa.

—Si vuelves al sector, llévame contigo, jefa —sonrió Roberto—. Esto sin ti no es lo mismo.

—No te preocupes, Roberto, no tengo intenciones de reincidir, pero si algún día lo hago, contaré contigo, te lo prometo.

Nada más colgar abrió la ventana del salón y encendió un cigarrillo. Lo que le faltaba. ¿Quién podía tener el menor interés en sus datos personales? ¿Algún tarado?

No era capaz de hilar ningún argumento racional que señalara a su padre, pero no podía ser casual que las señales de que alguien la acechaba hubieran empezado justo después de que se cruzara con él. Volvía a sentirse inquieta.

Necesitaba encontrar una explicación sencilla a los incidentes de los últimos días, pero no podía pensar con claridad. Debía buscar alguna actividad en la que distraerse para poder vaciar la mente; solo así podría retomar el problema desde el principio. Lo suyo habría sido quedar con un amigo para inflarse a cañas, pero lo más cercano a un amigo que tenía en Laredo era Carver. Pensó en Omar, aunque tardó menos en descartarlo que en recordar su nombre.

Si hubiera estado en su piso de Madrid, se habría sentado al piano, probablemente con algún preludio de Bach, pero su decisión de desprenderse de todo aquello que no pudiera llevar consigo había incluido, inevitablemente, su Yamaha de cola.

Como toda niña bien que se precie, Sofía había recibido lecciones de piano desde los siete años. Nunca tuvo intención de convertirse en una gran pianista, lo cual fue una gran suerte, porque como pianista siempre estuvo a mitad de camino entre floja y mediocre. Sin embargo, lo de sentarse delante del teclado y dejarse llevar por la música pronto se convirtió en un recurso insustituible para poder huir sin moverse del sitio.

Se apoyó junto a la ventana y volvió la cabeza en dirección a la casa de su infancia, como si pudiera verla desde ahí, preguntándose qué habría sido del piano que ella tocaba cuando era niña. Se acordaba muy bien de él. Era un Estela Bernareggi con candelabros de bronce, de finales del siglo XIX, que su madre había elegido por lo señorial del mueble, sin ser consciente de que en realidad estaba adquiriendo un gran piano. Lo tenían en el cuarto de estar, que era como llamaban a la diminuta habitación en la que Sofía, su madre y su hermano pasaban las horas. Ella nunca entendió por qué no utilizaban el salón, pero estaba totalmente prohibido, igual que estaba prohibido utilizar la vajilla inglesa, los cubiertos de plata o las toallas de hilo, como si hubiera que mantener impecable todo lo bueno por si acaso un día se presentaba por sorpresa la familia real a tomar el té. El caso es que en aquel espacio reducido ella tocaba el piano, Claudia se sentaba en la mesa camilla con la máquina de coser y Gabi se arrodillaba junto a una mesita que había en una esquina y montaba maquetas de barcos.

De vez en cuando su padre desaparecía durante varios días, y cuando volvía traía regalos para los tres. A Sofía, partituras cuidadosamente elegidas con el fin de poder machacarla después para que tocara el último éxito de Julio Iglesias o el repertorio completo de Nat King Cole. A su madre, telas con estampados a la última que Claudia agradecía con media sonrisa, no sin antes puntualizar que ella las habría elegido en otros tonos. A Gabi, en cambio, se le iluminaba la cara de felicidad cada vez que su padre le regalaba una nueva maqueta; lo mismo le daba que fuera un velero, que un pesquero, que un buque de guerra: él se sentaba en su mesita, abría la caja cuidadosamente, estudiaba cada pieza con atención y Sofía ya sabía que ahí le iba a tener durante semanas hasta que terminara de montar el barco.

Ahora se daba cuenta de que cada uno de los tres, su madre, su hermano y ella, había encontrado una forma de aislarse del mundo en aquella habitación, y precisamente era eso lo que necesitaba.

Solo recordaba haber visto un piano desde su llegada a Laredo.

En cuanto cogió la correa de Carver, el perro se puso en pie de un salto y agitó el rabo de un lado a otro a toda velocidad mostrando claramente que aprobaba la moción. Sofía se ató la riñonera a la cintura y salieron a la calle.

Omar estaba detrás de la barra manipulando la cafetera y no los vio entrar. El bar tenía un aspecto diferente. En lugar de los silenciosos eruditos, había un grupo de adolescentes bulliciosos que, entre Coca-Colas y patatas fritas, comparaban nerviosos sus respuestas a un examen de matemáticas; los bollos de la barra habían sido sustituidos por una amplia variedad de pinchos hipercalóricos y la música de fondo parecía haber subido unos cuantos decibelios.

—Perdone, ¿siguen admitiendo perros en este bar? —preguntó acercándose a la barra.

—¿Cómo te va? —Omar se volvió sonriente—. Por supuesto que sí.

—Menos mal.

—¿Qué te trae por acá? ¿Me echabas en falta?

—Un poco presuntuoso por tu parte, ¿no te parece?

—Le preguntaba a Carver —contestó el argentino con un guiño.

El perro agitó enérgicamente el rabo al oír su nombre y alzó el hocico en dirección a Omar con agradecimiento.

—Bueno, decime, ¿qué puedo hacer por vos?

Sofía decidió ir directa al grano.

—Me preguntaba si querrías alquilarme el piano. No parece que lo uses mucho.

—¿El piano? —preguntó Omar sorprendido—. No es mío.

—¿Cómo que no es tuyo? ¿De quién es?

—¿Vos sabés tocar? —preguntó Omar, evitando responder.

—Me defiendo —contestó Sofía sonriente—. Bueno, para ser exactos, son los pianos los que tratan de defenderse cuando yo los toco. —Intuyó que el piano debía tener alguna relación con la ertzaina consorte y decidió enfocarlo de otra forma—. ¿Qué horario tiene el bar?

—¿Vendrás a buscarme a la salida?

—Sí, con una limusina y una gorra de plato.

—Ah, bárbaro. Siempre quise tener una choferesa, como el compañero Camilo José Cela.

—¿Y si te alquilo el bar un par de horas cuando esté cerrado? —Sofía volvió a intentarlo—. Solo necesito soltar un poco los dedos.

Omar la miró durante unos segundos antes de contestar.

—Si tocás algo para mí, capaz que lleguemos a un acuerdo.

—¿Ahora? —preguntó Sofía sorprendida.

—Sí, ¿por qué no? —dijo el argentino apagando el equipo de música.

No perdía nada por intentarlo. Miró a los chicos de las Coca-Colas, que se habían vuelto sorprendidos por el súbito silencio, alzó los hombros y las manos en un gesto de disculpa al que ellos no prestaron atención y eligió una silla para colocarla frente al piano.

—De acuerdo, si insistes... —accedió—, pero no me hago responsable del resultado —añadió augurando un desastre—. ¿Qué quieres que toque?

—Algo desgarrador —dijo el argentino con guasa.

—No me sé ningún tango.

—Sorprendeme.

Sofía se sentó al piano, estiró los dedos y rasgó los acordes iniciales de *Alfonsina y el mar*. Omar reconoció la pieza inmediatamente, dejó sobre la barra el trapo que tenía entre las manos y se acercó hasta ella canturreando «Por la blanda arena que lame el mar...». Carver se tumbó junto al piano sobre su costado izquierdo y estiró la pata delantera derecha hasta tapar su oreja, como si quisiera protegerse los oídos. Al ver el gesto, Sofía soltó una enorme carcajada y se detuvo.

—Demasiado agudo para vosotros dos —dijo antes de empezar de nuevo varios tonos más abajo.

Omar cantaba bien y estaba claro que esa pieza le emocionaba. Poco a poco se fue viniendo arriba, exagerando cada vez más la pasión en el canto, sobre todo al ver que Sofía se estaba divirtiendo. El último estribillo lo cantaron juntos y al terminar ambos se unieron en un efusivo aplauso ante la mirada desconcertada de los adolescentes.

—¡Qué grande! —fue lo primero que dijo el argentino.

—Pobre Alfonsina —contestó Sofía.

—Alfonsina Storni, gran poeta. ¿La has leído?

—La verdad es que no —reconoció Sofía—. ¿Debería?

—Deberías —asintió Omar—. Escribió sus primeros poemas en Rosario cuando apenas era una pibita. Mi ciudad es capaz de provocar una melancolía insuperable.

—Prometo leerla. Ahora que lo pienso, no conozco ningún poeta argentino.

—¿No leíste a Borges?

—Bueno, a Borges sí, pero relatos. No recuerdo haber leído poesía suya. ¿Tú has leído poesía española?

—Por supuesto, ¿por quién me tomás?

—¿En la escuela?

—En la escuela los clásicos. Pero mi mamá tenía un disco de Paco Ibáñez que nos ponía a todas horas: Celaya, Machado, Alberti... Creo que ahí arrancó mi sueño de venir a España. —Omar hizo una pausa—. Bueno, querida, quedás contratada.

—¿Me alquilas el piano, entonces?

—No. Vení y tocá cuando vos quieras.

—¿Cómo voy a venir cuando esté el bar abierto? Podría espantar a tus clientes.

—¡Al contrario! ¿Vos sabés el caché que le dará al Bauer una pianista tan linda?

A pesar de que Sofía nunca le había visto la gracia a tocar en público, no lo descartó; al fin y al cabo, si lo que quería era hacer algo diferente con su vida, lo de tocar el piano en un bar no parecía mal comienzo.

—Está bien, me lo pensaré.

Omar volvió a colocarse detrás de la barra y ella se sentó en uno de los taburetes.

—¿Qué querés tomar? —le preguntó Omar.

—¿Está bien fría? —preguntó Sofía señalando el grifo de cerveza.

Omar sacó dos jarras heladas de la cámara a modo de respuesta. Sofía le miró disimuladamente mientras él llenaba las dos jarras. No era habitual que se sintiera cómoda con alguien y menos aún si a ese alguien lo acababa de conocer, pero Omar le gustaba. El argentino le acercó una de las dos cervezas y alzó la otra para brindar con ella.

—¿Pudiste descansar?

—Sí, estoy bien. Aun no te he dado las gracias lo suficiente. No sé cómo habría salido de ahí sin ti.

—No me cabe duda de que sin problemas. —Omar hizo una pausa para poner unas aceitunas en un plato—. Y, decime —añadió—, ¿qué le trae a una mujer como vos a un pueblo como este?

—Nací aquí —contestó Sofía.

—¡No! —Omar se llevó las manos a la cabeza con teatralidad y se asomó por encima de la barra para dirigirse a Carver, que estaba tumbado en el suelo junto a Sofía—. Eso es imposible. ¿Vos la creés?

—Pues claro que soy pejina, lin —replicó Sofía imitando con exageración el acento local.

Sofía entonces abrió la riñonera para buscar su carné de identidad y mostrarle la prueba de su origen a Omar. Vació la riñonera sobre la barra y removió el contenido de lado a lado.

—Iba a enseñarte mi DNI —dijo frunciendo el ceño—, pero he debido perderlo.

—Escuché mejores excusas.

—Vaya movida ahora para hacer otro.

—¿No lo dejaste en casa?

Sofía no contestó. Seguía escarbando en la riñonera, como si hubiera alguna opción de que el carné apareciera por arte de magia, sin dejar de pensar en la puerta abierta de su apartamento y la riñonera tirada en el jardín.

—Serenate. Ya aparecerá.

—Eso espero.

—Entonces, contame. Naciste aquí, ¿y luego qué?

Sofía dio un trago a su cerveza y le resumió su vida en titulares. Le contó que cuando era una adolescente se fue a Madrid a estudiar y no volvió, que se casó muy joven con un hombre que resultó ser incompatible con la fidelidad y alérgico a la paternidad, que como resultado también se divorció muy joven y pasó a compaginar su vida de ejecutiva con la de progenitora en exclusiva de su hijo, al que quería cada vez más y veía cada vez menos, y que había vuelto a Laredo en un impulso que aún no se había parado a analizar.

—¿Añoranza del pasado?

—No, todo lo contrario. Lo que quiero es asegurarme de que, del pasado, no queda ni rastro.

—El pasado no tiene remedio, querida.

—Se puede cambiar el relato. O al menos eso dice mi analista.

—No es ningún boludo tu analista.

—Para ser argentino no está mal. —Sofía le guiñó un ojo.

—Entonces, ¿viniste para cambiar el relato de tu pasado?

—No, tampoco. Para eso no necesitaba volver. Ya se ocupa la memoria de cambiar el pasado en cada evocación, ¿no te parece? Cada vez que pienso en mi matrimonio, por ejemplo, junto fragmentos diferentes de esos años y construyo una historia nueva, a veces muy feliz, a veces aburrida, a veces enormemente tormentosa, según el día... Llega un momento en que ya no sé lo que fue real y lo que no, pero ¿qué más da? El pasado ya no está. Lo que queda son los recuerdos y esos, cuando se ponen estupendos, pueden llegar a ser unos auténticos cabronazos.

—¿Tuviste otros novios después de divorciarte? —le preguntó Omar.

—Lo de «novios» a mi edad suena fatal, Omar. Eso es de adolescentes.

—¿Cómo lo llamás vos?

—Yo prefiero decir que he tenido amantes. Es una palabra mucho más bonita, no me digas que no.

—Sin duda —contestó Omar—. Amante es alguien que ama.

—Entonces, rectifico. No he tenido ningún amante.

—¿Amables, entonces?

—¿Dignos de ser amados? —sonrió ella.

—Correcto —sonrió Omar.

—Tampoco. Es que tengo la puñetera costumbre de elegir fatal.

—Bienvenida al club —replicó Omar alzando de nuevo su cerveza—, imprimamos camisetas.

—No es mala idea —rio Sofía—. ¿Y tú? ¿Después de la hermosa Belén qué?

—¿Y esa quién es?

—Tienes razón. —Sofía levantó su jarra para brindar—. Que les den.

Se hizo un silencio como si ninguno supiera cómo seguir la conversación y entonces Omar se atrevió a preguntar con timidez:

—¿Supiste algo más de tu padre?

A Sofía le pareció que el interés de Omar era sincero y sorprendentemente no le costó mucho lanzarse. Le explicó que al parecer nadie había visto a su padre muerto, salvo la malvada viuda, y le narró con detalle lo que había descubierto sobre el alergólogo peruano que había firmado la defunción. Omar no tuvo más remedio que admitir que todo resultaba extraño, pero, aunque no lo decía abiertamente, parecía opinar que lo mejor que podía hacer, por el bien de su salud mental, era olvidarse de todo.

—Tengo que averiguar por qué nos hizo creer que había muerto. Siempre pensé que nos había puteado por el simple placer de putearnos. Pero igual había una razón para todo lo que hizo.

—¿Vos estás segura de que querés escarbar ahí? —le preguntó.

—¿Qué otra opción tengo? Tú imagínate que ves pasar por aquí..., yo qué sé..., a Evita Perón.

—Sería un notable acontecimiento. Evita tendría ahora unos cien años.

—Más a mi favor. Pues aun así la ves pasar. Y tú estás totalmente seguro de que es ella, pero nadie te cree, y empiezas a investigar y descubres que en realidad no hay mucha evidencia de la muerte de Evita.

—¿De la muerte de Evita? Pero si a Evita la embalsamaron, todo el mundo pudo verla. Y luego robaron el cuerpo, menudo quilombo se armó, ¿no conocés la historia?

—Pues te enteras de que a la que embalsamaron fue a su doble, coño, que solo es un ejemplo.

—Qué carácter. Ya me callo.

—A lo que iba, ¿tú no querrías saber qué pasó? Aunque solo fuera por confirmar que no se te ha ido la cabeza.

—Es distinto —dijo Omar pensativo—. Yo no soy hijo de Evita. Vos querés saber lo que pasó con un señor que, te guste o no, era tu padre. Podés descubrir algo feo de él, ¿estás preparada para eso?

—Algo feo tiene que haber, pero nada que a estas alturas pueda afectarme.

—Andá a saber. Como dicen los cubanos, uno nunca sabe el pasado que le espera.

—Esa frase también es buena —contestó Sofía con una carcajada—, déjame que la apunte. Se la tengo que contar a mi psicoanalista —añadió mientras cogía una servilleta de papel y sacaba el bolígrafo de la riñonera.

—Y decime una cosa —dijo Omar mientras ella escribía—. Si tú padre era de acá, aún tiene que haber mucha gente que le conozca, ¿no es cierto? ¿Vos no creés que elegiría otro sitio para esconderse?

Sofía soltó el bolígrafo. No lo había pensado. Si su padre quería ocultarse, no tenía mucho sentido que estuviera en Laredo. Aunque su aspecto hubiera cambiado mucho en los últimos años, parecía demasiado arriesgado pasearse por el pueblo, salvo que no hubiera tenido más remedio que ir por alguna razón. Miró la hora en el reloj del teléfono y se puso en pie de un salto:

—¿Te importa quedarte con Carver cinco minutos? —le preguntó a Omar tendiéndole la correa del perro.

Sofía salió corriendo sin dar tiempo a que Omar contestara.

11

La notaría de la que había visto salir a su padre aún estaba abierta. Traspasó la puerta de cristal grabada con el logotipo de los notarios europeos y se encontró con una recepción modesta, muy diferente de las ostentosas notarías del Madrid empresarial.

Al otro lado del mostrador había una chica probablemente joven, maquillada como para una boda, que leía una revista de cotilleos.

Sofía le dio las buenas tardes, pero contestar al saludo debía suponer demasiado esfuerzo para la muchacha, que se limitó a emitir un fonema indeterminado y alzar levemente la cabeza sin llegar a apartar la mirada de la revista.

—Mire, yo quería preguntarle por un hombre que estuvo aquí hace un par de días, de unos ochenta años, calvo, con sobrepeso, llevaba un maletín de piel...

—¿Qué es lo que quiere saber? —preguntó la chica sin desviar ni un milímetro los ojos de su apasionante lectura.

—Bueno —a Sofía le costaba elegir las palabras—, me pareció reconocerle, y solo quería confirmar si se trataba de la misma persona...

—No puedo ayudarla, lo siento. —Por primera vez la chica levantó la cabeza y, al hacerlo, miró de soslayo la bandeja de documentos que tenía sobre la mesa.

Estaba claro que esa lerda no iba a colaborar. Sofía se fijó en la bandeja que había atraído el inconsciente de la individua antes de decidir cómo seguir la conversación. Arriba de todo había una fotocopia de un documento de identidad. Un pósit amarillo tapaba gran parte de los datos del documento, incluida la fotografía del documentado. Solo pudo distinguir que el país de nacionalidad había sido codificado como «BRASIL–BRA». En el pósit podía leerse «Marcelo Pereira», escrito con un circulito en vez de un punto sobre la «i», y un número de teléfono. El nombre de Marcelo Pereira le resultó familiar, pero no supo por qué.

—Verá —hizo un esfuerzo por mantener la compostura—, no estoy pidiéndole ningún dato confidencial, solo le pido que me confirme el nombre del caballero.

—Uy, qué va —la chica pasó la página de su revista—, eso lo tenemos prohibido. Por protección de datos.

—Ya. La felicito. Qué profesionalidad. —Sofía volvió a mirar el papel que había sobre la bandeja de la señorita—. Y dígame una cosa, ¿Marcelo Pereira es cliente suyo?

—¿Y a usted que le importa? —dijo la chica en actitud retadora, a la vez que dejaba la revista sobre la bandeja para tapar el papel que había despertado la curiosidad de Sofía.

—¿Está su jefe? —preguntó alzando la voz lo suficiente para que fuera audible desde cualquier rincón de la notaría.

—Pues no, el señor notario no está. —La chica exageró la sonrisa de quien acaba de ganar una batalla—. Ya no viene hasta el lunes. ¿Puedo ayudarla en algo más?

—En algo menos no, desde luego —contestó Sofía antes de cerrar de un portazo.

Volvió hacia el Bauer caminando despacio. ¿Dónde había oído antes el nombre de Marcelo Pereira?

En cuanto traspasó la puerta del bar, Carver corrió a saludarla como si llevara semanas sin verla, pero ella se había quedado quieta en el centro del local mirando la pantalla de su teléfono.

—¡Seré gilipollas!

Le había bastado una búsqueda en su agenda para comprobar que Marcelo Pereira era el representante de Lumami

Inversiones que le había enviado los datos de la hipoteca del piso de su madre. Ante la parálisis de Sofía, el perro empezó a dar vueltas a su alrededor y Omar se acercó preocupado.

—¿Todo bien? Parecés conmocionada. ¿No habrás vuelto a ver a tu padre?

—No —le sonrió Sofía—, hoy no.

Le explicó con pocas palabras su visita a la notaría y lo que sabía sobre Lumami Inversiones.

—¿Pensás que tu padre vino acá por algo relacionado con esa hipoteca?

—No tiene mucho sentido. La hipoteca se firmó en Santander. No sé qué relación puede tener con la notaría de Laredo.

—Flaca —le gritó Omar a la camarera—, atendé la barra un momento.

Omar cogió su chaqueta de detrás de la barra y se colocó de nuevo junto a Sofía.

—Esperame aquí —le dijo en voz baja—. Ya mismo vuelvo.

Sofía seguía pensando y apenas se dio cuenta de que Omar salía del bar. Se sentía imbécil por no haber tratado de averiguar algo más sobre Lumami Inversiones cuando preparó la testamentaría de su padre. Probablemente fue lo único que no se le ocurrió investigar.

Se sentó en uno de los taburetes de la barra, sacó el bolígrafo de la riñonera y cogió una servilleta. Escribió una lista con las piezas que quería encajar: «Emilio Amoretti – Lumami Inversiones – Hipoteca – Muerte simulada – Notaría Laredo – Zorra». Durante unos minutos se entretuvo recuadrando cada una de las palabras, dibujando flechas entre los recuadros y haciendo garabatos alrededor, mientras su cabeza buscaba formas de unir el rompecabezas. Se le ocurrían algunas, pero todas demasiado enrevesadas como para encajar con un calzonazos como su padre.

La voz de Omar a su espalda le hizo dar un respingo.

—Marcelo Pereira Sousa —dijo el argentino—, acá lo tenés.

Sofía se volvió y se puso de pie al ver que Omar sujetaba en alto su teléfono móvil con una sonrisa triunfal. Miró la pantalla, que mostraba una foto de un permiso de residencia, el mismo documento que había visto en la notaría pero sin el pósit amarillo.

—¿Cómo lo has hecho? —le preguntó sorprendida.

—Las minas españolas caen rendidas ante los «sudacas» apuestos como yo, qué va a ser.

—¿No lo dirás por mí?

—No, vos no, por eso me gustás.

Sofía sujetó el teléfono de Omar y amplió la imagen. Conocía perfectamente el rostro que se veía en la foto del documento. Tenía aspecto envejecido y la copia estaba algo borrosa, pero no había duda: era su padre. Tanteó con la mano hacia atrás para buscar la banqueta. Necesitaba volver a sentarse.

—¿Estás bien? —le preguntó Omar.

—Es mi padre —dijo Sofía devolviéndole el teléfono.

—La fotocopia es de mala calidad —dijo Omar mirando la imagen ampliada—. Podría ser mi abuela.

—Es él, Omar. Está claro. Marcelo Pereira es su nueva identidad.

—Bueno, llamá y salís de dudas —dijo Omar tendiéndole el teléfono de nuevo.

—¿A quién?

—Al amigo Marcelo —Omar le enseñó una segunda foto en la que se veía el pósit con el nombre de Marcelo y su número de teléfono.

—¿Yo? —preguntó Sofía sobresaltada.

—Sí, claro, vos. No voy a llamar yo.

—¿Así, sin anestesia?

—¿Por qué no?

Sofía negó con la cabeza insistentemente antes de encontrar una respuesta.

—Tengo que pensármelo. No sé si quiero hablar con él.

—Si no llamás, no podés saber si es él.

—Déjame que lo piense, Omar, no me presiones. ¿Te importa pasarme esas fotos?

—Por supuesto, pero si lo que querés es mi número de teléfono no tenés más que pedírmelo.

—Cómo sois los argentinos —protestó ella con una mueca.

Sofía le recitó su número y al instante su teléfono emitió un pitido confirmando la recepción de las fotografías.

—Muchas gracias.

—Un placer.

—Ya te contaré —dijo ella y apuró su cerveza.

Sofía se puso en pie y dejó unas monedas sobre la barra. Entonces le tendió la mano a Omar para despedirse. En lugar de estrecharle la mano, esta vez él se aproximó a ella para darle dos besos y en el segundo beso Sofía acercó su mano derecha a la espalda del argentino y le abrazó.

—Gracias por creerme, Omar —le dijo al oído antes de soltarle.

—Ya sabés. Si me necesitás, llamame —dijo él dirigiéndose a Carver. Se dio entonces la vuelta y se encaminó de nuevo hacia la barra, quitándose la chaqueta a la vez que caminaba—. ¡Y vos también, Sofía! —gritó sin mirarla.

Ella salió del bar y echó a andar de nuevo hacia el apartamento, pero en cuanto dobló la esquina encendió su teléfono y miró las fotografías que le había enviado Omar. Avanzó unos metros más hasta llegar a la alameda y, una vez allí, se sentó en un banco con el teléfono aún en la mano. Lo primero que hizo fue guardar el número de Omar en la agenda, y a continuación pensó en guardar también el de Marcelo, pero no sabía si guardarlo como Marcelo, como Emilio o como Papá.

Miró la hora en el móvil y se quedó con él en la mano esperando a que llegara el minuto siguiente. A continuación, encendió un cigarrillo y dedicó varios minutos a ensayar mentalmente lo que iba a decir cuando su padre descolgara el teléfono. Volvió a mirar el rostro en blanco y negro, más negro que blanco por la oscuridad de la fotocopia, intentando recordar cómo sonaba la voz de su padre.

Cuando apuró el cigarrillo, marcó el número. Al primer tono le saltó el buzón de voz y Sofía colgó, pero antes de levantarse del banco se arrepintió y volvió a marcar. De nuevo le atendió el buzón de voz y esta vez dejó un mensaje:

—Hola, buenas tardes. Este es un mensaje para Marcelo. Llamaba por un asunto relacionado con Lumami Inversiones. Por favor, llámeme a este número cuando sea posible.

Al llegar a casa volvió a marcar el teléfono, pero una vez más le saltó el buzón de voz. Entonces abrió el portátil y buscó en internet a Marcelo Pereira Sousa. Lo que encontró no tenía ningún sentido.

12

Se levantó antes de que amaneciera y fue directa a la cocina para preparar la cafetera. No se quitaba de la cabeza la idea de que su padre llevaba toda la vida engañándoles a todos.

El nombre de Marcelo Pereira llevaba casi cuarenta años dejando rastro en el Registro Mercantil, siempre ligado a Lumami Inversiones. Eso tiraba por tierra la hipótesis de que Emilio se hubiera fabricado una nueva identidad después de fingir su muerte. Más bien, parecía indicar que había llevado siempre una doble vida. Con lo pusilánime que parecía. Si ella conseguía a duras penas mantener el orden en una vida más o menos convencional, no podía ni imaginarse lo agotador que debía ser duplicarlo todo.

Se preguntó si la Zorra habría sido cómplice de esa doble identidad desde el principio. Probablemente sí. La primera aparición de Marcelo en el Registro era de 1980 y en aquella época la Zorra, a pesar de su tierna edad, ya era la querida oficial de la familia.

Intentó recordar al Emilio Amoretti de los años ochenta y le sorprendió comprobar que apenas tenía recuerdos nítidos de esa época, ni de su padre, ni de sí misma, ni de nada, como si su cerebro hubiera borrado un capítulo entero. Lo único que recordaba eran sensaciones que estaban ahí de manera permanente, desde que se levantaba hasta que se acostaba, sensaciones como tensión, inquietud o rabia: la tensión constante de quien vive en un territorio hostil donde el conflicto puede estallar en cualquier momento; la inquietud de intuir que algo podía salir mal si seguía enfilando el camino hacia la juventud sin pasar por la adolescencia; y por encima de todo rabia, una rabia apenas contenida que se dirigía a partes iguales hacia su padre por la desfachatez de no ocultar su adulterio, hacia la Zorra por la desvergüenza de follarse a un hombre casado en las mismísimas narices de su familia, y hacia su madre por haber elegido el papel de víctima sin oponer resistencia, con tal de que, de puertas afuera, su matrimonio siguiera en pie.

No se le ocurría qué papel podía jugar la identidad de Marcelo en todo aquel circo. Recopiló mentalmente la información que tenía, que no era mucha.

La Zorra había recurrido a Lumami Inversiones para hipotecar el piso de Claudia. Y ahora resultaba que Emilio, bajo la identidad de Marcelo, llevaba toda la vida siendo representante de Lumami. Eso confirmaba que la Zorra no había actuado por su cuenta; ya no quedaba ninguna duda de que su padre había diseñado, o al menos consentido, todo el plan para pisotear a sus hijos.

En lo referente a la empresa, no había conseguido averiguar gran cosa. Según el Registro Mercantil, el administrador de Lumami Inversiones era otra sociedad, de nombre Lumami Investments, Ltd., que se pasaba por el forro la obligación de publicar cuentas anuales. Tenía pinta de ser una financiera extranjera con una pequeña oficina en Santander gestionada por Marcelo. No había muchos más datos.

De Marcelo Pereira solo constaba su relación con Lumami. No había nada más en la red sobre él, ni una noticia, ni una mención en una red social, ni una multa en un BOE, nada. Tampoco servían de mucho los datos de su permiso de residencia: un nombre, que sabía que era falso; una fecha de nacimiento, que sabía que era falsa; una nacionalidad, la brasileña, que parecía haber sido elegida al azar; un domicilio de Torrelavega totalmente inútil: «Avenida de Palencia s/n», y un NIE, que era un número parecido al de un

DNI, pero con una X delante. El único dato fiable era su número de móvil.

Volvió a marcarlo, esta vez con más curiosidad que nerviosismo, pero de nuevo oyó la locución del contestador. Tenía que conseguir más información sobre Marcelo y solo se le ocurría una opción. Miró la hora en el reloj de la cocina. El Registro de la Propiedad debía estar a punto de abrir.

Carver se puso en pie muy despacio, como si estuviera desganado. En cuanto averiguara si había inmuebles a nombre de Marcelo, buscaría un sitio donde poder soltarle para que corriera un poco.

Cuando llegó a la puerta del Registro, ató a Carver a una farola, le acarició la cabeza prometiéndole que tardaría poco y entró en el edificio. Afortunadamente no había nadie esperando. De los funcionarios que parecían hibernar detrás del mostrador, solo una alzó la cabeza y le dio los buenos días, lo cual debía significar que era a ella a quien debía dirigirse. Era una mujer entrada en años, con la raya de los ojos muy pintada hacia arriba hasta el final de las cejas, el pelo cardado al estilo Brigitte Bardot, pero teñido de rojo chillón, y un enorme escote sobre el que lucía un collar de perlas descaradamente falsas. Sofía sonrió al verla, algo en el aspecto de aquella vetusta vampiresa le hacía intuir que se iban a entender. La mujer le devolvió la sonrisa. Era un buen principio.

Sofía pasó entonces a explicarle que estaba intentando averiguar qué propiedades tenía una persona.

—¿Para qué? —le preguntó la mujer sin perder su sonrisa. Al ver que Sofía fruncía el ceño, la señora se excusó—. Es que tiene que constar un interés legítimo en cada solicitud.

—Pues... —dudó Sofía.

—Yo supongo que necesitas hacer una averiguación patrimonial para reclamar una deuda, ¿tengo razón? —La mujer no dejaba de sonreírle como una abuelita protectora.

Sofía se encogió de hombros y asintió con la cabeza mientras escribía en un papel los datos de Marcelo. No tardó en llevarse la primera decepción: no había ninguna propiedad a nombre de Marcelo Pereira Sousa, ni en Laredo, ni en ningún otro registro de España.

Se apresuró a buscar mentalmente otra opción antes de darse por vencida. Dada la afición de la Zorra a adueñarse de las propiedades ajenas, probablemente se habría hecho también con los bienes de Marcelo.

—¿Puede probar con este otro nombre? —le preguntó mientras rellenaba otro papel con los datos de Francisca Somolinos Expósito.

—También te debe dinero, supongo —contestó la funcionaria mientras tecleaba.

—Sí. Es la socia de Marcelo —contestó Sofía, ya totalmente metida en el papel de acreedora.

—Esta sí. Aparece con un inmueble en el Registro de la Propiedad número uno de Santander. ¿Te saco la nota simple?

Sofía miró a la mujer, indecisa. Conocía en detalle la operación que había hecho la Zorra para adueñarse del palacete de los Amoretti.

—Sé que tiene una casa en el paseo General Dávila. Si es esa, no me vale. ¿No tiene nada más?

—Nada, hija, lo siento.

Sofía se dio la vuelta, ya resignada a tratar de volver a intentarlo con la petarda de la notaría, cuando oyó la voz de la mujer a su espalda.

—¿Sabes cómo se llama la sociedad?

—¿Qué sociedad? —dijo Sofía volviendo la cabeza.

—¿No decías que eran socios?

Sofía estaba a punto de negar con la cabeza cuando se le ocurrió probar suerte.

—Lumami. Pruebe con Lumami Inversiones.

La funcionaria tecleaba en su ordenador mientras Sofía se acercaba de nuevo al mostrador.

—Madre mía —dijo la funcionaria mirando su pantalla—. ¿Esto qué es? ¿Una promotora?

Sofía contestó con un sonido que lo mismo podía ser afirmativo que negativo, esperando a que la mujer ampliara el comentario.

—Un, dos, tres, cuatro... —La mujer marcaba con el dedo los datos de su pantalla y cuando se cansó de contar se apoyó sobre el mostrador para acercarse a Sofía. Bajando la voz le explicó—: Mira, hijuca, esta sociedad tiene más de cien inmuebles. Eso es toda una fortuna. No deberías tener ningún problema para cobrarles la deuda —añadió riéndose de su propio chiste—. ¿Qué hacemos? No puedo sacarte todas, hay un límite.

—¿Usted no podría dejarme echar un vistazo a su pantalla y yo miro a ver cuáles me interesan?

La mujer miró a su alrededor y se mordió el labio inferior.

—No, lin, lo siento, eso no puedo hacerlo.

—Ya. —Sofía intentaba buscar alguna opción que tuviera sentido—. ¿Hay alguna en Laredo?

—Sí, alguna hay —echó un nuevo vistazo a su alrededor y se agachó para añadir ya en un débil susurro—, muchas, y casi todas en el mismo edificio, con que te saque una debería valerte.

—Se lo agradezco —dijo Sofía bajando también la voz—. Deme la primera que salga.

En menos de cinco minutos, la mujer le entregó tres hojas de papel. Sofía pagó la factura y no se atrevió a leerlas hasta que salió del registro.

Una vez en la calle, desató a Carver y se sentó en un banco con los papeles en la mano. Se trataba de la nota simple de un piso en el número 5 de la calle Gobernador. Sofía había visto escrita esa misma dirección millones de veces: todas y cada una de las latas producidas por Conservas Amoretti llevaban impresa la dirección de la fábrica.

Lumami era la propietaria del piso desde la división horizontal, es decir, desde siempre, y por lo que había dicho la funcionaria del registro, no solo tenía ese piso, sino probablemente el edificio entero.

Se puso de pie. Las conclusiones desfilaban por su cabeza una detrás de otra. Lumami parecía ser la clave para armar el puzle. La sociedad se había constituido en 1980, poco después de la muerte del Nono, y ese mismo año, Lumami se había quedado con la fábrica y la había derribado para construir la espantosa torre de apartamentos que había ahora en su lugar. El único apoderado de Lumami, persona física, era Marcelo Pereira. Y Marcelo Pereira era el alias de su padre.

Había varias formas de encajar las piezas, pero solo se le ocurrió una que lo explicara todo. La muerte del Nono le habría dado a Emilio la oportunidad de especular un poco, algo muy codiciado por los laredanos de la época. La fábrica estaba en el centro del pueblo, era una parcela demasiado golosa para desprenderse de ella. Solo había tenido que montar Lumami para quedársela sin que nadie se diera cuenta. La jugada era perfecta: una sociedad extranjera, ajena al control de los registros españoles, y un apoderado ficticio, Marcelo Pereira, como persona visible. Bajo ese nombre podía controlar la sociedad de incógnito, y así, de paso, evitaba tener que dividirla por la mitad cuando llegara su más que previsible divorcio.

Hasta ahí todo estaba claro, pero quedaban flecos. Por ejemplo, eso no explicaba por qué le había dado por fingir su muerte tres décadas después, ni qué se le podía haber perdido justo ahora en una notaría de Laredo. Y, por otro lado, si su padre había buscado una segunda identidad, ¿por qué había elegido precisamente un brasileño? No se imaginaba a su padre poniendo acento brasileño ni con años de entrenamiento.

Por otro lado, que su padre fuera el dueño de Lumami significaría que Gabi y ella llevaban casi diez años pagándole a él las cuotas de la hipoteca de su madre. Parecía un trago difícil de digerir. Sintió como si su padre les estuviera escupiendo a la cara. No sabía si enfurecerse o deprimirse.

Andaba sin fijarse en el rumbo que llevaba. Siempre que un pensamiento inquietante se aferraba a su cabeza, sus ojos perdían la capacidad de mirar hacia afuera y el mundo exterior quedaba desenfocado, por lo que en cada esquina dejaba que Carver eligiera qué camino tomar.

El sonido de su teléfono la hizo volver a la realidad. Era Gabriel.

—Hola, hermanita.

—Hola, Gabi. ¿Qué pasa?

—¿Cómo que qué pasa? ¿Estás bien?

—Sí, perdona. Es que me has pillado...

—Escucha. Voy a terminar antes de lo que esperaba. ¿Nos vemos en tu casa?

Sofía se había olvidado totalmente de que había quedado con su hermano para desayunar y tardó en reaccionar.

—¿Dónde vives? —preguntó Gabriel.

—Cerca de la playa.

—¿En Laredo-Lin o en Laredo-Pues?

—¿Cómo? —preguntó Sofía sin entender la pregunta.

—Como se nota el tiempo que llevas fuera —contestó Gabi riéndose—. Laredo-Pues es la zona de los vascos, desde el Carlos V hasta el Puntal, todo el mundo la llama así. ¿No has visto cómo lo han dejado?

—No, aún no he ido por ahí.

—Pues date una vuelta que vas a flipar. Está plagado de restaurantes de domingueros. En las cartas ponen el «txuletón» con «T» y las «kokotxas» con «K». No tiene pérdida.

—Me fijaré —dijo Sofía sonriendo—. La verdad es que no se me ocurrió buscar piso por ahí, me he quedado en la zona pejina.

—Laredo-Lin.

—Eso, Laredo-Lin.

—Dame tu dirección. Yo calculo que puedo estar ahí en una hora más o menos.

—Estoy en el pueblo ahora. ¿Por qué no quedamos mejor en el Bauer? ¿Lo conoces?

—Creo que sí, ¿el bar de la calle del Paseo?

—El mismo.

—Ahora nos vemos. —Gabi se despidió con un sonoro beso directo al oído de Sofía.

Colgó el teléfono con una sonrisa y se dio cuenta de que su estado de ánimo había cambiado radicalmente. Sentía como si todo fuera a ir bien cuando tenía a su hermano cerca.

Miró a su alrededor buscando cómo entretenerse durante una hora. Lo mejor era no volver a pensar en su padre hasta que hablara con Gabi. Estaba casi en la puerta del Bauer y no tenía sentido alejarse demasiado. Miró de frente. A unos doscientos metros se veía la entrada del túnel de la Atalaya y se acordó de la promesa que le había hecho al perro unos días antes.

—Vayamos al puerto viejo, Carver.

Cuando llegó al final de la calle, se asomó al interior del túnel y miró de lado a lado para asegurarse de que estaba donde creía estar, porque parecía imposible. Ella recordaba una especie de cámara de los horrores: una gruta interminable en absoluta oscuridad, salvo por la escasa luz del faro de su BH, que se apagaba si no pedaleaba con suficiente energía, el traqueteo constante por los baches imposibles de sortear y goteras invisibles que golpeaban su cabeza sin previo aviso.

Sin embargo, lo que tenía delante era una galería perfectamente impermeabilizada, más amplia de lo que hubiera podido imaginar y con un pavimento impecable de adoquines de hormigón en dos colores. Todo el recorrido estaba iluminado por unos focos instalados cada pocos metros, a ambos lados y casi a la altura del suelo, como los de una pasarela de alta costura. El túnel que antes amenazaba con sepultar a cualquiera que osara adentrarse, ahora parecía invitar a recorrerlo.

A la izquierda de la boca del túnel había un cartel sobre una moderna peana metálica con un planito de la zona. El primer punto señalado en el plano era el «Túnel de la Soledad». No sabía que tuviera nombre. Ella siempre lo había nombrado con obviedades: el túnel del puerto viejo, porque comunicaba el pueblo con el puerto viejo, o el túnel de la Atalaya, porque atravesaba la Atalaya, o el túnel de los cojones, por el miedo que pasaba cada vez que lo recorría.

Leyó con atención un segundo cartel que había un poco más a la izquierda con la esperanza de descubrir de dónde venía eso de la Soledad. El cartel contaba la historia del túnel. Había sido excavado en el siglo XIX. La idea era construir un puerto al norte de la Atalaya y el túnel era imprescindible para comunicar el pueblo con el puerto. Pero aquel puerto nunca funcionó. El oleaje se lo llevó antes incluso de que pudieran inaugurarlo. Y ahí quedó el túnel. Del nombre del túnel no daba ninguna explicación.

Algo más arriba del cartel había una placa metálica, clavada a la roca, informando de la fecha de rehabilitación del túnel y del nombre del alcalde del momento. Sofía se preguntó a qué se debía esa manía de los alcaldes de encargar letreros con su nombre en lugar de honrar al ingeniero que había proyectado la obra, al técnico municipal que la había coordinado, a la contrata que la había ejecutado o a los contribuyentes que la habían pagado.

Quizás lo de firmar una placa con una fecha fuera una forma de anclarse a un instante para siempre, de convertir el pasado en eterno, justo lo contrario de lo que ella llevaba toda su vida haciendo.

—Veamos cómo le ha quedado la reforma a su excelencia el señor alcalde, Carver —le dijo al perro con una sonrisa.

Se dio cuenta de que no solo era la primera vez que recorría el túnel a pie, sino que además era la primera vez que lo hacía sin prisas. Por el camino fue ordenando los recuerdos que tenía del otro lado, y se preguntó hasta dónde habría llegado la intervención. Recordaba una playa de piedras rodadas, cangrejos, unas rocas a escasos metros de la orilla que, con marea baja y mucha imaginación, podían dibujar la embocadura de un puerto, y una chabola en la ladera del monte, de la que a veces salía un viejo con barba y melena al que llamaban Robinsón, que les gritaba amenazando con despeñarles las bicicletas si no se alejaban inmediatamente de ahí.

Nada que ver con lo que se encontró al salir. Sobre la playa de piedras y algas, habían construido una enorme plataforma que hacía que el espacio pareciera mucho más amplio de lo que ella recordaba. Una barandilla sorprendentemente discreta remataba la plataforma, y un par de bancos, cuidadosamente colocados, animaban a sentarse de cara al Cantábrico.

El mar estaba tranquilo. Probablemente en verano ese rincón se llenaría de turistas, pero en ese momento estaban Carver y ella solos. Lejos del desasosiego del pasado, el lugar ahora irradiaba una inmensa calma. Le quitó a Carver la correa para que también pudiera sentirse libre y se sentó en uno de los bancos a escuchar el sonido del agua.

Sacó el tabaco de su riñonera, encendió el último cigarrillo y arrugó la cajetilla. Carver había descubierto un camino a la izquierda del mirador para bajar hasta la playita y había echado a correr. Sofía se puso en pie y miró hacia los lados, pero no vio ninguna papelera, así que se guardó la cajetilla arrugada en el bolsillo.

Se asomó a la barandilla. Carver se lo pasaba en grande chapoteando en la orilla y olisqueando entre las piedras. De pequeña ella también se agachaba en esa playa para recoger los restos de botellas que el mar traía hasta la orilla, convertidas en cristalitos de colores, pulidos a fuerza de rodar entre las rocas, y se llenaba los bolsillos con ellos como si fueran piedras preciosas. Se entretuvo unos minutos mirando con paciencia hacia las piedras que había debajo, pero desde allí no consiguió distinguir ningún cristalito. Si aquello se había convertido en un sitio turístico, probablemente los veraneantes habrían arrasado con todos los tesoros.

Carver volvió la cabeza y al verla de pie echó a correr hacia ella como si temiera que fuera a dejarle ahí abandonado. Ella se sentó de nuevo para que el perro se quedara tranquilo, pero Carver ya había trepado la rampa y se sentó en el suelo a su lado.

Sofía volvió a levantarse. Gabi debía de estar a punto de llegar.

13

Al llegar a la puerta del bar, Carver entró directamente, como si estuviera en su casa. Sofía reconoció a los eruditos, que desayunaban en la mesa del fondo con un libro cada uno. No había nadie más en el local salvo Omar, que cuadraba la caja detrás de la barra y sonrió al verla.

—¿Cómo te va?

—Llevo toda la mañana pensando en esos bollos de almendras que hacéis aquí. ¿Es una receta argentina? —le preguntó Sofía acercándose para saludarle.

—No los hago yo. Son de Anaïs.

—¿De quién?

—Anaïs, la pastelería del puerto. ¿No la conocés?

—No. ¿Anaïs como Anaïs Nin?

—Exacto. Como Anaïs Nin. Interesante mujer. ¿Sabés que fue psicoanalista?

—No tenía ni idea —contestó Sofía—. ¿Vivió en Argentina?

—No, no lo creo.

—Ah, una aficionada entonces —sonrió mientras dudaba dónde sentarse.

—¿Querés café con el bollo?

—Sí, por favor.

En ese momento los eruditos cerraron simultáneamente sus respectivos libros y decidieron intervenir en la conversación.

—Anaïs Nin era la amante de Henry Miller —dijo el anciano.

—Anaïs Nin era una escritora francesa —le corrigió la mujer.

—Sí, y también la amante de Henry Miller —insistió él.

—Ya estamos —replicó ella—. ¿Qué dirías tú si alguien definiera a Henry Miller como «el amante de Anaïs Nin»?

—Lo fue.

Sofía decidió apartarse de la pareja, que iniciaba una interesante discusión de género en la que tenía tentaciones de intervenir, y prefirió sentarse en la esquina de la barra, junto a la ventana. Dudó si coger el móvil para buscar en internet quién tenía razón sobre Anaïs Nin, pero pensó que no merecía la pena, probablemente todos la tendrían. La idea la llevó de nuevo a pensar que observar era una forma de manipular la realidad; la prueba era que cada observador construía una realidad diferente. Para la erudita, Anaïs Nin era una escritora francesa; para su acompañante, era la amante de Henry Miller; para el argentino, era una psicoanalista; y si le hubieran preguntado a ella, su primera respuesta habría sido que la pobre Anaïs era una mujer atormentada por el abandono de su padre cuando era niña. En la realidad personal de Sofía Amoretti, la identidad de Anaïs Nin no venía determinada por sus oficios ni por sus compañeros de cama, sino por su condición de hija de un padre ausente.

La idea la desconcertaba. Dudó si debía apuntarla para contársela a Darío, pero prefirió no hacerlo. Sabía que Darío encontraría un paralelismo entre su vida y la de Anaïs Nin para justificar su punto de vista y ella lo negaría. No era tan sencillo. No tenía nada claro que a ella le hubiera atormentado alguna vez el abandono de su padre. Ni siquiera estaba segura de que la ausencia de su padre fuera estrictamente un abandono, aunque ese podía ser un buen ejemplo de esos relatos del pasado que se podían cambiar a voluntad.

Agradeció que Omar interrumpiera sus pensamientos:

—Aquí tenés —le dijo sirviéndole el café y el bollo—. ¿Te traigo algo más? ¿Un zumo?

—No, muchas gracias.

—¿Vas a tocar el piano?

—Ahora no, Omar. Igual más tarde.

Omar entonces se acercó al equipo de música y desde ahí le enseñó a Sofía un CD con los grandes éxitos de los Beatles, pidiendo su aprobación. Sofía asintió con una sonrisa.

Al oír los primeros acordes de *Here comes the sun*, Sofía se giró a mirar por la ventana. En Laredo empezaba a llover a cántaros.

El bar no tardó en llenarse. Gabi se retrasaba, como siempre. Dos hombres de aproximadamente la misma edad que ella, con aspecto de maestros de escuela, se colocaron a su lado con sendas copas de vino blanco y una ración de rabas. Empezó a sonar la Marsellesa, como preludio de *All you need is love*.

—*Liberté, égalité, fraternité* —dijo uno de los dos alzando el puño.

—Quién les iba a decir a los pobres revolucionarios por dónde nos íbamos a pasar sus ideales —comentó el otro.

—No estoy de acuerdo —dijo el primero—. Lo hemos intentado, pero no han funcionado. ¿A dónde nos llevó la igualdad? Al comunismo. Fracasó. ¿Y la libertad? Al capitalismo, y también está a punto de saltar por los aires... Lo que tenemos que hacer es buscar ideales nuevos.

—Sí: trabajo, familia y patria. No te jode... —zanjó el segundo.

Sofía cogió una servilleta de papel y anotó: «¿Por qué nadie se acuerda de la fraternidad?». Guardó la servilleta en la riñonera y miró la hora justo en el momento en el que Gabi entraba al local vestido con un mono impermeable de motorista.

Se dieron un abrazo un poco más largo de lo habitual.

—Te ha sentado bien la jubilación. Qué guapa estás.

—Tú sí que estás buenorro, así, vestido de Star Trek.

—Qué imbécil eres —dijo Gabi con su eterna sonrisa.

—Mira —dijo Sofía a continuación—, este es Carver.

Carver, que estaba tumbado observando el encuentro entre los hermanos, se puso en pie y Gabi se agachó a acariciarle.

—Hola, Carver, yo soy Gabriel.

El perro se estremeció con las caricias y acercó su hocico a la nariz del recién llegado. Sofía los miró sonriente; le fascinaba ese instinto que tenía el perro para saber distinguir a los buenos.

—¿Gabriel? —preguntó Sofía—. ¿Ya no es obligatorio llamarte Gabi?

—Eso era cuando íbamos al colegio. Estaba hasta los huevos de que me llamaran *Grabiel*.

—De haberlo sabido, te habría llamado «Grabi» —dijo Sofía entre risas—. ¿Te apetece un bollo de almendras? Están de muerte.

—Negativo —contestó Gabriel a la vez que llamaba a la flaca con la mano—. Ponme un pincho de tortilla con mayonesa y un tercio, porfa.

Sofía observó, orgullosa, cómo la flaca le mostraba a Gabi la mejor de sus sonrisas. Le entusiasmaba ser la hermana de un hombre con esa capacidad innata para seducir.

Durante los siguientes minutos se pusieron al día en asuntos como los hijos, la salud y la vida en general. Parecía que ninguno se decidía a entrar en temas serios.

—¿Sabemos algo de la sentencia? —preguntó Gabi por fin.

—No, nada. Hablé con el tío Camilo y me dijo que la Zorra estaba ingresada.

—O sea, que ¿es verdad que se está muriendo?

—El tío Camilo cree que sí, pero vete a saber. Siempre fue un ingenuo.

—¿Qué es de él? ¿Sigue trabajando un par de días por semana?

—Eso dice.

—Es un genio —contestó Gabi ladeando la cabeza.

—Un genio ingenuo —dijo Sofía con ironía—, peligrosa combinación.

—A mí Camilo siempre me ha parecido un poco insoportable —dijo Gabi.

—Bueno, será insoportable, pero por lo menos él siempre ha estado pendiente de sus hijos.

—Eso sí, mira.

Había llegado el momento de sacar el tema. Sofía cogió aire y fue directamente al grano.

—Gabi, creo que papá está vivo.

Gabriel soltó el tenedor con el trozo de tortilla que estaba a punto de llevarse a la boca.

—¿Cómo que está vivo?

Sofía entonces pasó a narrarle con detalle todo lo que había pasado desde que vio a su padre en Barajas hasta su reciente descubrimiento sobre Marcelo, Lumami y la fábrica del Nono.

Ante la falta de reacción de su hermano, abrió su teléfono para enseñarle la foto del permiso de residencia. Gabi la miró durante apenas un par de segundos y siguió comiendo su tortilla, sin decir nada, con la mirada fija en su plato.

—¿Qué piensas? —le preguntó Sofía, inquieta por el silencio de Gabi.

—¿Tu vida siempre ha sido así? —preguntó Gabi de pronto.

—¿Cómo?

—Así, Sofía, así. —Gabriel empezó a subir la voz—. Cada vez que apareces, pasan cosas raras, cosas que no le pasan a la gente normal, ¿no te das cuenta? Es como si tú jugaras en otra división.

—Lo dices como si fuera culpa mía.

—Vaya mogollón —dijo Gabi moviendo la cabeza de izquierda a derecha antes de volver a su pincho de tortilla.

—Ya —contestó Sofía—. No sé qué hacer. Me entran ganas de dejar de pagar la hipoteca de mamá, a ver qué hace.

—¿Por qué no pruebas a no hacer nada? —Gabi soltó el tenedor de golpe.

—¿Y la hipoteca?

—La hipoteca la seguimos pagando. Como si no pasara nada. Ya nos habíamos hecho a la idea, ¿no?

—¿Tú no crees que tenemos que hacer algo?

—Ese es el problema —dijo Gabi alterado—. Siempre tienes que hacer algo. No hagas nada, olvídate, déjalo estar.

—Pero yo necesito saber...

—No, no necesitas saber nada. ¿De qué te sirve saber si papá está vivo o muerto? ¿De qué? Saber demasiado a veces solo sirve para cubrirte de mierda. Además, es imposible saberlo todo, siempre habrá algo que no sepas. Vive tu vida y olvídate de papá de una puta vez.

Sofía removió la cucharilla de su café a uno y otro lado mirando cómo Gabriel pedía otra cerveza y atacaba de nuevo su tortilla. No quería que se enfadara. Su hermano era como una parte de sí misma, la única parte de su infancia que aún seguía en pie, y no iba a permitir que su padre consiguiera también separarla de él.

—¿Sabías que Filadelfia es la ciudad del amor fraternal? —dijo Sofía pensando en voz alta.

—¿Y eso a qué viene? —preguntó Gabi sorprendido.

—Podríamos irnos unos días juntos.

—¿Qué pasa? ¿Echas de menos el curro? —Gabi sonreía de nuevo—. No te estarás arrepintiendo de haberlo dejado...

—No, ni muerta —le interrumpió Sofía—. Pero me apetece hacer un viaje con mi hermano, ¿tan raro te parece?

—¿Los dos solos?

—¿Por qué no? —contestó Sofía.

—Nunca hemos viajado juntos. Me acojona un poco, la verdad. Contigo nunca se sabe lo que puede pasar.

Sofía se quedó callada unos segundos tratando de recordar algún viaje que hubiera hecho con su hermano, pero Gabriel tenía razón.

—¿Qué hay en Filadelfia? —preguntó él como si temiera haber ofendido a su hermana.

—La campana de la libertad, las escaleras de Rocky... —Sofía tarareó la música de la película—. Y no solo inventaron los dónuts, sino que además hacen unos bocadillos de carne con queso fundido que se te saltan las lágrimas.

—Eso suena bien, mira —dijo Gabi relamiéndose de forma exagerada.

Sofía respiró viendo que su hermano volvía a ser el de siempre y aprovechó para cambiar de tema.

—Antes de que se me olvide, quería pedirte un favor: ¿a ti te importa si me empadrono en tu casa?

—No, cómo me va a importar.

—Es que he perdido el DNI y necesito empadronarme en algún sitio para renovarlo.

—¿Y por qué no te empadronas aquí?

—Porque no sé cuánto tiempo me voy a quedar. Pero si es un problema, no te preocupes.

—No seas boba, ¿cómo va a ser un problema? En todo caso, será un problema para ti, que tendrás que ir a Santander para votar. Tú sabrás. —Gabriel hizo una pausa para darle un trago a su cerveza—. Antes, estas cosas nos las resolvía el madero, pero ahora ya...

—¿Qué madero? —preguntó Sofía.

—Luis Mari, ¿no te acuerdas de él? El hermano de la Zorra —contestó Gabriel—. Papá le llamaba cada vez que necesitábamos algo y asunto resuelto. Si te hubieras quedado en Santander, no te habrías hecho la cola del DNI en tu vida.

Sofía debía saberlo, pero lo había olvidado. Luis María Somolinos Expósito, el mismo Luis María Somolinos Expósito que había desfondado la cuenta de su padre en el último momento, era policía. Su cabeza empezó a funcionar de nuevo para incorporar la nueva pieza al rompecabezas. Un cuñado policía que tenía acceso a emitir un documento de identidad por la puerta de atrás podía ser de gran utilidad para alguien que quería buscarse una identidad falsa. Y, por otro lado, estaba la relación entre el alergólogo peruano y los policías corruptos.

—Me acuerdo vagamente de él —dijo—. Un tío muy hortera, ¿no? ¿Cómo le va?

—Ni idea —contestó Gabi—, desde que murió papá, no volví a saber nada de él.

—Pues mira, si se muere la Zorra y ganamos el juicio, nos va a tener que pagar él la pasta. —Sofía sonrió.

—¿Por qué él?

—Porque será el heredero de la Zorra, supongo.

—Ah, claro.

—Aunque en realidad no. Ahora que lo pienso, el heredero de la Zorra es papá. Si quiere recuperar su fortuna, no va a tener más remedio que salir del hoyo.

—Ya estamos —la interrumpió Gabriel—. ¿Me quieres decir que de verdad te crees eso de que papá está vivo?

—Gabi, ¿no me has escuchado? Te digo que le he visto. ¡Dos veces, además!

—Has creído verle, pero podía ser un tío que se le parecía. Los viejos se parecen unos a otros, como los bebés.

—¿Y qué me dices de la foto que te he enseñado?

—En esa foto no se ve nada.

—¿No me crees?

—Mira, Sofi, no se trata de que te crea o deje de creerte. A ti te gusta complicarte la vida, pero yo soy muy básico. Lo único que sé es hacer fotocopias. Y si estoy inspirado, hasta les pongo un canutillo. Y ya. Tú estás acostumbrada a Madrid y a Londres y a Filadelfia, y a las grandes conspiraciones. A mí todo esto se me escapa. No me agobies, por favor.

—Bueno, vale, perdona, no te vuelvo a sacar el tema.

—Deja de pensarlo. Lo mismo da que papá esté vivo o muerto, no va a cambiar nada.

—En eso tienes razón.

—Que se ocupe el abogado de la demanda y nosotros a lo nuestro. —Gabriel miró el reloj y le hizo una seña a la camarera—. Se me está haciendo tarde.

La flaca trajo la cuenta y Gabi echó mano de la cartera, pero Sofía se le adelantó y pagó ella.

—¿Qué día te viene bien que me pase por Santander para arreglar lo del padrón? Supongo que tendrás que firmar algo.

—Entérate a ver qué hace falta y hablamos, ¿vale? —Gabriel se puso en pie—. ¿Dónde tienes el coche?

—He venido andando.

Sofía salió con Carver a la calle para despedirse de su hermano. Había dejado de llover. Gabriel quitó el candado de la Harley que había aparcado sobre la acera, se puso el casco y se subió al asiento.

—¿Comemos un día la semana que viene? —preguntó abriendo la visera del casco.

—Claro.

Sofía encendió un cigarrillo y se quedó mirando la moto, que se alejaba hacia la salida del pueblo. En cuanto la perdió de vista, sacó su teléfono y tecleó en el buscador: «policía somolinos santander». La búsqueda no dio ningún resultado.

14

Se había quedado sentada sobre el capó de un coche con el teléfono en la mano. Estaba tan distraída que no se había dado cuenta de que Omar había salido del bar y la estaba mirando.

—¿Estás bien?

—Sí —le contestó con media sonrisa.

—¿Quién era?

—¿El gallardo caballero? —la sonrisa de Sofía se hizo más grande—. No me digas que te has puesto celoso.

—Un poco.

—Anda ya —bromeó Sofía—. Era mi hermano.

—¿Tu hermano? ¿Cómo no me lo presentaste?

—Pues no se me ha ocurrido. Pero no te preocupes, la próxima vez te lo presento.

—¿Seguro que estás bien? Parecés preocupada.

—Sí, no pasa nada. Es que mi hermano se ha enfadado un poco, pero no le suelen durar mucho los cabreos.

—¿Por qué se enojó?

—Por el tema de mi padre. No sé cómo se las apaña, pero el muy cabrón es capaz de generar tensión incluso cuando no está. Es como si...

No siguió la frase. Omar la miraba sin decir nada y ella trataba de entender por qué había estado a punto de expresar su angustia con la misma crudeza que lo habría hecho delante de Darío. La idea de que su inconsciente pudiera estar confundiéndose de argentino le hizo sonreír.

Omar entendió por su sonrisa ausente que necesitaba hablar y la empujó a que lo hiciera.

—Contame.

—No, no quiero aburrirte.

—¿Aburrirme? Pero si estoy deseando conocer el desenlace de todo este culebrón, querida. ¿Conseguiste hablar con Marcelo?

—No. Le he llamado varias veces, pero siempre salta el contestador.

—¿Seguís pensando que ese Marcelo y tu padre son la misma persona?

—Estoy segura.

Le contó entonces a Omar lo que había descubierto sobre Lumami, sobre Marcelo y sobre el cuñado policía que podía haber facilitado las cosas.

—¿Y por qué se hizo brasileño? ¿Le gustaba la samba?

—Esa es una de las cosas que no me cuadran. Mi padre tenía un oído pésimo y se le daban fatal los idiomas. Me pongo en su lugar y nunca habría elegido una identidad extranjera.

—Capaz que no pudo elegir.

—¿Qué quieres decir?

—¿Para qué quería tener dos identidades?

—Supongo que para que sus hermanos no se enteraran de que era él quien se estaba quedando con la fábrica de mi abuelo. Y tampoco le venía bien que mi madre supiera que estaba forrado. En el año ochenta lo de Reagan y Gorbachov era un chiste comparado con el ambientito que había en mi casa.

—¿Tu padre ya estaba con la amante?

—La querida. Amante es alguien que te ama, ¿recuerdas? Esa es incapaz de amar nada que no se pueda medir en unidades monetarias.

—¿Ya se veía con ella en aquella época?

—Sí, hijo, sí. De siempre. A veces creo que esa bruja llegó a nuestras vidas antes que nosotros mismos.

—¿Y no habría sido más sencillo buscar un testaferro?

En ese momento la flaca se asomó a la puerta y le hizo un gesto a Omar señalando el interior del bar. Omar asintió con la cabeza y se disculpó.

—Esperá. Ya mismo vuelvo.

A los pocos minutos Omar volvió a salir con una bolsa de plástico en la mano y se encontró a Sofía andando de lado a lado de la acera, con un cigarrillo en la mano.

—¿Estás bien?

—Aún no sé por qué lo hizo, pero ya sé cómo lo hizo —contestó Sofía todavía mirando al vacío.

—No te sigo.

—¿Y si tienes razón?

—Yo siempre tengo razón, querida.

—A ver cómo lo ves. —Sofía miró a Omar y empezó a hablar deprisa—. Mi padre y Marcelo no eran la misma persona. No hasta 2010. Mi padre decide montar Lumami para quedarse con la fábrica, pero necesita un testaferro, y de alguna manera da con Marcelo. —Sofía dio una calada al cigarrillo antes de seguir—. Eso tiene más sentido. Pero entonces, Marcelo va y se muere. ¿Cómo? Vete a saber. Digamos que se muere de muerte natural cuando nadie se lo espera. Y entonces a mi padre no se le ocurre otra cosa que cambiarse por el pobre infeliz, y aquí no ha pasado nada. —Sofía hizo una pausa—. Encaja ¿no?

—¿Y no había otra opción más fácil que cambiarse por él? Tu padre debía tener previsto que el hombre podía morirse —comentó Omar, que aún miraba a Sofía como si se le hubiera ido la cabeza.

—Tienes razón. Nos falta algo. —Sofía dio otra calada pensativa—. Pero encajar, encaja. Dejan al muerto en casa de mi padre, la funeraria se lleva al brasileño y lo incinera, y asunto resuelto. Para hacerse pasar por muerto, solo hace falta encontrar un muerto.

—No puede ser tan fácil —dijo Omar—. Alguien comprobará la identidad del muerto, ¿no?

—Igual basta con que lo firme un familiar. Mi madrastra fue la única que lo vio muerto y esa, si hay dinero por medio, firma lo que haga falta. Y acuérdate del médico peruano que certificó la defunción. Tampoco se le daba mal lo de certificar mentiras. Y luego, una vez incinerado, ponte tú a demostrar... ¿Tú sabes si las cenizas tienen ADN?

Omar se encogió de hombros.

—Tengo que averiguarlo.

—Okey, supongamos que tenés razón—dijo Omar en un tono que parecía indicar que no estaba nada convencido—. ¿Cambia algo?

—Igual no, pero al menos ya sé cómo lo hizo.

—Dale, ¿y ahora qué?

Sofía se quedó pensando antes de contestar.

—No sé —dijo con la mirada aún perdida.

—Bueno, basta —dijo Omar colocándole la mano en el hombro—, alegrá esa cara y olvidate de ese boludo. Tomá. Esto es para vos —añadió tendiéndole a Sofía la bolsa que llevaba en la mano.

—¿Para mí? —preguntó Sofía sorprendida.

Abrió la bolsa y sacó de su interior un paquete con forma de libro envuelto en papel de periódico. Sobre el periódico, Omar había escrito con rotulador: «Para la oveja descarriada, que está de paso aquí».

Sofía desenvolvió el paquete con cuidado. Se trataba de una edición antigua y gastada de *El dulce daño* de Alfonsina Storni. Una de las páginas estaba marcada con la esquina superior doblada. Sofía abrió el libro por la página señalada y leyó el poema titulado «Oveja descarriada».

—¿Así me ves? —preguntó al terminar de leer.

—¿Cómo?

—Descarriada.

—¿Te ofendí?

—No, qué va. Al contrario. Me sorprende que veas cosas que los demás no ven.

—¿Que vea qué? ¿Que te chupa un huevo apartarte del camino?

—Por ejemplo —dijo Sofía entre risas.

—Querida, eso lo ve todo el mundo. Otra cosa es que lo entiendan.

—¿Tú lo entiendes?

—Yo te envidio.

—¿Te gustaría descarriarte conmigo? Pero si nos descarriamos juntos, vamos a pensar que los descarriados son los demás —dijo antes de abrazarle—. Muchas gracias, Omar, es todo un detalle. La verdad es que tienes razón, lo único que he hecho en la vida es apartarme de todos los rebaños.

—¿Te gusta ser diferente?

—No, no es que me guste. Me sale sin querer. Es que me niego a hacer todas las chorradas que se supone que debería hacer.

—¿Como por ejemplo?

—Yo qué sé. Ir de compras, machacarme en el gimnasio, ver series de televisión, aprenderme los nombres de la familia real, felicitar los cumpleaños por *guasap*, hacerme la dura cuando un tío me pone, esas cosas que hace la gente. No me interesa el modelo de vida que está previsto para una mujer como yo.

—¿Qué modelo de vida te interesa?

—Gran pregunta. Ojalá lo supiera.

—Habrá que averiguarlo —dijo Omar mirando el reloj—. Vení, te invito a una caña.

—¿Qué hora es? —le preguntó Sofía.

—Las doce cuarenta y ocho.

—No me da tiempo —dijo Sofía pensando que llegaba tarde a su cita con Darío—, pero me debes esa caña.

Sofía agradeció de nuevo a Omar el regalo y se despidieron con dos sonoros besos.

Caminó de vuelta a casa a paso ligero, con el libro de Alfonsina en la mano, obligándose a dedicar todas sus neuronas a pensar cuál de sus escasas pertenencias podría gustarle a Omar. Se había impuesto la norma de que por cada nuevo objeto que entrara en su vida, tenía que salir otro. De esa manera sabía que en cualquier momento era libre de cargar su coche con todo lo que tenía y echar a andar sin mirar atrás.

15

Llegó a tiempo de conectarse segundos antes de que sonara la llamada.

—¿Cómo estás?

—Bienitú.

—Parecés agitada.

—Es que he venido corriendo a casa. Pensé que no llegaba.

Durante la primera mitad de la sesión, Sofía le explicó a Darío todo lo que había descubierto y le expuso su hipótesis sobre la muerte de Marcelo y la suplantación de su identidad por parte de Emilio. Darío la escuchó en silencio sin decir nada.

—Al menos ya sé que no estoy mal de la cabeza, Darío, era él. —Sofía miró a Darío, que en ese momento se llevaba la mano a la boca para tapar un bostezo—. ¿Te aburro?

—¿Por qué decís eso?

—Me da mucha inseguridad verte bostezar cuando estoy hablando. Da la sensación de que no me crees.

—Lo siento —dijo Darío incómodo—. Llevo varios días durmiendo mal... —Se detuvo, claramente molesto por haber abierto, sin darse cuenta, una fisura en su hermética privacidad—, pero no me aburrís, al contrario. ¿Por qué decís que no te creo?

—Me sorprende tu reacción. Dudo mucho que oigas todos los días historias como esta y, sin embargo, no te veo ni un solo gesto de sorpresa. Es como si estuvieras convencido de que me lo estoy inventando todo.

—No, Sofía. Yo te creo. Me preocupa si pensás lo contrario.

—Pues tenemos un problema, porque lo pienso.

—¿No será que vos desconfiás de todo el mundo?

—No, Darío, no te líes. Otras veces reaccionas ante las cosas que te cuento. Cada vez que te hablo de mi exmarido, por ejemplo, te retuerces en el asiento. En cambio, te digo que he descubierto que mi padre fingió su muerte, se hizo pasar por un brasileño, organizó un tinglado de narices para quedarse la fábrica de mi abuelo y nos está sacando la pasta después de muerto, y ni pestañeas.

—A veces necesito un momento para pensar y entender bien lo que me contás —dijo Darío molesto—, pero eso no quiere decir que no te crea.

—Bueno, dejémoslo. Todo el mundo puede tener un mal día, incluso tú. Y, además, te entiendo. Tienes que estar hasta las pelotas de sentarte ahí, día tras día, a escuchar las mierdas de los demás.

—No es así. Esta profesión la elegí yo.

—Eso no quiere decir nada. Yo también elegí la mía y me arrepentí.

—Volvamos a tu padre.

Darío miró a Sofía a los ojos con esa mirada expectante que ponía cuando confiaba en que ella sacaría algún comentario importante de la trastienda de su cerebro. Sofía tardó en arrancar.

—¿Tú crees que mi padre podría querer hacerme daño?

—¿Por qué pensás eso?

—No sé, Darío. Están pasando cosas raras y no sé qué pensar.

—¿Qué cosas?

—El otro día había una mujer merodeando por el jardín y no sé quién era. Y luego me encontré la puerta de la casa abierta y mis cosas tiradas por el jardín. Y también sé que alguien ha entrado en las oficinas de Konigsberg y se ha llevado una carpeta con todos mis datos.

—¿Llamaste a la policía?

—¿A la policía para qué?

—Hay un intruso en tu casa, desaparecen tus pertenencias, roban tus datos de tu oficina... Cuando ocurren esas cosas, la gente llama a la policía.

—Ya, bueno, es que no estoy segura. Igual no es nada. No vi que la mujer entrara en mi casa, estaba en el jardín. Puede que viniera de parte del casero, vete a saber. Y la verdad es que tampoco faltaba nada..., bueno, no encuentro mi DNI, pero lo he podido perder en cualquier lado... Salí a dar un paseo y cuando volví me encontré mi riñonera en el jardín, pero quitando el DNI, no faltaba nada. La puerta no cierra bien, igual la cogió Carver, jugando... Y lo de la oficina..., yo qué sé.

—¿Por qué asociás todo esto con tu padre?

—No es que lo asocie, te pregunto tu opinión. Me parece un poco raro que pasaran todas estas cosas justo después de que me cruzara con mi padre.

—¿No te das cuenta? Te ocurre algo malo y lo relacionás con tu padre. Pareciera que tu padre solo estuvo para darte disgustos.

—Mira, Darío. Después de todos estos años, ya has conseguido que no me quede la menor duda de que a mi padre yo le importaba un pimiento. Vale. Genial. Ya lo sé. ¿Y ahora qué? Las sesiones contigo deberían servir para que yo me sintiera mejor, no para hundirme.

—A veces hay que demoler la casa antes de construir una nueva.

—Eso está muy bien, pero me parece que cuando empezamos con la terapia queríamos demoler una casa y hemos acabado demoliendo la ciudad entera. Y si seguimos así, demolemos el planeta. Y yo no tengo fuerzas para reconstruir un planeta. Ni tiempo. Me moriré antes. ¡Que le den por culo a mi padre!

—¿Por qué te enojás?

—Mi padre me pone de mal humor.

—¿Por qué?

—Porque me jode que haya gente así.

—Lo decís como si estuviéramos hablando de un extraño y no de tu padre.

—Es que mi padre es un extraño. Ese señor no tiene nada en común conmigo salvo, quizás, un puñado de genes... Y no veas lo que me asusta eso.

—¿El qué?

—Con lo poco que me parezco a mi madre... Espero tratar a mi hijo mejor de lo que nos trató mi padre a nosotros. ¿Tú crees que esas cosas se heredan?

—No.

—Igual yo no he sido buena madre tampoco.

—¿Vos creés que es comparable?

—No sé. Al menos Ernesto parece feliz.

—Y a vos, ¿qué te haría feliz?

—¿A mí? —Sofía dudó un instante—. Me parece que ya es tarde para todo.

—¿Enamorarte?

—Eso no va a ocurrir.

—¿Por qué no?

Sofía pensó durante unos segundos, dudando si quería contestar a esa pregunta y finalmente decidió que no quería.

—Creía que cuando algo salía mal, se volvía a intentar y asunto resuelto. Estaba convencida de que se podía empezar de cero una y otra vez. Pero me equivocaba. No hay segundas oportunidades. Lo que salió mal cuando tenía cuarenta años ya no se puede corregir, porque ya no voy a volver a ser una mujer de cuarenta años. Ni de treinta. Ni de veinte.... Siento como si ya nada tuviera remedio. El imbécil de Indalecio, antes de despedirse, me dijo que yo tenía que encontrar mi lugar en el mundo. ¿Tú crees que la gente tiene un lugar en el mundo? Nunca he sabido qué es eso de encontrar un lugar en el mundo.

—Significa darle sentido a tu vida.

—¿Sentido? ¿Es que la vida puede tener algún sentido? ¿Qué sentido? A lo mejor ese es el problema, que lo planteamos mal desde el principio. El mundo es el mundo, con o sin nosotros, y esto de vivir no es más que una forma de dejarse morir despacio. La alternativa es morirse más deprisa. No somos más que los perros, las hormigas o los cactus. Nos moriremos y ahí seguirá el mundo. ¿Te imaginas a un cactus creyendo que hay un lugar en el mundo para él?

—¿Por qué un cactus? —preguntó Darío con una gran sonrisa, señal de que le había interesado la reflexión de Sofía.

—A ver por dónde me vas a salir ahora. —Sofía le devolvió la sonrisa.

—Me parece interesante que te compares precisamente con un cactus. ¿No te das cuenta? Elegiste una planta muy resistente, como vos.

—Sí, y también tengo pinchos que espantan a todo el que se me acerca. —Sofía soltó una sonora carcajada que contagió a Darío—. Me había asustado. Creía que excusándote en la imagen del cactus erguido me ibas a sacar algún tema sexual de esos que os gustan a los freudianos y se me abrían las carnes.

—¿Hablaste con alguien de todo esto?

—Sí, con mi hermano. Le he dicho que mi padre está vivo y se ha cabreado. Él cree que es mejor olvidarse.

—¿Le contaste también que tenés miedo?

—¿Miedo a qué?

—A lo que recién hablamos. La señora en el jardín, la puerta abierta, el robo en la oficina... No llamaste a la policía. ¿Lo hablaste con alguien?

—Contigo. Te lo acabo de contar.

—¿Con nadie más?

—Es que ya te digo que igual no es nada.

—Igual no, pero vos estás asustada y no pedís ayuda. Dijiste que quizás tu padre quiere dañarte. E inmediatamente después dijiste que ya nada tiene remedio. Pareciera que vos misma te ponés excusas para no defenderte.

—¿Y qué quieres que haga? No puedo hacer nada. He intentado averiguar lo que pasó con mi padre, pero solo llego a callejones sin salida.

—No es eso lo que te estoy diciendo.

—Mira, Darío, tienes razón. Se acabó. Tengo que dejar de pensar en mi padre y olvidarme de todo. ¿Qué sentido tiene buscar la verdad? La verdad no existe, solo existe la mirada de cada uno.

—¿Qué querés decir?

—Cuando yo vi a mi padre y le miré, él dejó de ser él para ser otro. Mi mirada convirtió a un brasileño anciano, que sabe dios qué coño hacía en Laredo, en un padre que tiene una hija a la que nunca quiso demasiado. Igual que ahora estoy aquí, mirando la pantalla de mi portátil, que no es nada más que un objeto de plástico o de cristal líquido o de lo que sea, y veo a un argentino con aire seductor, en su consulta de Madrid, con su foto de Freud colgada de la pared, sus sonrisas y sus bostezos. Mi mirada define la realidad de ese argentino. Si hubiera aquí otra mirada, serías otro Darío Doria. Y lo mismo pasará conmigo. Lo que conoces de mí no es más que mi mirada, o mejor dicho, la forma en la que tu mirada percibe la mía.

—¿A dónde querés llegar?

—A que no puedo conocerte a ti. Cuando te miro ya no eres tú, eres la transformación que hace mi mirada de ti. Y con mi padre pasa lo mismo. Mi padre siempre será mi versión de mi padre. Lo único que puedo hacer es cambiarla. Y para eso no necesito buscarle. Y mucho menos encontrarle. Creo que ha llegado el momento de cerrar este tema. Por decirlo en tu argot, ya va siendo hora de que mate a mi padre.

—Estás filosófica.

—No. Justo lo contrario. Los filósofos se hacen preguntas. Yo lo que quiero es dejar de hacérmelas.

—Volvés a evitar la cuestión. Durante décadas te dedicaste a resolver problemas complicados. No solo en tu trabajo, también lo hacés con tus allegados. Cuando tu madre o tu hermano o tu hijo tienen problemas, te llaman y vos se los resolvés. Hasta tus exparejas te llaman cuando necesitan algo. Sin embargo, pareciera que cuando se trata de vos misma hacés lo contrario. Tenés un problema que te inquieta, pero no decís nada a nadie. Te quedás paralizada. No pedís ayuda. ¿Por qué crees que te pasa eso?

Sofía observó a Darío sin decir nada. Él desvió la mirada hacia la pared a su izquierda, donde ella sabía que estaba el reloj.

—Tenemos que dejarlo aquí —dijo entonces Darío—. Me pareció muy interesante tu reflexión sobre las miradas. Quizás podrías aplicártela a vos misma.

—¿Qué me quieres decir?

—Dijiste que tu mirada transformó a tu padre y me transforma a mí. ¿Qué pasa con vos? ¿Te mirás a vos misma? Pensalo.

Sofía se despidió con la mano y cerró el ordenador. Cogió el cuaderno 3D y volvió a sentarse. Buscó la primera página en blanco y escribió «Uno de marzo. Tengo que matar a mi padre». Se quedó durante unos segundos con el bolígrafo en la mano sin saber si escribir algo más. Se fijó entonces en la bolsa que se había quedado sobre la mesa con el libro que le había regalado Omar.

Abrió el libro por una página al azar y empezó a leer, pero pronto volvió a cerrarlo. No estaba de humor para poemas de desamor.

16

Llevaba ya más de dos semanas en Laredo y los últimos días habían pasado sin grandes sobresaltos. El puerto viejo se había convertido en uno de sus lugares de cabecera. Muchas mañanas paraba en la pastelería Anaïs, compraba un bollo de mantequilla con almendras y se iba con Carver hacia el túnel. Si no llovía, bajaba con el perro hasta la playita de piedras y se entretenía buscando cristalitos entre las rocas. Los pocos que había encontrado apenas superaban el tamaño de una lenteja, pero los había recogido igualmente y se iban amontonando en el bolsillo de su cazadora.

También había empezado a tocar el piano en el Bauer con cierta frecuencia, aunque sin horario fijo, solo iba cuando le apetecía. Omar había accedido a cambiar el piano de sitio y ahora estaba nada más entrar a la derecha, en la zona de las mesas, bajo un enorme cartel en el que se leía con letras grandes NO SE ADMITEN PETICIONES, imprescindible para evitar enfrentamientos entre Sofía y la clientela del local.

Ya prácticamente no pensaba en su padre. Durante unos días siguió llamando al número de Marcelo hasta aprenderlo de memoria, pero nunca obtuvo respuesta y acabó por dejar de insistir. Seguía convencida de que estaba vivo, pero había dejado de importarle. Nadie le había vuelto a preguntar por él, ni Omar, ni Gabi, ni Darío, ni sus tíos, de manera que poco a poco, a fuerza de dejar de nombrarle, Emilio Amoretti había vuelto a desaparecer.

Por primera vez en muchos años, no sentía la urgencia de hacer grandes cambios en su vida. Le gustaba pasear con Carver, no tener prisa, no tener agenda, no tener *emails* pendientes de contestar, poder ir a donde quisiera cuando quisiera sin tener que dar explicaciones, dormir sin la losa de una larga lista mental de cosas por hacer, y tocar en un bar con una jarra de cerveza apoyada sobre la tapa del piano. Para colmo, había conseguido cruzar un par de mensajes con su hijo Ernesto, que le había dicho que era feliz y que la echaba de menos.

Hacía mucho tiempo que no se sentía tan bien y pensó que era el momento de llamar a su madre.

Claudia D'Acquisto, la madre de Sofía, también era de origen italiano, pero su familia provenía de Milán, lo cual para ellos era lo mismo que decir que venían de una galaxia más desarrollada que la nuestra.

Cuando descolgó el teléfono, Sofía se limitó a decirle que andaba por la zona y había pensado en hacerle una visita. Claudia debía estar ocupada en otra cosa porque apenas hizo preguntas, lo cual le daba más tiempo para decidir cómo le soltaba el bombazo.

Sabía que a su madre le iba a parecer mal que hubiera dejado el trabajo, que hubiera vendido su casa, que hubiera adoptado un perro, que no tuviera pareja y hasta que llevara el pelo demasiado corto, o puede que esta vez lo llevara demasiado largo. En general, a su madre le parecía siempre todo mal. O igual había cosas que le parecían bien, pero debía pensar que esas no había necesidad de mencionarlas.

Salió a dar una vuelta rápida a la manzana con Carver y volvió a entrar en casa. El perro no hizo ningún amago de protestar por la brevedad del paseo, se limitó a beber un poco de agua de su plato y luego se tumbó en el distribuidor mirando a Sofía con devoción. A Carver siempre le parecía todo bien.

Se preguntó si la echaría de menos, nunca le había dejado solo más de una hora. Encendió la radio pensando que así se sentiría acompañado y a continuación volvió a colocarse la riñonera, pero inmediatamente cambió de opinión y se la quitó: era mejor evitarle a su madre más sobresaltos de los estrictamente imprescindibles. Sacó su bolso del fondo del armario y vació el contenido de la riñonera en su interior.

—No tardo mucho —le dijo a Carver, acariciándole la cabeza.

Al ver que Sofía cogía las llaves, el perro se incorporó y se sentó sumiso en el centro del vestíbulo esperando a que Sofía le enganchara la correa de nuevo, pero ella, intuyendo que si le miraba a los ojos corría el riesgo de anular su viaje, cerró la puerta sin mirar atrás.

A pesar de que condujo tranquila, de que paró en Solares a echar gasolina y de que ya de paso se entretuvo con un café y un trozo de quesada en un bar de carretera, tardó apenas una hora en llegar a Santander. Encontró sitio para aparcar en el paseo de Pereda y bajó del coche. Antes de cruzar la calle, se sentó en un banco con vistas a la bahía, miró la hora y, aunque no le tocaba, encendió un cigarrillo. Esa ciudad que apenas conocía podía haber sido su ciudad, pensó. Entre calada y calada intentaba adivinar cómo habría sido su vida si se hubiera quedado allí, y entonces se dio cuenta de que en todos los escenarios imaginables ella terminaba por salir huyendo. Por mucho que le gustara Santander, nunca habría sido su ciudad.

En realidad, no era capaz de sentir que ninguna ciudad fuera suya. Quizás por eso no entendía qué significaba eso de tener un lugar en el mundo. Siempre había tenido dificultades para contestar con franqueza a la pregunta «¿Tú de dónde eres?», que en Madrid prologaba casi cualquier conversación. Entre sus respuestas favoritas había lugares exóticos, como Botsuana, o imaginarios, como Camelot, pero nunca había podido encontrar una respuesta sincera. El sentimiento de pertenencia a los lugares le parecía irracional: ¿de dónde es alguien?, ¿de donde nace?, ¿de donde crece?, ¿de donde se enamora?, ¿de donde muere? Si tenía que sentir algún tipo de arraigo, puestos a elegir, probablemente elegiría Madrid, la ciudad en la que había visto crecer a su hijo. O puede que Filadelfia. Al menos en Filadelfia la pregunta habitual era mucho más amable, nadie preguntaba de dónde eres, sino de dónde vienes, *Where do you come from?*, como si para los americanos todo el mundo viniera para quedarse.

Claudia abrió la puerta antes de que Sofía tocara el timbre. Sin decir nada, se abrazaron durante unos segundos.

—Qué bien hueles siempre, mamá —le dijo con una sonrisa.

—Será la crema. Si usaras cremas buenas, tú también olerías bien.

—¿Huelo mal?

—No, mal no, a tabacazo.

El tema del tabaco era uno de los que Sofía tenía que evitar, así que se apresuró a cambiarlo.

—Estás muy guapa —le dijo observando el atuendo impecable de su madre.

—Sí, seguro. ¡A mi edad!

—¿Ibas a salir por ahí de pingos?

—Anda, pasa. ¿Estás más gorda o me lo parece a mí? —preguntó Claudia sin ningún miramiento.

—Más gorda que tú, seguro —contestó Sofía con una enorme sonrisa—. ¿Comes bien?

Sin esperar la respuesta de su madre, pasó al salón. Era una habitación de buen tamaño, aunque saltaba a la vista que los muebles procedían de una casa más grande, y el empeño de Claudia en no renunciar a ninguna de sus pertenencias había dado como resultado una sobrecarga espacial que a Sofía le resultaba asfixiante.

La televisión encendida, como siempre, y con un programa de esos matutinos en los que unas cuantas personas hablan todas a la vez, no ayudaba nada a descargar el ambiente.

Nada más entrar, Sofía hacía siempre lo mismo: se acercaba al gran ventanal con vistas al puerto deportivo, abría como para coger aire y arrastraba un sillón hasta allí para poder sentarse mirando hacia el exterior. Esta vez, sin embargo, se encontró con que los dos sillones del salón ya estaban junto al ventanal. Se preguntó si Claudia los habría colocado ahí temporalmente, solo porque venía ella, o se habría convencido de que ese era el mejor sitio para sentarse.

Dejó el bolso en uno de los sillones y miró a su madre con cariño. Claudia se acercó a ella y le tendió una cajita alargada de terciopelo gris:

—Toma.

—¿Y esto? —dijo Sofía abriendo la cajita.

—Por tu cumpleaños.

En la caja había un reloj de oro antiguo con correa de cocodrilo. Sofía miró a su madre sorprendida. Habían pasado más de tres meses desde su cumpleaños, y su madre y ella no solían hacerse grandes regalos. Miró el reloj sin saber qué decir.

—Era el reloj de pedida de tu padre —dijo Claudia viendo el bloqueo de su hija.

—Es precioso, mamá —dijo Sofía probándose el reloj—. Si era de papá, ¿por qué lo tienes tú?

—No se lo llevó. Ni se acordaría de él.

—Parece nuevo. ¿Le has cambiado la correa?

—No, es que tu padre nunca llegó a estrenarlo. Odiaba los relojes clásicos.

—Entonces ¿por qué no le regalaste uno más moderno?

Nada más hacer la pregunta, Sofía se arrepintió; sabía perfectamente la respuesta. Claudia tenía el convencimiento de que su sentido estético estaba en un nivel muy superior al del resto del mundo y se consideraba en la obligación de educar al prójimo en el arte del buen gusto, así que cuando elegía un regalo, las preferencias de dicho prójimo no tenían la menor relevancia.

—No iba a comprarle un horror de esos que usaba él con la correa metálica —contestó Claudia confirmando la teoría de Sofía.

—¿Y no deberías dárselo a Gabi? —preguntó con el reloj aún en la muñeca.

—¿No lo quieres?

—No es que no lo quiera, pero como es un reloj de hombre...

—Se llevan los relojes de hombre. Te queda bien —dijo con la mirada en la muñeca de Sofía—. Tu hermano no valora estas cosas.

—Muchas gracias, mamá, es precioso —dijo dándole un beso.

—Cuídalo bien, que tú eres un desastre. Tendría un disgusto si le pasara algo.

—Qué responsabilidad, mamá —contestó Sofía, mordiéndose el labio inferior—; si vas a tener un disgusto mejor lo guardamos otros cincuenta años y así nos aseguramos de que sigue intacto, ¿te parece?

—¿Lo quieres o no lo quieres?

—Sí, sí lo quiero. Me encanta, muchas gracias. —Sofía hizo una pausa—. ¿Puedo apagar la tele?

—No, déjala.

Sofía se quitó el reloj, no fuera a darle un golpe en las mismísimas narices de su madre, y con él en la mano, se sentó en el sillón donde había dejado el bolso al entrar. Claudia cogió una labor de punto que tenía sobre el sofá y se acercó a sentarse junto a su hija.

—Mira, así Ernesto algún día tendrá algo de su abuelo —dijo Sofía mirando el reloj una vez más antes de guardarlo en su caja.

—¿Qué sabes de tu hijo? —preguntó Claudia a la vez que empezaba a tejer.

—¿De Ernesto? Que está muy bien. Me mandó un mensaje ayer.

—¿Dónde está ahora?

—En la costa de Malta.

—Hay que ver. Este niño me preocupa mucho.

—¿Por qué? —Sofía miró a su madre sorprendida por el comentario.

—¿Cómo que por qué? ¿Es que a ti no te preocupa? Desde luego, hija, no te entiendo. Tu hijo siempre metido en líos y tú estás tan ancha... Si le hubieras educado un poco mejor... —Claudia hablaba sin mirar a Sofía; era capaz de soltar sus quejas automáticamente a la vez que volcaba toda su atención en lo que fuera que estuviera tejiendo.

—¿Qué me quieres decir?

—Yo no digo nada —dijo, utilizando el prólogo que solía preceder a sus observaciones más hirientes—, pero deberías estar más pendiente de él. Deberías haberle obligado a que hiciera una carrera. Si por lo menos me hubieras hecho caso y le hubieras llevado a un colegio privado, ahora no tendríamos este problema.

—Pero ¿qué problema tienes tú? —Sofía empezaba a calentarse.

—Pues que mi nieto me quita el sueño, qué quieres que te diga. No sé qué va a ser de él. Ya tiene edad de hacer algo en la vida, creo yo.

—¿A ti te parece que no hace nada? —Sofía elevó la voz—. ¿Te parece que salvar vidas es no hacer nada?

—No, si encima le aplaudes. ¿Le vas a mantener tú toda la vida?

—Saldrá adelante, Ernesto es muy listo.

—Pues no lo parece. Cualquier día los meten a todos en la cárcel. Pero bueno, si a ti te da igual...

—No me da igual, al contrario. Estoy orgullosa de él.

—Desde luego, no se puede hablar contigo, hija.

—No, sí que se puede. Hablemos —le instó Sofía poniéndose de pie—, ¿a qué le llamas tú hacer algo en la vida? ¿Qué hemos hecho nosotras dos, por ejemplo?

—Pues mucho. Tú has estudiado una buena carrera, tienes un buen trabajo y ganas un buen sueldo. Y yo me he pasado la vida cuidando de vosotros. ¿Te parece poco?

—Pues mira, ya que ha salido el tema, la que no piensa hacer nada en la vida a partir de ahora soy yo.

—¿Qué significa eso? —por primera vez Claudia soltó la labor y miró a Sofía directamente.

—Que he dejado el trabajo —dijo ella volviendo a sentarse.

Tal y como esperaba, la reacción de su madre no fue buena. Su propósito de no discutir con ella se había ido al traste y prefirió no decir nada más. Claudia dedicó los siguientes minutos a soltar su filípica, eligiendo tres o cuatro reproches que, mientras nadie la detuviera, era capaz de repetir una y otra vez hasta el infinito. Sofía aprovechó que su madre entraba en bucle para dejar de escucharla. «Yo me he pasado la vida cuidando de vosotros», había dicho Claudia unos segundos antes. La frase había quedado resonando en su cabeza, aunque no sabía muy bien por qué.

Se puso en pie y abrazó a su madre justo cuando decía por enésima vez lo de estás tirando tu vida por la borda y a ver cómo pagamos la hipoteca ahora.

—Mamá —dijo suavemente—. No te preocupes por la hipoteca, nos las arreglaremos. ¿Por qué no haces un esfuerzo por aceptar que las cosas que a mí me hacen feliz no son las mismas que te hacen feliz a ti?

—Yo soy tu madre —Claudia seguía alterada—, y si te equivocas tengo la obligación de decírtelo.

Sofía sabía que no tenía sentido insistir, así que no lo hizo. Ambas guardaron silencio durante unos minutos. Sofía seguía de pie y dejó que su mirada se perdiera en la estantería del salón, repleta de libros viejos, colocados entre fotos de bodas, bautizos y comuniones. En una de las baldas había un frasco lleno de cristalitos de colores.

—¿Guardas los cristalitos? —le preguntó a su madre.

—Son bonitos, ¿verdad? No sé de dónde han salido.

Sofía miró a su madre sorprendida, pero en lugar de recordarle el origen de sus tesoros de la infancia, decidió aprovechar para insistir en algo que repetía cada vez que pisaba esa casa, aun sabiendo que no iba a servir para nada:

—Sigues teniendo aquí la foto de mi boda —dijo señalando la enorme fotografía en la que aparecía ella vestida de novia del brazo de su exmarido.

—Claro.

—Preferiría que la quitaras —dijo Sofía eligiendo cuidadosamente el tono y la velocidad de sus palabras.

—¿Y eso por qué? —preguntó Claudia retadora.

—¿Porque yo te lo pido?

—A mí me gusta esa foto —contestó dando el tema por cerrado—. Bueno, ¿y qué piensas hacer con tu vida ahora?

—No lo sé. De momento voy a pasar unos días en Laredo —contestó Sofía sin querer concretar más.

—¿En Laredo? ¿Por qué en Laredo? Aquí tengo sitio.

—No, mamá, gracias, pero me apetece estar sola. Necesito descansar.

—Tú sabrás lo que haces.

—Oye, mamá, me he dado cuenta de que casi no tengo recuerdos de Laredo. ¿Cómo era yo de pequeña?

—¿A qué viene eso?

—Nunca hablamos de esa época.

—Tenías mucho genio.

—¿Por qué no me cuentas alguna anécdota?

—¿Qué tipo de anécdota?

—Las madres cuentan a sus hijos anécdotas de cuando eran pequeños, ¿no?

—Ay, hija, no me acuerdo de nada. Tú estabas siempre con tu abuelo.

—Hombre, siempre no. De algo te acordarás.

—De vosotros, muy poco. Os pasabais el día en el colegio. Y luego en casa no dabais mucha lata. Tú te sentabas en el cuarto de estar y te ponías a hacer barquitos.

—No, mamá, ese era Gabi.

—¿Ah sí? Igual tienes razón. Ya te digo que de vosotros no me acuerdo. A mí lo único que me preocupaba era tu padre. Me pasaba el día esperando a ver de qué humor llegaba a casa, no pensaba en nada más.

Sofía tragó saliva antes de decidirse a seguir preguntando.

—Y papá, ¿cómo era?

—Guapísimo. Era igual que Marlon Brando.

—A mí me recuerda más a Gandolfini.

—¿Ese quién es?

—El que hacía de Tony Soprano en *Los Soprano*.

—De eso nada. Tu padre era mucho más guapo. Ninguno habéis salido a él.

—Vaya por dios, entonces hemos salido a ti. Siento que seamos feos, mamá —bromeó.

—Ya quisierais pareceros a mí —dijo Claudia entre carcajadas—. No seas tonta, hija, no quería decir eso. Mira, en ese cajón están todas las fotos —añadió señalando al aparador—. Ahí tienes todos los recuerdos que quieras —zanjó el tema poniéndose de pie—. Voy a hacer la comida. ¿Qué quieres beber?

—¿Qué tienes?

—Agua —gritó Claudia ya desde fuera de la habitación.

—Vale, pues agua. Me fumo un pitillo y voy a ayudarte —contestó Sofía.

En cuanto su madre se hubo ido, Sofía abrió la ventana y encendió un cigarrillo. A continuación, cogió el marco con la foto de su boda y abrió el cajón del aparador. Estaba lleno de fotografías apiladas sin ningún orden. Empezó a removerlas de lado a lado, buscando una que encajara en el marco. Trataba de fijarse solo en el tamaño de las fotografías, pero inevitablemente fueron desfilando a cámara rápida ante sus ojos imágenes de la casa de Laredo, del Nono, de la fábrica, y de la familia que alguna vez fueron.

Se preguntó si su padre se habría llevado alguna fotografía cuando se fue. Probablemente no. Su exmarido sí lo había hecho. Pocos meses después de divorciarse, Sofía descubrió que en todos los álbumes faltaban algunas fotos cuidadosamente elegidas. Su primera reacción fue enfurecerse, pero el cabreo dio paso a la tristeza cuando comprobó que todas las imágenes en las que aparecía ella seguían en los álbumes. Su exmarido no había escogido las fotos bonitas, ni los instantes felices, ni las mejores muecas de Ernesto; su único criterio había sido eliminarla a ella de todos los recuerdos, como si para él, esos quince años juntos nunca hubieran existido.

Siguió removiendo las fotos del cajón. No tenía ninguna dificultad en identificar a Gabi, pero le costaba aceptar que la niña que aparecía a su lado en casi todas las imágenes fuera ella misma. En todas las fotos salía o muy sonriente o con el ceño fruncido, pero siempre dominando la situación. Parecía imposible que esa niña y ella fueran la misma persona. De hecho, no lo eran. En algún momento se había producido la metamorfosis, aunque no tenía ni idea de cuándo había ocurrido, como si ella no hubiera estado presente hasta mucho después.

Eligió una imagen en la que estaban la pequeña Sofía y el pequeño Gabi muy abrazados, con sus impermeables amarillos, en el puerto de Laredo. La colocó en el marco tapando la foto de su boda y sonrió. Tenía mucho más sentido abrazar a su hermano que a su ex.

Cuando fue a cerrar el cajón, se fijó en otra fotografía que se había quedado encima de las demás. A juzgar por el cuadro que se veía al fondo, la foto se había tomado en la fábrica del Nono. Solo se veía un fragmento del cuadro, pero Sofía recordaba muy bien esa superposición de rectángulos de colores vivos, en su mayoría rojos, naranjas y verdes, llenos de fuerza, que atraía su mirada cada vez que entraba en el despacho de su abuelo.

Sacó la fotografía del cajón. En primer plano, delante del cuadro, se veía a la pequeña Sofía, con cinco o seis años, en brazos de su padre. Emilio Amoretti parecía sonreír a la cámara. Aún pesaba menos de cien kilos y tenía pelo, y era cierto que se daba un aire a Marlon Brando. La niña se aferraba a su cuello y había vuelto la cabeza hacia el fotógrafo manteniendo su mejilla muy pegada a la de su padre con una mezcla de orgullo y picardía a la vez. Parecía una niña feliz, sin nada que la preocupara, convencida de que estaba a punto de comerse el mundo. Sin duda esa foto era de antes de la metamorfosis.

Escondió la fotografía dentro de su bolso. Tenía que enseñársela a Darío y pedirle que la ayudara a recuperar lo que quedara de esa Sofía.

Antes de ir a la cocina, cerró el cajón y colocó en la estantería el marco que ahora sujetaba la imagen de los dos hermanos abrazados, intentando adivinar cuánto tardaría Claudia en percatarse del cambiazo.

—¿Te apetecen unos *spaghetti?* —le preguntó Claudia, a la vez que echaba la pasta al agua hirviendo.

—Claro —dijo Sofía destapando la cazuela en la que se calentaba la salsa de tomate—. Qué bien huele.

—La he hecho como te la hacía tu abuelo, con ajito y orégano.

—Luego dices que estoy gorda —bromeó Sofía aspirando de nuevo—. Es verdad. Huele al Nono. Del Nono sí me acuerdo. Y de la fábrica. Y del cuadro ese tan bonito que tenía en el despacho. ¿Sabes cuál te digo?

—Me suena. ¿Cómo era?

—Muy grande. Abstracto. Como expresionista.

—¿En colores rojos?

—Sí, ese. ¿Qué habrá sido de él?

—¿No se lo quedó tu padre?

—No creo, no me suena haberlo visto en su casa.

—Lo tendrá el tío Camilo. Pregúntale a él. Era el único con sentido del arte en esa familia. Pon la mesa en el salón, anda —ordenó a continuación—, así vemos las noticias.

Sofía obedeció. Cuando la mesa estuvo lista, Claudia apareció en el salón, dejó la fuente con la pasta sobre la mesa y volvió a desaparecer por el pasillo.

—Vete sirviendo, que ahora vengo —fue la siguiente instrucción.

Sofía empezaba a rallar el parmesano sobre su plato de pasta cuando su madre volvió a entrar trayendo consigo un dibujo a rotulador de rectángulos de colores, con la calidad de la copia que puede hacer una niña pequeña de un gran cuadro.

—Toma. Igual te apetece tenerlo —dijo Claudia tendiéndole el dibujo.

—Pero ¿tú no tiras nada? —le preguntó Sofía sorprendida.

Sofía miró el dibujo durante unos segundos. En una esquina alguien había escrito «Sofía 1975». Nada más verlo recordó la caja de rotuladores que el Nono guardaba en el primer cajón de su mesa. Cuando estaba ocupado, sacaba los rotuladores y le daba a Sofía una hoja de papel, y ella se entretenía dibujando todo lo que veía, la fábrica, el pescado fresco, las obreras, o aquel cuadro que no podía dejar de mirar cuando lo tenía delante.

Se levantó para dejar el dibujo en el sillón, junto a su bolso, y volvió a sentarse justo cuando empezaba el telediario.

En casi todas las noticias, Claudia tenía algún comentario que hacer con el claro propósito de provocar a su hija, pero Sofía consiguió mantener la boca cerrada a pesar de sus discrepancias sobre política, sobre igualdad, sobre cine, sobre el cambio climático y sobre el atuendo de la presentadora. Casi al final del noticiero saltó una noticia sobre la que no parecía haber riesgo de conflicto.

—Anda, mira. Laredo —dijo Sofía señalando la televisión.

Se veía una imagen aérea de la playa de Laredo mientras la locutora daba la noticia: «La localidad cántabra de Laredo se ha visto hoy conmocionada por la misteriosa aparición del cuerpo sin vida de un hombre de edad avanzada. El cadáver ha sido encontrado a última hora de la mañana en Playa Soledad. Se desconocen aún las causas de la muerte».

—¿Qué es Playa Soledad? —preguntó Sofía.

—Vete a saber, será el Regatón —contestó Claudia—. A los laredanos les gusta cambiarle el nombre a las cosas para darse importancia —añadió, como si ninguna de las presentes hubiera nacido en Laredo.

—No, mira. Debe de ser el puerto viejo —dijo Sofía señalando de nuevo a la televisión—, ¿ves?, eso parece la entrada del túnel.

—¿Cómo dices que se llama ahora?

—Playa Soledad. ¿Por qué habrán elegido ese nombre? —preguntó Sofía pensativa.

—Porque si alguien quiere estar solo, es el sitio perfecto. Teniendo Laredo una playa como dios manda, ¿a quién se le va a ocurrir ir a bañarse al puerto viejo? A mí lo que me extraña es que lo llamen playa. Eso no es una playa.

—¿Le habrán asesinado? —preguntó Sofía.

—¿A quién?

—Al hombre ese. Si lo sacan en las noticias será por algo.

—¿Un asesinato en Laredo? Tú ves muchas películas.

Sofía no dijo nada más, pero la noticia la había inquietado. Tenía razón su madre en que el puerto viejo solía estar desierto, y ella iba ahí casi todas las mañanas con Carver. Cualquier otro día, habría sido ella quien se encontrara con el muerto. O peor aún, con su asesino.

Cuando terminaron de comer, Sofía recogió la mesa y propuso que bajaran a la calle a tomar café, pero Claudia contestó que prefería echarse un rato. Sofía no insistió.

Antes de despedirse, le prometió a su madre que organizaría una cena con Gabi y los niños.

—A ver si es verdad —dijo Claudia desde la puerta.

—Muchas gracias por el reloj —se despidió abrazando a su madre.

Al llegar al coche, dejó el dibujo en el asiento de atrás, se sentó al volante y puso la llave en el contacto, pero no la giró. Sacó del bolso la fotografía en la que aparecía ella abrazada a su padre y la miró durante un buen rato.

Echó un vistazo fugaz al retrovisor tratando de reproducir la sonrisa de la niña de la foto. Siempre que veía un gesto de ternura entre un padre y una hija se sobrecogía, con esa angustia que produce la añoranza de lo que nunca se ha tenido. La imagen le demostraba que no tenía razón. Aunque ella no lo recordara, en algún momento, su padre y ella habían sido felices juntos.

17

Cuando terminó de vestirse, cogió la foto y el dibujo que había traído de casa de Claudia y los llevó al salón. Colocó el dibujo sobre el espejo del aparador y lo encajó en una esquina, entre el marco y el espejo, hasta que quedó bien sujeto. A continuación, levantó la foto en la que salía el cuadro original para ponerla junto al dibujo. La fotografía tenía esos colores desteñidos de las fotos setenteras, como de película de Garci, y le pareció que su reproducción a rotulador infantil, a pesar de todos sus defectos, era más fiel al cuadro original que la fotografía. Se quedó mirando durante unos largos segundos a ese padre y esa niña que se abrazaban con fuerza, como si no se fueran a separar nunca, y finalmente guardó la fotografía en la riñonera pensando que buscaría la forma de recordar ese abrazo.

Llegó hasta la boca del túnel más tarde de lo normal. En una mano llevaba su paquetito de la pastelería Anaïs y en la otra el extremo de la correa de Carver.

Miró, contrariada, la reja metálica que impedía la entrada. Hasta entonces, siempre había visto el túnel abierto y ni siquiera se había dado cuenta de que hubiera una puerta. De un extremo a otro, una cinta de plástico blanca con letras verdes advertía: «Guardia Civil – No pasar».

—¿Y ahora qué hacemos, Carver?

Carver levantó la cabeza y la miró aparentemente tan molesto como ella por el inconveniente, pero de pronto, su expresión cambió y empezó a mover el rabo enérgicamente de un lado a otro. Sofía se volvió para ver qué era lo que había provocado tanta excitación en el perro.

—¿Cómo están? Ayer no les vi por aquí —dijo Omar.

—Hola, Omar —dijo Sofía volviéndose—. No, ayer fui a Santander a ver a mi madre.

—Eso está muy bien. A las madres hay que cuidarlas. ¿Hacia dónde van?

—Pensábamos ir al puerto viejo, pero parece que lo han cerrado. ¿Tú habías oído hablar de Playa Soledad?

—¿Playa Soledad?

—Sí, la playa del puerto viejo. Por lo visto se llama Playa Soledad.

—Eso no es una playa.

—Te tengo que presentar a mi madre —dijo Sofía riéndose—. Os entenderíais bien.

—Encontraron un muerto allá —dijo Omar señalando con la cabeza la puerta del túnel—, ¿no te enteraste?

—Sí, lo oí en las noticias. ¿Mucho lío por aquí?

—No te hacés idea. Entre periodistas y curiosos, el Bauer estuvo lleno todo el día.

—Mira qué bien. Me alegro. Por ti, claro, no por el muerto, pobre hombre. ¿Se sabe quién era?

—No lo sé, parece que no era de aquí.

—Ya. Pues a ver a dónde voy ahora. Con lo que le gusta a Carver correr por esa no-playa.

—¿Por qué no van a la playa de verdad? Allá Carver puede correr hasta cansarse.

—Ya, pero es que a mí no me gusta la playa de verdad.

—No digas boludeces. No podés dejar a Carver sin correr teniendo esa playa.

—¿Tú crees? —dudó Sofía algo nerviosa—. Igual tienes razón.

—Obvio que tengo razón. Dale, vamos.

—¿No tienes que ir al bar?

—No, hoy no toca.

—Es verdad —dijo Sofía recordando que el Bauer cerraba los lunes.

Cogió aire con determinación y echó a andar agarrando en corto la correa de Carver. Omar caminaba a su lado sonriente, contándole anécdotas del día anterior que ella no escuchaba. Atravesaron el puerto con paso firme hasta que llegaron al primer acceso a la playa. Sofía se detuvo y miró hacia la arena, como dudando si pisarla.

Omar siguió andando hacia la orilla. Sofía soltó la correa de Carver y decidió seguir a Omar sin pensárselo demasiado. La marea estaba muy baja y había más superficie de arena mojada que de arena seca. A mitad de camino se detuvo y se volvió para ver el pueblo de frente, alzando la vista lo suficiente para que ante sus ojos las dunas quedaran desenfocadas. Luego movió la cabeza de izquierda a derecha para obtener una panorámica completa. Le sorprendió comprobar que, visto desde el mar, Laredo no parecía tan cambiado. Probablemente habría más torres de apartamentos, pero apenas se notaba la diferencia.

Carver se había mantenido todo el tiempo a su lado y se acababa de sentar esperando una instrucción. La miró moviendo el rabo a la máxima velocidad posible y Sofía le sonrió.

—Anda, ve. Corre. Te espero por aquí.

El perro, obediente, echó a correr hacia la orilla, persiguiendo gaviotas que levantaban el vuelo en cuanto él se acercaba.

Las piernas de Sofía habían empezado a temblar. Trató de controlarlo sentándose en la arena, y aprovechó para quitarse las zapatillas y los calcetines, pero el temblor no cesaba. Omar la vio y volvió sobre sus pasos.

—¿Estás bien?

—Sí —contestó Sofía—. Es que soy un poco torpe y me cuesta andar por la arena.

—A mí esta playa me fascina. Mi papá me llevó una vez a Mar del Plata. En mi recuerdo hay una imagen como esta, una playa interminable de arena fina...

Sofía le sonrió sin decir nada y se puso en pie. Carver volvió a acercarse y se detuvo junto a ellos, mirando a Sofía con la cabeza ladeada para comprobar si había contraorden. Omar se acercó de nuevo a la orilla y cogió un palo de madera envejecida que el mar había arrastrado hasta allí.

—¡Carver! —gritó—. ¡Agarralo!

Omar lanzó el palo tan lejos como pudo y Carver echó a correr tras él, demostrando que había entendido las reglas del juego a la primera.

Sofía encendió un cigarrillo y durante unos segundos observó cómo Carver y Omar jugaban con el palo. Luego, se remangó los vaqueros y se acercó lo suficiente a la orilla como para que el siguiente empuje de la marea le mojara los pies. La temperatura del agua logró reactivarle la circulación lo justo para mantenerse amarrada al presente.

Echó a andar siguiendo la línea de la costa con la cabeza agachada, esforzándose por centrar toda su atención en las conchas, los trocitos de madera húmeda, las algas y los diminutos agujeritos que aparecían en la arena cuando se retiraba el agua. Se detuvo junto a uno de ellos y escarbó con el pie hasta que notó la chirla. La agarró con los dedos del pie y se agachó para cogerla justo cuando Omar llegaba de nuevo hasta ella.

—¿Pescás con el pie? —preguntó el argentino.

—Sí —contestó Sofía sonriendo—. Desde pequeña. A mí hermano le cabreaba mucho. Nos gustaba correr a la orilla con un cubo de plástico y jugar a ver quién cogía más chirlas. Pero él no sabía cogerlas con el pie y perdía tiempo agachándose, así que siempre ganaba yo. Toma —dijo abriendo la concha con la uña—. ¿Te gustan las chirlas?

Omar negó con la cabeza y Sofía se la ofreció a Carver, que en ese momento llegaba hasta Omar con el palo entre los dientes.

—¿Quieres una chirla, Carver? Bueno, tú, que eres madrileño, las llamarás coquinas.

El perro olió la concha y retiró la cabeza.

—Somos carnívoros, qué va a ser —dijo Omar.

Sofía se volvió para sonreír a Omar y, sin querer, la mirada se le perdió entre las dunas.

—¿Nos sentamos un rato? —le propuso.

Caminaron unos metros hasta alcanzar la arena seca. Sofía se sentó de espaldas a las dunas y Omar se dejó caer a su lado.

—Tenés mala cara —dijo el argentino.

—¿Yo?

—¿Querés hablar de algo? —preguntó con delicadeza.

Sofía forzó una sonrisa y le miró, preguntándose si la psicología sería una asignatura troncal en las escuelas argentinas.

—La última vez que vine aquí tenía quince años.

—Hace poco, entonces.

—Antes de ayer —sonrió ella.

—Te interrumpí. ¿Qué me ibas a decir?

—Nada, eso, que no había vuelto desde entonces.

—Y eso, ¿por qué?

—Digamos que ese día la playa dejó de gustarme.

—¿Qué pasó?

Sofía sonrió. Sin duda Omar sabía cómo empujarla a hablar. Cogió aire y se lanzó.

—Como te decía, tenía quince años. Era de noche. Habíamos estado jugando al quinito. ¿Aún se juega al quinito por aquí?

—¿El quinito?

—Era un invento vasco que consistía en tirar dos dados y, saliera lo que saliera, todo el mundo se cogía la tajada a base de alguna bebida repugnante.

—Creo que sí que juegan los chavales, pero yo no jugué nunca.

—Haces bien. El caso es que cuando terminó la partida, uno de los chicos me dijo que unos amigos suyos habían organizado una queimada en la playa. ¿La queimada sabes lo que es?

—Sí, la queimada sí.

—A los quince años lo de la queimada en la playa era algo así como el planazo del siglo.

—¿Salías con ese chico?

—No, qué va. Apenas le conocía. Ni siquiera me gustaba. Yo creo que no era de aquí. Tenía pinta de lerdo, así, muy alto, desgarbado, los brazos colgando y la frente estrecha, como la de un Australopiteco. Y encima se reía haciendo un ruido horrible, como si rebuznara. Nunca entendí por qué a mis amigas les gustaba ese chico. Yo era la única que pasaba de él, supongo que por eso me invitó a mí.

—Suele pasar.

—El tío se puso tan pesado que acabé accediendo. Cuando llegamos a la playa, era de noche y me llevó hasta allí —Sofía señaló hacia su espalda sin volver la cabeza—, pero ahí ni había queimada ni había nada. Él propuso que nos sentáramos a esperar a sus amigos y yo, que era aún más lerda que él, le hice caso. Nos sentamos entre las dunas, me besó y yo me dejé. Era un chico mayor, habíamos bebido, todo parecía un poco irreal. Y entonces empezó a meterme mano. Yo me aparté, pero él me agarró con fuerza. Le dije que quería irme a mi casa, pero a él le daba todo igual. —Sofía hizo una pausa tratando de contenerse—. El resto te lo ahorro.

—¿Abusó de vos?

Sofía no contestó.

—¿Qué te pasó, Sofía? ¿El chico ese abusó de vos? —insistió Omar.

—Nunca me he parado a definir lo que pasó.

—¿Hubo sexo?

—Sí.

—¿Vos querías que hubiera sexo?

—¡No! Era una niña. Cómo iba a querer...

—Entonces abusó de vos.

—Intenté soltarme varias veces, pero él me agarraba con fuerza y me hacía daño. Llegó un momento en que dejé de resistirme. Dejé de pensar, solo quería que todo acabara cuanto antes.

—Pero, Sofía... —dijo Omar con ternura—. ¿Lo denunciaste?

—¿Cómo lo iba a denunciar? ¿Tú sabes lo que le pasaba a una chica que denunciaba...? ¿Y que encima me humillaran más si...? Además, era imposible demostrar... —Sofía se dio cuenta de que no podía terminar ninguna frase y prefirió callarse.

—Entonces, ¿qué hiciste?

—Nada, ¿qué iba a hacer?

—¿Y tus padres tampoco hicieron nada?

—No se lo dije.

—¿No lo hablaste con nadie?

—No. Bueno sí, años después con mi psicoanalista. Y ahora contigo.

—Te agradezco la confianza. Pero no entiendo cómo pudiste guardar silencio tanto tiempo.

Sofía se encogió de hombros antes de encontrar una respuesta.

—Lo acabé aceptando. La vida era así. Los hombres no os dais cuenta. Un par de años después, me fui a Madrid. Ahí todas las chicas estaban acostumbradas a vivir con miedo. No había más remedio que aguantarse. Si caminabas por la calle sola, siempre aparecía algún salido, que en el mejor de los casos se limitaba a decirte guarradas. En el metro te tocaban el culo y las tetas, y eso cuando no te salía un exhibicionista cascándosela en un pasillo. A mí todo eso me daba miedo, un miedo atroz, pero era un miedo cotidiano que a nadie parecía importarle. Una vez, al poco de llegar a Madrid, no me acuerdo a dónde había ido, pero se me hizo tarde y habían cerrado el metro, así que cogí un taxi para volver a casa. Íbamos por la Gran Vía y el taxista me contaba algo sobre su absurda vida que yo no escuchaba. Cuando me quise dar cuenta, el muy cerdo se había sacado la polla, y mientras sujetaba el volante con una mano, se estaba haciendo una paja con la otra. En el semáforo de Callao, abrí la puerta, me bajé horrorizada y corrí hasta una pareja de policías municipales. Les conté lo que había pasado señalándoles el taxi que aún estaba en el semáforo. Recuerdo lo que me costó decir en voz alta «Ese taxista se está masturbando mientras conduce». Cuando eres tan joven, pronunciar esas palabras no es nada fácil, te lo aseguro. Pero yo me empeñé en decirlas y las dije. ¿Sabes lo que hicieron los municipales? Se dieron un codazo, se partieron los dos de risa y siguieron su camino. Y yo pensé, «Menos mal que nunca dije nada de lo que pasó en la playa».

Sofía tragó saliva esperando a que su pulso volviera al ritmo normal antes de seguir hablando.

—Ahora entiendo por qué no te gusta la playa —dijo Omar bajando la mirada—. Disculpame. No debí insistirte.

—No pasa nada. Al revés, debería darte las gracias. Si no es por ti, nunca habría encontrado el momento de volver y no era para tanto. Mira cómo se lo pasa Carver.

Omar abrazó a Sofía con suavidad y le dio un beso en la frente.

—Lo siento, Sofía. Vos no te merecés algo así. ¿Querés seguir hablando de esto?

Sofía le miró dudando la respuesta.

—No hay mucho más que hablar.

—No puedo imaginar cómo te sentiste. ¿Tardaste mucho en volver a relacionarte con chicos?

—No, no demasiado. Ya te digo que lo acepté.

—Algo así tuvo que afectar a las relaciones que tuviste después.

—No te creas.

—¿No?

—Yo creo que no. Aunque en realidad no sabremos nunca cómo habrían sido mis relaciones si yo hubiera perdido la virginidad con un príncipe azul, ¿no?

—Si querés, dejamos el tema.

—Sí, dejémoslo. No es que me moleste, es que ya te digo que no hay más tema. Ya te he contado lo que pasó. No sé qué más decirte. Me he preguntado muchas veces si esto me ha afectado y no tengo la respuesta. Yo no sé cómo son las relaciones de los demás, solo sé cómo son las mías.

—Sos más inteligente que eso —contestó Omar con un guiño.

—Pues se ve que en esto no lo soy. No creo que haya nada real en lo que sabemos de los demás, como para poder sacar conclusiones sobre lo que es normal y lo que no. Solo tenemos versiones, que nunca son del todo ciertas. Esto es como las separaciones. ¿Tú tienes algún amigo separado?

—Sí, claro, ¿quién no?

—¿Te has fijado que siempre conocemos al bueno?

—¿Qué querés decir?

—Que si te fijas, tu amigo siempre es el bueno de la pareja. El malo siempre es el otro, el que ya no está.

—No te sigo. ¿Qué tiene que ver esto con lo que estábamos hablando?

—Me has preguntado si esto afecta a mis relaciones. Y yo intento explicarte que es imposible saberlo, no sé cómo son las relaciones de los demás, porque todo el mundo cuenta la versión que mejor le va. Por ejemplo: a los hombres no os cuesta nada decir que se os da mal coser o que se os da mal planchar, pero yo no he visto nunca uno que diga que se le da mal follar, y créeme que hay algunos que...

—Okey. —Omar no pudo evitar reírse—. Dejalo. Me convenciste. Lo superaste y conseguiste tener relaciones normales.

—Y dale con la normalidad. A ver, profundicemos. ¿Cómo se mide la normalidad en la vida sexual? ¿Es una cuestión de frecuencia, de intensidad, de grado de perversión?

—Yo creo que es una cuestión de satisfacción. ¿Disfrutás con el sexo?

—Vaya preguntas me haces, Omar, ¿le preguntas eso a todas las mujeres que conoces?

—Sí, por las dudas —dijo él guiñándole un ojo.

—Está bien, pues te contesto. A veces disfruto y a veces no. Depende del momento, y sobre todo del contrario. Pero mira, ya que estamos, sí que hay una cosa que nunca he entendido. No sé por qué la gente se empeña en relacionar el sexo con el amor. Yo creo que son dos cosas muy distintas.

—Lo son. Pero cuando hay amor, el sexo se vive de forma diferente. —Omar esperó la reacción de Sofía, que era ahora quien guardaba silencio—. ¿No estás de acuerdo?

—Igual es que lo que no ha sido normal en mi vida ha sido el amor.

Omar miró a Sofía como si estuviera tratando de entender lo que acababa de decir, pero de pronto dio un respingo y estiró el brazo con la palma de la mano hacia arriba.

—Esto se pone feo.

Al primer trueno se pusieron los dos en pie y se subieron las capuchas de sus cazadoras. Carver corrió hasta ellos. Sofía comprobó aliviada que ya no había ni rastro de temblor en sus piernas y echaron a andar a ritmo de marcha. Antes de que alcanzaran el final de la playa, el cielo ya había pasado de gris claro a gris oscuro, y el sirimiri había mutado en aguacero. En cuanto llegaron al puerto, Sofía se calzó las zapatillas como pudo, guardó los calcetines en un bolsillo y los tres corrieron a resguardarse bajo los soportales.

Una vez a cubierto, Carver se sacudió enérgicamente expulsando el agua de su cuerpo en todas direcciones. Sofía intentó imitarle, pero no consiguió nada más que moverse en un vaivén ridículo que al menos la hizo entrar en calor.

—No conocía ese baile —dijo Omar.

—Cuando quieras te lo enseño.

—¿Cómo es? ¿Así? —preguntó él agitándose bruscamente de un lado a otro.

—No. Muy mal, pareces la niña de *El exorcista* —dijo Sofía riéndose—. Te falta práctica.

—¿Qué hacemos ahora? —preguntó Omar.

—¿Por qué no comemos juntos? Elige un sitio que te guste. Yo invito.

—Hoy no puedo, lo lamento —se excusó Omar—. Ya quedé con alguien.

—No pasa nada —contestó Sofía apretando una sonrisa para que no se le notara la decepción—, otra vez será.

—Me sobra media hora —dijo Omar mirando su reloj—. ¿Querés que tomemos un vino?

Sofía solo necesitó un instante para pensárselo y acceder. Se agarró del brazo de Omar y echaron a andar a paso ligero hacia el centro del pueblo. Carver, como buen pastor, caminaba delante de ellos abriéndoles camino y comprobando cada pocos pasos que su rebaño seguía unido. Sofía miraba al frente, preguntándose quién sería la afortunada «con alguien» con la que se había citado Omar. Para los hombres, «con alguien» siempre es una mujer, sus amistades masculinas suelen tener nombre.

—¿Vamos a la calle de los vinos? —propuso.

—¿Adónde? —preguntó Omar.

—A la calle de los vinos. —Al ver el ceño fruncido de Omar, Sofía dedujo que ya no la llamaban así—. A la puebla vieja —aclaró.

—Ah, bárbaro —accedió el argentino.

Cuando terminaron de subir la Cuesta del Infierno, Sofía miró a un lado y a otro intentando reconocer la calle adoquinada en la que se había cogido sus cien o doscientas primeras borracheras, y pronto entendió por qué ya no la llamaban la calle de los vinos. Los bares de vinos de su adolescencia se habían convertido ahora en restaurantes modernos, con mucho mejor aspecto, limpios, arregladitos, sin nada de particular. Si la soltaran allí de repente, pensó, no sabría si estaba en Laredo o en cualquier otro lugar del mundo. A pesar de la mejoría, sintió lástima de que los lugares perdieran su identidad al mismo ritmo que las personas se parecían cada vez más las unas a las otras, como si ya nadie se molestara en pensar por su cuenta.

—¿Entramos en este? —preguntó señalando un bar que le resultaba familiar.

—Ni hablar —dijo Omar—. Es un italiano regentado por argentinos.

Ambos rieron y bajaron unos metros hasta llegar al Guti. El camarero saludó a Omar y el argentino pidió dos claretes y una ración de champiñones rellenos.

—Aquí antes solo había bares con comida local. Nada de pizzas, ni hamburguesas ni kebabs.

—Con un poco de suerte, lo siguiente será una parrilla argentina —dijo Omar con una sonrisa.

—No estaría mal —rio ella—. ¿Lo echas de menos?

—¿El qué?

—Argentina.

—Ni en pedo.

—¿Nunca has pensado en volver? —le preguntó Sofía.

—¿Estás loca? En mi país no se puede vivir.

—Bueno, ahora está la cosa complicada, pero saldréis de esta.

—¿De esta? Lo decís como si fuera algo nuevo. Argentina no tiene remedio, querida. A cada poco vuelve a pasar lo mismo. Podés tener un buen sueldo y de la noche a la mañana te encontrás con que no te alcanza para pagar el alquiler. Allá todo el que puede se marcha.

—¿No has vuelto a ir?

—Una vez, cuando murió mi padre. Estuve tres días en Rosario y lo único que quería era regresar acá. La gente me paraba por la calle para contarme que perdió todos sus ahorros, que sus hijos se fueron lejos, que tuvieron que cerrar el negocio o que les estafaron unos soberanos hijos de mil putas. Todo mal.

—Yo siempre he soñado con ir a Buenos Aires.

—Buenos Aires es diferente. Si yo pudiera vivir sin trabajar como vos, entonces sí, me iría a Buenos Aires. ¡Qué ciudad! Nada de Madrid o Barcelona. Buenos Aires lo es todo.

—De acuerdo. Vayamos a Buenos Aires —dijo Sofía con una sonrisa.

—¿Vos y yo?

—Sí. ¿Por qué no? A descarriarnos. ¿Qué mejor sitio para descarriarse que la cuna del tango? Huyamos juntos.

—No sabés lo que decís. Huir de Europa a Argentina es tomar la patera en dirección contraria.

Sofía cogió el último champiñón y lo saboreó despacio sin atreverse a confesarle a Omar que no estaba bromeando del todo. Si era cierto eso de que había un lugar en el mundo esperándola, Argentina tenía muchas papeletas para ser ese lugar. Alguna razón tenía que haber para que los argentinos que pasaban por su vida acabaran quedándose.

—¿Te apetece otro vino? —preguntó Sofía.

—No, lo siento. Tengo que irme —dijo él mirando el reloj—. Comemos juntos el lunes próximo, ¿querés?

Sofía le sonrió sin contestar mientras él pedía la cuenta. No tenía claro si la propuesta de Omar se debía a que realmente le apetecía comer con ella, o a que le daba mala conciencia haber rechazado su invitación.

—¿Qué me decís? —insistió Omar.

—Te digo adiós —dijo ella agitando la mano en alto a modo de despedida.

—Te digo adiós, amor, y no estoy triste —recitó él con una reverencia teatral.

Al ver el gesto confuso de Sofía, Omar dedujo que no había reconocido el verso.

—Alberti —dijo el argentino.

Sofía le sonrió y le dio una palmada en la espalda empujándole hacia la salida del bar. «Suerte con tu cita», estuvo a punto de añadir, pero supo contenerse a tiempo.

Al menos ya tenía claro lo que le iba a regalar a Omar.

18

Trató de aparentar que era un día como cualquier otro, pero la radio no dejaba de recordarle que era el Día del Padre. En vez de apagarla y pasar por alto la fecha, como solía hacer, esta vez se rindió y decidió celebrarlo. Sacó de la caja el reloj de pedida de su padre, lo puso en hora, lo agitó para que empezara a funcionar y se lo ató a la muñeca.

A continuación, descolgó de la pared el único objeto decorativo que había traído de Madrid. Había vendido todas sus obras de arte salvo ese dibujo. No podía tener mucho valor en euros, pero no había sido capaz de desprenderse de él. Si había alguien capaz de apreciarlo, ese era Omar.

Protegió el cristal del marco con el mismo plástico de burbujas que había utilizado para traerlo desde Madrid y lo metió en una bolsa de papel. Cogió el bolígrafo y escribió sobre la bolsa: «Se equivocó la paloma».

El cielo estaba cubierto, por lo que prefirió coger el coche. Aparcó al final de la calle del Paseo, lo más cerca posible de la entrada del túnel, pero antes de salir del coche, ya vio que seguía precintado.

—Lo siento, Carver —dijo chascando la lengua—. No es culpa mía que esté cerrado.

Notó la vibración de su teléfono y lo sacó de la riñonera. Era un mensaje de Ernesto: «Feliz Día del Padre». Sofía sonrió. Su hijo nunca se olvidaba de felicitarla por el Día del Padre con cierta ironía, lo cual se había convertido en una broma cómplice entre ellos. Sofía contestó el mensaje: «Feliz Día del Padre a ti también. ¿Cómo estás?». Miró la hora, se bajó del coche y encendió un cigarrillo mientras esperaba la respuesta de su hijo.

Antes de que terminara de fumar, el teléfono volvió a vibrar: «Todo bien. Ya te contaré. Nos vemos pronto».

Ojalá, pensó Sofía mientras echaba a andar hacia el Bauer.

—¡Qué contenta estás hoy! —la saludó Omar al verla entrar.

—Será por el día que hace —dijo Sofía señalando a la lluvia que empezaba a caer—. Tengo una cosa para ti —añadió poniendo la bolsa de papel sobre la barra.

—¿Para mí? ¿Por qué?

—Yo qué sé. Para celebrar el Día del Padre.

—Yo no soy padre —dijo Omar.

—Ni yo —contestó Sofía—, pero celebrémoslo igual.

—En Argentina es en junio —dijo Omar.

—Pues cuando llegue junio lo volvemos a celebrar.

—Bárbaro —sonrió Omar—. Todo lo que sea celebrar algo con vos suena prometedor. «Se equivocó la paloma» —leyó Omar cogiendo la bolsa—. ¿Un libro de Alberti?

—No, no es un libro. Es algo que lleva muchos años conmigo y me apetece que ahora lo tengas tú. Pero te tengo que contar su historia antes de que lo abras.

—Me intrigás —dijo Omar con una sonrisa.

—Sitúate. Principios de los 80. Nosotros estábamos en plena transición y vosotros debíais estar dándoos de leches por las Malvinas. Yo tenía trece o catorce años y ese día había un examen de historia. A mí lo de memorizar se me daba fatal y me escribía los apuntes una y otra vez hasta que conseguía aprenderlos. Solía utilizar una máquina de escribir que había heredado de mi abuelo. Yo no sé por qué, pero la imagen del texto escrito con la Olivetti se me quedaba mejor.

—Le llaman memoria fotográfica. A mí también me pasa.

—¿Tú también tenías una Olivetti? —preguntó Sofía irónica.

—Seguí —dijo el argentino con un gesto de desesperación.

—Sigo. El examen era por la tarde y en el colegio no se les ocurrió otra cosa que llevarnos de visita a Santander por la mañana. No me acuerdo por qué, supongo que iríamos a ver una exposición o algo así. El caso es que yo me llevé mis apuntes para seguir estudiando en el autobús.

—Los de la Olivetti.

—Sí, los de la Olivetti. En un momento dado, estábamos en la Plaza Porticada y, de pronto, veo un grupo de gente que viene hacia nosotros y me doy cuenta de que uno de ellos es el mismísimo Rafael Alberti. Sin dudarlo, corrí hacia él y le pedí que me firmara un autógrafo. El séquito que llevaba alrededor intentó apartarme. Me acuerdo muy bien de una vieja malhumorada que me empujó furiosa, como diciendo «Niña, ¿cómo te atreves?», pero a mí me daba igual. El caso es que al poeta le debió hacer gracia que una niña pija le hubiera reconocido.

—¿Vos una niña pija?

—No lo sabes bien. A ver, que pierdo el hilo. Alberti me sonrió y dijo, como excusándose, «Es que no tengo papel», y entonces, yo cogí mis apuntes de historia, les di la vuelta y se los tendí. Alberti se palpó el bolsillo de la chaqueta y dijo «Es que tampoco tengo para escribir», y entonces yo grité a mis compañeras de clase preguntando si alguna tenía un bolígrafo. Una de ellas dijo «Yo tengo uno» y se acercó adonde yo estaba. Sacó de la mochila un bolígrafo que no olvidaré en mi vida y se lo tendió al poeta. Era un bolígrafo de plástico, la mitad de arriba roja, y la otra mitad amarilla y escrito sobre el amarillo, en letras rojas, se leía claramente «Alianza Popular». ¿Sabes lo que era Alianza Popular?

—El Partido Popular de ahora, ¿no?

—Sí, pero todavía no se les llenaba la boca defendiendo la Constitución. Eran franquistas y no se molestaban en ocultarlo; algunos de sus líderes, de hecho, habían sido ministros de Franco. Imagínate la situación. Alberti acababa de volver del exilio y la cretina esa le da un bolígrafo de Alianza Popular. Yo quise que me tragara la tierra. El poeta sujetó el bolígrafo en el aire, así, con dos dedos, como si fuera un arma peligrosa, con los ojos muy abiertos y dijo «¿Y esto?». Pero entonces, casi sin pensárselo, abrió el bolígrafo, cogió mis papeles, me dibujó una enorme paloma de la paz y la firmó. Me devolvió los papeles y el bolígrafo y siguió su camino girando la cabeza de izquierda a derecha como si la vida no dejara de sorprenderle.

—Pero ¡Sofía! —dijo Omar con una sonrisa que le llenaba toda la cara—, qué historia más conmovedora. Tremenda niña debías ser para que el maestro te dibujara una paloma.

—Nunca sabremos qué habría pasado si la petarda de mi amiga hubiera sacado un bolígrafo Bic.

—¿Y qué te dijeron tus padres cuando te vieron llegar a casa con una obra de Alberti?

—No me acuerdo —mintió Sofía—, ¿qué más da? Toma. Ya puedes abrirlo —añadió tendiéndole la bolsa.

En realidad, se acordaba perfectamente de la reacción en su casa. Su madre miró el dibujo con cara de lástima y dijo que valdría más si el papel no estuviera escrito a máquina por el otro lado. Su padre, mucho más escueto, se limitó a decir que Alberti era un rojo y ni se molestó en mirar el dibujo. Ese mismo día, Sofía clavó el dibujo en la pared de su dormitorio con una chincheta y en su casa nunca más se volvió a hablar del tema. La reacción de Omar, sin embargo, no la defraudaba. Acababa de desenvolver el paquete y miraba el dibujo con auténtica fascinación.

—No puedo aceptarlo, Sofía —dijo—, esto es demasiado valioso. Mirá —dijo poniendo un dedo sobre el cristal—, acá se aprecia el papel troquelado por la máquina de escribir.

—Sí, la Olivetti tenía mucha fuerza y perforaba el papel. Si te fijas mucho, yo creo que hasta se puede leer lo que pone por el otro lado, era algo sobre la guerra de Independencia, si no recuerdo mal.

—La guerra por un lado y la paloma de la paz por el otro. Con eso, Carlitos Gardel haría un álbum.

—A mí me gusta que se vea que está escrito a máquina por el revés.

—Obvio. Si no, sería un dibujo como cualquier otro.

—Quiero que lo tengas tú. Me ocupa espacio y no se me ocurre nadie mejor que tú para...

Omar salió de detrás de la barra, abrazó a Sofía y le plantó dos sonoros besos.

—Muchas gracias, querida —le dijo sin soltar el abrazo—. Nunca me hicieron un regalo tan especial. Lo voy a colgar allá, sobre el piano. En el rincón de Sofía.

—Donde quieras —contestó ella animada—. Es tuyo.

—Si lo cuelga ahí, se lo robarán —dijo la erudita, que al parecer había estado escuchando la conversación.

—¿Quién lo va a robar? —dijo el erudito—. Nadie tiene por qué saber lo que es.

—Pues si fuera mío, yo no lo colgaría ahí —dijo ella.

—No se apure, señora, ya me encargo yo de que nadie se lo lleve. Si hace falta, lo hormigono a la pared —sentenció Omar.

—Yo era un tonto y lo que he visto me ha hecho dos tontos —dijo el erudito encogiéndose de hombros.

—¿Perdón? —preguntó Omar.

—Es un verso de Alberti —contestó el hombre con una sonrisa.

—No es de Alberti, es de Calderón —replicó la erudita.

—A mí, de tontos, me gusta la cita de Quevedo —intervino Sofía, tratando de evitar un nuevo combate entre erudiciones.

—¿Cuál? —preguntó Omar.

—Algo así como que todos los que parecen tontos lo son, y la mitad de los que no lo parecen también lo son.

La frase hizo que todos rieran poniendo fin a la discusión. Omar envolvió el dibujo y fue a guardarlo en la cocina, y Sofía aprovechó para coger una servilleta de la barra y escribir: «Lo que he visto me ha hecho dos tontas».

—¿Café y bollo? —le preguntó Omar desde la cafetera.

—Vale —aceptó ella pensativa.

—Mi papá decía siempre una frase parecida a la tuya.

—¿Cuál?

—Decía que la sabiduría es limitada pero la estupidez es infinita —contestó mientras servía el café.

—Qué interesante tu padre —dijo Sofía con una sonrisa—. El mío era más de proverbios del tipo «valen más dos tetas que dos carretas».

—Muy sabio también —sonrió Omar.

—¿Hace mucho que murió tu padre?

—Seis años.

—¿Cómo era? ¿Era un buen padre?

—Era estricto —contestó Omar pensativo—. Distante. Un padre normal, supongo. Cuando era chico se sentaba conmigo y escribíamos historias.

—¿De verdad? ¿Qué clase de historias?

—De aventuras. Yo era Sandokán y él, el Corsario Negro, y juntos nos íbamos de viaje por el mundo.

—Qué bueno. ¿Tu padre era escritor?

—No, mi papá era actuario. Solo escribía para mí.

—¿Conservas esas historias?

—No sé qué fue de ellas, supongo que mi mamá las tiró.

—¿De verdad? Yo no habría podido deshacerme de algo así.

—No eran obras literarias, solo eran juegos.

—Y luego, de mayor, ¿seguiste llevándote bien con él?

—Lo normal.

—Cuéntame algo que recuerdes.

—Una vez me la hizo pasar como el orto. Yo tenía dieciséis años y había empezado a laburar en el taller de un zapatero, cerca de casa. Sabía que a mi papá no le parecía bien, pero a esa edad uno hace lo que sea para tener plata.

—No me digas que eres zapatero.

—No. Era un desastre. Con dieciséis años solo pensaba en las minas, nunca clavé un solo clavo en su sitio. Pasado un mes, el zapatero me dijo que no vuelva más. Cuando se lo conté a mi papá, me miró y me preguntó si me habían pagado. Muy avergonzado le dije que no, y él dejó sus gafas sobre la mesita de luz, me cogió de la mano y tiró de mí hasta la zapatería. Entró y le dijo al dueño: «Buenas tardes. Mi hijo viene a cobrar».

—¿Y qué hizo el zapatero? —preguntó Sofía—. ¿Te pagó?

—Sí, claro. El tipo agachó la cabeza, abrió la caja, agarró unos billetes y se los dio a mi papá sin decir nada.

—Es genial —sonrió Sofía.

—¿Genial? —saltó Omar— ¿Vos sabés lo humillado que me sentí?

—¿Humillado por qué? Eras un niño. Tu padre solo quería protegerte, enseñarte lo que era justo...

—Cagarme a trompadas es lo que quería —Omar negaba con la cabeza—. Aun no lo superé.

Una pareja que estaba sentada junto al piano se levantó para pedir la cuenta y Omar se acercó para atenderlos. Sofía se quedó pensando en Omar y su padre. Se imaginó a un hombre con gafas sentado frente a su hijo adolescente y hablándole sobre la vida. Miró a su alrededor. La pareja estaba a punto de salir y el bar se iba a quedar de nuevo vacío salvo por los eruditos.

Se sentó al piano y empezó a tocar los primeros acordes de *Father and Son*, de Cat Stevens. La historia de Omar le había recordado esa canción que a ella siempre la estremecía. Desde donde estaba no podía ver a Omar, pero miró de reojo a los eruditos y comprobó aliviada que los dos habían detenido sus lecturas con un gesto más de curiosidad que de irritación.

Cuando terminó, sus ojos se habían humedecido y no quiso que Omar la viera. Sin volverse, miró hacia los eruditos alzando las cejas, como pidiéndoles permiso para seguir tocando, y el hombre movió su mano hacia delante, dando su aprobación.

Agradecida, removió las partituras de segunda mano que había ido recopilando y buscó algo adecuado para dedicárselo a aquella pareja a la que empezaba a coger cariño. Eligió las *Gnossiennes* de Satie. Tocó las tres primeras, muy despacio, una detrás de otra. Se las sabía de memoria, pero siempre las tocaba con la partitura delante para leer los textos que acompañaban las notas a la vez que tocaba. La intención del compositor debía ser explicar qué sentimientos debían transmitir sus piezas, pero ella siempre imaginaba que Satie había dejado esos textos escritos solo para ella, para ayudarle a plantar cara a su desorden siempre que lo necesitara: Cuestiónate – Duda sobre ti misma – Con asombro – No pares – Íntimamente – Con orgullo – Sé clarividente – A solas...

Cuando terminó de tocar se sentía mucho mejor. Miró a los eruditos. Los dos sonrieron mostrando su aprobación, él con una inclinación de cabeza y ella con el puño cerrado y el pulgar en alto.

Antes de levantarse de la silla, notó cómo se posaba la mano de Omar sobre su hombro. Omar era así, podía arroparla sin necesidad de pronunciar una sola palabra. Sofía tragó saliva y miró por la ventana.

—Parece que va a salir el sol—dijo sin dirigirse a nadie.

Se levantó y miró a Omar, que seguía de pie a su lado. No tenía nada que decirle y le costaba mantenerle la mirada, así que le dedicó una sonrisa y se acercó a la barra.

—Hoy invito yo —dijo Omar.

Sofía agradeció la invitación y salió del bar.

19

Condujo por la avenida que iba paralela a la playa hasta el Carlos V. Una vez allí, dio una vuelta completa a la rotonda sin saber muy bien qué calle tomar. Paró el coche y miró a su alrededor. La plaza, que Sofía nunca había entendido por qué, siendo una plaza, era conocida como «el Carlos V», así en masculino, tenía un tamaño desproporcionado para Laredo, lo cual le daba un aspecto desangelado. En el extremo opuesto adonde ella estaba le pareció ver varios restaurantes, con terraza y toldo, que le resultaron familiares.

Cuando estaba a punto de bajarse del coche, se dio cuenta de que habían suprimido todos los pasos de cebra y ahora era imposible atravesar la plaza andando, como si el Carlos V se hubiera convertido en una frontera infranqueable entre lugareños y veraneantes. Arrancó de nuevo y volvió a aparcar junto a los restaurantes.

Sin saber muy bien por qué, eligió uno que se llamaba Asón. Dejó a Carver sentado junto a una de las mesas de la terraza y entró a avisar al camarero. En cuanto traspasó la puerta, se dio cuenta de que ya había estado ahí. Le pidió al camarero una botella de agua y una ración de ensaladilla rusa y salió de nuevo a la terraza.

Nada más sentarse junto a Carver, sintió como si se hubiera puesto en marcha un reproductor de súper ocho en el interior de su cabeza mostrándole con detalle la fiesta que había en ese mismo restaurante, cuarenta y tantos años antes, para celebrar su primera comunión.

Podía ver a la abuela Ulpiana, que se había dignado a ir a Laredo para la ocasión, y a su lado al Nono presidiendo la mesa central, y a su tío Camilo con la consorte de turno, y a su tío Mauro que le sonreía orgulloso, y a Gabriela regañando a todos los niños, y a Gabi lloriqueando porque a él nadie le hacía regalos, y así uno por uno a todos los invitados a la fiesta.

A cada niño le habían servido un plato de entremeses, el plato estrella de los setenta, que no era otra cosa que un surtido de embutidos y quesos con alguna guarnición fría. Ella miraba su plato enfurruñada, sin ganas de comer.

Unos días antes, su madre le había preguntado qué quería de regalo. En aquella época, Sofía estaba obsesionada con los cráteres de la Luna. Había visto muchas fotografías de la superficie lunar, plagada de circulitos de distintos tamaños, como si estuviera picada de viruela, y quería ver esa superficie con sus propios ojos, así que no lo dudó: quería unos prismáticos. Durante varios días soñó con sus prismáticos convencida de que, en cuanto los tuviera, no iba a dejar de mirar el mundo a través de ellos. Sin embargo, nada más levantarse, había corrido a abrir su regalo y se había encontrado con una Kodak Instamatic. Su madre no había encajado con buena cara la desilusión de Sofía, y le había explicado por qué debía estar contenta: «Una máquina de fotos es mucho mejor regalo, Sofía, los prismáticos no son cosas de niñas».

No tenía claro si su cabreo se debía a la frustración por no poder cumplir su sueño de ver la Luna de cerca, o por la estupidez de que alguien se considerara capacitado para clasificar los objetos y decidir cuáles eran de niñas y cuáles no. Pero fuera cual fuera la causa, el cabreo no se le pasaba, y estuvo durante un buen rato sentada frente a su plato con los labios bien apretados.

—Ensaladilla —dijo el camarero interrumpiendo su recuerdo—. Que aproveche.

Sofía miró el plato sorprendida. Era exactamente igual que el que veía en su memoria, con el nombre del restaurante escrito en una esquina, en letras verdes, y la esfera de ensaladilla rusa en el centro.

Aquel día se las había apañado para que Gabi y sus primos se comieran el queso y el embutido de su plato, pero no había forma de que ningún niño aceptara su ensaladilla rusa. A pesar de sus lamentos, su madre le decía que no podía levantarse de la mesa hasta que no se comiera todo, y ella arrugaba el ceño cada vez más.

De pronto su padre se puso en pie, se acercó a ella, la cogió de la mano y la llevó al centro del comedor. «Pon tus pies sobre los míos», le dijo en voz baja, y ella obedeció. Entonces él, sin soltarle la mano, sujetó su hombro con la otra mano y empezó a dar pasos de baile desplazando en cada uno a la pequeña Sofía, que veía fascinada cómo sus zapatos blancos se movían sobre los mocasines negros de su padre. No conseguía recordar qué música sonaba en el restaurante, pero sí su risa nerviosa mientras bailaba con su vestido de princesa y sus flores de colores en el pelo, agarrándose con fuerza a su padre, que la miraba sonriente desde lo alto.

A pesar de que se le había encogido el estómago, consiguió, esta vez sí, comerse la ensaladilla.

El camarero salió a la terraza y le preguntó si quería algo más. Sofía pidió un café con leche y lo bebió despacio. Las mesas a su alrededor se habían ido llenando de familias. Un anciano en silla de ruedas presidía la más cercana. Por la conversación, Sofía dedujo que los otros comensales eran sus hijas y sus yernos, todos ya jubilados. Hablaban alegremente sin prestar atención al abuelo, que se había quedado dormido en su silla de ruedas, cubierto por una manta que empezaba a escurrirse. Le entraron ganas de levantarse y arroparle, pero no lo hizo.

Pagó la cuenta, agarró la correa de Carver y al pasar junto a la familia les dijo en voz alta «Feliz Día del Padre», aun sabiendo que no percibirían el tono sarcástico de sus palabras.

Al llegar al coche, vio que se había dejado el teléfono en el asiento. Miró la pantalla. Tenía ocho llamadas perdidas, todas ellas de Omar. En cuanto arrancó, marcó el número del argentino.

—¡Sofía! ¿Estás bien?

—Sí, muy bien. ¿Pasa algo? —preguntó sorprendida.

—¿Estás en casa?

—No, estoy volviendo ahora.

—¿Estás conduciendo?

—Sí, pero llevo el manos-libres. ¿Me quieres decir qué pasa?

—Estuvo aquí un guardia civil preguntando por vos.

La mención a la Guardia Civil hizo que Sofía pisara el freno automáticamente, a pesar de que conducía por debajo del límite de velocidad.

—¿Preguntando por mí?

—Sí, un tal sargento Ande.... Ande... Esperá, que anoté el nombre.

«Ande, ande, ande, la marimorena», canturreó Sofía divertida mientras esperaba a que Omar volviera al teléfono. Si la Guardia Civil la buscaba tenía que ser porque habían encontrado su carné de identidad, lo cual era una gran noticia. La idea de empadronarse en Santander no la seducía en absoluto. De hecho, no tenía ganas de empadronarse en ningún lado, pero, por lo que había visto, la administración no ofrecía soluciones para los nómadas.

—Andetxaga, sargento Andetxaga —le aclaró Omar a los pocos segundos.

—De acuerdo. Gracias, Omar. Me pasaré por el cuartelillo a ver si recupero mi DNI.

—Eh... —titubeó el argentino—, no, no es eso.

—¿Cómo lo sabes?

—Porque el tipo entró preguntando por la pianista, no sabía tu nombre.

—Está bien —contestó Sofía algo confusa—, me pasaré igualmente.

—No le digas que yo te llamé. Le dije que no tenía tu número.

—¿Y eso por qué? —preguntó Sofía.

—A los argentinos no nos gustan los policías.

—Eso es porque os levantan las novias... —bromeó Sofía.

—Que te parió —dijo Omar nervioso—. Escuchá. El tipo me preguntó tu horario y yo le dije que no sos una empleada, sino una amiga que toca el piano. —El tono de Omar se iba alterando cada vez más—. Dejale claro que venís cuando se te canta el orto. Capaz que ahora me multen por tener una pianista trabajando sin darla de alta.

—¿Tú crees que es por eso?

—Andá a saber. Siempre hay algo que está mal.

—No te preocupes, Omar. Si es eso, yo lo arreglo rápido —se despidió Sofía.

Decidió ir directamente al cuartelillo sin pasar por casa para que Omar se quedara tranquilo. Lo de la inspección de trabajo no le cuadraba. Nunca había visto un inspector que tuviera que ir escoltado por las fuerzas vivas. Lo más probable era que algún ciudadano, aburrido por la monotonía de una vida insulsa, la hubiera denunciado por cualquier memez, una caca de Carver mal recogida, por ejemplo, que en el peor de los casos acabaría con una multa.

El puesto de la Guardia Civil estaba a la entrada del pueblo. Dio un par de vueltas y finalmente tuvo que rendirse y adentrarse en el barrio de San Lorenzo para aparcar.

Se arrepintió de no haber dejado a Carver en casa, porque no sabía cómo se iba a portar si le dejaba encerrado en el coche. Caminó un par de metros y se volvió. El perro la miraba con tristeza a través del cristal trasero. Es un minuto, se dijo a sí misma.

La valla principal estaba abierta. Sofía tomó aire antes de cruzar el patio asfaltado hasta el imponente edificio de piedra que tenía enfrente. Todo era gris, hormigón y piedra, ni una nota de color, ni una planta, ni una brizna de hierba, como la imagen en blanco y negro de un campo de concentración.

Cuando atravesó el patio se dio cuenta de que le temblaba el pulso y se sintió ridícula, pero no podía evitarlo, el sitio le resultaba tenebroso. Nada más traspasar la puerta, se encontró con una garita mal iluminada en la que había un guardia uniformado. El hombre levantó la cabeza y le preguntó qué quería.

Por un momento Sofía dudó y no supo qué contestar. En realidad, no quería nada; por no querer, no quería ni estar ahí, pero le pareció que si se daba la vuelta sin decir nada podía parecer sospechosa de algo y no era un sitio en el que pareciera inteligente levantar sospechas.

—Bueno, verá, es que creo que han estado preguntando por mí. Un tal... —Sofía intentó, sin éxito, recordar el nombre del sargento, y solo le vino a la cabeza el villancico que había canturreado en el coche—. Ande-ande-algo.

—¿Cómo? —preguntó el guardia con malos humos.

—Es que no recuerdo el nombre. Empezaba por «Ande». —Ante el silencio del guardia, Sofía insistió—. «Ande», como «ande o no ande, caballo grande».

—Mire, señora, no la entiendo. ¿Para qué ha venido?

El guardia no parecía tener muchas luces, lo cual explicaba por qué, a pesar de que ya no era ningún chaval, lo habían destinado a la garita.

—A ver —lo intentó de nuevo, pero esta vez hablando más despacio—. Un colega suyo ha estado en el bar Bauer preguntando por mí. Y yo vengo a ver qué quería. Lo que pasa es que no recuerdo su nombre. Sé que empieza por «Ande».

—¿El sargento Andetxaga? —preguntó el guardia alzando las cejas como si hubiera visto la luz.

—¡Eso! —contestó Sofía dando un suspiro.

—Deme su DNI —ordenó el guardia mientras descolgaba el teléfono.

—No lo tengo. Lo he perdido. Dígale que me llamo Sofía Amoretti.

—¿Sofía qué? —preguntó entornando los ojos y abriendo la boca en un gesto parecido a la mueca de un chimpancé.

Sofía se quedó paralizada. Era de las expresiones más desagradables que había visto en su vida. El hombre tenía todos los dientes torcidos, cada uno hacia un lado, como si se los hubieran arrojado desde lejos y hubieran caído al azar. Se había cruzado con muchos hombres de mirada sucia, pero ninguno como ese tarugo que tenía pinta de no ser capaz ni de retener las babas.

—Mire, déjelo —dijo mirando el reloj de su padre—, no me había dado cuenta de la hora que es. Tengo que irme. Dígale al señor Ande-como-se-llame que he estado aquí. Ya sabrá cómo localizarme.

—¡Espere! —gritó el guardia desde la garita mientras Sofía salía a paso ligero—. ¡Sofía, espere!

Había empezado a llover de nuevo. Andaba cada vez más deprisa, rogando para que a aquel cenutrio no le estuviera permitido abandonar la garita. Tenía ganas de correr, pero pensó en la cantidad de hombres armados que debía haber a su espalda y no se atrevió a hacerlo hasta que alcanzó la acera.

Cuando llegó al coche, estaba empapada y le costaba respirar. Antes de sacar las llaves de la riñonera, apoyó la mano derecha contra un árbol, utilizó la mano izquierda para sujetarse el pelo mojado y vomitó la ensaladilla rusa.

20

Abrió los ojos y, sin levantarse de la cama, apartó la cortina para mirar por la ventana. Seguía lloviendo. Después de tantas horas tumbada, le dolía todo el cuerpo. Su estómago empezaba a quejarse, no había comido nada desde la ensaladilla del día anterior, pero no tenía ganas de levantarse. Oyó los pasos de Carver dando vueltas por la casa y le llamó.

El perro entró en la habitación y la miró dejando caer los ojos hacia los lados.

—¿Estás bien, Carver? —le preguntó Sofía sin moverse del sitio.

Carver contestó con un lamento y apoyó su cabeza sobre la colcha acercándose a ella tanto como pudo. Sofía cayó en la cuenta de que el pobre debía tener la vejiga a punto de estallar y no tuvo más remedio que levantarse.

Se lavó los dientes, se puso la gabardina larga sobre el pijama, metió las llaves de casa en un bolsillo y el tabaco en el otro y salió a la calle con el perro. Carver tiró de ella con todas sus fuerzas hasta que llegó al primer alcorque y pudo aliviarse.

Sofía miró a su alrededor y vio a lo lejos una señora que se acercaba sujetando un paraguas con una mano y una barra de pan con la otra. Dio dos pasos hacia la señora, pero ella la miró y se cambió de acera.

—Perdone —le gritó Sofía sin moverse de donde se había quedado parada—. ¿Sabe qué hora es?

La mujer tiró de la manga de su cazadora para ocultar su reloj y le contestó desde su acera:

—Deben ser las doce menos cuarto.

Sofía le dio las gracias y empezó a andar despacio en dirección contraria a la mujer. Tenía que esperar quince minutos para encender un cigarrillo, así que decidió dar una vuelta a la manzana para despejarse. Sin darse cuenta, había salido con las alpargatas y empezaban a empaparse, pero no le importó.

El paseo le sentó bien. El viento húmedo sobre la cara fue borrando toda la tontería que tenía encima y, cuando hubo completado la vuelta, se sentía como nueva. Le dio dos caladas a un cigarrillo, volvió a entrar en casa, secó a Carver con una toalla, tiró las alpargatas a la basura y se dio una larga ducha.

Cuando se arregló, le echó un vistazo rápido al espejo del distribuidor y le gustó lo que vio. Era la primera vez que se pintaba los ojos desde que había llegado a Laredo y parecía otra persona.

A continuación, decidió hacer limpieza de riñonera. Vació su contenido y lo extendió sobre la mesa de la cocina. Tiró todos los recibos de compras, dobló cuidadosamente las servilletas de papel con anotaciones y las metió entre las páginas del cuaderno 3D, y, finalmente, ordenó lo que quedaba.

Cuando fue a meter el teléfono en la riñonera, se dio cuenta de que tenía un mensaje. Era de Roberto: «¿Qué tal te va la vida? ¿Recibiste el sobre?».

No había vuelto a acordarse del sobre. Los quince días de plazo para recogerlo debían estar a punto de cumplirse, si no se habían cumplido ya. Removió todos los cajones de la cocina, los del aparador del salón, los de la ropa interior en el dormitorio, y buscó en los bolsillos de la cazadora y del abrigo, pero no encontró el aviso de Correos.

Prefirió contestar a Roberto por escrito antes que darle una excusa para que la llamara: «Todo bien. Perdí el aviso de Correos, lo siento. Os llegará devuelto».

Antes de llegar al Bauer ya sabía que se lo iba a encontrar animado. Había tardado varios días en darse cuenta de que el número de clientes del bar no dependía de la hora del día, ni del día de la semana, sino más bien del tiempo que hiciera fuera. Cuando llovía se llenaba.

Saludó a Omar con una mano, cogió un periódico de la barra y se sentó en una de las mesas más cercanas al piano. Omar estaba apoyado en la barra, hablando sin parar con una rubia, y le devolvió el saludo casi sin mirarla. Sofía no pudo evitar fijarse en la rubia. Iba embutida en un vestido elástico que le resaltaba las curvas, las rectas y hasta los lunares de la espalda, y calzaba unos tacones de aguja de una altura inverosímil.

La camarera de sobrenombre «la flaca» terminó de limpiar una de las mesas y se acercó a Sofía con su bandeja.

—¿Qué quieres tomar? —le preguntó con una sonrisa.

—Ponme un rioja y un pincho de tortilla sin salsas, por favor —le pidió Sofía—. Una cosa —añadió cuando la camarera estaba a punto de darse la vuelta—. No sé cómo te llamas.

—Asun —contestó la flaca sin dejar de sonreír.

—Yo Sofía.

—Ya.

—Es que no me sale lo de llamarte flaca.

—Eso son cosas del jefe.

Sofía abrió su periódico y empezó a ponerse al día. Cada vez que pasaba una página, alzaba la mirada en un gesto automático como para echar un vistazo a su alrededor y volvía a concentrarse en la lectura. En un momento dado, la rubia de la barra abrió su bolso, cogió su teléfono y salió a la calle para hablar. Omar aprovechó para salir de la barra y darse un paseo por las mesas para saludar uno por uno a sus parroquianos. Sofía nunca le había visto hacer eso. Cuando llegó hasta la mesa más cercana a la de Sofía, se apoyó en el respaldo de una de las sillas y se dirigió a las dos parejas de cincuentones que tomaban el aperitivo:

—¿Qué tal, familia? ¿Cómo les va? —les preguntó en un tono de voz exageradamente alto.

Los vecinos de Sofía se miraron extrañados, le contestaron amablemente que les iba bien, y siguieron su conversación como si nada. Omar, sin moverse de donde estaba, se volvió hacia ella y en voz más baja le dijo:

—Estás muy linda hoy.

—Es que he quedado con Bardem —le contestó Sofía con un guiño.

La flaca llegó con la bandeja en el mismo momento en que la rubia volvía a entrar y Omar regresó a la barra.

—¿Qué le pasa hoy? —le preguntó Sofía a la flaca.

—Es su ex —dijo Asun señalando a la rubia con la cabeza.

—¿La del ertzaina?

La flaca asintió con la cabeza y le sonrió.

—¡No jodas! —exclamó Sofía cerrando el periódico—. Me la imaginaba más terrenal —añadió comprobando cómo crecía la sonrisa de la camarera.

Sofía le dio un trago a su copa de vino justo antes de decidir que se iba a levantar a saludar. No entendía por qué la gente solía tener tantos prejuicios contra los ex, a ella le parecía que eran una fuente de información inmejorable. Cogió su copa de vino y se acercó con decisión a la barra bajo la atenta mirada de Carver.

—Hola —le dijo a la rubia tendiéndole la mano—. Encantada. Yo soy Sofía.

La rubia la miró sin tener la menor idea de quién era, pero se agachó para darle dos besos, dejando claro que, aunque se bajara de los zancos, seguiría siendo varios centímetros más alta que ella.

Sofía estaba a punto de iniciar el interrogatorio cuando se fijó en las miradas de la pareja y le pareció que lo que acababa de interrumpir no era un intercambio de tensión sexual, sino más bien un cruce angustioso de tristezas, y se arrepintió.

—Bueno, solo quería saludar. Os dejo con vuestras cosas—dijo Sofía por fin—. Un placer.

Volvió a la mesa y terminó su pincho de tortilla. La flaca se acercó hacia ella con la bandeja y recogió el plato vacío.

—¿Por qué no tocas algo? —le preguntó.

—¿Ahora?

—Sí, a ver si se anima esto. ¿Te pongo otro vino?

—Venga, vale—contestó Sofía levantándose.

Le hizo un gesto a Omar señalando el piano. Omar asintió con la cabeza y apagó el equipo de música.

Sofía echo un vistazo a su alrededor, como siempre hacía, para intentar elegir piezas adecuadas para la audiencia. Para calentar los dedos, empezó tocando *Morning has broken*, de Cat Stevens. El grupo que había estado sentado a su lado se volvió a escucharla y alguno de ellos hasta tarareó la canción.

Cuando terminó, arrancaron los cuatro a aplaudir animándola a seguir. Asun le dejó la copa de vino sobre la tapa del piano. Sofía le dio un sorbo y se decidió por *Breakfast in America*, de Supertramp. Con los primeros acordes, su grupo de fans emitió un gritito de aprobación y empezaron a seguir el ritmo de la canción golpeando la mesa con las manos, lo cual hizo que Sofía se animara incluso a cantar el «ba-ba-badu» del estribillo. Esta vez el aplauso fue aún mayor.

Le pareció que si seguía con algo de Police se los acababa de meter en el bolsillo. Cogió su copa de vino para darle otro trago y se dio cuenta de que un hombre, al que no había visto hasta entonces, se dirigía hacia ella desde la barra. No era Bardem, pero se le daba un aire. Sofía le sonrió, le señaló el cartel de NO SE ADMITEN PETICIONES y bebió de la copa.

—¿Es usted Sofía? —le preguntó el hombre.

—La misma —contestó mirando con curiosidad al desconocido.

Era un hombre de unos cincuenta años, alto, moreno, ancho de hombros, mirada canalla y guapo. Sobre todo, guapo.

—Soy el sargento Andetxaga de la Guardia Civil. ¿Le importa que hablemos un momento? —dijo el guapo echando mano a su cartera.

21

Sofía miró hacia la barra y se dio cuenta de que Omar la interrogaba con la mirada. Le guiñó un ojo sonriente, confirmando que todo estaba bien, y señaló su mesa para que supiera que cerraba el piano. Omar asintió y volvió a encender el equipo de música.

El sargento seguía en pie a su lado y le enseñó su cartera. Sofía pensó en lo absurdo que era el gesto, como si todo el mundo supiera qué aspecto debía tener una identificación reglamentaria.

—No se esfuerce, le creo.

Sofía cogió la copa de vino y volvió a la mesa seguida por Andetxaga. Carver, que hasta entonces había estado totalmente tumbado sobre el suelo, levantó el cuello y pasó a colocarse en posición de esfinge para observar al desconocido.

—¿Muerde? —preguntó Andetxaga señalando al perro.

—Si no le atacan, no —contestó Sofía pensando que la pregunta era estúpida. Le entraron ganas de señalar la pistola del sargento y preguntarle: «¿Mata?», pero le pareció que lo más prudente era contenerse y en su lugar le lanzó otra pregunta—. ¿Quiere tomar algo o prefiere que salgamos fuera?

—Un agua con gas, por favor.

Sofía se acercó a la barra con su copa, le pidió a Asun el agua para el sargento y otra copa de vino para ella y volvió a sentarse.

—Ya sé que estuvo usted en el puesto —dijo el hombre como preámbulo.

Sofía no contestó.

—La próxima vez que un guardia le dé el alto, le aconsejo que no salga corriendo —continuó con voz tranquila al tiempo que la flaca dejaba las consumiciones sobre la mesa.

—Se me hacía tarde —dijo Sofía cuando volvieron a quedarse solos—. Pero que conste que a mí nadie me dio el alto.

—No lo vuelva a hacer, se lo digo por su bien —sentenció Andetxaga.

—De acuerdo, no lo volveré hacer. ¿Qué es lo que quiere de mí?

—Quería hacerle unas preguntas —dijo mientras sacaba una libreta del bolsillo.

—Adelante —contestó Sofía intrigada—. ¿He hecho algo malo?

—Es solo una comprobación. Su nombre es Sofía ¿qué más? —preguntó el sargento.

—Amoretti D'Acquisto. —Hizo una pausa mientras el sargento tomaba nota—. ¿Se lo deletreo?

—¿A qué se dedica? —preguntó el sargento.

—Ahora mismo a nada.

—¿Y antes?

—Antes era la consejera delegada de una multinacional americana.

El sargento levantó la mirada con el ceño fruncido y soltó el bolígrafo.

—¿Y por qué lo dejo? —preguntó como si la respuesta anterior no fuera creíble.

—Porque estaba hasta el moño de ganar dinero —contestó Sofía en tono de broma, pero al ver que el sargento no compartía su sentido del humor, decidió rectificar—. Porque necesitaba descansar un poco.

—¿Cómo se llamaba la empresa?

—Konigsberg Advisors, con K —le dijo Sofía esperando a que el sargento anotara el nombre—. La central está en Filadelfia, pero tienen oficina en Madrid. Si quiere le doy el domicilio y el teléfono.

—No hace falta. ¿Qué hace usted en Laredo?

—¿Me puede decir a qué vienen todas estas preguntas?

—¿Conoce usted a Marcelo Pereira Sousa?

La pregunta cogió a Sofía por sorpresa y tardó unos segundos en contestar.

—No.

—¿Está usted segura?

—No conozco a nadie con ese nombre —Sofía tardó más de lo que hubiera querido en elegir las palabras exactas—. ¿Por qué me lo pregunta?

—Porque ha aparecido muerto. —El sargento señaló con la cabeza en dirección a la entrada del túnel—. Según varios testigos, tuvo usted un altercado con él hace unos días.

Sofía se quedó muda. Ni se le había pasado por la cabeza que el muerto que había salido en las noticias pudiera ser su padre. Empezó a temblarle el pulso. Necesitaba estar sola, necesitaba pensar, necesitaba salir de ahí y coger aire, incluso puede que necesitara llorar, pero de eso no estaba segura.

—¿Sigue diciendo que no le conocía? —preguntó Andetxaga consciente de su nerviosismo.

—No conozco a nadie que se llame Marcelo Pereira —dijo Sofía esforzándose en que la voz sonara normal—. Hace unos días vi a mi padre por la calle y corrí tras él, será eso lo que le han contado.

—A su padre.

—Sí, a mi padre.

—¿Cómo se llama su padre?

—Emilio Amoretti —titubeó Sofía.

Andetxaga tomó nota y miró a Sofía como si supiera que estaba mintiendo. Sofía bajó la mirada intentando decidir hasta dónde podía contarle a ese cachas sin riesgo de que la metiera en un psiquiátrico por la puerta de urgencias. No podía seguir pensando sin fumar.

—¿Fuma? —le preguntó al sargento—. Necesito un cigarrillo.

—La acompaño —dijo Andetxaga poniéndose en pie.

Sofía cogió el tabaco y el mechero y se levantó también.

—Ahora vengo, Carver —le dijo al perro antes de irse—. Tú quédate aquí y cuida de mi riñonera.

Salieron a la calle y se quedaron de pie, pegados a la fachada para resguardarse de la lluvia. Sofía le tendió el paquete de tabaco a Andetxaga. Él lo observó un par de segundos, como dudando si aceptarlo, y finalmente cogió la cajetilla.

—Gracias —le dijo antes de sacar un cigarrillo.

El sargento dio una calada y señaló al túnel.

—¿Ha estado usted recientemente al otro lado? —preguntó.

—Ya me dirá usted cómo —contestó Sofía—. ¿Cuándo lo piensan abrir?

—Cuando terminemos —contestó el sargento con tono autoritario—. ¿Cuándo fue la última vez que estuvo ahí?

—A este lado del túnel esta mañana. Al otro lado, no me acuerdo. Iba casi todos los días con el perro hasta que lo cerraron.

Cuando terminaron de fumar, volvieron al interior del bar y se sentaron de nuevo. Sofía ya había decidido que lo más sensato era darle la mínima información imprescindible a ese hombre si no quería meterse en líos. El sargento bebió del vaso de agua y volvió a sacar su libreta.

—Bien. —El hombre revisó su libreta antes de seguir—. Dígame, ¿qué hizo usted el pasado día 16?

—El 16 fue el domingo, ¿no? Estuve en Santander comiendo con mi madre.

—No. El 16 fue el sábado.

—Ah. El sábado. ¿Qué hice el sábado? ¿Llovió el sábado? —Sofía esperó a que el sargento contestara, cosa que no ocurrió—. Mire, no me acuerdo de lo que hice. Probablemente no hice nada especial, pasear con el perro, venir al Bauer, tocar un poco el piano... Pero no sé por qué me hace tantas preguntas. ¿No estará pensando que yo tengo algo que ver con la muerte de ese hombre?

—Yo no pienso nada, solo hago comprobaciones. ¿Recuerda a qué hora llegó al bar?

—No. Ni siquiera sé si estuve aquí, ya se lo he dicho. No vengo todos los días. Pero los sábados suele haber gente, seguro que alguien le puede confirmar si vine o no vine.

—De acuerdo. Una cosa más —dijo a continuación Andetxaga—. ¿Recuerda usted qué día fue el que vio a su padre?

—Llegué a Laredo el 25 de febrero —dijo Sofía pensativa—. Estoy casi segura de que fue al día siguiente. El 26.

—Cuénteme qué pasó.

—Yo salía del mercado de comprar pescado, ahí enfrente. Vi a mi padre, que pasaba por esta acera. Le llamé, pero no me oyó. Entonces crucé, pero en ese momento pasó una furgoneta que casi me atropella y, para cuando me quise dar cuenta, mi padre se había subido a un coche y se había ido.

—¿Recuerda qué coche era?

Sofía miró hacia el techo intentando recordar.

—No, lo siento. Era un coche oscuro, me parece, pero la verdad es que no me fijé. Igual era un taxi, porque estaba ahí, en la parada.

—Ya —contestó el sargento—. ¿Me puede usted enseñar su DNI para tomar nota de sus datos?

—No, lo he perdido —dijo Sofía buscando en su riñonera—. Le dejo el de conducir, si quiere.

—¿Lo ha denunciado? —preguntó Andetxaga mientras copiaba los datos de Sofía en su cuadernillo.

—¿El qué? —preguntó Sofía.

—La pérdida del documento nacional de identidad.

—No, aún no.

—Pues no lo deje —dijo el sargento devolviéndole el carné de conducir.

Andetxaga le pidió su número de teléfono y su domicilio en Laredo y, cuando terminó de anotar, cerró su libreta. Le preguntó si tenía planeado dejar el pueblo y ella contestó que en ese momento no tenía planes de nada. El sargento le dio una tarjeta con un número para que le llamara si recordaba algo más y se puso en pie dando la conversación por terminada.

Antes de que se fuera, Sofía le preguntó:

—¿Cómo saben que ese hombre era Marcelo Pereira? El muerto.

—Porque llevaba encima la documentación.

—¿Y cómo ha muerto?

—Si no le conocía, eso no debe ser algo que le preocupe —contestó Andetxaga con retintín.

Sofía vio cómo el sargento se acercaba a la barra, pagaba su agua y salía del bar. Miró entonces a Omar. La rubia ya no estaba. Omar le devolvió la mirada y ella resopló.

El argentino, que siempre entendía a la primera los gestos de Sofía, se acercó con la botella de vino, le rellenó la copa y se sentó junto a ella.

—¿Qué quería? —preguntó.

—Bardem no pudo venir y en su lugar mandó a su primo el benemérito —contestó Sofía tratando de serenarse—. ¿Qué tal te fue con la bella Belén?

—Bien —dijo Omar—. Pasaba por aquí y vino a saludar.

—No parecía muy feliz. ¿La trata bien el ertzaina?

—Ya no están juntos —contestó Omar pensativo.

—¿Sigues loco por ella?

—Y, no, ya no —contestó Omar cada vez más distraído.

—¿No te habrá pedido que le devuelvas el piano? —preguntó Sofía intentando que Omar volviera en sí.

—¿El piano? —preguntó Omar sorprendido—. No, el piano no es suyo.

—Ah, perdona. Lo habré entendido mal.

—Decime —dijo Omar por fin más despierto—, ¿qué quería el sargento?

Sofía intentaba aguantar el tipo, pero le temblaba la garganta. Cogió aire sin atreverse a contestar.

—Sofía —Omar se acercó más a ella—. ¿Estás bien?

—No lo sé. Creo que mi padre ha muerto.

—¿Otra vez? —preguntó Omar.

22

Abrió el portátil diez minutos antes de la hora. Se había servido una copa de rioja y la había colocado en la mesa, junto a su ordenador. Durante el tiempo que quedaba se limitó a mirar la pantalla y beber de su copa, dejando que pasaran los minutos hasta que llegara el saludo de apertura.

—¿Cómo estás?

—Bienitú.

Se hizo un silencio de unos segundos durante los cuales se miraron el uno al otro con seriedad.

—El domingo encontraron un muerto en Laredo —dijo Sofía por fin—. Salió en las noticias.

—Sí, creo que lo oí.

—Era mi padre.

Darío miró a Sofía en silencio, y ella dedicó unos minutos a contarle lo poco que sabía a partir de su conversación con Andetxaga.

—¿Fue una muerte violenta?

—No lo sé. Si está la Guardia Civil preguntando, supongo que no se murió de viejo.

—Así que —Darío cogió aire—, apareció tu padre muerto, un Guardia Civil te interrogó y vos le ocultaste que era tu padre.

—Ya lo sé... Tenía que haberle dicho lo que sabía... Pero es que me pilló por sorpresa y me puse muy nerviosa, no sabía qué decir. Me parecía que, dijera lo que dijera, ese tío no se lo iba a creer.

—¿Cómo te sentís?

—Descolocada. Esto me sobrepasa. —Sofía miró a Darío sabiendo que tocaba silencio—. La gente siempre dice eso de que le gustaría tener una oportunidad para poder decirle a los muertos todo lo que se quedó pendiente. Y mírame a mí. Yo tuve esa oportunidad y no la aproveché.

—¿Es eso lo que te inquieta?

—Me inquieta pensar que llevo toda la vida enfadada con mi padre y en realidad no le conocía. No sé quién era. Y ahora ya no lo sabré nunca. Y me inquieta ver que sigo sin ser capaz de llorar por él. Y me inquieta estar metida en todo este lío y no poder hablar con nadie.

—Podés hablar conmigo.

—Ya. —Sofía bebió un trago de vino antes de seguir—. Me siento muy sola, Darío. Al menos la otra vez tenía a mi hermano, estábamos los dos juntos en esto de quedarnos huérfanos.

—¿Aún no le dijiste nada a tu hermano?

—No. No puedo. No quiero que vuelva a enfadarse conmigo. Se lo diré cuando sepa algo más.

—¿Qué más necesitás saber?

—Que lo confirmen. En algún momento se darán cuenta de que Marcelo Pereira era mi padre y se pondrán en contacto con nosotros. Con un poco de suerte, Gabi se entera directamente por la Guardia Civil y me ahorro yo el trago de tener que contárselo.

—¿No has pensado en ir vos a la Guardia Civil y decir lo que sabés?

—No, no puedo ir.

—¿Por qué no?

Sofía tardó en contestar. No tenía muy clara la respuesta.

—No me gusta el cuartelillo. Es un sitio tétrico.

Darío la miró en actitud retadora, invitándola a que buscara otra justificación, pero ella guardó silencio.

—¿No será que no querés saber? ¿Que te resistís a confirmar que tu padre está muerto?

—No, Darío, no empecemos, joder. Qué manía tienes de buscarle a todo la segunda derivada. Es tan simple como te lo he dicho: no quiero ir al cuartelillo. A ver cómo te lo explico. —A Sofía le costaba elegir las palabras—. El otro día estuve allí. En la puerta hay un tío repugnante, de esos con los dientes torcidos que te miran como salivando. No quiero volver a encontrarme con ese cerdo.

—Así que el problema está en los dientes del tipo de la puerta. Si tuviera la dentadura perfecta, no tendrías ningún problema en ir.

—Exacto.

—Está bien. Analicemos esto. ¿Por qué pensás que te ocurre eso?

Darío esperó pacientemente la respuesta de Sofía, que tardaba en llegar.

—¿A qué asociás esa reacción tuya? —insistió.

—No lo sé, manías.

—¿Podría estar relacionado con lo que te pasó en la playa?

—¿El qué?

—Viste un hombre con los dientes torcidos y te entró el pánico. No es la primera vez que te pasa. ¿El chico que abusó de vos tenía los dientes torcidos?

—No lo sé, Darío, no sé cómo tenía los dientes. No me agobies. —Sofía se estiró para coger su paquete de tabaco y se volvió a colocar delante del portátil—. ¿Te importa que fume?

—¿Por qué me va a importar?

—Nunca he fumado en tu consulta.

Los dos se miraron durante un instante ante lo extraño de la situación. Sofía no rectificó, y Darío tampoco la corrigió. De alguna manera, estaba en la consulta, aunque pudiera fumar sin que Darío oliera el humo. Encendió un cigarrillo y apartó la mano para asegurarse de que el cigarrillo quedara fuera de cámara.

—¿Y si te acompaña alguien a la Guardia Civil? —continuó Darío.

—¿Quién me va a acompañar?

—¿Te das cuenta? Es lo que comentamos el otro día. Cuando se trata de vos, nunca pedís ayuda.

—Pero ¿a quién le voy a pedir...?

—Eso lo tenés que pensar vos. Pero no lo hacés. Nunca lo hacés. Tuviste unos cuantos momentos difíciles en estos años, pero jamás te vi pedir ayuda. Siempre lo afrontaste todo sola. Pareciera que no confiás en que alguien pueda ayudarte. —Darío entornó los ojos con seriedad—. ¿Alguna vez cuidaron de vos?

—Sí. Mi madre no ha hecho otra cosa en la vida. O al menos eso dice ella.

—No lo creo. Si te hubieras sentido protegida por ella, le habrías contado lo que te ocurrió.

—Si se lo hubiera contado, la pobre lo habría pasado fatal.

—Pero ¿te das cuenta de lo que decís? —Darío parecía enfurecido—. ¿La pobre? Eras una niña, ¿quién cuidaba de quién? —Darío esperó a que Sofía contestara, cosa que no iba a ocurrir—. No estás acostumbrada a que te cuiden. Y no solo tus padres. Ninguna de tus parejas te cuidó nunca.

—Eso, tú dame ánimos.

—¿Por qué nadie cuidó nunca de vos?

—Habré tenido mala suerte.

—¿Vos creés que es mala suerte?

—¿Qué me quieres decir? ¿Que yo elijo siempre hombres que no cuidan? —Sofía miró a Darío aun sabiendo que no iba a contestar—. No estoy de acuerdo. Yo no elijo hombres así. Igual es que los hombres así me eligen a mí. Un hombre que está dispuesto a cuidar de una mujer no se fija en alguien como yo.

—¿Cómo sos vos?

—Ya sabes cómo soy. Independiente.

—Independiente.

—Sí. Independiente. Yo no necesito que nadie me mantenga. Me he buscado la vida sola y me la he encontrado bastante bien. Eso a los hombres les acojona. Los que quieren cuidar de una mujer eligen a las sumisas. A las débiles. Hay mujeres fuertes y mujeres débiles y yo elegí ser fuerte, qué le vamos a hacer.

—Interesante.

—¿El qué?

—No dijiste «soy fuerte», sino «elegí ser fuerte». Quizás deberíamos pensar qué significa eso.

Sofía miró a Darío sin decir nada.

—¿Sos realmente fuerte? —insistió Darío.

—A ver qué remedio —contestó ella por fin.

—Mirá, Sofía. Los niños necesitan la mirada y el reconocimiento del otro para afianzar su identidad. Pero a vos tus padres no te miraban. Nunca te miraron. Eso podría haberte hecho esconder todo lo genuino y espontáneo que pudiera haber en vos y dejar en la superficie solo esa fortaleza que deseaban los demás.

—¿Qué me quieres decir? ¿Que en el fondo soy débil?

—No es malo ser débil. Tenés derecho a ser débil. Igual que tenés derecho a pedir ayuda cuando la necesitás.

—Si alguien te quiere, debería ayudarte sin necesidad de que se lo pidas.

—No, no es así. Los demás no tienen por qué saber cuándo vos querés que te ayuden. Si no decís nada, lo que hacés es quitarte la responsabilidad de encima y hacer a los otros culpables por no ayudarte.

—No lo sé. —Sofía se había quedado pensativa—. Puede que tengas algo de razón, pero no me hagas contestar a esto ahora, por favor. Necesitaría pensarlo.

—No quiero que me des la razón. Pero sí que lo pienses. ¿Alguna vez pediste ayuda y no te la dieron?

—¿A qué viene eso?

—Me pregunto si hubo algún incidente doloroso porque alguien no te ayudó. Eso podría hacerte no pedir ayuda por miedo a que el incidente se repita.

—No, no creo que haya ninguna razón... Simplemente no me sale lo de pedir ayuda.

—¿Por qué no probás a dejar que te cuiden?

—Sí, claro. Qué fácil. ¿Quién coño va a cuidar de mí?

—Por el momento yo. Yo voy a cuidar de vos.

—Darío —le interrumpió Sofía—. Por favor, no vuelvas a decir eso.

—¿Por qué? ¿Ves como no dejás que te cuiden?

—No es eso —le dijo Sofía subiendo la voz—. No es eso, no tiene nada que ver —tragó saliva—. ¿Tú sabes lo que daría yo por tener a mi lado a alguien como tú que quisiera cuidarme? Pero me niego a aceptar que seas precisamente tú quien me cuide. Es como reconocer que no merezco que nadie tenga suficiente interés en mí, salvo que sea a cambio de dinero.

—¿Vos creés que yo te cuido por dinero?

—¿Ah, no? —dijo Sofía con dureza—. ¿Qué lo haces? ¿Por amor?

Darío la miró un instante y de nuevo bajó la cabeza pensativo.

—Es la hora —dijo Sofía por primera vez en años.

—No podemos dejarlo aquí.

—Sí, sí podemos. Necesito dejarlo aquí, Darío. Que tengas un buen día.

Sofía agitó la mano delante de la cámara y cortó la conexión. Apagó el portátil y, durante un buen rato, se quedó sentada frente a la pantalla negra.

23

Se levantó del sofá, encendió la radio y miró por la ventana. La locutora dio la bienvenida a la primavera y Sofía decidió que por una vez podía fumarse dos cigarrillos seguidos. Cogió el paquete de tabaco y el mechero y salió al jardín seguida de Carver. Después de dar dos vueltas completas a toda la parcela apagó el cigarrillo, escondió la colilla enterrándola junto a un arbusto y volvió a entrar.

Buscó en la riñonera la tarjeta de Andetxaga y marcó su número.

—Hola. Soy Sofía Amoretti. ¿Me recuerda?

—Buenos días. Sí, la recuerdo.

—Me gustaría volver a hablar con usted.

—La espero a las cuatro en el puesto.

—¿No podemos vernos en otro sitio?

—No —contestó rotundo Andetxaga.

—Es que estaría más cómoda si...

—Iba a llamarla —la interrumpió Andetxaga—. Yo también quiero hablar con usted y prefiero hacerlo aquí.

Sofía colgó inquieta. Entró al cuarto de baño y sacó el estuche con el lápiz de ojos y la máscara de pestañas por segunda vez desde que había llegado a Laredo. Se dijo a sí misma que cuanto mejor aspecto tuviera, más en serio la tomarían, aunque quizás si el sargento hubiera sido sargenta se habría arreglado menos.

Dejó a Carver con el plato de agua lleno, la radio encendida y una galleta que el perro atrapó entre los dientes antes de que llegara al plato.

Aparcó en la puerta del Bauer y entró al bar. Asun, alias la flaca, atendía a unas cuantas mujeres jóvenes vestidas con ropa deportiva que tomaban café en la barra.

—Hola, Asun, ¿me pones un café?

La flaca le sonrió a modo de saludo y se dirigió a la cafetera. En ese momento, Omar salió de la cocina secándose las manos con un trapo.

—¿Y Carver? —preguntó Omar nada más verla.

—Hola, Omar, yo también me alegro de verte.

—Buenas tardes, Sofía —contestó él con una sonrisa—. ¿Qué hiciste con mi amigo?

—Hoy se ha quedado en casa. Tengo que ir al cuartelillo y ese no es sitio para almas puras como la suya.

—Sin duda —dijo Omar—. Pero podías dejarle acá conmigo.

—¿Y utilizarte de niñera?

—Carver siempre es bienvenido. Y más a estas horas, mirá qué tranquilo está el bar.

—¿No te apetecerá venir conmigo?

—¿A la Guardia Civil? —preguntó Omar sorprendido.

—Sí —contestó Sofía en tono de broma—, ¿no te da morbo ver cómo es el cuartelillo por dentro?

Omar la observó durante un instante, lo suficiente para darse cuenta de que no se trataba de un simple capricho.

—¿A qué hora querés que vayamos?

—Me tomo el café y nos vamos, si te viene bien.

—Flaca —le dijo Omar a Asun—, te dejo un rato sola y hoy descansás más tarde, ¿está bien?

Sofía, más tranquila, salió del bar escoltada por Omar. Nada más llegar, se dirigieron a la garita. En lugar del tipo de la dentadura aleatoria había un guardia joven, de aspecto amable, y Sofía respiró aliviada a la vez que se arrepentía de haber hecho que Omar la acompañara hasta ahí.

—Hola —le dijo al joven—. Había quedado con el sargento Andetxaga.

El guardia los acompañó hasta una especie de pasillo acondicionado como sala de espera y les pidió que esperaran. Sofía se dejó caer sobre una silla. Omar se sentó junto a ella sin dejar de mirarla.

—¿Estás bien? —le preguntó.

Sofía tragó saliva y forzó la sonrisa.

—Un poco nerviosa. No me gusta este sitio, pero no pasa nada, mi argentino favorito me protege. Bueno, el segundo favorito. O no, espera, el tercero favorito. —Sofía ya había recuperado su sentido del humor.

—¿Cómo el tercero? —bromeó Omar—, ¿así me lo pagás, ingrata? ¿Quién es el primero?

—El Che Guevara —dijo Sofía muy seria—. ¿Por qué crees que le llamé Ernesto a mi hijo?

—¡No! —exclamo Omar divertido—. ¿Hasta la victoria siempre?

—¡Hasta la victoria siempre! —repitió Sofía doblando el codo derecho y apretando el bíceps para sacar bola.

—¿De verdad le llamaste Ernesto por el Che?

—Te lo prometo —sonrió Sofía—. ¿Tú has visto alguna vez un tío más guapo que el Che?

—¿Sabés que el compañero Ernesto también era de Rosario? Lo tuyo son los rosarinos.

—¡No me digas! —dijo Sofía—. Cuando nos fuguemos a Buenos Aires, tenemos que hacer una parada en Rosario. No puedo morirme sin visitar esa ciudad.

—¿Y el segundo? Esperá, que lo adivino. Un rosarino ilustre.... ¡Ya está! Leo Messi.

—No. —Sofía soltó una sonora carcajada—. No me digas que Messi es de Rosario —añadió sin parar de reír—. No, Messi, no. No es mi tipo.

—¿Entonces? ¿Fito Páez? ¿Darío Grandinetti?

—Pues mira, a Grandinetti le haría ojitos si lo tuviera delante, pero no, tampoco es Grandinetti.

—¿Me vas a decir quién?

—¿Quién va a ser? Mi psicoanalista —contestó Sofía con un guiño.

—¿Tu psicoanalista?

—¿Cómo no le voy a querer? Es la relación más larga que he tenido en mi vida.

Ambos rompieron a reír y no vieron que Andetxaga salía de un despacho y se dirigía hacia ellos.

—Buenas tardes. ¿Me acompaña? —dijo dirigiéndose a Sofía.

—Hola —dijo Sofía poniéndose en pie—. ¿Puede pasar él también?

—No —contestó Andetxaga con seriedad—. Usted puede esperar aquí —añadió dirigiéndose a Omar.

—Omar, vete si quieres —le dijo Sofía antes de echar a andar detrás del sargento—. No creo que tarde mucho. Nos vemos luego en el Bauer.

—Andate tranquila —le dijo Omar—. Yo te espero.

Andetxaga caminó por el pasillo, se detuvo en la puerta de uno de los despachos y dejó que Sofía pasara primero.

Era una habitación pequeña, con el espacio justo para una mesa de despacho y una silla a cada lado. Sobre la mesa había un ordenador portátil y una montaña de papeles. Andetxaga le indicó a Sofía que utilizara la silla que estaba de espaldas a la puerta y él se sentó frente al ordenador.

—Bueno, usted primero —dijo el sargento—. ¿Qué quería decirme?

—No sé por dónde empezar—dijo Sofía.

—¿Por qué no empieza por explicarme de qué conocía usted a Marcelo Pereira?

—Ya le dije que no conozco a nadie con ese nombre.

—Entonces —dijo Andetxaga sacando un papel del montón de su mesa—, ¿por qué le ha llamado usted diecinueve veces en el último mes? —Le tendió el papel, que contenía un listado de llamadas, y señaló una de las líneas—. Este es su número, ¿verdad?

—Verá. —Sofía se arrimó, apoyó los codos sobre la mesa y se sujetó la cabeza con ambas manos tratando de elegir la mejor forma de abordar el asunto—. Mi padre murió en 2010.

—Ya —dijo Andetxaga—. Entonces mintió usted cuando me dijo que le había visto.

—No mentí. Ese es el tema —continuó Sofía—. Se supone que murió. Pero yo tengo mis dudas de que fuera así.

—¿Por qué tiene dudas? —preguntó Andetxaga incrédulo.

—Porque le vi, ya se lo dije. Y no era la primera vez que le veía.

—Pero a ver —le replicó Andetxaga—: ¿se da usted cuenta de que lo que me está diciendo no tiene ningún sentido?

—Sé que suena raro, pero estoy segura de que era él.

—Ya —dijo Andetxaga—. ¿Y qué tiene que ver todo esto con Marcelo Pereira?

—No lo sé muy bien. Creo que mi padre utilizaba su nombre.

—A ver si la entiendo. Me está usted diciendo que Marcelo Pereira y su padre son la misma persona.

—Eso es.

—Supongamos que fuera cierto. ¿Qué razones podía tener su padre para hacerse pasar por otra persona?

—No lo sé.

—A ver. Empecemos otra vez —dijo Andetxaga tras un largo suspiro.

Sofía le explicó entonces lo que sabía: sus dudas sobre el certificado de defunción, Lumami, la hipoteca que había heredado, la fábrica de su abuelo y el documento que había visto en la notaría con la cara de su padre.

—Mire, conseguí una foto del permiso de residencia —dijo cogiendo su móvil y mostrándole la pantalla al sargento—. El de la foto es mi padre.

Andetxaga miró la pantalla y le devolvió el teléfono.

—Verá, señora —dijo por fin—. Todo esto está muy bien, pero eso es solo una foto de una fotocopia borrosa. Lo que usted me está contando parece indicar que Marcelo Pereira pudiera tener alguna relación con su padre, pero no tiene por qué ser la misma persona.

—Bueno, no creo que sea complicado comprobarlo. ¿Dónde está el cuerpo? Yo puedo identificarlo y salimos de dudas.

—Está en el Anatómico Forense de Santander. Pero ya lo han identificado como Marcelo Pereira Sousa.

—¿Cómo lo han identificado? —preguntó Sofía

—A partir de la documentación que llevaba encima.

—¿Este carné? —preguntó Sofía señalando la pantalla de su teléfono—. Ya le he dicho que el de la foto es mi padre.

—Las huellas dactilares coinciden.

—¿Y no puede haber dos documentos con las mismas huellas?

—No, señora. Las huellas dactilares son únicas.

—No he dicho dos manos con las mismas huellas, sino dos documentos con las mismas huellas. ¿No hay un archivo de huellas? No creo que sea tan complicado comparar las huellas del difunto con las del DNI de mi padre.

—Le estoy diciendo que las huellas del difunto coinciden con las de la documentación de Marcelo Pereira Sousa.

—La documentación puede ser falsa —dijo ella.

—¿Usted cree que no sabemos distinguir un carné falso?

—Puede ser un carné auténtico pero con datos falsos. Mi padre tenía un cuñado policía que trabajaba en la oficina del DNI de Santander. Lo tenía chupado para hacer un documento con los datos que le diera la gana.

—Está bien —dijo Andetxaga, que seguía mostrándose incrédulo—. Dígame el nombre del cuñado.

—Luis María Somolinos Expósito. —Sofía espero a que el sargento anotara el nombre—. ¿Y si le hacen una prueba de ADN? Con eso pueden comprobar que es mi padre y nos dejamos de huellas.

—Ya le he dicho que el cadáver está identificado. No me ha dado usted razones suficientes para dudar de que la identificación sea correcta —dijo Andetxaga.

—Vale. ¿Qué hay que hacer para solicitar formalmente una prueba de ADN? —preguntó Sofía—. ¿Presento una denuncia? Si no tengo razón, yo pago la prueba. Tendré derecho a saber si el muerto era mi padre, ¿no?

—Esto no funciona así. Y, además, eso solo servirá para comprobar si usted tenía una relación de parentesco con el señor Pereira.

—Joder. —Sofía empezaba a darse por vencida—. ¿Tienen alguna foto del cadáver? —preguntó con la mirada perdida en los papeles de la mesa. Ahora hablaba con lentitud, como dejando que las palabras salieran por su propio peso—. Ustedes pueden pensar lo que quieran, pero si fuera tan amable de permitir que yo compruebe que...

—Ninguna que le pueda servir —la interrumpió Andetxaga.

—Mire —dijo Sofía echando mano de la riñonera para sacar la foto que había cogido de casa de su madre—, aquí estoy yo con mi padre.

Andetxaga miró la foto sin mucho interés y se encogió de hombros.

—¿Qué quiere que le diga? Ese hombre debe tener poco más de treinta años. El difunto era un anciano.

—¿Me puede decir al menos cómo murió?

—Asfixiado. —Andetxaga parecía haberse ablandado y ahora trataba de ser amable.

—¿Cómo asfixiado?

—Lo encontramos esposado a un banco con una bolsa de plástico en la cabeza.

—¿Le han matado? —Sofía levantó la mirada por primera vez.

—Aún no lo sabemos. Podría tratarse de un suicidio.

—¿No dice que estaba esposado al banco? —preguntó Sofía sorprendida—. ¿Cómo va a ser un suicidio si estaba esposado?

—No es la primera vez que lo vemos. Los suicidas que tienen verdadera intención de asfixiarse se atan las manos para asegurarse de que cumplen su objetivo.

—¿De dónde iba a sacar mi padre unas esposas?

—En internet se pueden comprar por diez euros.

—Ya. —Sofía no se imaginaba a su padre comprando por internet, pero no quiso decir más—. ¿Saben cuándo murió?

—El dieciséis de marzo por la noche.

La imagen de su padre sentado solo, en un banco del puerto viejo, en absoluta oscuridad, con el sonido del mar de fondo, la estremeció. El nombre de Playa Soledad de pronto cobraba sentido.

—¿Había bebido? —preguntó.

—No puedo compartir con usted más información. ¿Por qué lo pregunta?

Sofía no contestó.

—¿Hay algo más que no me haya dicho? —insistió Andetxaga.

Sofía negó con la cabeza y el sargento se puso en pie para finalizar la reunión. La acompañó hasta el pasillo en el que Omar seguía esperando y se despidió de ella:

—La llamaré si necesitamos algo más.

—Vámonos de aquí —le dijo Sofía a Omar.

Caminaron despacio hasta la calle. Sofía iba excesivamente erguida, con la mirada al frente y el rostro inmóvil. Cuando llegaron a la altura de los juzgados, se sentó en un banco de la calle, abatida.

—¿Tienes prisa? —le preguntó a Omar—. ¿Te importa que me fume un pitillo?

Omar se sentó a su lado sin necesidad de contestar. Sofía encendió el cigarrillo, le dio la primera calada y miró a Omar.

—¿Cómo estás? —preguntó él.

Sofía forzó una sonrisa a modo de respuesta y Omar no quiso preguntarle nada más.

24

Eran casi las siete de la tarde cuando llegó a la boca del túnel. Tras varios días sin poder atravesarlo, se encontró, por fin, con la reja abierta. Aún quedaban restos de la cinta de la Guardia Civil anudados a las bisagras. Se preguntó durante cuánto tiempo permanecerían ahí esos trozos de plástico recordando a todo el que pasara que algo había ocurrido al otro lado.

Carver la miró impaciente. Soltó su correa sin decir nada y el perro echó a correr por el túnel, pero ella se entretuvo unos minutos deshaciendo todos los nudos. Tiró cuidadosamente los restos de cinta a un contenedor amarillo y a continuación recorrió el túnel sola por primera vez, fijándose en cada detalle, en los focos, en los grafitis, en los adoquines, como si alguno de esos elementos pudiera compartir con ella algo sobre ese último paseo de su padre.

Cuando llegó al otro lado, empezaba a oscurecer. Carver había bajado hasta la playa y trotaba de lado a lado. Sofía miró los dos bancos y pensó que Emilio habría elegido el de la izquierda, más apartado del túnel. Se sentó en el extremo izquierdo del banco, encendió un cigarrillo y dejó que el tiempo pasara. Esperaba encontrarse el mirador cambiado, pero estaba todo como siempre.

Por segunda vez se había enterado demasiado tarde de la muerte de su padre. Y por segunda vez no sabía qué hacer. No tenía la opción de pasar por ninguno de los rituales por los que pasa una persona normal cuando se queda huérfana:

ni despedidas, ni flores, ni abrazos, ni familia, ni amigos, ni velatorio, ni entierro, ni esquelas, ni pésames, ni llantos.

Tampoco había seguido los pasos convencionales la primera vez. Cogió un avión en cuanto lo supo y Gabi fue a buscarla al aeropuerto. Ambos se abrazaron sin saber lo que sentían. Sofía había acertado al viajar con pantalones y sin equipaje, porque Gabriel había ido al aeropuerto en moto. La llevó hasta el Puerto Chico, entraron a un restaurante que ella no conocía y Gabi pidió dos docenas de ostras y dos dobles.

—¿No prefieres albariño con las ostras? —le preguntó Sofía a su hermano.

—Hoy no podemos beber vino blanco. Papá decía que el vino blanco es de nenazas.

Los dos sonreían con tristeza. Aunque vistos desde fuera podía parecer que estaban celebrando algo, no era así. Solo necesitaban estar juntos y hacer algo diferente; la vida normal tenía que detenerse de alguna manera, y esa era la forma que se les había ocurrido a ellos de estrenar su orfandad. Por la mañana temprano, Gabi la llevó de vuelta al aeropuerto y Sofía regresó a Madrid.

Nueve años después, su padre había muerto de nuevo, si es que eso podía tener sentido, y aún no se lo había dicho a Gabi.

Carver subió la rampa y se sentó entre sus piernas. Sofía rodeó el cuello del perro con sus dos brazos y apoyó su cabeza sobre la de él.

Le gustaba escuchar el mar, pero siempre desde la distancia. De pequeña se enfadaba cada vez que el Nono le impedía que subiera a los pesqueros que descargaban en el puerto. Los marineros creían que daba mala suerte que una mujer pisara su barco y su abuelo nunca dejó que ella lo intentara. Quizás por eso, a pesar de haber nacido en un puerto de mar, Sofía tardó mucho en subirse por primera vez a un barco y muy poco en decidir que no volvería a hacerlo.

Esperó a que se hiciera de noche, convencida de que era la única forma de ver el lugar donde había muerto su padre. Cuando llegó el momento, se dio cuenta de que la noche no solo transformaba las imágenes, sino también los sonidos; el arrullo del agua deslizándose en la orilla se volvía agresivo en la oscuridad.

—Ahora entiendo por qué es la playa de la soledad, Carver —le dijo al perro con tristeza—. No se refiere a la ausencia de compañía, sino a una soledad mucho más profunda, la soledad de la melancolía, de la pérdida de lo irrecuperable...

Carver gimió como si hubiera entendido sus palabras.

—Vámonos de aquí.

Agarró a Carver del collar y no le enganchó la correa hasta que llegaron al otro lado del túnel. Cuando lo estaba haciendo, sintió la vibración del teléfono en el interior de su bolsillo. Era un número oculto.

—¿Dígame?

—Sofía. Soy Andetxaga.

—Ah, hola, sargento. Lo he cogido de milagro. Si llama con número oculto, se arriesga a que no le conteste.

—Usted verá lo que hace.

—¿Hay alguna novedad?

—He querido llamarla en cuanto lo hemos sabido. Brasil nos ha enviado la ficha policial de Marcelo Pereira.

—¿La ficha policial? ¿Era un delincuente?

—Tenía antecedentes.

—¿Por?

—Delitos menores —contestó el sargento—. Pero ese no es el asunto. Quiero que sepa que tenía usted razón. No era él.

—Era mi padre, ¿verdad? —preguntó Sofía conociendo la respuesta.

—La acompaño en el sentimiento.

Sofía no contestó.

—¿Se le ocurre qué relación podía haber entre su padre y el verdadero Marcelo? —continuó Andetxaga.

—Pregúntele a la gilipollas de su mujer. Mi padre no movía un dedo sin su consentimiento.

—No va a ser posible.

—¿Por qué no?

—Porque ha fallecido.

Sofía tardó unos segundos en reaccionar.

—¿Cuándo?

—Esta mañana.

—Joder. —Sofía trataba de asimilar la noticia a cámara rápida—. ¿Sabe de qué ha muerto?

—Cáncer. Llevaba varios días en coma.

—Pregunte a su familia, entonces. Son como una secta.

—Lo haremos. Buenas noches —se despidió Andetxaga.

Sofía colgó el teléfono y acarició a Carver.

—Ha tenido que ser una zorra hasta para morirse —dijo en voz alta.

Al entrar al Bauer fue directa al fondo del bar y se sentó en la mesa de los eruditos. Omar se acercó hasta ella.

—¿Te pongo un vino?

Sofía asintió con la cabeza y él no tardó en volver con una copa de rioja y un plato de frutos secos.

—¿Has sabido algo de tu Belén? —le preguntó Sofía.

—Nunca fue mía —contestó Omar.

—Nadie es de nadie.

—¿Vos creés?

—Bueno, nadie salvo mi padre. Él estaba totalmente poseído por su mujer.

—¿No tuvo hijos con ella?

—Ella lo intentó pero se ve que no pudo. Supongo que hay un límite a la maldad que la naturaleza es capaz de reproducir. Pero no me cambies de tema. ¿Has vuelto a hablar con Belén?

—No —le sonrió Omar—, se fue igual que vino.

—La vida pasa.

—La vida pasa felizmente si hay amor —sonrió Omar.

—«Es una lata, el trabajar» —Sofía canturreó reconociendo la canción—. No me digas que Luis Aguilé también era de Rosario, porque me matas.

—No —sonrió Omar—. Porteño.

—¿Te importa que toque un poco? —le preguntó Sofía señalando el piano.

—Por supuesto que no. Adelante.

Omar volvió a la barra y apagó el equipo de música. Sofía se sentó al piano con su copa de vino. Abrió la tapa y por un momento se olvidó de dónde estaba, colocó sus manos sobre el teclado y no tuvo que pensar para elegir la *Danza de la moza donosa* de Ginastera. Era una de sus piezas terapéuticas más recurrentes, la había tocado miles de veces y sus dedos se la sabían sin necesidad de dirigirlos.

Empezó tocando con timidez, las manos le temblaban y las primeras notas apenas se oyeron. Pero poco a poco fue recuperándose, la tensión creció y, justo cuando el tono de la pieza cambia de menor a mayor, Sofía dejó salir la furia que llevaba dentro y las conversaciones del bar se detuvieron todas a la vez, aunque ella no se dio cuenta.

La rabia dio paso a la tristeza para interpretar los últimos compases. Sofía movía los dedos muy despacio, meciendo su cuerpo de un lado a otro al ritmo de la música, ya sin apenas fuerza en las manos, hasta que llegó al último compás y, a pesar de que sabía que la partitura indicaba pianísimo, volcó todo el peso de su cuerpo sobre el último acorde disonante haciéndolo sonar como una queja.

Cerró el piano, se puso de pie y se volvió. Fue entonces cuando se dio cuenta de que todo el Bauer estaba pendiente de ella. Omar la miraba con los ojos muy abiertos.

—Me hiciste recordar mi país —le dijo Omar.

—Alberto Ginastera —sonrió Sofía—. Otro de mis argentinos favoritos. ¿No sería de Rosario?

—No, no lo creo.

—Mi hijo siempre decía que me iba a montar un rap con fondo de Ginastera.

—¿Un rap para vos? ¿El rap de la moza donosa?

—Me parezco más al viejo boyero, me temo —bromeó Sofía.

—Ya quisiera el viejo boyero parecerse a vos —contestó Omar—. ¿Te sirvo otro vino?

—No, gracias. ¿Tú sabes dónde se pueden comer ostras en Laredo?

25

Era la primera vez que oía el timbre del apartamento. Carver ladró una sola vez en respuesta al timbrazo, corrió a la puerta y se sentó con el cuello y las orejas en tensión, como si estuviera dispuesto a impedirle la entrada a cualquiera que osara asomarse.

Sofía sujetó el collar del perro para evitar que se abalanzara sobre quien fuera que estuviera al otro lado de la puerta, y abrió una rendija, lo suficiente para ver que el visitante era Andetxaga.

—Ah, es usted. Pase, por favor —dijo abriendo la puerta sin soltar al perro.

—¿Puede atarlo? —dijo él señalando a Carver sin atreverse a entrar.

—No —contestó Sofía—, pero no se preocupe. No le va a hacer nada —se agachó entonces para acariciar a Carver—. Saluda a la Benemérita, Carver.

El perro se relajó y se echó a un lado para dejar que el sargento pasara.

—Estaba haciendo café. ¿Le apetece una taza? —le ofreció.

Sofía sirvió una bandeja con el café y unos sobaos de mantequilla y le pidió a Andetxaga que la acompañara al sofá del salón.

—¿Le gustan los sobaos o prefiere otra cosa?

—No parece usted muy afectada.

—¿Por la muerte de mi padre? —Sofía se dio cuenta de que el sargento la observaba con atención—. ¿Qué quiere? Si se queda más tranquilo, le monto el numerito y me rasgo las vestiduras.

—¿No tenía usted buena relación con él?

—Mi padre era algo parecido a un pariente lejano que tenía por ahí —dijo Sofía soltando el plato con el sobao—. Y no es la primera vez que me entero de que se ha muerto. Discúlpeme si le parezco demasiado insensible, pero no, no voy a caer al suelo desgarrada por el llanto y mucho menos delante de usted.

—¿Qué me puede contar de lo que ocurrió hace nueve años? Me refiero a cuando creyeron que su padre había muerto.

—No mucho. Yo me tragué que estaba muerto. No he sabido que no era así hasta hace poco. ¿Han hablado con el cuñado?

—¿Le importa que eche un vistazo al apartamento? —el sargento evitó la pregunta de Sofía y se puso en pie.

—No, adelante —contestó Sofía sin moverse del sofá—. ¿Qué espera encontrar?

Andetxaga se dirigió al vestíbulo. Carver le siguió a cierta distancia, vigilando sus movimientos. Desde el salón, Sofía oyó como se abría la puerta del apartamento y se volvía a cerrar, y a continuación los pasos de Andetxaga moviéndose por el vestíbulo. Se comió tranquilamente su sobao, sin oír nada más, hasta que le llegó la voz del sargento desde la cocina:

—¿Ha echado usted algo en falta?

De pronto pensó en su cuaderno 3D y le entro pánico de pensar que su intimidad pudiera estar a la vista de un sargento de la Guardia Civil. Se puso en pie de un salto y en poco más de tres zancadas llegó a la cocina. El sargento había abierto la puerta del jardín y estaba agachado observando la cerradura.

—Esta puerta ha sido forzada.

—No cierra bien —contestó Sofía mientras cerraba el cuaderno que estaba abierto sobre la mesa.

—¿No ha echado nada en falta?

—Pues mire, ahora que lo dice, hace unos días vi a una señora merodeando por el jardín. Luego me encontré esa puerta abierta y mi riñonera estaba ahí, entre los arbustos, pero pensé que había sido el perro.

—¿Faltaba algo?

—No. Bueno sí, mi DNI.

—¿Algo más?

—No, creo que no. Estaba todo. Incluido el dinero.

—¿Y en el apartamento no faltaba nada más?

—Hay cosas que no encuentro, pero tampoco sé si...

—¿Por ejemplo?

—Por ejemplo, un aviso de Correos para que recogiera un sobre. No sé qué he hecho con él.

—¿Sabe qué contenía el sobre? —preguntó el sargento.

—No, pero no creo que fuera nada importante. Me lo mandaban de mi antigua empresa.

—¿Y no le falta nada más?

—Que yo sepa no.

—¿Tiene usted la cartilla de vacunación del perro? —preguntó el sargento a continuación.

—Tiene que estar por aquí —dijo Sofía dirigiéndose de nuevo al salón. Abrió uno de los cajones del aparador, sacó la cartilla de Carver y se la tendió a Andetxaga que esperaba detrás de ella—. Como podrá comprobar está todo en orden.

Andetxaga pasó las páginas de la cartilla y se la devolvió a Sofía.

—¿Podemos sentarnos de nuevo?

—Siéntese —contestó ella—. Se le habrá enfriado el café. ¿Se lo caliento?

—No —dijo Andetxaga y sacó su libreta del bolsillo para leer sus anotaciones—. Veamos. Su padre se alojaba en un apartamento de alquiler vacacional de la calle López Seña. Se había registrado bajo el nombre de Marcelo Pereira Sousa. No consta ningún domicilio de Marcelo Pereira. Solo sabemos que en el último año se registró en varias ocasiones en el hotel NH Alonso Martínez de Madrid.

—¿En Madrid? ¿Saben por qué?

—Sus estancias coincidieron con los ingresos hospitalarios de doña Francisca Somolinos, por lo que suponemos que...

—Ya. Y de Lumami ¿han averiguado algo?

—Poca cosa —dijo el sargento.

—¿El dueño era mi padre? —preguntó Sofía.

—¿Usted cree que la empresa era suya?

—¿Usted no?

—¿Por qué cree que era de él?

—¿De quién iba a ser? La empresa se montó justo cuando murió mi abuelo para comprar la fábrica y construir ahí, y el apoderado era Marcelo Pereira, o sea, mi padre.

—Aquí tiene que haber algo más que la fábrica de su abuelo —dijo el sargento—. ¿Su padre tenía relación con algún negocio ilícito?

—Si está pensando en tráfico de drogas y cosas de esas, lo dudo mucho. Pero cuando se trataba de hacer feliz a su mujercita, se saltaba a la torera conceptos legales como «bienes gananciales» o «herederos legítimos». No sé si eso entra en lo que usted llama ilícito.

—Yo no creo que Lumami fuera de su padre.

—¿De quién va a ser si no?

—Usted tiene experiencia en asuntos mercantiles, ¿no? Quizás usted...

—¡Venga hombre! —le interrumpió Sofía—. ¿No pensará que Lumami es mía? En el 80 yo tenía doce años, un poco demasiado precoz, ¿no le parece?

—¿Me deja continuar? —preguntó el sargento con seriedad—. Yo no he dicho que fuera suya. Solo iba a pedirle su opinión. El socio único de Lumami es una sociedad opaca. ¿Por qué alguien se toma tantas molestias en ocultar el nombre de los verdaderos accionistas?

—¿Cómo de opaca?

—Con domicilio en las Islas Caimán.

—Hombre —dijo Sofía con ironía—, qué exótico.

—¿Está usted segura de que su padre no tenía negocios ilícitos?

—Segura no estoy de nada, la verdad, pero no me cuadra mucho.

—Entonces ¿qué razón podía tener para fingir su muerte?

—Eso no lo sé. Igual el verdadero Marcelo murió y mi padre decidió cambiarse por él. Investigue a Lumami, seguro que ahí encuentra las respuestas.

—En ello estamos.

—¿Quién gestiona Lumami ahora? —preguntó Sofía.

—Unos abogados de Bilbao. Pertenecen a un bufete internacional. Según dicen, se limitan a firmar las órdenes que reciben de Londres.

Andetxaga leyó una anotación de su cuaderno y miró a Sofía, como dudando si compartir más información con ella.

—Yo intentaría averiguar a dónde va el dinero de Lumami —dijo Sofía por fin—. Solo con los alquileres de la calle Gobernador, alguien se tiene que estar haciendo de oro.

—¿En qué quedamos? ¿No decía que el dueño era su padre?

—Todo parece indicar que sí, pero la verdad es que no veo a mi padre metiéndose en un jardín como este él solito. Igual tiene usted razón y el dueño de Lumami no era él. Es más probable que mi padre fuera solo —Sofía dudó—, ¿cómo lo llaman?, un «colaborador necesario».

—¿En qué está pensando?

—Por lo que me dice, quien montó Lumami debía ser un pájaro que tenía algo que ocultar y quería quedarse con la fábrica de mi abuelo. Pero, para eso, necesitaba a mi padre. Igual mi padre se limitó a echarle una mano con la transacción.

—¿Y Marcelo Pereira?

—Marcelo sería el testaferro del pájaro. Y cuando Marcelo murió, el pájaro le pidió a mi padre que se cambiara por él.

—¿Por qué?

—Pues porque al pájaro le viene mejor que Marcelo esté vivo para no tener que cambiar de testaferro, con lo engorroso que debe ser eso.

—El pájaro, como usted le llama, puede ser, pero ¿qué interés podía tener su padre en hacerse pasar por Marcelo?

—Yo qué sé. El sabueso es usted —dijo Sofía con una sonrisa—. Averígüelo. —Sofía comprobó aliviada que el sargento no parecía haberse molestado por su comentario—. No me puede negar que a mi queridísima madrastra, que en gloria esté, le vino de coña. Se quitó de encima el incordio de tener que compartir posibles herencias con mi hermano y conmigo sin ni siquiera esperar a enviudar.

Andetxaga miró a Sofía pensativo.

—Un poco traído por los pelos, ¿no le parece? —dijo por fin.

—¿Se le ocurre una explicación mejor?

—Volvamos a los últimos días antes de la muerte de su padre. Como le decía, se alojaba en un apartamento vacacional, en la calle López Seña. ¿Lo conoce?

—¿Que si conozco qué? La calle López Seña sé cuál es, la que sale de Cachupín hacia la alameda, ¿no?

—¿Ha estado usted en un apartamento en esa calle?

—No.

—Hemos registrado el apartamento y hemos encontrado un monedero con su DNI, su tarjeta sanitaria y algo más de cien euros.

—¿Cómo es posible? —Sofía se puso en pie nerviosa.

—También hemos encontrado restos de pelo de perro y una chapa de vacunación de una clínica veterinaria de Madrid. Es la misma clínica donde usted vacunó a su perro y, por lo que veo, su perro no lleva la chapa encima.

—No, no es obligatorio —dijo Sofía. Cogió la cartilla de Carver, la abrió y comprobó que la chapa no estaba en el bolsillo correspondiente—. ¿Qué está pasando aquí?

—¿Toma usted lorazepam? —preguntó Andetxaga a continuación.

—¿Eso qué es?

—Un ansiolítico.

—A veces tomo Lexatín —dijo Sofía caminando hacia su dormitorio. Cogió la caja que tenía en su mesilla de noche y volvió al salón—. Bromazepam —dijo leyendo el prospecto—. ¿Es lo mismo?

—¿Ha comprado usted recientemente otros medicamentos?

—No —dijo Sofía sentándose de nuevo—. Bueno, sí, el otro día compré paracetamol para el dolor de cabeza y Juanolas. ¿Las Juanolas cuentan como medicamento?

—Según el informe preliminar de la autopsia, su padre había ingerido una cantidad importante de benzodiacepinas, concretamente lorazepam, antes de morir.

—¿Y eso qué tiene que ver conmigo?

—El Servicio Cántabro de Salud nos ha enviado el detalle de las recetas que se le han dispensado a usted electrónicamente. Según consta, usted ha retirado al menos tres cajas de Orfidal en distintas farmacias de la zona en el último mes. ¿Cómo explica esto?

—No puede ser. Será un error.

—El registro de psicotrópicos de las farmacias lo confirma.

—Pues no es cierto. —Sofía empezaba a enfurecerse—. Ni me han recetado Orfidal ni lo he comprado nunca... Está claro que alguien está intentando putearme pero bien.

—¿Ha echado en falta su tarjeta sanitaria?

—Ya le he dicho que no he echado nada en falta. Y la tarjeta sanitaria —Sofía volvió hacia el cajón donde guardaba la cartilla del perro—, no sé dónde la tengo. Estoy bien de salud, no la uso. —Sofía volvió a sentarse, derrotada—. Parece obvio lo que ha pasado, ¿no? Usted mismo me ha dicho que la puerta ha sido forzada.

—También puede ser que usted sea muy lista.

—También.

—¿Tiene usted algún enemigo?

—Yo qué sé. Defina enemigo.

—Alguien que quisiera meterla en problemas.

—Mi madrastra —dijo Sofía sin pensárselo—. Y no se le daba mal, todo hay que reconocérselo. Se ha pasado la vida haciéndolo.

—¿Alguien más?

—Mi exmarido. Pero no organizaría un lío como este. Demasiado esfuerzo para él.

—Me ha dicho que la relación con su padre no era buena. ¿Usted cree posible que su padre se haya suicidado incriminándola a usted?

Sofía miró a Andetxaga horrorizada. Buscó su paquete de tabaco y encendió un pitillo. Cogió el plato de su taza de café para utilizarlo como cenicero y le ofreció el paquete a Andetxaga. El sargento rechazó el tabaco y siguió esperando una respuesta.

—No, no es posible —dijo Sofía por fin. Dio una calada y esperó a que el sargento cerrara su libreta y diera la conversación por terminada—. No sé si mi padre me despreciaba tanto como para hacerme algo así. Pero lo que sí sé es que era demasiado cobarde como para suicidarse.

26

—No, no me ha llegado devuelto —dijo Roberto.

—Pues yo no lo he recogido. ¿Te importa pedir el resguardo para saber qué ha pasado con el sobre?

—Sin problemas, jefa.

—Gracias, Roberto. Eres un encanto. La próxima vez que necesites algo, puedes llamarme gratis.

Sofía se sentó de nuevo junto a su portátil. Darío seguía sin conectarse. Decidió aparcar su propósito de dosificar los cigarrillos que fumaba. Encendió uno sin mirar el reloj y salió al jardín con Carver. Se sentó en un banco de piedra que había junto a la casa principal. Carver dio una vuelta rápida a la parcela para desfogarse y corrió a sentarse junto a ella.

—Vaya lío, Carver. ¿Cómo hacemos para convencer al macizo ese de que yo no he hecho nada?

Carver alzó el hocico hacia ella a modo de respuesta, como si quisiera mostrarle su entrega incondicional. Sofía se aferró al cuello del perro en un largo abrazo y él se dejó hacer.

Cuando apagó el cigarrillo entró de nuevo en la cocina y en ese momento oyó la musiquita de Skype anunciando que Darío ya estaba disponible, y corrió al salón.

—Disculpá la demora —dijo el analista—. Tuve que atender un llamado. ¿Cómo estás?

—Bienitú.

Era obvio que ambos tenían algo que decir y los dos necesitaban tantearse con los ojos antes de elegir la mejor manera de abordar sus respectivos discursos.

—La última sesión no terminó bien —dijo Darío por fin.

—Pues ya verás esta —contestó Sofía sonriente, con ese sarcasmo que utilizaba para evitar afrontar con seriedad todo aquello que no sabía manejar.

—Sofía, yo estoy acá para ayudarte. Pero tenés que dejar que lo haga.

—Olvídate de la última sesión, Darío.

—No puedo olvidarme. Es importante.

—Vale, pues no te olvides. Pero dejémoslo para otro día, porque ahora no puedo pensar en eso.

—¿Qué ha pasado?

—Han comprobado que el muerto era mi padre. Dicen que no está claro si se ha suicidado o lo han matado. Y lo mejor de todo es que sospechan de mí.

—¿Por qué sospechan de vos?

—Porque alguien lo ha dejado todo a huevo para que sospechen. Había cosas mías y de Carver en el apartamento donde se alojaba mi padre. Y además debía estar hasta arriba de no sé qué sustancia. Lo del Orfidal.

—Lorazepam.

—Pues eso, lorazepam. La Guardia Civil está convencida de que yo compré una tonelada de Orfidal.

—¿Compraste vos el Orfidal?

—¿Tú qué crees, Darío? —preguntó Sofía ofendida.

—Tengo que preguntártelo.

—No, no tienes que preguntármelo. Nos conocemos hace un huevo de años. Si tienes que preguntármelo es que no has entendido nunca nada.

—¿Lo compraste?

—¡Por supuesto que no! ¿Para qué coño iba a comprar yo Orfidal? El día que lo compre será para hacerme un buen revuelto con él y mandaros a todos a la mierda, que es lo que debería hacer, la verdad. Si ni siquiera tú crees en mí, no sé qué sentido tiene todo esto. —La alteración de Sofía iba creciendo—. ¡A la mierda con todo! —añadió poniéndose en pie—. Tú seguro que lo sabes: ¿cuántos orfidales me tengo que tomar para no despertarme? ¿Los lexatines también valen? —Sofía se detuvo ante la mirada imperturbable de Darío y se sentó de nuevo—. Lo digo en serio. A veces me pregunto si merece la pena esto de estar vivo. ¿Tanto esfuerzo, para qué, si al final nos vamos a morir de todas formas? La Guardia Civil dice que mi padre se pudo suicidar y dejar todo organizado para incriminarme. ¿Y sabes qué? No me extrañaría que hubiera sido tan cabrón de querer joderme la vida un poquitín más. Sería su forma de castigarme por haber demandado a la hija de puta de su mujer. Lo que no me creo, ni de coña, es que mi padre juntara el valor para suicidarse. Yo no creo que el suicidio sea un acto desesperado. Me parece más una decisión racional. Si la vida no te da demasiadas alegrías, y todos nos vamos a morir tarde o temprano, ¿para qué demorarlo? —Sofía miró a Darío, que la miraba sin parpadear—. No te agobies. No lo digo en plan tremendista, sino más bien en plan...

—Pragmático —la interrumpió Darío.

—Iba a decir existencialista, pero también me vale.

—Me llamó la Guardia Civil —dijo Darío de pronto—, por eso me demoré.

—¿A ti? —El tono de Sofía había mutado de nuevo de la calma a la indignación—. ¿Cómo han dado contigo?

—No se lo pregunté, pero es fácil de imaginar. Me pagás por transferencia.

Sofía no había caído en la cuenta de que lo lógico era que la Guardia Civil hurgara en su vida. Pero, aunque fuera lo lógico, se sintió agredida. Hizo un repaso mental a cámara rápida de sus extractos bancarios, sus registros telefónicos y sus emails, que ahora mismo estarían a la vista de desconocidos.

—Joder. ¿A quién más habrán llamado? ¿Tú crees que debería avisar a Ernesto?

—¿Solo se te ocurre pensar en tu hijo?

—Tengo que mantenerle al margen de todo esto.

—¿Te das cuenta?

—¿De qué?

—Tremendo quilombo el que tenés encima y solo pensás en tu hijo.

—¿En quién coño quieres que piense? ¿En mi padre?

—¡En vos! —gritó Darío—. Disculpame —suavizó el tono inmediatamente—, no debiera haber gritado. Pero volvemos a lo de siempre, Sofía. Imaginate que tu hijo es sospechoso de asesinato y él solo pensara en protegerte a vos. ¿Qué le dirías?

—Es distinto.

—¿En qué? ¿No te das cuenta? Si no te cuidás vos misma, no conseguirás nunca que nadie te cuide.

—¿Qué tiene que ver? ¿Que me cuide yo va a hacer que el resto del mundo me cuide también?

—Al menos dejarás de aceptar que no lo hagan.

Sofía agachó la cabeza.

—En eso puede que tengas razón —dijo abatida.

—Qué sorpresa. Vos nunca me das la razón.

—Cuando la tienes, la tienes. ¿Qué les has dicho?

—¿A quién?

—A la Guardia Civil.

—Nada.

—¿Les has contado detalles de la terapia?

—No tengo por qué hacerlo, salvo que yo crea que podés hacerle daño a otra persona o a vos misma.

—Joder, pues haberlo dicho antes. Si lo sé, no me pongo a hacer apología del suicidio.

—Lo entendí, no tenés que explicarte. ¿Hablaste con tu hermano?

—Se lo he contado por encima. He quedado a comer con él ahora.

—¿Te apoyarás en él?

—Es mi hermano, supongo que sí. Pero tampoco sirve de nada preocuparle, ¿no?

—Ya veo. La fuerte sos vos.

—En eso también tienes razón, mira, ya van dos. Estoy hasta las pelotas del papel de fuerte de la familia.

Darío sonrió, aparentemente satisfecho por el último comentario de su paciente.

—Darío —dijo ella entonces—, tú no creerás que yo he podido hacerle daño a mi padre, ¿verdad?

—No, no lo creo. Así se lo dije al tipo que llamó.

—Yo no he sido. —Sofía hizo una nueva pausa—. ¿Me crees?

—No se trata de lo que yo crea, yo soy tu terapeuta.

—Para mí es importante lo que tú creas.

Darío guardó de nuevo silencio, lo cual enfureció a Sofía.

—Me gustaría que por una vez me contestaras como si yo fuera una persona humana y no un caso clínico. Yo no maté a mi padre. ¿Me crees?

—Sí, te creo —dijo Darío tras una pausa mucho más larga de lo que a Sofía le habría gustado.

27

Sofía cerró el portátil y miró el reloj. Tardaba al menos media hora en llegar a Hazas de Cesto, ya iba con el tiempo justo.

Subió a Carver al asiento de atrás del coche y arrancó. Condujo todo el camino pensando en la conversación que había tenido con su hermano horas antes. Gabi se lo había tomado mejor de lo que ella esperaba, aunque aún no le había dado detalles. Solo le había explicado que la Guardia Civil le había dicho que el cadáver que había aparecido en Laredo era el de su padre y que necesitaba hablar con él.

Nada más entrar al restaurante vio a su hermano acodado en la barra, sujetando un botellín de cerveza.

Sofía le dio un sonoro beso en la mejilla y se aferró a su cuello.

—Cuánto amor —le dijo Gabi cuando consiguió soltarse del abrazo.

Gabi estaba muy sonriente y Sofía le imitó, consciente de que los dos recurrían a la sonrisa exagerada cuando querían ocultar otros estados de ánimo. Eso lo habían tenido que heredar de su padre, pensó, su madre era más de acentuar el lamento.

—¿Qué tomas? —le preguntó Gabi tendiéndole el plato que tenía delante—. Te he guardado un par de rabas.

Sofía pidió un botellín como el de su hermano y le consultó al camarero si podía sacarlo a la terraza donde había dejado a Carver. El camarero no solo accedió, sino que además se ofreció a servirles la comida fuera, aprovechando que había salido el sol.

Gabriel pidió cocido montañés de primero y un filete empanado con guarnición de patatas fritas y pimientos de segundo.

—Madre mía, pareces papá. —Sofía no pudo contenerse—. ¿No te apetecen también unas cocochas? —añadió en tono irónico.

—Pues no te creas tú que no me lo he pensado.

—Venga, pues para mí las cocochas a la romana —ordenó Sofía.

—¿Y de segundo? —le preguntó el camarero.

—Nada, plato único —contestó Sofía con firmeza— muchas gracias.

El camarero miró a Gabriel como si lo que acababa de decir Sofía fuera una blasfemia.

—Tráele un plato y una cuchara, Jesús —intervino Gabriel—, que va a probar el cocido.

—Insisto. Cada día te pareces más a papá. ¿Hay algún camarero en todo Cantabria oriental que no sea colega tuyo? —bromeó Sofía cuando este se hubo ido.

—Siempre hablamos de papá, ¿te das cuenta? —le dijo Gabi guiñando un ojo.

—Es verdad —dijo Sofía.

El camarero trajo la sopera con el cocido, sirvió un plato a cada uno y la dejó en la mesa por si querían repetir, cosa que, a juzgar por su tamaño, podían hacer diez o doce veces.

Durante un rato solo hablaron de las habilidades del cocinero, de las diferencias entre el repollo y la berza, y del empeño de su madre en que el cocido quedaba mejor si se sustituía la costilla adobada por codillo de cerdo.

—Estuve comiendo con ella hace unos días —dijo Sofía.

—Lo sé. Me llamó en cuanto saliste de su casa. No parece que se haya tomado muy bien lo de tu jubilación.

—Se le pasará en cuanto encuentre otra cosa que echarme en cara. No le digas que hemos comido juntos.

—¿Por qué no?

—Se cabrea si nos vemos sin ella, no lo soporta, es como si le estuviéramos poniendo los cuernos. Y yo esperaría también para decirle lo de papá.

—Mamá no necesita saberlo —dijo Gabi.

—Se enterará tarde o temprano. Habrá que organizar un entierro —dijo Sofía.

—¿Nosotros? —preguntó Gabi.

—Claro. ¿Quién si no?

—¿Y la Zorra?

—Eso no te lo he dicho —contestó pensativa—. La Zorra también se ha muerto. Me lo dijo el benemérito.

—Joder. —Gabi se quedó pensativo unos segundos—. Y entonces ¿la demanda?

—No te preocupes por la demanda. Esto solo lo retrasará un poco más, pero seguiremos adelante contra el hermanísimo. Si necesitas dinero, yo te puedo prestar lo que te haga falta.

—Ya me las arreglaré —contestó Gabi sin apartar la mirada de su plato de cocido—. ¿Y qué hay que hacer para organizar un entierro?

—Yo me ocupo, si quieres. Si te parece bien, podemos enterrarlo en Laredo, con el Nono.

—Papá siempre decía: «Si me muero en Laredo quiero que me entierren en Santander, y si me muero en Santander, que me entierren en Laredo» —dijo Gabi con una sonrisa— y, cuando yo le preguntaba por qué, él se reía y decía: «Por nada, por joder».

—Pues mira —Sofía también sonreía—, se ha muerto en Laredo y lo vamos a enterrar en Laredo, aunque si lo que quería era hacerse un viaje en coche fúnebre, lo va a conseguir.

—¿Dónde lo tienen?

—En Valdecilla. En el Anatómico Forense.

El camarero interrumpió la conversación para traerles el segundo plato. Sofía miró las cocochas sin atreverse a probarlas.

—No sé si me va a gustar esto a mí.

—¿Cómo que no sabes? ¿No las has probado nunca?

—No. Me recuerdan a papá.

Gabi puso los ojos en blanco y frunció los labios en una mueca que Sofía le había visto hacer alguna vez cuando quería reprender a sus hijos por alguna trastada.

—Anda, trae —le dijo cambiándole el plato.

—La otra vez nos inflamos a ostras, ¿te acuerdas?

—Esto de darnos un homenaje cada vez que papá se muere se está convirtiendo en una costumbre —dijo Gabi, de nuevo animado.

—La próxima vez que se muera te invito a una langostada en Isla, ¿te parece? —propuso ella continuando con la broma.

Sofía no tenía ganas de comer más. Abrió su riñonera y sacó la foto que había cogido de casa de su madre.

—Mira —le dijo tendiéndosela a su hermano—. Se la cogí a mamá el otro día sin que se diera cuenta. ¿Qué te parece?

—¡Papá con pelo! Qué impresión.

—¿Te acuerdas de ese cuadro? —preguntó Sofía señalando la foto.

—No.

—Claro, tú eras muy pequeño cuando murió el Nono. Estaba en la fábrica, en su despacho. De pequeña yo pensaba que no podía haber un cuadro en el mundo más bonito que este.

Gabi se encogió de hombros y le devolvió la foto. Sofía la guardó en la riñonera y, al hacerlo, miró a Carver, que observaba el filete con los ojos muy abiertos. Partió un trozo, lo cogió con la mano y se lo dio al perro disimuladamente por debajo de la mesa.

—¿Se sabe de qué ha muerto? —preguntó Gabi.

—No sé mucho. —Sofía hizo una pausa—. Parece ser que lo encontraron con una bolsa de plástico en la cabeza. —Decidió ahorrarse el detalle de las esposas—. No descartan que se haya suicidado.

Gabi frunció el ceño. Sofía, al ver el gesto de su hermano, decidió seguir hablando.

—Ya. Yo tampoco creo que papá fuera capaz de suicidarse.

—De alguna forma tuvo que llegar la bolsa a su cabeza.

—Se la puso alguien.

—¿Quién iba a querer matar a papá?

—Creen que he sido yo —dijo Sofía con una mueca.

—¿Lo dices en serio? —preguntó Gabi sujetando su tenedor en el aire.

—Totalmente.

—¿Y estás tan ancha?

Sofía se encogió de hombros y miró a su hermano mientras partía un nuevo trozo de filete.

—¿Qué quieres que haga? —Su hermano la miraba en silencio—. Eras tú el que decía que es mejor no hacer nada.

—Ya, coño, pero esto es distinto. ¿Por qué creen que has sido tú?

—Por si te interesa, yo no le he matado.

—No seas imbécil, ya sé que tú no le has matado.

—Por si acaso.

—¿Por qué sospechan de ti?

—Porque quien le haya matado se ha tomado muchas molestias para que parezca que he sido yo.

—¿Quién? ¿La Zorra desde su lecho de muerte?

—Huele a Somolinos, ¿verdad? Llevo todo el día pensándolo. Igual Luis Mari. Al fin y al cabo, tiene los mismos genes que la Zorra.

—¿Luis Mari? No puede ser. Papá le pagaba la carrera de sus hijas, las cenas de Navidad y hasta las vacaciones en Marbella. ¿Por qué se lo iba a cargar después de toda una vida chupando del frasco? No tiene ningún sentido.

—Sí, sí que lo tiene —contestó Sofía que de pronto lo veía todo claro—. ¿No te das cuenta? La Zorra se estaba muriendo y todo estaba a nombre de ella.

—¿Y qué?

—Que si la Zorra se hubiera muerto antes que papá, corrían el riesgo de que papá pusiera fin al simulacro de defunción y dijera que estaba vivo. Legalmente, papá era el heredero de la Zorra, los Somolinos no podían permitir eso. Después de tantos años currándoselo, tenían que asegurarse de que se moría antes que ella para quedárselo todo.

—Joder, vaya lío, Sofía.

—Esto de las herencias funciona así. Se mueren con un par de días de diferencia y esos días determinan si la pasta se la quedan los Somolinos o los Amoretti. Es como la primitiva. Al que le toca, le tocó, sin que haga nada para merecérselo.

—¿De verdad crees que han sido ellos?

—Tú piénsalo. ¿Quién va a ser si no? Ha tenido que ser alguien que me odie a mí. No solo se han cargado a papá, sino que también lo han dejado todo colocado para incriminarme. Todos los indicios apuntan a los Somolinos.

—Hablas como en las series malas de televisión, hermanita. ¿No se te estará yendo la olla?

El camarero se acercó a tomar nota de los postres. Gabriel pidió nata con nueces y Sofía un café con leche. No volvieron a decir nada hasta que terminaron de comer. Su hermano parecía estar dándole vueltas a la cabeza y Sofía no quiso interrumpirle.

—Sofía —dijo Gabi de pronto—. Ten cuidado.

—¿Por?

—No me fío de Luis Mari. Es peligroso.

—¿Qué quieres decir con peligroso?

—Tú no preguntes. Pero ten cuidado. De verdad.

—¿Cómo que no pregunte? ¿Estás metido en algún lío?

—¿Aparte de este? —Gabi sonrió mirando a Sofía—. No seas tonta. ¿En qué lío voy a estar metido? Tengo colegas en Santander y alguna vez me han contado cosas, nada más. Esto no suena nada bien. ¿Por qué no te vuelves a Madrid?

—¿Cómo me voy a volver? En Madrid ya no tengo nada.

—Habla con el tío Camilo. A lo mejor él puede ayudarte.

—¿Por qué no vamos a verle? —propuso Sofía.

—¿Ahora?

—Habrá que contarle todo esto. En algún momento tiene que saber que su hermano ha muerto.

—¿Qué más le da? Para él papá murió hace años.

—Yo creo que hay que decírselo.

—Llámale y se lo dices.

—Prefiero que se lo digamos juntos. La junta de Voto no está lejos de aquí. ¿Le llamo a ver si está en casa?

—Qué pereza —comentó Gabi a la vez que asentía con resignación.

28

Sofía metió en el GPS la dirección de Camilo y le prometió a Gabi que conduciría despacio para que pudiera seguirla con la moto.

Pasados veinte minutos, el navegador le anunció que su destino estaba a su derecha. Sofía detuvo el coche en el arcén de la carretera, junto al muro bajo que rodeaba esa enorme parcela que la voz nasal de su GPS había calificado como su destino. Comprobó por el retrovisor que Gabi paraba detrás de ella y se bajó del coche.

—¿De quién será ese descapotable? —le preguntó a Gabi señalando el BMW que estaba aparcado unos metros más adelante.

—Será del tío Camilo —contestó Gabi—. Siempre le ha gustado lo de la opulencia.

—El tío Camilo lo habría comprado —dijo ella señalando la pegatina de una empresa de alquiler de coches que lucía en el maletero del BMW.

—No se te escapa una.

—¿Tú tendrías un coche como ese?

—Toma, claro. ¿Tú no?

—Ni loca. Nunca le he visto la gracia a los descapotables —dijo Sofía mientras tiraba de Carver para que saliera del coche—. Me parece una tortura eso de ir por la carretera con los pelos en los ojos y el aire cortándote la respiración. No sé qué sentido tiene.

—Fardar. Se liga más con un descapotable.

—Pues a mí me viene a buscar George Clooney con un descapotable y ya se puede ir por donde ha venido.

—¡Anda ya! A ti te viene a buscar George Clooney y te vas con él a donde haga falta, aunque sea en burra.

—En burra no te digo yo que no. Mucho más romántico, dónde va a parar.

—Así te va, hermanita.

Sofía le dio un empujón cariñoso a su hermano y encendió un cigarrillo. Gabi se apoyó sobre el muro a su lado, esperando a que terminara de fumar. Los dos aprovecharon para asomarse a través de la reja. La parcela era enorme, no se veía el final. Dentro había varias construcciones de piedra, como si allí dentro viviera un sistema feudal completo. La casona principal tenía tres balcones volados hacia el jardín, separados por unos escudos imponentes tallados en la piedra.

—Madre mía —dijo Gabriel igual de impresionado que ella.

—Ese debe ser el dormitorio del tío Camilo —dijo Sofía señalando al balcón central—. Te apuesto lo que quieras a que se asoma ahí todas las mañanas con su pijama de hilo, su bata de seda y su café en taza de porcelana inglesa y dice en voz alta: «Hijo mío, algún día todo esto será tuyo».

Gabriel se echó a reír ante la ocurrencia de su hermana. Entonces, una nórdica vestida con traje de chaqueta, el pelo recogido en una coleta rubia y andares de modelo profesional atravesó la verja en dirección al BMW. Sofía le hizo un gesto con la cabeza a modo de saludo y pisó la colilla.

—Ya puedes cerrar la mandíbula —le dijo a su hermano cuando la rubia arrancó el coche.

—Joder con el tío Camilo —dijo Gabriel sin apartar la vista del descapotable que maniobraba en la entrada de coches para dar la vuelta.

—Debe de ser la asistenta —dijo Sofía.

—Sí, seguro, eso mismo he pensado yo. La asistenta.

Traspasaron la verja y caminaron hasta el edificio principal. Gabriel golpeó la aldaba en forma de pájaro carpintero y al instante la puerta se abrió. Camilo los recibió con una sonrisa y le dio un fuerte abrazo a su sobrina.

—¡Sofía! No os esperaba tan pronto.

—Estábamos aquí cerca. He venido con el perro, espero que no te importe —dijo ella señalando a Carver.

—¡Qué alegría veros! ¡Cuántos años! —dijo Camilo estrechándole la mano a Gabriel.

—Sí que han pasado años —contestó Gabi—. Menudo palacio te has comprado.

—¿Te gusta? Es del siglo XVI. Lo hizo Juan de Herrera.

—¿El de El Escorial? —preguntó Sofía.

—Sí. Era de por aquí. ¿Damos un paseo y os enseño la finca antes de que oscurezca?

Camilo no esperó la respuesta de sus sobrinos. Se puso una chaqueta de esas llenas de bolsillos que usan los arquitectos y echó a andar cogido del brazo de Sofía y dejando que Gabriel los siguiera. Ella soltó la correa de Carver, le dio una palmada en la cabeza y el perro echó a correr por el jardín.

—Nos hemos cruzado con Gerda —dijo Sofía con ironía.

—¿Con quién? —le preguntó Camilo extrañado.

—Una vikinga de metro ochenta que salía de tu casa. ¿Tu nueva novia?

—Ah, Erika —sonrió su tío—. En ello estoy —añadió volviéndose para guiñarle un ojo a Gabi.

Camilo les enseñó las cocheras, el jardín, el huerto de frutales, el bosque de castaños y robles y la plantación de nogales, mientras el perro correteaba a su alrededor. Sofía escuchaba fascinada comprobando que, a pesar de los años, Camilo mantenía intacta esa necesidad tan suya de impresionar a todo el mundo, especialmente al mundo femenino.

Cuando empezó a caer al sol, entraron en la casa.

—Tú quédate por aquí. Aprovecha para correr todo lo que quieras —le dijo Sofía a Carver antes de cerrar la puerta.

El interior era aún más impresionante. Camilo les enseñó la planta principal y fueron pasando de salón en salón. En cada habitación, Sofía se detenía a admirar la calidad de los cuadros y de los muebles de diseño, a la vez que su tío le explicaba los detalles de lo que él consideraba su brillante proyecto de rehabilitación. Cuando Camilo no miraba, Gabi le hacía muecas a Sofía, poniéndose bizco o simulando que se ahorcaba con las dos manos, con el objetivo de poner a prueba la compostura de su hermana ante la petulancia de su tío. El *tour* terminó en la cocina, donde Camilo le pidió a una fornida mujer uniformada, cofia incluida, que les sirviera café y pastas en la biblioteca.

Tuvieron la conversación trivial protocolaria de quienes llevan años sin verse, hasta que llegó la señora de la cofia con los cafés. Era de esas cántabras orondas que, por alguna extraña razón, solían tener maridos escuchimizados. Sofía nunca había entendido a qué se debía esa desproporción.

En cuanto la mujer volvió a salir, Sofía aprovechó para abordar el tema que los había llevado hasta ahí.

—Camilo —dijo a modo de preámbulo—, tenemos que contarte algo.

Le hizo un gesto a Gabriel para que siguiera él.

—Supongo que has oído que el otro día apareció un muerto en Laredo —dijo Gabriel.

—Sí, algo he oído —contestó Camilo casi con desinterés.

—Era papá —dijo Gabi sin más rodeos.

Se hizo un silencio. El tío miró alternativamente a sus dos sobrinos con la boca abierta, como si no supiera si estaban hablando en serio.

—¿Cómo que era tu padre? —dijo al fin levantándose hacia el mueble bar.

—Vino a verme la Guardia Civil —dijo Sofía—. Lo han identificado. Ya te dije que le había visto.

—Pero ¿cómo es posible? —Camilo estaba de pie, de espaldas a ellos, y aprovechó para servirse un vaso de güisqui.

—No tenemos ni idea —dijo Sofía.

—Esto es inaudito. —Se volvió a sentar con su vaso—. ¿Qué ha pasado? ¿Qué te han dicho?

—No mucho. Lo están investigando. ¿A ti te cuadra que se haya podido suicidar?

—Yo qué sé —dijo alterado—. Yo pensaba que tu padre estaba muerto.

—Es lo que quiso que pensáramos —dijo Sofía intentando calmarlo—. ¿No se te ocurre por qué ha podido estar escondido todos estos años?

—¿Cómo voy a saberlo? —Camilo seguía alterado—. La última vez que le vi estaba muy deprimido, en parte por vuestra culpa —añadió con rencor, a lo que Sofía tuvo que sujetar el brazo de su hermano para que no contestara—. Le atormentaba lo mal que os llevabais con Paca. Y luego lo de la querella tuvo que hundirle más aún.

—No fue una querella. Solo presentamos una demanda civil —le aclaró Sofía.

—No digo la vuestra. Me refiero a la de Gabriela.

—No sé nada —contestó Sofía sorprendida.

—¿Cómo es posible que no lo sepas? A tu padre le afectó mucho.

—¿Gabriela se querelló contra papá?

—En realidad, la querella la presentó tu queridísima Olga, porque un hermano no se puede querellar contra otro, pero está claro que la idea fue de Gabriela.

—Pero ¿por qué se querelló?

—Gabriela no ha dado palo al agua en su vida y pensaba que iba a poder vivir del cuento para siempre. Cuando murió mi madre y vio que no había prácticamente nada que heredar, le dio la paranoia de que tu padre se había quedado con el dinero.

—¿Y eso cuándo fue? —pregunto Sofía.

—Mi madre murió a principios de 2007 —contestó Camilo pensativo—. Debieron presentar la querella poco después. Sería 2008 como tarde.

Sofía miró su café sin decir nada más. Le había venido a la cabeza una frase que le había oído decir a su abogado: «La responsabilidad penal se extingue con el fallecimiento». Sin duda, Gabriela y Olga le habían dado a su padre una razón poderosa para hacerse pasar por muerto. Pero eso solo tenía sentido si la querella tenía opciones de prosperar.

—¿Hay alguna posibilidad de que Gabriela tuviera razón? —preguntó por fin.

—¿A qué te refieres?

—No sé. Si Gabriela pensaba que papá se había quedado el dinero, sería por algo...

—Qué va. Mi madre fue viuda durante más de veinticinco años y nunca quisimos que le faltara de nada. Todos sabíamos que el dinero se iba gastando. Gabriela se querelló porque le dio la pataleta, pero sabía perfectamente que tu padre era incapaz de quedarse un solo céntimo que no fuera suyo.

—Él igual no, pero la Paca... —Gabi no había podido contenerse.

—Paca ni siquiera tenía la inteligencia suficiente para hacer algo así. —El tono de Camilo hacia Gabriel era casi de desprecio—. Era tonta del culo. ¿Tú ves a Paca robando algo?

Gabriel y Sofía cruzaron la mirada y alzaron las cejas los dos a la vez, confirmándose el uno al otro que la veían con absoluta nitidez.

—Creo que también ha muerto —dijo Sofía.

—Lo sé —contestó Camilo más calmado—. Salió una esquela en el *Diario Montañés*.

—No me digas que lees las esquelas, Camilo.

—Claro que las leo. En Santander me conoce todo el mundo, tengo que estar enterado de estas cosas para poder ir a los funerales.

—¿Y cuándo es el funeral de la Paca?

—No lo han dicho aún.

—¿Tú conoces a su hermano?

—De vista. Juan Mari, ¿no? —preguntó Camilo.

—Luis Mari —le corrigió Gabriel.

—Eso, Luis Mari.

—¿Qué sabes de él? —preguntó Sofía.

—Poca cosa. Alguna vez me ayudó con los pasaportes de mis hijos, pero de eso hace mucho.

—¿Tú crees que es peligroso?

—¿Cómo va a ser peligroso? Es policía.

Sofía y Gabi cruzaron otra mirada cómplice ante la ingenuidad del comentario de su tío, y esta vez Camilo se dio cuenta y rectificó.

—¿Por qué lo preguntáis?

—No creemos que nuestro padre se haya suicidado. Lo del asesinato nos cuadra más —dijo Sofía.

—¿Y pensáis que ha sido él?

—No se nos ocurre otra opción.

—¿Por qué iba a matar a tu padre?

—Porque la Paca se estaba muriendo —contestó Sofía—. Si mi padre siguiera vivo, ahora heredaría él lo que tenía la Paca. Pero como se ha muerto antes que ella, quien lo hereda todo es Luis Mari.

—Me parece todo muy fantasioso, pero si te quedas más tranquila, puedo hacer algunas preguntas a ver si me entero de algo.

—Si puedes, te lo agradezco.

Sofía se sirvió una nueva taza de café y le ofreció otra a Gabi, pero él la rechazó.

—¿Te importa si me pongo yo también una copa? —le preguntó Gabriel a su tío dirigiéndose al mueble bar sin esperar la respuesta.

—Oye, Camilo —dijo Sofía pensando que tenía que averiguar hasta dónde sabía su tío—. ¿Qué pasó con la fábrica?

—¿Por?

—Curiosidad. Cada vez que compro una lata de anchoas y veo lo que cuestan, me acuerdo de la fábrica. Nunca entendí por qué la vendisteis.

—No tuvimos más remedio. Estaba quebrada.

—¿Quebrada? Yo no recuerdo eso.

—Por aquella época, Suárez sacó una ley nueva. Algo sobre el trabajo eventual. Las obreras empezaron a reclamar y había que hacerlas fijas. Era insostenible.

—¿No había forma de resolverlo?

—No. Se pagaban los sueldos durante la temporada de pesca, no daba para más. Además, nos exigían varios años de atrasos y eso no se podía pagar sin vender la fábrica. No fuimos los únicos. Casi todas las fábricas tuvieron que cerrar para pagar las indemnizaciones.

—Algunas siguen estando todavía.

—Casi ninguna. Solo sobrevivieron los que tenían dinero. Intentamos pedir un préstamo para mantener la fábrica, pero en aquella época los tipos de interés estaban por encima del veinte por ciento. Era imposible.

—¿Y quién compró la fábrica? —preguntó Sofía.

—Una constructora.

—¿Sabes de quién era?

—No me acuerdo —dijo Camilo dudando—. Recibimos varias ofertas.

—¿Te suena Lumami Inversiones?

—No, no me suena —contestó Camilo tras una larga pausa—. ¿Quiénes son?

—Creo que es el nombre de la constructora.

—Ah, puede ser. Han pasado muchos años y tampoco volví a saber de ellos. Fuimos a hablar con el técnico municipal, vimos que ahí se podían construir tres alturas, con eso calculamos lo que valía el terreno y lo vendimos enseguida.

—¿Tres alturas? El edificio que hay ahora tiene seis o siete plantas.

—Ya lo sé. Debieron hacer algún chanchullo.

—Igual con las prisas os equivocasteis con el cálculo —dijo Sofía, que no se quitaba de la cabeza la relación entre Lumami y su padre.

—Oye, perdona —dijo Camilo claramente ofendido—. Yo, que tengo una inteligencia superior a la media, me encargué personalmente de comprobar la normativa y sabía muy bien lo que hacía.

Sofía y Gabi se miraron con los ojos muy abiertos ante el comentario de su tío.

—Pues si construyeron más... —dijo Gabi insinuando que algo no cuadraba.

—¡Untarían a alguien del ayuntamiento! —replicó Camilo con vehemencia—. Tampoco es tan complicado de entender.

—No te enfades, solo era un comentario. ¿Te importa si fumo aquí? —preguntó Sofía.

—Prefiero que salgas al porche.

—Vale. Enseguida vuelvo.

—Te acompaño —dijo Gabriel poniéndose en pie de un salto ante la perspectiva de tener que darle conversación al ego de su tío.

Los dos hermanos se pusieron los abrigos y abrieron la puerta que daba al jardín. Una vez fuera, Sofía silbó con fuerza y Carver corrió hacia ellos.

—Silbas como un tío —le dijo Gabi.

—¿Cómo silban los tíos? —preguntó Sofía.

—Así —dijo Gabi y a continuación intentó, sin éxito, imitar el silbido de su hermana.

—Ah, pues no estoy de acuerdo. Yo silbo mucho mejor que un tío —dijo Sofía riéndose.

Se había hecho de noche. Los faroles de la fachada iluminaban una zona con sillones muy modernos tapizados en tonos grises. Una enorme vela de barco, sujeta a una estructura metálica, hacía de toldo. Sobre el respaldo de cada uno de los sillones, había una manta de color morado perfectamente doblada.

Sofía se sentó y se echó una de las mantas por encima, Gabi se sentó sobre el brazo del sillón de Sofía y Carver se tumbó a sus pies.

Durante unos minutos, el silencio pasó a llenarlo todo, salvo por un sonido de agua que debía venir de algún arroyo cercano. A Sofía le pareció que, de noche, la inmensidad del valle se hacía aún más imponente, y se preguntó a qué dedicaría su tío las horas en esa casa tan grande.

—¿Tú crees que papá se quedó con el dinero del Nono? —preguntó Gabi de pronto.

—Me cuesta creerlo, pero vete a saber —dijo Sofía—. Lo de la fábrica huele fatal.

—Yo lo dudo mucho —dijo Gabi.

—Al menos ya sabemos por qué se hizo pasar por muerto.

—¿Por qué?

—Por la querella de la tía Gabriela. Muriéndose conseguía que la archivaran. Pero si le preocupaba la querella, es que tenía algo que ocultar.

—Tiene que haber otra explicación.

—Ojalá —contestó Sofía.

Cuando terminó de fumar, se agachó para acariciar a Carver.

—¿Quieres que nos vayamos ya?

El perro la miró y echó a correr por el jardín como respuesta.

—Está bien —dijo Sofía—. Nos quedamos un ratito más.

Cuando volvieron a entrar, Camilo ya no estaba en la biblioteca. Gabriel se sirvió otra copa y Sofía se quedó de pie, echando un vistazo a los libros. Siempre que veía una estantería, se fijaba en los libros que había elegido su propietario para colocar a la altura de los ojos, convencida de que eso definía a cada tipo de lector. En el caso de Camilo eran libros de arte.

Empezaba a hojear un catálogo de una exposición de Rothko cuando Camilo volvió a entrar y Sofía devolvió el libro a la estantería.

—Camilo, ¿te acuerdas del cuadro que había en el despacho del Nono?

Camilo se detuvo y frunció la nariz. El gesto le había hecho encoger el labio superior dejando a la vista la inmensidad de su dentadura postiza. Sofía pensó que si su hermano y ella cruzaban la mirada en ese momento, no podrían contener la risa.

—No estoy seguro —dijo Camilo por fin—. ¿Cómo era?

Sofía entonces buscó en su riñonera la foto en la que estaba ella de pequeña en brazos de su padre con el cuadro al fondo, haciendo esfuerzos por no mirar a Gabi.

—Mira —le dijo tendiéndosela—. Aquí se ve el cuadro.

—Sí, ya me acuerdo —dijo Camilo devolviéndole la foto—. Creo que lo trajo mi padre de Estados Unidos.

—¿El Nono estuvo en Estados Unidos?

—¿No te acuerdas? Iba casi todos los inviernos. A explorar el mercado americano, según decía. Se daba una vuelta, visitaba a la familia y a las pocas semanas volvía.

—¿Tenemos familia en Estados Unidos? —preguntó Sofía.

—Algunos primos de Sicilia emigraron allí.

—¿A Chicago? —preguntó Gabi con pitorreo.

—No, a Nueva Jersey —contestó Camilo sin coger el chiste.

—También encaja —dijo Sofía con una carcajada—. Ya decía yo que Tony Soprano me resultaba familiar.

Camilo miraba a Sofía muy serio, dando muestras de no haber entendido de qué se cachondeaban sus sobrinos.

—¿Sabes qué fue de él? —preguntó Sofía.

—¿De quién? —preguntó Camilo.

—Del cuadro.

—Ni idea. No valía nada. Supongo que se quedó en la fábrica.

—Qué pena —contestó Sofía con tristeza—. A mí me encantaba ese cuadro. El Nono siempre decía que me lo iba a dejar en herencia.

—Mi padre siempre hizo muchas diferencias contigo —dijo de pronto Camilo.

Sofía le miró sorprendida.

—¿Por qué dices eso?

—Porque es la verdad. Para él era como si no tuviera otros nietos.

—Hombre, tampoco creo que fuera así. Vivía con nosotros, es normal que Gabi y yo tuviéramos más relación con él...

—No. Con vosotros solo pasaba unos meses al año. El resto del tiempo vivía en Santander. Pero a mis hijos no venía nunca a verlos. Siempre venía mi pobre madre sola. Mi padre solo te quería a ti y nunca hizo el menor esfuerzo por disimularlo.

—Lo dices como si me lo estuvieras reprochando.

—Es que me has preguntado por ese cuadro como si quisieras reclamarlo.

—No estoy reclamando el cuadro. Solo he preguntado qué fue de él.

—Vale. Pues yo solo digo que mi padre no era justo.

—Bueno, es igual. Olvídalo. Si te sirve de consuelo, a la abuela Ulpiana nosotros casi no la conocimos. Tus hijos la tuvieron para ellos solos. Lo uno por lo otro —concluyó Sofía pensando, sin decirlo, que sin duda a Gabi y a ella les había tocado la mejor parte.

Gabi se levantó de nuevo al mueble bar con intenciones de servirse un tercer güisqui, y Sofía, consciente de que su hermano tenía que conducir la moto hasta Santander, decidió que era el momento de irse.

Se levantó para darle un abrazo a su tío. A continuación, Camilo le tendió la mano a Gabriel.

—¿Qué tal te va a ti con las fotocopias?

—No tan bien como a ti —dijo Gabi con una sonrisa exagerada.

Camilo los acompañó hasta la puerta y, antes de despedirse, prometió llamarlos si averiguaba algo de Somolinos.

Una vez en la calle, Sofía encendió un cigarrillo mientras su hermano soltaba el candado de la moto y se colocaba el casco.

—Mucha inteligencia, pero este tío es más tonto que Abundio, ¿no? —dijo Gabi.

—Esa egolatría desmedida es un síntoma inequívoco de que la tiene pequeña —sonrió Sofía.

—¿Tú le has oído? «Yo, que tengo una inteligencia superior a la media...» —dijo Gabi imitando a su tío—. Lo decía convencido, el cabrón.

—La inteligencia está sobrevalorada. Tú fíjate. Ningún papá se preocupa de que sus niños sean felices y sean buenos y, sin embargo, todos se obsesionan con que sean inteligentes. Y altos.

—¿Altos?

—Sí, la gente quiere que sus hijos sean altos, no sé por qué. Al menos en Madrid. ¿Aquí no? Cuando iba a buscar a Ernesto al cole, el tema de conversación de todas las mamás eran los percentiles de los cojones. Ya ves. Yo creo que ni siquiera entendían de lo que hablaban, pero presumían a todas horas de que el pediatra les había dicho que sus niños eran mucho más altos que la media. Y yo me preguntaba si los pediatras usaban las tablas de estaturas de los años cuarenta o las de la selva ecuatorial africana porque, por definición, era imposible que no hubiera ninguno por debajo de la media. Pero ellas tan contentas, oye. Nunca lo he entendido. Desde que se inventaron las escaleras, eso de ser alto solo sirve para ir incómodo en los aviones, para tener que agacharte cada dos por tres o para tener que comprar camas más grandes, pero nadie quiere tener niños bajitos. Y lo mismo con la inteligencia. ¿Tú crees que la gente inteligente es más feliz? Mira el tío Camilo. ¿De qué le ha valido esa inteligencia sin parangón? Una casa en la que podían vivir veinte o treinta personas y está solo. —Dio una calada pensativa antes de seguir—. Nosotros seremos faltos, pero al menos nos tenemos el uno al otro.

Gabriel miró a su hermana y adivinó lo que estaba pensando.

—¿Por qué no te vienes a casa a cenar y así ves a los niños? —preguntó.

Sofía sonrió y accedió sin dudarlo. Le apetecía ver a sus sobrinos, pero sobre todo le apetecía no separarse de su hermano.

—Sígueme —dijo Gabi subiéndose a la moto.

—Vete despacio en las curvas —contestó Sofía con un tono que le recordó a su madre.

Arrancó el coche y se colocó a una distancia prudencial de su hermano para asegurarse de que sus faros no le molestaran. A los pocos kilómetros empezaron a bajar un puerto de montaña y Sofía se distanció aún más. La carretera no tenía arcén, a un lado terminaba en la montaña y al otro en un quitamiedos. Tras la segunda o la tercera curva vio cómo la moto de Gabriel daba un quiebro para esquivar un todoterreno que subía invadiendo el carril contrario.

Sofía apretó el claxon con todas sus fuerzas, más como protesta por el susto que se había llevado que como señal de advertencia.

El conductor del todoterreno decidió contraatacar con agresividad encendiendo las luces largas, cegando a Sofía, y haciéndole disminuir la marcha. Justo cuando el otro coche llegó a su altura, notó un golpe seco a su izquierda acompañado de un estruendo, como de un trueno que retumbó en todo el valle.

Lo último que oyó fue el aullido de Carver.

29

Abrió los ojos y se encontró con una mirada que no conocía. Intentó incorporarse, pero el dueño de la mirada se lo impidió.

—No se mueva.

Giró la cabeza hacia uno y otro lado tratando de averiguar cómo había llegado hasta ahí. Estaba tumbada, apenas había luz y el espacio era muy pequeño. Lo poco que veía a su alrededor, aparte de aquel hombre, eran máquinas, cables y recovecos en las paredes llenos de cajitas y paquetes. Por un instante creyó que aquello era algo parecido a un transbordador espacial y que estaba soñando con que hacía algún tipo de viaje interplanetario. El desconocido le tomó el pulso y ella empezó a entender que lo que veían sus ojos debía ser el aspecto que tenía una ambulancia por dentro. La puerta que había frente a ella estaba abierta. Oyó una voz conocida que venía de la oscuridad.

—¿Cómo está? —preguntó Gabi.

—Bien —contestó el médico—, solo tiene una conmoción.

Sofía intento incorporarse de nuevo.

—¿Y Carver? —preguntó.

—Tranquilícese —dijo el médico.

—¿Dónde está Carver? —insistió ella elevando la voz.

—¿Quién?

—¡Carver! —Sofía llamó al perro desde la camilla—, ¡Carver!

—¿Puedo? —preguntó Gabi a otra persona a la que Sofía no conseguía ver.

El médico se apartó. Gabi entró en la ambulancia, se agachó junto a su hermana y le acarició la cabeza.

—No te preocupes por Carver.

—¿Qué le ha pasado? —preguntó Sofía con lágrimas en los ojos—. ¿Está bien?

Gabi miró a su hermana sin saber cómo contestar.

—Ha venido mi veterinario a buscarle.

—¿A dónde le han llevado? —preguntó Sofía cogiéndole la mano a su hermano—. Quiero ir con él.

—Primero te tienen que curar a ti. —Gabi seguía acariciándola.

—Yo estoy bien. Llévame con él.

—Ahora en un rato llamamos a ver cómo está.

—Llama ya, por favor —dijo Sofía dejando caer los brazos a los lados de la camilla.

—Hay que llevarla a Valdecilla —dijo el médico.

—¿No decía que estaba bien? —preguntó Gabi.

—Convendría hacerle pruebas y tenerla en observación al menos unas horas. Un golpe en la cabeza nunca se sabe.

Gabriel salió de la ambulancia. El otro hombre, que estaba fuera y que hasta entonces solo había sido una silueta corpulenta, se asomó. En cuanto le dio la luz en la cara, Sofía reconoció la mirada impasible de Andetxaga. Se miraron los dos sin decir nada durante un instante. Andetxaga consultó al médico con un gesto, y él asintió.

—¿Qué recuerda del accidente? —preguntó Andetxaga.

Sofía le miró, apretó las muelas, cogió aire por la nariz y apartó la mirada.

De las siguientes horas no recordaba nada más que el paso del tiempo. Sintió cómo la ataban a la camilla, el movimiento de la ambulancia, una sirena, voces que le decían cosas que ella no escuchaba, el hospital, médicos, enfermeros hablándole con diminutivos como si fuera una niña pequeña, camillas estrechas desplazándola de unas salas a otras, de unos aparatos a otros, manos manipulando su cuerpo y la presencia de su hermano, siempre detrás.

En algún momento todo terminó.

—Ya podemos irnos —dijo Gabi tendiéndole su ropa—. ¿Te ayudo a vestirte?

Sofía miró a su hermano y se abrazó a él. No recordaba cuándo se había quitado la ropa, ni si se la había quitado ella, ni cuánto tiempo había pasado desde el accidente, podían ser unas horas o varios días.

—¿Carver? —fue lo único que dijo.

—Está bien. Tenía algún rasguño y la cadera rota. Lo han operado y ahora le tienen en la UVI, pero saldrá de esta. ¿Quieres que vayamos a verle?

Sofía asintió con la cabeza y cogió su ropa. Gabi corrió la cortina para dejarle intimidad a su hermana y esperó al otro lado. Sofía se quitó la bata de hospital y miró, disgustada, el cuerpo magullado que había debajo. Se dio cuenta de que nunca había considerado que ese cuerpo formara parte de sí misma. Cuando miraba a otra persona, la veía como la unión de un cuerpo y otro componente que era el espíritu, el alma, el aliento, o como quiera que se llamara la parte inmaterial de las personas. Sin embargo, cuando se trataba de ella, era diferente. Esas manos arrugadas, esas caderas generosas o esos pechos diminutos eran objetos que estaban ahí, acompañándola, pero ella, Sofía Amoretti, era solo lo de dentro. Se preguntó si la advertencia de Darío, «Tenés que cuidarte vos misma», incluiría a ese cuerpo al que nunca había prestado demasiada atención y que ahora le dolía tanto como lo de dentro.

Se vistió muy despacio, incómoda por tenerse que poner la misma ropa que llevaba en el momento del accidente.

—¿Qué tal pinta tengo? —preguntó abriendo la cortina.

—Horrible —dijo Gabi señalándole con la cabeza la entrada al cuarto de baño.

Sofía se dirigió despacio hacia allí deteniéndose en cada camilla para despedirse con una sonrisa avergonzada de los pacientes que habían compartido espacio con ella, como disculpándose por llevar ropa y volver a ser humana. Se miró al espejo, se lavó la cara y se peinó con los dedos mojados.

—El sargento Andetxaga quiere hablar contigo —dijo Gabi cuando salió del cuarto de baño.

—¿Está aquí?

Gabriel asintió con la cabeza.

—Vamos fuera —dijo Sofía—. Necesito fumar.

Andetxaga estaba esperándolos junto a los ascensores, acompañado de un chico que le recordó a su hijo: veintitantos años, ojos claros, el pelo corto y la barba descuidada.

Sofía le dio la mano al sargento y se quedó mirando al joven. Andetxaga los presentó:

—Este es Campos, mi compañero. La señora Amoretti.

Sofía le tendió la mano pensando que el muchacho tenía más aspecto de liderar una ONG que de pertenecer a la Guardia Civil.

—¿Me necesita a mí? —preguntó Gabi.

—No —contestó Andetxaga.

—Entonces voy yendo a por el coche —dijo dándose la vuelta.

Los guardias civiles accedieron a hablar en la calle y caminaron detrás de Sofía, hasta que llegaron junto a un banco que ella consideró a suficiente distancia del hospital como para encender un cigarrillo en presencia de la autoridad. Sofía y Andetxaga se sentaron y Campos se quedó de pie.

—¿Qué recuerda del accidente? —fue la primera pregunta de Andetxaga.

—No mucho. —Intentó ordenar las imágenes que le venían a la cabeza—. Un estruendo por este lado —dijo levantando la mano izquierda—, el aullido de Carver, un médico, usted haciéndome esta misma pregunta... poco más.

—¿Fue intencionado?

Sofía miró al sargento extrañada.

—Usted tiene fijación con los suicidios, ¿no? ¿De verdad cree que me tiré por el barranco?

—No. No me ha entendido. Me refiero a que su hermano ha declarado que el otro vehículo la echó de la carretera de manera intencionada. ¿Está usted de acuerdo?

Sofía dio una calada a su cigarrillo y bajó la mirada.

—Igual sí. Pregunten a la familia Somolinos.

Andetxaga miró a Campos con complicidad y no contestó.

—¿Cómo es la relación entre la Guardia Civil y la Policía Nacional? —preguntó Sofía intentando poner su mejor cara de imbécil.

—Colaboramos —dijo Andetxaga con una sonrisa que parecía indicar que no se había tragado la ingenuidad de Sofía.

—Ya, o sea que Somolinos es colega suyo. —Sofía terminó la conclusión con un suspiro.

Andetxaga tampoco contestó esta vez, dejando claro que no pensaba darle más información sobre Luis Mari.

—Ha tenido que ser él —dijo Sofía—. Si fue intencionado, solo ha podido ser él.

—¿Quiere que le pongamos protección? —preguntó el sargento.

—¿Usted cree que la necesito? —preguntó ella.

Andetxaga se encogió de hombros. Sofía se imaginó escoltada a todas horas por una pareja de la Guardia Civil con bigote y tricornio y le entraron escalofríos, pero la imagen era absurda. Los dos hombres que tenía delante parecían tipos interesantes, con los que no le importaría tomarse unas cañas. Le dio una nueva calada a su cigarrillo. La escena del accidente se iba haciendo cada vez más nítida y había algo que no entendía.

—¿Qué hacía usted ahí cuando tuve el accidente?

Andetxaga le sonrió dejando ver por primera vez que Sofía le caía bien.

—Me estaban siguiendo, ¿verdad? —preguntó Sofía—. Con que me sigan un poco más de cerca ya no necesito más protección, ¿no le parece? —Pasó la mirada de la sonrisa de Andetxaga a la sonrisa de Campos antes de continuar—. ¿Sigo siendo sospechosa de matar a mi padre?

—No la hemos descartado —dijo Andetxaga algo más serio—. ¿Le mató usted?

—Sí. Y luego contraté a un gilipollas para que me echara de la carretera.

—Podría ser.

—Usted es un poco retorcido, ¿no?

—Mire, tenemos que considerar todas las opciones. Me reconocerá usted que si alguien hubiera asesinado a su padre dejando pistas falsas para inculparla a usted, luego no tendría sentido que esa misma persona intentara matarla de una forma tan descarada, porque eso la exculparía automáticamente.

Sofía apartó la mirada. El argumento de Andetxaga era impecable.

—Entonces tienen que buscar a alguien que tuviera razones para matar a mi padre y también para matarme a mí, lo cual nos lleva de nuevo a Somolinos.

—¿Qué razones podía tener Somolinos para matarla a usted?

—Yo qué sé. Me odiará por demandar a su hermanita. —Le dio una calada a su cigarrillo—. ¿Y yo qué? ¿Qué razones iba a tener yo para matar a mi padre?

—Dígamelo usted —contestó Andetxaga echando mano de su teléfono móvil.

El sargento lo desbloqueó y lo manipuló hasta que encontró lo que estaba buscando y se lo enseñó a Sofía. La pantalla mostraba una fotografía de un papel en el que se leía, escrito con su propia letra, «Uno de marzo. Tengo que matar a mi padre».

Sofía apoyó los dos codos sobre las rodillas y se sujetó la cabeza con las manos buscando la mejor forma de explicar esa frase.

—¿Hizo fotos de todo el cuaderno? —preguntó levantando la cabeza. El sargento la miraba sin mover un músculo—. Se lo digo porque me viene bien saber que usted tiene una copia, por si acaso lo pierdo.

—¿Por qué escribió esto? —insistió Andetxaga.

—Mire. Yo entiendo que usted estará obsesionado con las muertes violentas, pero «matar al padre» es una expresión que se utiliza mucho en psicología y no tiene nada que ver con asesinarle, aunque me temo que no se va a creer nada de lo que yo le diga. Le sugiero que se lo consulte al señor Doria. Él seguro que se lo explica mejor que yo.

—¿A quién? —preguntó Andetxaga.

—El psicólogo —contestó Campos en voz baja.

—Sí. Darío Doria —confirmó Sofía—. Mi psicoanalista. Llámele. Él sabe por qué escribí eso. Si quiere llámele ahora mismo y así se asegura de que no le pongo sobre aviso. ¿Le doy su número? —preguntó con ironía—, ¡ah no!, qué tonta, si ya lo tiene.

—Le llamaremos —dijo Andetxaga poniéndose de pie.

—¿No me va a decir nada más? ¿Qué ha averiguado sobre Lumami? —preguntó Sofía.

Andetxaga y Campos cruzaron una mirada como para confirmar que estaban de acuerdo en contestar a la pregunta de Sofía.

—La sociedad no era de su padre —dijo Andetxaga por fin.

—¿Cómo lo sabe?

—Su padre fue a la notaría de Laredo, identificándose como Marcelo Pereira, y pidió copia de todas las escrituras que hubiera firmado ahí en el pasado.

—¿Que hubiera firmado quién?

—Él mismo. O mejor dicho, Marcelo Pereira en nombre de Lumami.

—¿Y qué escrituras eran?

—Las hemos revisado. Todas están relacionadas con el edificio de la calle Gobernador número 5.

—La fábrica de mi abuelo.

—Si la sociedad hubiera sido de su padre, conocería todas las escrituras, no habría necesitado copias.

—Igual las había perdido.

—Hay algo más —continuó Andetxaga—. Hace dos meses Lumami revocó los poderes de Marcelo Pereira.

—¿Le revocaron los poderes? —Sofía apartó la mirada pensativa—. Pero eso significa... —Sofía encendió otro cigarrillo mientras ataba cabos—. Nadie se molesta en revocar unos poderes salvo que desconfíe del apoderado. Eso es que había algún conflicto entre mi padre y el dueño de Lumami. Tienen que averiguar quién es. ¿Han investigado el patrimonio de Somolinos?

Andetxaga volvió a sonreír y le tendió la mano.

—¿Le ayudo a levantarse?

—¿Me van a detener? —preguntó Sofía.

—Por el momento no.

—Una pregunta. Si me detienen, ¿qué pasa con Carver? No le abandonarán, ¿verdad?

—Si no hubiera nadie allegado a usted que pudiera hacerse cargo de él, lo llevaríamos a una perrera. —El sargento hizo una pausa y miró a Sofía.

Algo en el aspecto de ella debió despertar el gen de la compasión de Andetxaga, porque tras mostrar una sonrisa tranquilizadora decidió seguir hablando.

—Si le sirve de algo, yo no creo que usted matara a su padre —dijo ofreciéndole de nuevo la mano.

—¿Ah no? —preguntó Sofía aceptando por fin la ayuda del sargento para levantarse—. Pues tiene su mérito, porque yo en su lugar lo tendría claro. ¿Por qué no cree que haya sido yo?

—Porque de todas las personas allegadas a su padre, usted es la única que no tiene coartada para esa noche. Los culpables siempre tienen coartada.

30

Sofía nunca había estado en un hospital de animales. Lo que había visto hasta el momento no se diferenciaba mucho de un hospital de humanos, salvo en que la tienda de la entrada en lugar de vender flores, chocolates y estampitas religiosas, vendía artículos para mascotas. Se sentó en la sala de espera y Gabi se acercó al mostrador de información.

Frente a ella había una pareja joven cogida de la mano. La chica tenía los ojos hinchados y miraba al suelo. Su marido la consolaba repitiendo una y otra vez que todo iba a salir bien.

Sofía intentaba imaginarse cómo sería una UVI canina. No conseguía explicarse cómo harían para mantener a Carver quieto y entubado en una camilla, salvo que lo tuvieran atado y sedado. La imagen la inquietaba.

—Me ha dicho que esperemos diez minutos y nos acompañan —dijo Gabi sentándose a su lado.

Un veterinario muy sonriente con gorro de cirujano de colorines y una mascarilla colgada del cuello se acercó a la pareja sentada frente a ellos.

—Ha salido todo bien —les dijo—. Tal y como suponíamos, era un cuerpo extraño. ¿Quieren verlo?

Sofía interrogó a su hermano con una elevación de hombros.

—A uno de mis perros le pasó una vez —le explicó Gabi—. Eso es cuando se tragan algo, se les atasca en el intestino y les tienen que abrir. Lo llaman cuerpo extraño para que suene más sofisticado y no te cabrees luego cuando te pasan la factura.

Sofía sonrió. La pareja parecía más animada. El veterinario volvió hacia ellos con una bandeja metálica y unas pinzas. Se agachó y sujetó con las pinzas un tejido muy sucio y lo estiró para darle forma. Resultó ser un calcetín tobillero de una talla demasiado pequeña para ser del marido.

La mujer se puso en pie para mirar la prenda, con el ceño fruncido y la boca abierta, pero su marido permaneció sentado mirando al suelo.

No hacía falta fijarse en las medias de algodón que llevaba la chica para entender que el calcetín no era suyo.

—Vaya metedura de pata —le dijo Gabi al oído.

Sofía sonrió y se acercó al oído de Gabi.

—Hay dos tipos de mujeres: las que saben que sus maridos las engañan y las que aún no se han enterado. Esta acaba de cambiar de bando.

—Yo no engaño a Irene —dijo Gabi ofendido.

Sofía le hizo una mueca justo cuando una chica excesivamente simpática se acercó a ellos con soniquete de maestra de guardería.

—¿La mamá de Carver? —preguntó—. Sígueme.

Sofía agarró a Gabi y, cuando la chica no miraba, se metió dos dedos en la boca exagerando una arcada para mostrarle a su hermano la opinión que le merecía el comentario de aquella cursi. Caminaron los tres en fila hasta lo que llamaban UVI. Consistía en una habitación llena de jaulas unas encima de otras, como los nichos de un cementerio.

—Está un poquito deprimido —dijo la chica mientras abría una de las jaulas de la fila inferior—, no ha querido comer. A ver si tú tienes más suerte —añadió tendiéndole a Sofía una lata de comida para perros.

La chica se apartó y Sofía se agachó hasta que por fin pudo ver a Carver. Estaba tumbado con el cuerpo vendado, la cabeza pegada al suelo entre las patas delanteras y la mirada perdida. Nunca había visto una mirada tan triste. Se sentó en el suelo, dejó la lata de comida a un lado y metió su cabeza en la jaula. En cuanto Carver la olió, levanto la cabeza, estiró las orejas, acerco su hocico a la cara de Sofía, le dio un único lametazo, casi sin fuerzas, y empezó a gemir en voz baja.

—Lo siento mucho, machote —dijo Sofía abrazándose al perro con cuidado de no hacerle daño.

Durante un rato se quedaron así, el uno junto al otro, Sofía acariciaba al perro y él gimoteaba. Algún efecto estaba haciendo el cariño de su amiga, porque, poco a poco, Carver fue recuperando su mirada noble. Entonces, Sofía cogió con la mano una pizca del paté de la lata y se la llevó a Carver a la boca. Carver chupó los dedos de Sofía y se relamió. Sofía repitió la operación una y otra vez hasta que no quedó comida en la lata.

—No puedo dejarle aquí solo —le dijo a Gabi—. Ya le abandonaron una vez. ¿No ves lo triste que está?

—Esta noche venimos otra vez si quieres. Anda, ven. El veterinario quiere hablar contigo.

Sofía se abrazó al perro una vez más y se dejó arrastrar por Gabi, con la cabeza vuelta hacia atrás para ver cómo Carver volvía a agacharse sin dejar de mirarla.

El veterinario que minutos antes había estado tan oportuno con el asunto del calcetín los acompañó hasta un despacho y les narró con detalle la operación, pero Sofía no escuchó.

—¿Cuándo puedo llevármelo? —fue su única pregunta.

—¿Pasa mucho tiempo solo en casa?

—No —dijo Sofía—. Si hace falta, no me separo de él. Pero aquí no está bien.

—Veamos cómo evoluciona y si no le sube la fiebre se lo puede llevar el lunes —dijo el veterinario con una sonrisa.

Antes de subirse al coche de Gabi, Sofía encendió un cigarrillo y miró a su hermano.

—Gracias, Gabi. Siento que hayas tenido que ocuparte tú de todo.

Gabriel la abrazó con todas sus fuerzas y le dio un beso en la frente.

—Nunca te había visto así —dijo Gabi.

—¿Triste?

—Vulnerable —le corrigió Gabi.

Sofía miró a su hermano con una sonrisa forzada.

—No quiero que me des las gracias —añadió Gabi como si supiera lo que ella estaba pensando—. No es que me alegre de lo que ha pasado, pero por fin puedo hacer algo por ti. Desde que éramos pequeños tú siempre te has ocupado de todo y nunca he sabido quién cuidaba de ti.

—Carver —contestó Sofía.

—¿Carver? —preguntó Gabi subiéndose al coche—. ¿Nadie más?

—Bueno, mi psicoanalista también cuida de mí, pero solo cincuenta minutos a la semana, no sea que me dé por cogerle el gusto —dijo Sofía guiñándole un ojo.

Gabi le pidió que se pusiera el cinturón y le contó sus planes. Había pensado en todo.

—Ahora vamos a Laredo para que hagas una maleta y luego te vienes a mi casa unos días. Así estás más cerca de Carver.

—¿A Irene le parece bien?

—Por supuesto. Ya te ha preparado el sofá cama.

—¿Cómo está?

—Estupendamente. Ya está totalmente recuperada.

Sofía pensó en su cuñada y se sintió mal por no haber preguntado antes por ella. A Irene le habían detectado un cáncer de mama un par de años antes y le habían tenido que extirpar los dos pechos. La operación había salido bien, pero al parecer el cirujano había intercambiado, por error, sus prótesis con las de otra paciente, y a Irene le habían tocado unas de talla extra grande. Lo último que sabía Sofía era que iban a programar otra intervención para devolver sus pechos al tamaño original.

—¿Sabe ya cuándo la vuelven a operar?

—¿No te lo he dicho? —preguntó Gabi—. Al final ha decidido anularlo. Se queda como está. Y la otra chica tampoco se va a operar. Están las dos encantadas con sus nuevas tallas. Tendrías que verlas. Se han hecho íntimas. Se parten de la risa cada vez que se ven.

—Es genial —dijo Sofía sonriente—. Tiene que ser una experiencia verte con las tetas gigantes. ¿Cómo es la otra?

—Muy alta. Dice que estaba harta de no encontrar ropa que le sentara bien con esas peras descomunales, y ahora todo la favorece. Así que ya ves, el médico la cagó, pero todos contentos.

—¿Seguro que Irene está bien? Igual es un incordio para ella tenerme en casa. Si lo prefieres, me voy a casa de mamá.

—Tú te vienes a mi casa —la interrumpió Gabi—. Y hoy te hago carbonara para cenar.

—No la harás con nata, ¿verdad?

—¡Cómo la voy a hacer con nata! Yo también soy Amoretti, ¿recuerdas?

—¿Cómo la haces?

—Con panceta, huevo, pimienta y mucho queso. Y deja de preocuparte por todo, cojones.

Cuando llegaron a Laredo, Sofía le indicó a Gabi cómo llegar hasta la puerta de su apartamento.

—No tardo nada. Espérame aquí, que ahora salgo.

Sofía se duchó a todo correr, se puso ropa limpia, cogió una mochila y metió todo lo que pensó que podría necesitar hasta el lunes siguiente. Desde el distribuidor pudo ver el plato de Carver en el suelo de la cocina y no se atrevió a tocarlo. No volvería al apartamento sin él.

En menos de quince minutos estaba fuera de nuevo y le tendió a Gabi una copia de las llaves del apartamento.

—Toma. Por si pasa algo.

—¿Qué va a pasar? —preguntó Gabi sorprendido.

—No lo sé. —Sofía estaba pensando en la posibilidad de que volviera a sufrir algún tipo de accidente, pero prefirió centrarse en su otra preocupación—. Siguen creyendo que yo maté a papá. Si me detienen, alguien tiene que ocuparse de Carver.

—¿Tan mal está la cosa?

—Si no puedes tú, a lo mejor se lo puede quedar Omar, el del Bauer.

Gabriel miró durante un instante a su hermana sabiendo que, si había evitado la pregunta, era mejor no insistir.

—Vale, no te preocupes.

—¿Has visto llegar algún coche mientras yo estaba dentro? —preguntó Sofía a continuación.

Su hermano señaló con la cabeza un Opel Corsa azul que estaba aparcado a una manzana de ahí. Sofía echó a andar hacia el coche y cuando llegó hasta él, se asomó a la ventana del copiloto y giró la muñeca en círculos con el dedo índice estirado para indicarle al pasajero que abriera la ventana.

—Supongo que son mi escolta —le dijo con una sonrisa al muchacho, que abrió los ojos tanto como le dieron de sí los párpados—. Ahora nos iremos a Santander a casa de mi hermano, se lo digo por si se pierden. Y luego me gustaría ir al hospital veterinario a hacer una visita al perro. ¿Ustedes me pueden llevar? Es por ir en un solo coche.

El muchacho la miró con la boca abierta sin saber qué decir. El guardia que estaba al volante estiró el cuerpo hacia su compañero para dirigirse a ella.

—Acabamos el turno dentro de una hora.

—Bueno, no se preocupen —dijo Sofía—, ya me apañaré.

Gabriel, que había oído la conversación, la esperaba sin poder contener la risa.

—Vuelves a ser la misma —dijo.

—Te juro que no les estaba vacilando. No quiero tenerte de chófer. Si no quieren llevarme, me cojo un taxi; tú tendrás cosas que hacer.

Sofía dudó si pedirle a Gabi que parara un momento en el Bauer para contarle a Omar lo que había pasado, pero decidió que ya se lo diría por teléfono. En ese momento, ir al Bauer sin Carver le parecía una traición.

31

Se sentía como una infiltrada en un hogar que no era el suyo, pero Gabi, Irene y los niños hicieron que los días en Santander fueran casi felices. Los observaba en su día a día, fascinada de comprobar que era cierto eso de que la vida podía salir bien.

Lo que más la impresionaba era la conexión entre unos y otros. Dos adultos, dos niños, dos perros y una infiltrada confluían en aquel espacio tan pequeño, y aun así las cosas funcionaban. Salían al parque, se turnaban para utilizar el cuarto de baño, cocinaban juntos, se sentaban a comer, veían la televisión y se contaban historias, como si todo fuera fácil.

Para los niños, que su tía estuviera en casa era todo un acontecimiento, y competían para atraer su atención con sus juegos, sus maquinitas, sus deberes, sus dibujos animados y sus historias del colegio. Sus sobrinos le recordaban su propia niñez, en la que todo lo compartía con Gabi, aunque fuera para pelearse con él y, por enésima vez, lamentó no haberle dado un hermano a su hijo.

En cuanto a Irene, su relación con Sofía siempre había sido buena, pero hasta entonces se había limitado a breves intercambios de frivolidades en acontecimientos familiares, casi siempre con varias copas de más. Resultó que era tan adicta al café como Sofía, lo cual fue una excusa tan buena como cualquier otra para que pasaran tiempo juntas y descubrieran que se caían bien. Nada más llegar, Sofía había constatado que la transformación de su cuñada no había afectado solo a la talla de su sujetador. Ahora Irene iba por la vida con la cabeza más erguida, con la sonrisa más grande, con los tacones más altos, con el paso más firme, y por supuesto, con el escote más pronunciado. Estaba claro que, igual que ella, Irene era un alma, sí, pero ahora era también un cuerpo esbelto, un cáncer controlado y unas gigantescas prótesis. Todo junto. La mezcla había dado como resultado una mujer con una vitalidad no solo atrayente, sino sobre todo contagiosa, de la cual, de una forma muy sutil, Sofía fue inhalando tanto como pudo.

Durante aquellos días apenas tuvo noticias de Andetxaga. Lo llamó un par de veces por si había alguna novedad, pero en ambas ocasiones él se limitó a contestar que la investigación seguía su curso.

Tres veces al día salía para ir a ver a Carver. Cogía un autobús, se sentaba en la última fila y se entretenía mirando por el cristal trasero, tratando de adivinar cuál sería el coche que la seguía. Gabi había entendido que prefería ir sola y no volvió a ofrecerse para llevarla. Aunque el perro seguía esperando a que llegara Sofía para comer, su recuperación estaba siendo muy rápida y, poco a poco, se iba poniendo en pie y dando algunos pasos.

El lunes por la mañana, por fin, el veterinario le confirmó que, si pasaba bien el día, a última hora de la tarde le daría el alta. En cuanto supo la noticia, Sofía cogió el teléfono y escribió a Omar, que había estado mandando mensajes cada pocas horas preguntando por la evolución de Carver: «Nos dan el alta esta tarde. ¿Te apetece venir a buscarnos?». Sabía que Omar tenía el día libre y que iba a decir que sí.

Como despedida, Sofía preparó unos tallarines con salsa de tomate siciliana —aceitunas negras, anchoas, alcaparras y un poco de guindilla—, que hasta los niños celebraron rebañando el plato. Cuando terminaron de comer, se dieron todos un fuerte abrazo antes de despedirse y prometieron volverse a ver pronto. Gabi e Irene regresaron a la tienda, los niños, al colegio, y Sofía cogió su mochila y salió a la calle.

Entró en un bar a tomar café mientras esperaba a Omar. Habían quedado en dar un paseo por Santander, aprovechando que había salido el sol, hasta que llegara la hora de recoger a Carver. En cuanto se sentó sonó su teléfono.

—Hola, Sofía. Soy Olga.

—¡Olga! ¿Cómo estás?

—Bien, muy bien, gracias. Me ha dado tu teléfono Gabriela.

—¿Qué tal el pequeño Mauro?

—También bien. Ahora trabaja en Bilbao y nos vemos menos, pero está estupendamente.

—Me alegro —dijo Sofía echando cuentas de la edad que debía tener ya su primo, que para ella seguía siendo un niño pequeño.

—Y tú, ¿cómo estás? —preguntó Olga.

—Bien también. Justo ahora estoy en Santander, pero me voy hoy. De haber tenido tu número, te habría llamado para que nos viéramos.

—¿No te da tiempo a hacernos una visita antes de irte?

—¿Vives con alguien? —preguntó Sofía algo incómoda.

—Con Gabriela. ¿No lo sabías?

—¿Con Gabriela? No tenía ni idea —contestó asombrada.

—Ha estado aquí la Guardia Civil y nos han contado lo que ha pasado. Nos hemos quedado de piedra. Vente a tomar café y charlamos. ¿Te da tiempo?

—No creo que a Gabriela le parezca bien.

—No te preocupes por Gabriela. Yo me encargo de ella.

Sofía le pidió a Olga la dirección y le explicó que andaba mal de tiempo, pero que haría lo posible por acercarse a saludar.

En cuanto colgó el teléfono, vio a Omar entrando en la cafetería y corrió a abrazarle.

—Querida —dijo él cariñoso—. Dejame que te mire. No tenés mal aspecto. Parecés la misma de siempre.

—Mi hermano me ha cuidado mucho —contestó ella sonriente—. Y mi cuñada me ha regalado un frasco de maquillaje. No sabes qué invento. Hace milagros.

—Y mi amigo ¿cómo está?

—Muy triste, pero es fuerte. Se va a poner muy contento de verte.

—¿A qué hora hay que ir a recogerlo?

—A partir de las siete.

—Entonces vayamos al Sardinero. Hay un paseo precioso hasta el faro de Cabo Mayor.

—Suena bien.

—¿Pues a qué esperamos?

—¿Te importa que paremos de camino? —le preguntó con timidez.

Sofía le explicó brevemente la llamada de Olga.

—Yo te llevo y te espero en el auto.

—Prefiero que subas conmigo. Si estás tú, seguro que mi tía Gabriela se comporta. Es un poco, ¿cómo te diría yo?, difícil.

—¿Difícil en qué sentido?

—Mejor lo compruebas tú mismo.

32

En cuanto llamaron al timbre, una Gabriela muy sonriente les abrió la puerta. Sofía la miró asombrada. Tenía el pelo más tieso que nunca, teñido de un negro excesivamente negro, casi azulado, y con el flequillo peinado hacia delante, en posición horizontal, como desafiando la gravedad. La sonrisa exagerada indicaba que, o tenía un buen día, o se le había ido la mano con algún tipo de droga.

—Hola —dijo Gabriela abrazando a Sofía—. ¿Este es tu hijo?

Sofía no sabía si ofenderse por el comentario o entrar a la provocación.

—Es mi amante —contestó muy seria—. Se llama Omar.

Omar sonrió por la ocurrencia y se encogió de hombros como diciendo «Ya conocés a Sofía», a la vez que le tendía la mano a Gabriela.

—Lindo peinado —le dijo.

—¿Te gusta? —preguntó Gabriela con coquetería—. Me peino hacia el futuro, como tiene que ser.

Omar miró a Sofía, que le guiñó un ojo sonriente. En ese momento Olga salió de la cocina. En contraste con Gabriela, llevaba el pelo teñido de rubio, en una melena corta de lo más convencional.

—Zipi y Zape —le dijo Sofía a Omar en voz baja.

Él contuvo la sonrisa y se apresuró a quitarle a Olga la bandeja que llevaba entre las manos.

—Ya la llevo yo —dijo exagerando el yeísmo rehilado de su acento—. ¿Dónde la coloco?

—¿De dónde eres? —preguntó Olga.

—Argentino —contestó Omar.

—¿Argentino de Argentina? —preguntó Gabriela, como si hubiera más opciones.

—Hasta la médula —contestó Sofía sonriente, mirándolo de reojo.

—¿Qué quiere decir eso? —le preguntó Omar al oído.

—Bebedor de mate, comedor de carne, futbolero, tanguero, filósofo, neurótico, arrogante, embaucador, charlatán...

Omar le hizo a Sofía un gesto de protesta y ella le sacó la lengua. Olga y Gabriela se habían sentado en los sillones del salón, dejando el sofá para sus invitados. Sofía se sentó, le hizo un gesto a Omar para que se pusiera a su lado y miró a sus tías. No sabía cómo enfocar la conversación y ellas no parecían decidirse a hablar tampoco.

—Me alegro mucho de veros —dijo Sofía por fin—. No sabía que vivíais juntas.

—No hemos tenido otra opción —contestó Gabriela—. No podíamos mantener una casa cada una.

—Pero estamos bien juntas —añadió Olga, que intentaba evitar, o al menos retrasar en lo posible, la ira de su cuñada—, así nos hacemos compañía.

—Es un hermoso departamento —dijo Omar mirando a su alrededor.

—Bueno, ¿qué os ha parecido lo de mi padre? —dijo Sofía yendo al grano.

—De locos —dijo Gabriela, lo cual provocó un cruce de miradas entre los otros tres.

—Sí —dijo por fin Sofía—, Gabi y yo estamos aún conmocionados.

—¿Vosotros no sabíais nada? —preguntó Gabriela con desconfianza.

—Qué va. No teníamos ni idea de que estaba vivo. En los últimos años apenas tratábamos con él. Ni siquiera sabíamos lo de vuestra querella, me lo contó el tío Camilo el otro día.

—Nos robó —dijo Gabriela—, eso seguro que lo sabes. Habréis heredado una fortuna.

—¿Nosotros? —preguntó Sofía—. No. Nosotros solo heredamos la casa de mi madre y una deuda que aún estamos pagando. Se lo quedó todo la Paca.

—Te lo dije —dijo Olga a Gabriela.

—¿Y General Dávila? —preguntó Gabriela elevando el tono de voz.

Sofía dudó qué contestar. Con «General Dávila» Gabriela se refería a la casa del Nono de Santander. Intentaba ser cuidadosa para no alterar a su tía, y hubiera preferido no tocar ese tema. Más allá de su valor dinerario, nada despreciable por otro lado, la casa siempre había tenido un valor sentimental para toda la familia. Había sido una de las jugadas maestras del Nono, de la que los Amoretti llevaban décadas vanagloriándose. Cuando el Nono decidió mudarse a Santander, compró una parcela pequeña, que casualmente estaba pegadita a la casa de una ilustre familia de banqueros. En cuanto obtuvo la licencia de obra, el Nono fue a hablar con el banquero patriarca, que, con tal de que nadie construyera delante de sus posesiones, no tardó en ofrecerse a cambiarle el terreno por un lujoso palacete en el paseo del General Dávila.

Desde entonces, el palacete había sido la residencia familiar en Santander para gran regocijo de la abuela Ulpiana. Sin embargo, poco antes de morir, la abuela Ulpiana se lo había vendido a su primogénito, es decir, a Emilio. Lo que Gabriela no sabía, al parecer, era que la joya de la corona, como todo lo demás, había acabado en manos de los Somolinos.

—¿Quién se ha quedado la casa de mis padres? —insistió Gabriela.

—Mi padre se la vendió a la Paca antes de morir.

—¿Cómo que se la vendió?

—Como lo oyes. La Paca le compró la casa de los abuelos. Bueno, se supone que la compró, aunque nunca llegó a pagar por ella.

—O sea, que ¿para eso nos robó la casa? ¿Para regalársela a la Paca?

—¿Cómo que os la robó? —preguntó Sofía sorprendida—. Él nos dijo que se la había comprado a la abuela y que estabais todos de acuerdo.

—No fue exactamente así —intervino Olga con voz apacible—. Tu padre dijo que Ulpiana necesitaba dinero y que no había más remedio que vender la casa para que pudiera vivir tranquila el resto de sus días.

—¿Y no era verdad?

—¿Cómo iba a ser verdad? —dijo Gabriela—. ¿Tú sabes el dinero que ganó mi padre en vida?

—Pero el Nono murió hace mucho. De algo ha tenido que vivir la abuela todos estos años.

—Mi padre dejó una fortuna. —Gabriela recuperaba a marchas forzadas su tono impertinente—. Eso no se acaba así como así.

—Yo entendí que no había dejado gran cosa. Camilo me dijo que hubo que vender la fábrica para pagar deudas.

—Camilo es imbécil —dijo Gabriela tajante.

—¿No estaba quebrada?

—Yo qué sé si estaba quebrada. La fábrica había que venderla de todas formas. ¿Quién iba a ocuparse de ella? Yo no sé nada de fábricas. Tu padre bastante tenía con tu madre y la Paca, como para tener que controlar a otras cuarenta mujeres. Y Camilo..., ¿tú te lo imaginas manchándose las manos de pescado? Él está muy cómodo en su estudio dibujando casitas para todos los pijos de Santander que le deben favores a sus cinco suegros. Camilo no lo reconocerá nunca, pero por muchos aires que se dé de gran arquitecto, es un mediocre. Lo único que tiene es una buena agenda.

—No sé, por mucho dinero que hubiera, fueron muchos años hasta que murió la abuela.

—Mira, Sofía, si no quieres verlo, no lo veas. Tu padre nos estafó. ¿Sabes cuánto pagó por General Dávila? Setenta millones de pesetas. Justo antes de la crisis. ¿A ti te parece normal?

Sofía hizo la cuenta mentalmente. Setenta millones de pesetas eran poco más de cuatrocientos mil euros y la casa de sus abuelos tenía que valer varios millones.

—Sí que parece poco dinero —reconoció Sofía.

—Y no veas la reforma que hizo nada más morir mi madre. Para caerse de culo. A ver de dónde sacó Emilio todo ese dinero.

—Hombre, tenía el piso del Sardinero. Lo vendería bien, supongo. Y también tenía dinero ahorrado...

—Sí, claro que tenía dinero. Todo el que nos robó.

—¿Y hablasteis con él? —preguntó Sofía con estupor—. ¿Él qué decía de todo esto?

—Decía que lo de General Dávila era un precio justo —intervino Olga de nuevo—, porque no podría disponer de la casa mientras Ulpiana viviera.

—¿Sabes lo que me dijo? —continuó Gabriela—. Que «con bicho» valía menos. Literalmente. Con bicho. Así lo dijo. Le llamó bicho a mi madre.

—Mira, Gabriela, no sé qué decirte. Lo siento mucho, de verdad. Yo lo único que he heredado de mi padre es una deuda. Piensa que vosotros al menos, habréis heredado dinero, que ya es algo.

—¿Qué dinero?

—El de la venta de General Dávila. Por poco que fuera...

—Pues no. Tu padre también nos robó el dinero.

—Bueno, no podemos estar seguras de que el robo fuera cosa de Emilio —intervino Olga.

—Ese robo no fue casualidad, Olga, lo sabes igual que yo —replicó Gabriela.

—¿Qué robo? —preguntó Sofía.

—Entraron a robar en General Dávila cuando estábamos todos en el entierro de Ulpiana —dijo Olga.

—Nadie oyó nada, nadie vio nada, la puerta no estaba forzada... —continuó Gabriela—. Justo en el único momento en que era seguro que todos estaríamos fuera. ¿No te parece sospechoso?

—¿Vaciaron la casa? —preguntó Sofía.

—No —contestó Olga—. Solo se llevaron la caja fuerte.

—¿Qué había en la caja fuerte? —preguntó Sofía.

—Eso solo lo sabía tu padre —contestó Gabriela—. Pero está claro. Dinero. Papeles. Todo estaba ahí.

—¿Qué papeles? —preguntó Sofía.

—¿No te he dicho que solo lo sabía tu padre? —insistió Gabriela—. Por eso se la llevó, para que no supiéramos lo que había realmente.

—Es todo como de película —dijo Sofía mirando a Omar, que no dejaba de escuchar con la boca abierta.

—Sí, de película de terror —dijo Gabriela.

—Oye, Gabriela —dijo Sofía tratando de cambiar de tema, a la vez que abría su riñonera—. He encontrado esta foto en casa de mi madre. ¿Tú te acuerdas de este cuadro? —preguntó—. No sé qué habrá sido de él.

Sofía se levantó para enseñarle la fotografía a sus tías.

—¿Esta eres tú? —preguntó Olga con una sonrisa.

—Sí. Con mi padre —le contestó Sofía—. Cuando aún era mi padre.

Las dos tías entornaron los ojos a la vez intentando hacer memoria.

—Me suena el cuadro —dijo Gabriela por fin—. No se ve bien.

—Estaba en la fábrica. Camilo me ha dicho que lo trajo el Nono de Estados Unidos.

—¿De Estados Unidos? —preguntó Gabriela—. Entonces seguro que mi madre lo quemó.

Sofía y Omar se miraron sin entender el comentario.

—¿Por? —se atrevió a preguntar Sofía.

—Cuando murió mi padre, aparecieron en casa unas cartas de una tal Susan —dijo Gabriela por fin—. Mi madre no sabía ni una palabra de inglés, pero le quedó muy claro por qué mi padre viajaba tanto a Estados Unidos.

Sofía sonrió por dentro. Por fin le daban una buena noticia. Siempre le había entristecido pensar que el Nono había pasado su vida junto a una harpía como la abuela Ulpiana y deseó que fuera cierto que en algún lugar del mundo había otra mujer que le quería.

—¿No lo tendrá también la Paca? —Olga interrumpió sus pensamientos—. El cuadro.

—La Paca ha muerto —dijo Sofía.

—¿Cuándo? —preguntó Gabriela.

—¿De qué? —preguntó Olga a la vez.

—De mala —contestó Gabriela a Olga.

—Murió hace unos días —contestó Sofía a ambas—. Creo que de cáncer.

—Y ahora ¿qué va a pasar? —preguntó Gabriela—. ¿Quién se queda la casa de mis padres?

—No lo sé —contestó Sofía.

—¿No seréis vosotros sus herederos? —preguntó Gabriela con desconfianza.

—¿Nosotros? —Sofía soltó una sonora carcajada—. ¿De la Paca? ¿Mi hermano y yo? —No podía dejar de reírse—. Nos odiaba, Gabriela. Nunca nos quiso, y menos aún desde que la demandamos.

—¿La demandasteis?

—Claro. Se quedó con todo lo que tenía mi padre. A nosotros también nos robó.

—¿Y ganasteis la demanda? —preguntó Gabriela con interés.

—Aún no ha salido la sentencia.

—Pues si se ha muerto, la archivarán. Como la nuestra.

—Intentaremos seguir contra sus herederos. La nuestra es civil.

—Ah, claro. Ahora lo entiendo. ¿Por eso has venido? —gritó Gabriela dando muestras de que se le había pasado definitivamente el efecto de lo que fuera que hubiera tomado—. ¿Eso es lo que quieres? ¿Sacarnos información para tu demanda?

—No —dijo Sofía—. No te enfades. Solo he venido a tomar café porque Olga me ha invitado. Pero se me hace tarde —añadió poniéndose en pie—, no puedo quedarme más tiempo.

—¿Cuánto le reclamáis? —preguntó Gabriela subiendo la voz.

—Con que nos den suficiente para cancelar la hipoteca de mi madre, nos vale.

—Pues lo que saquéis es nuestro —dijo Gabriela—. Yo quiero mi parte.

Sofía miró a su tía tratando de averiguar si estaba hablando en serio. A continuación, miró a Olga, que agachó la cabeza.

—Está bien —dijo Sofía por fin—, cuando tengamos la sentencia yo os llamo y hablamos.

Gabriela se fue de la habitación sin despedirse. Olga los acompañó hasta la puerta y Sofía aprovechó la oportunidad para hablar con ella claramente.

—Olga —dijo Sofía bajando la voz—, ¿tú crees que vuestra querella pudo ser la causa de que mi padre fingiera su muerte?

—¿Cómo quieres que lo sepa?

—Igual descubristeis algo que podía causarle problemas.

—Pues no lo sé. El abogado estaba convencido de que podíamos ganar, pero creo que no había nada más que lo que te hemos contado.

—Entiendo. Bueno, gracias de todas formas.

—Olvídalo. Ya ¿qué más da? Mira a Gabriela, este asunto lleva años reconcomiéndola. Deberíais olvidaros todos.

—Yo no quiero el dinero de los abuelos, Olga, pero aún no se sabe cómo murió mi padre, y la Guardia Civil no me deja en paz. Lo único que quiero es saber qué pasó para demostrar que yo no tengo nada que ver con su muerte.

Olga la miró y le dijo en voz baja:

—Espera un segundo.

Desapareció por el pasillo y a los pocos segundos volvió a aparecer con una carpeta azul y se la tendió a Sofía.

—Esta es la documentación de la querella. Ahí está todo.

Sofía cogió la carpeta sorprendida y abrazó a su tía.

—Que no se entere Gabriela de que te lo he dado, ¿vale? —añadió Olga.

Omar y Sofía no dijeron nada hasta que llegaron al coche. Una vez allí se miraron y, sin decir nada, rompieron a reír los dos.

—¿Toda tu familia es así? —preguntó Omar de pronto.

—¿Qué te ha parecido Gabriela?

—No deja de sorprenderme la cantidad de gente que hay aún pendiente de diagnosticar —dijo pensativo.

—¿Por eso no has abierto la boca? —preguntó Sofía entre risas—. Has estado muy calladito para ser argentino.

—No podía dejar de mirar ese pelo.

33

La enfermera se ofreció a llevarles a Carver a la sala de espera. Sofía se puso de pie y negó con la cabeza, quería ser ella quien le sacara de la jaula. El veterinario le había pedido que trajera una camiseta vieja para ponérsela al perro, pero ella había preferido comprarle una nueva y había elegido una azul con el símbolo de Superman.

Omar se quedó en la sala de espera y Sofía se dirigió, con su camiseta en la mano, al zulo al que llamaban UVI.

Cuando Carver la vio llegar, estiró la cabeza hacia la puerta de la jaula esperando recibir su caricia. Sofía se sentó en el suelo y se abrazó al cuello de Carver, como siempre, pero esta vez no traía comida.

—Nos vamos a casa, campeón.

Carver salió de la jaula muy despacio y se acurrucó sobre las piernas de Sofía, que aún seguía sentada en el suelo. Sofía, con ayuda de la enfermera, le puso la camiseta y volvió a abrazarlo.

—Yo también te he echado de menos, pero ya nos vamos. Anda ven, verás quién ha venido.

El perro aún andaba con torpeza, pero parecía mantenerse en pie sin esfuerzo. Cuando vio a Omar, agitó el rabo enérgicamente y trató de dar un salto para saludarle, olvidándose de sus limitaciones. Sofía se asustó al verlo, hasta el punto de que su aullido superó en decibelios al del propio Carver.

Antes de irse, Sofía entró en la tienda del hospital. Compró una enorme colchoneta, un collar nuevo, una correa nueva y un arnés para llevarle enganchado al cinturón de seguridad del coche. Pagó la escandalosa factura y salieron de allí de una vez por todas.

Sofía colocó la colchoneta sobre el asiento trasero del coche de Omar. Entre los dos ayudaron a Carver a subir y Sofía se sentó a su lado.

—¿A dónde, *Miss Daisy*? —dijo Omar desde el asiento delantero.

Carver colocó la cabeza sobre las piernas de Sofía y ella movió la mano para acariciarle, cosa que no dejó de hacer en todo el trayecto.

Omar puso la radio. Empezaba una canción de Los Secretos: «He muerto y he resucitado...». Sofía se rio al pensar que en algún lugar de otra dimensión siempre había alguien que elegía las canciones para ella. Cuando llegó el estribillo rompió a cantar: «Hoy he soñado en otra vida, en otro mundo, pero a tu lado», y Omar no tardó en sumarse a la función. Durante el resto del camino fueron cantando, alegres, mientras Carver se dejaba acariciar, alzando los ojos de vez en cuando para mirar a Sofía, como si quisiera asegurarse de que no estaba soñando.

Cuando entraron en Laredo, Sofía le pidió a Omar que parara un momento en el Carlos V para comprar un pollo asado y le invitó a cenar en su casa. Omar accedió.

En cuanto Carver entró al apartamento, su expresión cambió. Parecía aliviado de volver a estar en territorio conocido. Recorrió el vestíbulo cojeando, se asomó a las habitaciones para comprobar que todo seguía como siempre y entró en la cocina para beber agua de su plato. Mientras bebía, miraba de reojo, como temiendo perder de vista a Sofía. Finalmente se tumbó, claramente exhausto.

Ella colocó la colchoneta nueva al lado de donde se había tumbado el perro, invitándole a que se pusiera cómodo. Cuando Carver lo entendió, reptó hasta la colchoneta y Sofía tiró de ella, arrastrándole hasta el salón. A continuación, puso la mesa, descorchó una botella de Nero D'Avola, salió al jardín, cortó unas margaritas y las puso en un vaso con agua.

Omar miró la mesa sorprendido.

—Solo faltan unas velitas.

—No soporto las velas —dijo Sofía en tono de disculpa.

—¿Por qué?

—No lo sé. No me gustan.

—¿Las de cumpleaños tampoco?

—Tampoco.

—¿Y qué opina tu analista de eso?

—Aún no hemos llegado a las fobias—dijo Sofía sonriente—, vamos tratando las neurosis de una en una, ya llegaremos.

Cenaron alegremente brindando una y otra vez por Carver, que no se movió de su colchoneta.

Cuando acabaron con el pollo, Sofía sacó un frutero con manzanas y una tableta de chocolate negro con trocitos de naranja.

—Esto es lo que puedo ofrecerte de postre —dijo volviendo a sentarse—. No sabes cuánto te agradezco que nos hayas ido a buscar. En cuanto Carver se recupere, te invito a una cena de verdad.

—No lo hice por vos. —Omar le guiñó un ojo a la vez que señalaba a Carver.

—Si me pasara algo, ¿te ocuparías tú de él?

—¿Qué te va a pasar?

—Nunca se sabe. Imagínate que me detienen.

—¿Vos creés que eso va a ocurrir? —La miraba con los ojos muy abiertos.

—No lo sé, Omar.

—¿Cómo van a detenerte? Pero andate tranquila. Si hace falta, yo cuido de Carver.

—¿Te apetece una copa? —preguntó Sofía poniéndose en pie—. Debo de tener algo de güisqui irlandés.

—No debo. Tengo que manejar.

—Puedes quedarte a dormir... —Sofía hizo una pausa dramática y al ver la expresión incómoda de Omar prefirió recular— en el sofá, por supuesto, que yo soy una mujer respetable.

—No recuerdo la última mujer que me invitó a dormir en su casa.

—Tú decides.

Sofía sirvió dos chupitos de güisqui y le tendió uno a Omar.

—Háblame de Belén.

—Lo de Belén está superado.

—Y una mierda.

Omar miró a Sofía frunciendo el ceño, como si no hubiera entendido su réplica.

—A mí no me engañas —continuó Sofía—. Si estuviera superado, tú no estarías solo.

—Vos también estás sola.

—Sorprendente, ¿verdad? Que un pibón como yo esté sola en la vida es un fenómeno al que los antropólogos aún no han encontrado explicación. Pero estábamos hablando de ti. Si no estuvieras colgado por esa rubia, igual te tiraba los tejos.

—Vos te merecés alguien mejor que yo.

—Sí. Lo sé. Llevo toda la vida mereciéndome a alguien tan mejor que, mientras llega, me voy liando con lo más peor, para hacer tiempo. Pero no te preocupes por mí. Si tú me rechazas, me tiraré a Andetxaga, que está como un tren.

—¿Me pondrías los cuernos con un guardia civil?

—Solo porque no conozco a ningún ertzaina.

Omar volvió a reírse.

—Belén era prostituta —dijo de pronto.

—¿En serio? —preguntó Sofía borrando su sonrisa.

—En serio.

—Bueno, hay cosas peores.

—¿Eso es todo lo que tenés que decir?

—Sí.

—La conocí en un bar. Al principio no sabía a qué se dedicaba. —Omar se detuvo el tiempo suficiente para decidir que no iba a entrar en detalles—. Cuando se vino a vivir conmigo, dejó ese mundo, pero un pasado como ese nunca se olvida.

—¿Y cuál es el problema?

—¿Cómo que cuál es el problema? No dejás de sorprenderme, Sofía. ¿Vos no sos feminista?

—¿En qué lo has notado? —preguntó ella engolando la voz.

—Las feministas se enfurecen cuando oyen hablar de prostitución.

—Algunas sí. No sé por qué.

—Porque habría que abolirla.

—Habría que abolir muchas cosas. A mí me parece muy ingenuo pensar que prohibir la prostitución resolvería algo. Y si quieres que te diga la verdad, tampoco veo ninguna razón para prohibirla.

—La mayoría de las prostitutas son forzadas a...

—Perdona —le interrumpió Sofía—, ya estamos tergiversando. Una cosa es la trata y otra la prostitución. ¿A Belén la obligaba alguien a prostituirse?

—No —dijo Omar agachando la cabeza.

—Pues eso. Por supuesto que estoy en contra de la trata y en contra de cualquier tipo de explotación. Pero la trata es una cosa y la prostitución es otra.

—¿A vos te gustaría tener una hermana o una hija prostituta?

—Si lo elige ella, no tengo nada que decir. Preferiría que fuera puta a que fuera una madre cruel, o una empresaria sin escrúpulos, o una política corrupta, por ejemplo.

—La gente no suele pensar como vos.

—La gente no suele pensar, Omar. Hay mucha hipocresía. Mira mi madrastra: dedicó su vida a follarse a mi padre por dinero. ¿Eso no es prostitución? Tú me dirás dónde está la diferencia. Sin embargo, socialmente ella era una mujer respetable. Y yo, sin ir más lejos, he acabado en la cama con cada gilipollas, que más de una vez me he levantado pensando «Si por lo menos le hubiera cobrado, la noche habría servido para algo».

—Sos incorregible —dijo Omar con una carcajada.

—¿Tú sabes cuántas putas hay en España?

—Ni idea.

—¿Cuántas crees?

—No sé. ¿Contando a tu madrastra?

—No. Putas de puticlub. Mi madrastra era puta de salón de té.

—Te digo que no lo sé.

—Di una cifra. A ojo.

—¿Cinco mil?

—Se calcula que hay unas cien mil. Tú echa cuentas. Salen más o menos a una por cada ciento cincuenta machos en edad de tener una erección, y todo eso sin contar a las respetables, como mi madrastra. Los hombres van de putas. Todos. Ya sé. Tú no. Todos decís que no, pero hay cien mil putas que viven de todos los que decís que no vais. Si los hombres quieren pagar por follar, pues me parece perfecto que haya mujeres que les pasen la factura. Mientras estén protegidas y lo decidan ellas, ¿dónde está el problema?

—¿A vos te parece bien que una mujer venda su cuerpo?

—Ya estamos con las frases hechas. No venden su cuerpo. Te dan placer utilizando una parte de su cuerpo y te cobran por ello. Lo mismo que hace un fisioterapeuta con sus manos, por ejemplo. ¿Tú crees que el fisio te vende sus manos cada vez que te da un masaje? La única diferencia es que utiliza una parte diferente de su cuerpo. ¿Por qué hay partes del cuerpo más dignas que otras?

—No dejás de sorprenderme —dijo Omar pensativo.

—Mira, no te hagas sangre. Tampoco es tan grave. Mi mejor amiga de la universidad se pagó la carrera haciendo de puta, y yo no la quise menos por eso. Se llevaba a los clientes al hotel Meliá Princesa, ¿conoces Madrid?, ahí donde El Corte Inglés, cerca de la Complutense. Era monísima, como tu Belén pero en versión morena. Sacaba en una noche más que yo en un mes currando cuarenta horas semanales. Y claro, cuando acabamos la carrera y vio las horas que tenía que trabajar de ingeniera, dijo que ni de coña.

—¿Y siguió de puta?

—La verdad es que no lo sé. Le perdí la pista.

—Yo nunca le pagué a Belén por el sexo.

—Me alegro por ti —dijo Sofía pensativa—. Pero ¿tú crees que eso es lo importante?

—Claro. Ella se acostaba conmigo porque quería.

—Tampoco te juzgaría si me dijeras que le pagabas. —Sofía seguía distraída—. Aunque entiendo que te sientas mejor sabiendo que te follaba sin esperar nada a cambio. Es tremendo tener que pagar para que te hagan caso.

—¿Por qué decís eso? Yo nunca pagué...

—No, no estoy hablando de ti —le interrumpió Sofía—. Estaba pensando en mí. Mi psicoanalista dice que está ahí para cuidarme. Pero si dejo de pagarle, él deja de cuidarme; o sea, que en el fondo yo le importo una mierda. Y eso se nota. Que te cuiden sin quererte debe ser muy parecido a que te follen por dinero. Un desastre. Una forma de hacerte ver lo sola que estás.

—¿Vos pagaste alguna vez por sexo?

—No. O quizás sí, no lo sé. He tenido amantes que no me amaban. Habría que preguntarles a ellos por qué se acostaban conmigo. Supongo que lo pasaban de puta madre en la cama y era gratis. Un chollo, vamos. Lo cual me lleva de nuevo a la misma conclusión: debería haberles cobrado. —Le guiñó un ojo a Omar esperando que sonriera ante su comentario—. Estábamos hablando de Belén. ¿Lo del ertzaina era mentira?

—No. Era cierto. Se fue con él. Pero él acabó descubriendo su pasado, le dio una paliza y la dejó.

—Menudo cabrón. Y ahora ¿qué hace? ¿Ha vuelto a prostituirse?

—Y, yo creo que sí.

—Y tú la echas de menos.

Omar no contestó.

34

Cuando Omar se fue, Sofía encendió un cigarrillo y abrió la ventana pensando en Belén, en su cuerpo espectacular y en su mirada triste, y le pareció que había algo que desentonaba, como si a ese cuerpo no le correspondiera esa mirada. Volvió a preguntarse hasta qué punto los cuerpos formaban parte de las personas. ¿Los gordos eran más personas que los flacos? ¿Y qué pasaba con ella? Ella se sentía como una mirada sin cuerpo, como si sufriera de algún tipo de transparencia que le impidiera participar en esa vida que transcurría a su alrededor. Terminó de fumar, apagó el cigarrillo y caminó hasta el vestíbulo. De pronto sentía una curiosidad casi infantil por su aspecto. Miró al espejo y pensó que al cuerpo que estaba viendo tampoco le iba bien la mirada triste, le quedaba mucho mejor la irritación.

Estaba cansada pero no tenía sueño. Carver seguía tumbado en la colchoneta.

—¿Salimos a dar un paseo cortito?

Carver no se movió.

—Tendrás que hacer pis, ¿no? Venga, ha dicho el médico que tienes que empezar a moverte.

Sofía le enganchó la correa. El perro se levantó a regañadientes y ella tiró de él hasta la calle. Carver caminaba despacio, pero nada más llegar a la acera se agachó junto a su acacia favorita. No tenía fuerzas para levantar la pata y miró a Sofía bajando la cabeza como disculpándose por la postura tan poco apropiada para un pedazo de macho como él.

Sofía le obligó a dar unos cuantos pasos más, los justos para localizar el coche que la estaba vigilando. Se acercó a la ventanilla y se asomó por si veía a Andetxaga, pero no era él. Saludó a los dos guardias con la mano y ellos le devolvieron el saludo.

Volvió a casa y, mientras Carver bebía agua, aprovechó para colocar la colchoneta junto a su cama. En cuanto Carver se tumbó, ella fue al cuarto de baño a ponerse el pijama y lavarse los dientes. «Mirate vos misma», le había dicho Darío. Se desmaquilló solo el lado derecho del rostro y se entretuvo durante unos segundos contemplando sus dos mitades, como jugando a buscar las diferencias. El ojo maquillado parecía más grande y estilizado, pero el otro era más expresivo, más humano. Se preguntó si había alguna relación entre los cánones de belleza y la eliminación de la expresividad, y la inquietó que pudiera ser así.

Terminó de quitarse lo que quedaba de pintura y volvió a mirarse. La imagen que el resto del mundo tenía de ella ni le agradaba ni le desagradaba, solo le sorprendía. Sonrió, pero el rostro del espejo no fue capaz de devolverle la sonrisa. Apagó la luz y volvió al dormitorio.

Se metió en la cama con la carpeta azul de Olga y las gafas para leer. No esperaba encontrar nada importante en aquellos papeles, pero decidió revisarlos igualmente. Si no descubría nada nuevo, al menos acabaría entrándole el sueño.

Lo primero que leyó fue la escritura de compraventa del palacete de sus abuelos. Tal y como sus tías le habían contado, Emilio había comprado la nuda propiedad de la casa por cuatrocientos cincuenta mil euros, dejándole a la abuela Ulpiana el usufructo vitalicio. Todo eso ya lo sabía y, sin embargo, al verlo por escrito le dio la sensación de que se le estaba escapando algún dato importante.

Leyó la escritura varias veces y acabó cayendo en la cuenta. La cifra de cuatrocientos cincuenta mil euros le resultaba demasiado familiar. Cogió el móvil de la mesilla de noche y buscó en su correo electrónico el último recibo de la hipoteca. No tardó en confirmar su sospecha: la fecha de formalización de la hipoteca era exactamente la misma que la de la compra del palacete. La misma fecha y el mismo importe. Había que reconocer que la jugada había sido redonda: la Zorra se había encaprichado del palacete y se las había apañado para quedárselo sin poner un duro. Seguro que había entrado en éxtasis cuando supo que sus hijastros iban a pagarle el casoplón.

En cuanto a la querella, el documento no tenía ni pies ni cabeza. Sofía estaba acostumbrada a tratar con abogados y conocía bien la escasa pericia de la mayoría de ellos para manejar números. Al parecer, el abogado de sus tías era de los que consideraban que la condición de letrado, por definición, debía llevar implícita la de analfabeto matemático. Partía de un cálculo hipotético del patrimonio que tenía don Giulio Amoretti, es decir, el Nono, a fecha de fallecimiento, basándose en datos de origen desconocido. A continuación, había tomado los IPC de los treinta años siguientes y había hecho todo tipo de malabares matemáticos con ellos para concluir que la viuda debía tener una fortuna escandalosa que, sin embargo, había desaparecido. Llegado a ese punto, afirmaba, como si se tratara de un silogismo irrefutable, que, dado que Emilio Amoretti era el hijo mayor, era él quien manejaba los asuntos financieros de su madre y, por tanto, el dinero se lo había quedado él.

—¡Chimpún! —dijo en voz alta sin darse cuenta.

Hasta ahí, dejando de lado las aberraciones numéricas, no había nada que pudiera haber asustado a su padre lo suficiente como para fingir su muerte.

Como colofón, el abogado le pedía al juzgado que librara una serie de oficios para averiguar a dónde había ido a parar la fortuna de don Giulio Amoretti, y que, mientras tanto, embargara los bienes de don Emilio Amoretti para evitar que se esfumaran mientras se instruía la causa.

Sofía volvió a la primera página para comprobar la fecha de presentación de la querella: marzo de 2008. El lumbreras del abogado no parecía haberse dado cuenta de que llegaba demasiado tarde: por aquel entonces los bienes de don Emilio ya se habían volatilizado. Aun así, era de suponer que cualquier juzgado de instrucción con ganas de instruir no habría tardado en descubrir cómo, nada más desaparecer el patrimonio de Emilio Amoretti, se había materializado de nuevo milagrosamente en forma de patrimonio de Francisca Somolinos.

Ahí podía estar la causa de la inquietud de su padre. A los jueces no les suele parecer bien que los sospechosos de apropiarse de lo ajeno se conviertan en insolventes de la noche a la mañana. Si Emilio quería evitar tener que dar explicaciones a la justicia, la forma de hacerlo era desaparecer del mapa y forzar el archivo de la querella. Y de paso, se ahorraba tener que pagar los cuatrocientos y pico mil euros de hipoteca.

La historia tomaba forma.

Estaba a punto de cerrar la carpeta cuando encontró una copia del informe policial del famoso robo en el palacete. No difería mucho de lo que Gabriela le había contado. Habían entrado una tarde, sin forzar la puerta, y se habían llevado la caja fuerte montada sobre la silla de ruedas de la abuela Ulpiana. La imagen de unos ladrones empujando una silla de ruedas con una caja fuerte por el paseo del General Dávila le hizo sonreír. «Rufufú a la española», pensó.

La denuncia la había presentado Emilio. Había declarado que su madre guardaba en la caja fuerte documentación, escrituras y algo de dinero en efectivo.

Volvió a leer el informe del robo esperando encontrar más información. No se concretaba nada sobre los papeles ni sobre el dinero desaparecidos. Tampoco parecía que se hubieran llevado nada más, ni joyas, ni objetos de valor, nada. Solo faltaba la caja fuerte. Y la silla de ruedas, claro.

Estaba a punto de guardar el informe cuando se fijó en la firma que se leía en la última página y se incorporó de un salto. No podía ser. La investigación del robo la había dirigido ni más ni menos que Luis María Somolinos Expósito.

Sofía cerró la carpeta. Por mucho que le costara aceptarlo, sus tías tenían razón y ese robo no era casual. Pobrecillas, ¿cómo no se habían dado cuenta de que Luis Mari estaba en el ajo?

Cogió el teléfono y miró la hora. Era demasiado tarde para llamar a nadie. Buscó el número de Andetxaga y escribió un mensaje: «Llámame cuando puedas. He averiguado algo más sobre Somolinos». Era consciente de que estaba tuteando al sargento, pero aun así le dio al botón de enviar.

Apagó la luz y se durmió.

35

Andetxaga llamó a primera hora proponiendo que se vieran en el puesto de la Guardia Civil.

—Lo siento —dijo Sofía—, pero esta vez no puede ser. No voy a dejar a Carver solo.

—Está bien, lo entiendo. En una hora estoy en su casa.

El paseo con Carver duró poco más de media hora, el perro aún se cansaba enseguida. Le sobraba tiempo y pensó en darse una ducha, pero nada más entrar al cuarto de baño, sonó su teléfono. Era Camilo.

—Hola, sobrina, ¿cómo estás?

—Mucho mejor, Camilo. Muchas gracias.

—Y el perro, ¿cómo va?

—Aquí está. Poco a poco. ¿Qué tal tú?

—Yo bien. Ha estado aquí la Guardia Civil.

—¿Ah sí? ¿Por el accidente?

—No. Venían por lo de tu padre.

—¿Y qué les has dicho?

—Que yo no sabía nada. ¿Qué les iba a decir? Parece que se inclinan por la idea del suicidio.

—Sí. Les viene de coña, así se quitan el marrón de encima.

—Lo he estado pensando, Sofía. Lo mismo tienen razón. Paca se estaba muriendo, y todo estaba a nombre de ella, ¿qué iba a hacer tu padre? ¿A dónde iba a ir? ¿De qué iba a vivir? Tenía que estar desesperado.

—Ya lo sé, Camilo. Se había metido en un lío él solito. Pero mi padre era un cobarde, y los cobardes no se suicidan.

—No conocías bien a tu padre, Sofía. Creo que tienes una idea equivocada de él.

—Si tú lo dices... —Sofía miró el reloj y pensó que Andetxaga debía estar al llegar—. Bueno, Camilo, muchas gracias por llamarme.

—Otra cosa, Sofía. He estado preguntando por Luis Mari Somolinos, como me pediste.

—¿Ah sí? ¿Y qué has averiguado?

—Tenías razón. No está limpio.

—¿Qué quieres decir?

—Parece ser que hace un par de años le invitaron a que abandonara el cuerpo.

—¿Ya no es policía? —preguntó Sofía sorprendida.

—No. Debía de estar metido en algún chanchullo y le pillaron.

—¿Qué tipo de chanchullo?

—Un asunto de corrupción. Algo relacionado con una recalificación de terrenos. Yo no quisiera tenerlo de enemigo. Ten cuidado.

—Vale, gracias, Camilo. Lo tendré. ¿Tus hijos bien?

—Sí, todos bien. Un beso.

Sofía volvió a mirar el reloj. Entró de nuevo en el cuarto de baño, se recogió el pelo con una pinza y en el último momento sucumbió ante lo poco de coquetería que le quedaba y aplicó un poco de máscara en sus pestañas.

Andetxaga llegó solo. Llevaba un portafolios. Sofía lo invitó a que se sentara en el salón, donde había dejado la carpeta de Olga.

Colocó en un lado de la mesa una bandeja con café y se sentó junto al sargento.

—Antes de nada —le dijo—, me gustaría saber si sigo siendo sospechosa.

Andetxaga sonrió y la miró unos segundos, como si tratara de averiguar cómo era en realidad la mujer que tenía delante.

—Ya le dije que no creo que haya sido usted —contestó por fin.

—Eso no contesta a mi pregunta.

El sargento abrió su portafolios y sacó una fotografía.

—¿Conoce a esta mujer?

Sofía se puso las gafas de leer y la miró.

—No.

—¿No le suena haberla visto en algún lado?

—No. Pero eso no quiere decir nada. Se la ve de refilón y la foto es muy mala.

—La imagen corresponde a la cámara de seguridad de una farmacia de Colindres. Esta señora estaba comprando una caja de Orfidal con su tarjeta de la seguridad social.

—¿«Su» de ella o «su» mía?

—«Su» de usted.

—Pues está claro que no soy yo, ¿no?

—No, no lo parece—dijo Andetxaga.

—¿Cómo que no lo parezco? Esta tía debe pesar más de cien kilos. —Sofía se quitó las gafas—. ¿Puedo tutearte?

—Lo acaba de hacer.

—Preferiría que fuera bidireccional.

—Yo no.

—De acuerdo —dijo Sofía con resignación—. Sigamos con los formalismos. ¿Está de acuerdo en que yo no he tenido nada que ver en todo esto?

—Hay que reconocer que, si ha sido usted, lo ha preparado de manera impecable.

—A ver. —Sofía no sabía si enfadarse por el comentario o tomárselo como un piropo—. Vayamos paso a paso. Sabe que yo no soy esa elefanta de la foto. ¿Hasta ahí voy bien?

—La policía de Santander la ha identificado. Rosario Mantilla, alias «la Perlas». ¿Le suena el nombre?

—No, pero si yo me llamara Rosario Mantilla también me cambiaría el nombre. ¿Qué es? ¿De Conservadoras en Acción, o algo así?

—No —contestó Andetxaga sin contener la risa—, es una delincuente habitual. Tiene un largo historial.

—¿De qué tipo?

—De todo tipo. Trabaja por encargo.

—¿Es una sicaria?

—Se podría llamar así.

—¿Fue ella quien mató a mi padre?

—No.

—¿Entonces?

—Entonces nada. Sabemos que ha participado en este asunto, pero no mató a su padre.

—¿Cómo puede estar seguro?

—Porque pasó esa noche en un calabozo.

—¿Entonces qué es lo que ha hecho? ¿Comprar Orfidal?

—Eso para empezar. Puede que fuera ella también quien le sustrajo algunas de sus pertenencias. Lo del allanamiento es una de sus especialidades. ¿Podría ser la mujer que vio en el jardín?

—Podría ser. No me fijé en ella. ¿Ha confesado algo?

—No hemos dado aún con ella.

—¿Y qué podría tener esa señora contra mí?

—Ella nada. Ya le digo que suele trabajar por encargo.

—¿Y quién la contrató?

—No lo hemos averiguado aún. ¿Quién sabía su dirección?

—Nadie. —Sofía se quedó pensando—. Bueno, nadie no. A mi antigua empresa sí les di esta dirección. Y hace unos días entraron a robar en la oficina y se llevaron unos papeles con mis datos. ¿Podría estar relacionado?

—Podría ser. O también han podido seguirla.

—De alguna forma contactarían con esa elementa. ¿Por qué no revisan sus registros de llamadas, sus mensajes, sus *emails*...?

—Deje que haga yo mi trabajo, si no le importa —le interrumpió Andetxaga.

Sofía volvió a ponerse las gafas, abrió la carpeta de Olga y esparció varios papeles sobre la mesa. Se acordó de sus noches de universidad, cuando quedaba con algún amigo para preparar un examen, y se sintió un poco imbécil por tratar a un sargento de la Guardia Civil como si fuera un colega.

—No me malinterprete —dijo Sofía—, yo no pretendo decirle lo que tiene que hacer.

—Me decía usted que había descubierto algo sobre Somolinos.

—¿Por qué no me dijo que ya no estaba en la policía?

Andetxaga miró a Sofía con la tenue sonrisa que dibujaba cada vez que decidía no contestar a sus preguntas.

—¿Qué hizo? —Sofía preguntó de nuevo—. Algún pufo urbanístico, ¿verdad?

—No puedo darle esa información.

—¿No se da cuenta? Lumami se dedica a la especulación inmobiliaria, y Luis Mari estaba metido en líos de recalificaciones. ¿Qué más necesita para atar cabos?

—Ya le he dicho que no voy a hablarle de ese asunto.

Sofía supo callarse el comentario que le venía a la cabeza, apretó los dientes y decidió avanzar.

—De acuerdo —dijo abriendo la carpeta de Olga—, como quiera. Esto es lo que he descubierto.

Le enseñó a Andetxaga los papeles de Olga, señalándole en cada caso los datos que ella consideraba relevantes, y al finalizar pasó a exponerle la teoría que se había ido formando en su cabeza durante toda la noche. Su razonamiento no era complicado.

—Esto es como yo lo veo. Cuando murió mi abuelo, mi padre debió ver la oportunidad de hacer negocio con la fábrica. Pero a mi padre le faltaban huevos para tomar ninguna iniciativa, así que se lo contó a Luis Mari Somolinos. En aquella época ya era público y notorio que mi padre se tiraba a su hermana, así que probablemente se habrían hecho íntimos. Somolinos decide aprovechar la oportunidad y para ello monta Lumami. Él era un funcionario público, así que, para montar un chiringuito como ese, tenía que ocultar su nombre. De ahí que haya una sociedad opaca por medio y que pusiera al tal Marcelo de testaferro. ¿Hasta ahí me sigue? —Sofía comprobó la mirada atenta de Andetxaga antes de seguir—. Marcelo sería un chorizo de poca monta, usted mismo me dijo que tenía antecedentes. Seguro que aceptó a la primera, encantado de tener a un madero como padrino. No sé hasta dónde llegaría la participación de mi padre. Supongo que se llevaría un buen pellizco por los servicios prestados. Años después, a mi madrastra se le debió de antojar el palacete de mis abuelos, y entre ella y su hermanito lo resolvieron fácilmente. Lumami le prestó el dinero hipotecando el piso de mi madre, y así ella podía comprarse su casita de princesa sin tener que soltar un céntimo. Entonces, resulta que, al morir mi abuela, mi tía, que parecía imbécil, va y presenta una querella contra mi padre. Eso hace que a mi padre y a Somolinos les empiecen a temblar las piernas de pensar que todo el chanchullo de la fábrica pueda salir a la luz. Luis Mari, por cierto, ya se había encargado de entrar a robar en casa de mi abuela y llevarse no solo la pasta, sino también cualquier papel que pudiera incriminarle. Pero entonces, Marcelo el Testaferro, va y se muere, digamos que de muerte natural para no liarlo más. Y mi padre y su cuñado ven la luz. Si mi padre se cambia por Marcelo, matan varios pájaros de un tiro: la querella se archiva, Lumami está a salvo, nadie se va a enterar de todos los trapicheos que ha hecho mi padre con el patrimonio familiar, y de paso mi hermano y yo nos comemos el marrón de la hipoteca, mientras que toda la pasta ya está a salvo a nombre de mi madrastra. Hasta ahí ¿voy bien?

—Siga —dijo Andetxaga con interés.

—Cuando ya parece que todo está resuelto, mi madrastra, mucho más joven que mi padre, se pone malita. Nadie se esperaba eso. Y el problema es que si se muere, ¿qué pasa con los bienes de la difunta? Si mi padre está muerto, heredan los

Somolinos, pero al estar vivo, el heredero es él. Mi padre no tenía más remedio que resucitar. Si seguía viviendo como Marcelo, no tenía donde caerse muerto. Pero resulta que a Luis Mari no le viene nada bien que su cuñado resucite por razones obvias. Así que se lo carga y asunto resuelto.

Andetxaga miró a Sofía pensativo.

—¿Qué le parece? —preguntó ella.

—Interesante teoría.

—Todo encaja, ¿no?

—No del todo. Pero es interesante.

—¿Qué es lo que no encaja?

—¿Por qué cree que Somolinos se tomó tantas molestias para implicarla a usted?

—Siempre me pregunta usted lo mismo. Somolinos me odia. Demandé a su hermana, no se olvide. No tiene ganas de pagarme el pastón que me va a tener que pagar cuando pierda la demanda.

—Ya. No está mal —dijo Andetxaga—. ¿Me permite que le haga una pregunta?

—Adelante.

—Usted es la única de su familia que insiste en que lo de su padre no fue un suicidio. ¿Por qué?

—Porque mi padre nunca se habría suicidado. Ya se lo dije.

—Me lo dijo. Pero me sorprende que insista tanto. Usted sabe que es sospechosa. Debería ser la más interesada en que creamos que fue un suicidio.

—Pues ya ve. Qué le voy a hacer. Soy una mujer complicada.

—Más que complicada, yo diría que es usted compleja.

—¿Cuál es la diferencia?

—Lo sabe perfectamente —sonrió el sargento.

—Puede, pero prefiero que me lo diga usted.

—La gente compleja es interesante. La gente complicada es un verdadero coñazo.

—Como siga diciéndome esas cosas, soy capaz de insinuarme, yo solo aviso.

—Sigamos —dijo Andetxaga negando con la cabeza.

—¿Qué nos queda? —preguntó Sofía—. Ya está todo claro, ¿no? Vayan a por Luis Mari.

—Su teoría es buena. Pero no creo que Somolinos tenga ninguna relación con Lumami.

—¡Ya estamos! ¿Cómo que no? Si hasta el nombre encaja. Lumami tienen que significar algo. Lu-ma-mi: Luis-Mari-Millonario, Luis-Mari-Miserable, Luis-Mari-de-Mierda...

—No siga —la interrumpió Andetxaga—. Le he entendido. Pero eso es solo una elucubración. Ya intentamos averiguar de dónde venía el nombre de la sociedad y vimos que Lumami puede significar muchas cosas.

—¿Como por ejemplo?

—Como por ejemplo un «lumami», en Chile, es un plato que se cocina con sobras de los días anteriores.

—¿Como las croquetas?

—Algo así.

—No, no creo que sea por eso. Tenemos un brasileño y un peruano, pero no tenemos ningún chileno.

—También podría ser por los días de la semana: lunes, martes, miércoles: lu-ma-mi.

—¡Qué estupidez! ¿Quién se iba a fijar en los días de la semana para ponerle nombre a una sociedad?

—Un cinéfilo, por ejemplo. ¿No recuerda la escena de *El Padrino*?

—¿Cuál de ellas?

—Esa en la que aparece la primera mujer de Michael Corleone y quiere demostrar que sabe inglés: lunes, martes, miércoles...

Andetxaga consiguió mantener la seriedad a pesar de la sonora carcajada de Sofía.

—No era así —Sofía no podía dejar de reír—, me acuerdo muy bien de la escena. La gracia era que no los decía por orden: Monday, Tuesday, Thursday... Lunes, Martes, Jueves, Miércoles... Si fuera por eso, la sociedad se llamaría Lu-Ma-Ju-Mi.

—Puede ser —dijo Andetxaga aún serio.

—Bueno, de acuerdo. Usted gana. Olvidémonos de Lumami. Pero aun así yo creo que debe investigar a Somolinos. ¿Sabe a qué se dedica ahora?

—Montó una empresa de seguridad.

—No puede ser. Le busqué en el Registro Mercantil y no aparece.

—La empresa está a nombre de su mujer —Andetxaga consultó su cuaderno—, Milagros Alonso Gil.

—¿Por qué la puso a nombre de su mujer?

—Vaya usted a saber.

—Milagros —repitió Sofía poniéndose en pie—. ¡Ahí lo tiene! La Mi que nos faltaba. Luis-Mari-y-Milagros. Lumami.

—Siéntese, por favor, que me pone nervioso. Estoy de acuerdo con usted en que Lumami podría estar en el centro de todo este embrollo. Es posible incluso que su teoría sea buena en cuanto a cómo se sucedieron los hechos. En todo, salvo en lo relativo a que la persona detrás de todo sea Somolinos.

—¿Quién va a ser, si no? —dijo Sofía con dureza—. Somolinos organizó el robo, Somolinos tenía razones para matar a mi padre, tenía razones para odiarme a mí, tenía razones para conocer a Marcelo y para conocer a la Mantilla esa; sabía hacer un carné falso; tenía acceso al médico peruano corrupto; tenía todo lo que necesitaba para montar Lumami...

—Le digo que ahí es donde su teoría falla. El señor Somolinos no está relacionado con Lumami.

—Tiene que ser él.

—No se empeñe. La situación económica del señor Somolinos es delicada, y Lumami tiene beneficios de más de un millón de euros al año. Si él estuviera detrás de Lumami, no estaría hasta el cuello de deudas.

—No puede ser nadie más —insistió Sofía.

—¿Me está escuchando? Le digo que el señor Somolinos no tiene nada que ver con la muerte de su padre.

—¿Esto es por el puñetero corporativismo policial? ¿Se trata de eso? —dijo Sofía elevando la voz.

—¿Qué insinúa?

—No insinúo nada, yo no soy de insinuar, soy más de afirmar. Está claro que quiere proteger a uno de los suyos.

—Si se queda más tranquila, puedo decirle que la investigación aún no se ha cerrado.

—Ya. Y ahora es cuando volverán a lo del suicidio, ¿no? Muy conveniente.

—Piense lo que quiera.

—¿Algo más? —preguntó Sofía enfadada.

El sargento revisó los papeles que había llevado mientras hablaba.

—Por el momento, vamos a mantenerle la vigilancia.

—¿Y mi hermano? Supongo que Somolinos también le odia a él.

—Su hermano también tiene protección.

Sofía le miró sorprendida, pero en vez de enfadarse, la noticia la alivió.

—Dígame una cosa —dijo intentando recuperar su tono amable.

—No me pregunte otra vez por Somolinos, se lo pido por favor.

—Me dijo que todos los allegados a mi padre tenían coartadas menos yo. ¿A quién han considerado allegados?

—Es usted muy preguntona —dijo Andetxaga cogiendo su libreta de nuevo. Fue pasando páginas y leyendo—. Gabriel Amoretti, su hermano, estaba en casa con su familia. Se había quedado a dormir un amigo de su hijo mayor y su hermano no salió de casa. —Siguió leyendo—: Claudia D'Acquisto, su madre, había ido al cine con un amigo.

—Anda, mira, me alegro por mi madre.

—Francisca Somolinos, la mujer de su padre, estaba ingresada en un hospital de Madrid. Gabriela Amoretti y Olga Moreno, sus tías, no salieron de casa en toda la noche, confirmado por el conserje. Y su otro tío, Camilo Amoretti, cenó con todos sus hijos en un restaurante de Solares. Todas estas coartadas están comprobadas.

—¿Y Luis Mari?

—Luis María Somolinos estaba en Madrid. Fue a visitar a su hermana. Se inscribió en un hotel de la calle Santa Engracia a las doce cuarenta y cinco de la noche.

—Le encargaría el trabajito a alguien.

—Es usted cabezota...

—¿A qué hora murió mi padre? Luis Mari pudo matarle y luego conducir hasta Madrid. Se puede hacer en menos de cuatro horas.

—Según el forense, su padre falleció a las once de la noche. Es imposible que su asesino estuviera dos horas después en Madrid.

—¿A las once en punto? —preguntó Sofía con incredulidad.

—Entre las diez y media y las once y media.

—Mire, yo no soy experta. Pero por lo poco que sé, la hora de la muerte se calcula según lo que haya bajado la temperatura del cuerpo. Si se encontraron a mi padre al día siguiente, al aire libre y en pleno invierno, dudo mucho que puedan saber la hora a la que murió con tanta exactitud. Ni en las películas americanas atinan tanto.

Andetxaga dudó antes de contestar y decidió hacer una nueva concesión. Volvió a abrir su agenda y buscó la página en cuestión.

—Le estoy dando datos que no debería darle. Por el contenido del estómago sabemos que su padre comió entre una y dos horas antes de morir.

—¿Y qué? Mi padre comía a todas horas. —Sonrió Sofía.

—Estuvo en el restaurante La Taberna de la calle Menéndez Pelayo, cercano a la entrada del túnel —leyó el sargento en su agenda—. Pidió una ración de percebes y dos copas de ribeiro. Pagó la cuenta a las veintiuna horas y doce minutos.

—Se equivocan. Ese no era mi padre.

—¿Va usted a dudar de todo? —preguntó Andetxaga enfadado—. Era él. Llevaba encima el recibo de la cena cuando le encontramos. Y por si fuera poco, el restaurante La Taberna tiene cámaras de seguridad y hemos comprobado las grabaciones.

—No me riña —contestó Sofía abatida—. Es que no me cuadra. Mi padre nunca bebía vino blanco.

—Pues ese día bebió ribeiro. Mire usted por dónde.

Andetxaga recogió sus papeles y se puso en pie.

—Los forenses han terminado ya y a lo largo del día espero que el juez autorice el entierro. ¿Puede usted pasarse mañana por Santander?

—Sigo sin coche. ¿Qué es lo que hay que hacer?

—Se le entregará el cuerpo de su padre y tendrá que firmar los papeles correspondientes.

—¿No me lo pueden traer aquí?

—¿Lo van a enterrar en Laredo?

—Por qué no. Yo lo prefiero y a él le va a dar igual.

36

Se conectó a Skype y vio que Darío estaba en línea, pero Sofía, que presumía de ser exquisitamente puntual, prefirió esperar a que llegara la hora para llamarle. Mientras pasaban los minutos, buscó en su portátil el pantallazo que había guardado días antes con la sonrisa de su psicoanalista y lo abrió. El edificio que había frente a la ventana de Darío se reflejaba sobre el cristal de la fotografía de Freud que colgaba detrás de él, y ocultaba parte del rostro del insigne austriaco, pero era fácil identificar su frente despejada y la dureza de su mirada.

Sofía se preguntó cómo se habría sentido ella si hubiera sido paciente de Freud, y tuvo la certeza de que no le habría gustado nada. Esa fijación con el complejo de Edipo solo podía significar que el que tenía complejo de Edipo era el propio Freud y, a juzgar por ese ceño perpetuamente fruncido, nunca llegó a superarlo.

La mirada de Darío era muy diferente. Él estaba siempre relajado y sonriente. Por primera vez se dio cuenta de que su psicoanalista también había envejecido. Cuando Sofía le conoció, tenía cierto aire de guaperas de pelo largo, camisa abierta y pose de perdonavidas, pero en los últimos años parecía haber madurado. Ahora tenía el pelo más corto y plagado de canas, unos pocos kilos de más, la camisa abrochada y una sonrisa mucho más pausada. Se preguntó si Darío sería feliz. Probablemente eso de tener tanta información sobre el funcionamiento de la mente humana no ayudaría en nada, sino más bien al contrario.

Cuando llegó la hora en punto, pulsó dos veces en el nombre de Darío y él contestó en el acto.

—¿Cómo estás?

—Bienitú.

—¿Más tranquila?

—Sí, todo vuelve a la normalidad. Voy a intentar organizar un entierro por todo lo alto, a ver si así lloro de una puta vez. ¿Qué te parece?

—No es mala idea.

—Echo de menos a mi hijo —dijo entonces Sofía.

—¿Más de lo habitual?

—Sí, puede que sí. Cuando creo que no entiendo nada, Ernesto hace que todo tenga sentido. Quién me lo iba a decir. Yo nunca quise tener hijos, ¿te lo he contado alguna vez?

—Sí, ya hemos hablado de eso.

—A mí los niños nunca me han interesado —Sofía decidió que le daba igual repetirse—. De jovencita me sentía como un bicho raro por no querer ser madre.

—No es la primera vez que decís eso del bicho raro.

—Bueno, es que me pasa con frecuencia, pero no es algo que yo provoque voluntariamente. Es como si me hubiera criado una manada de otra especie. He sido rebelde en un colegio pijo, aficionada al arte en una carrera de frikis del osciloscopio, directora general con pasado de sindicalista en un sector de machos conservadores... Supongo que nunca he estado en el lugar que me correspondía.

—¿Por qué creés que te ocurre eso?

—No lo sé, Darío, ya te digo que no lo hago aposta.

—¿Y cuál era el problema de no querer ser madre?

—En nuestro entorno estaba mal visto. Mi ex era un tío normal, como tú o como yo, pero padecía de algún tipo de furor social y necesitaba rodearse de niños bien con niveles de vida muy superiores al nuestro. En esa tribu los hombres dedican su tiempo libre a jugar al pádel y a alardear de que en su casa no entra un libro. ¿Por qué en España la clase alta reniega de la cultura? ¿En Argentina también pasa?

—No.

—En el mundo anglosajón tampoco. Igual es porque aquí, en la guerra, la intelectualidad se puso del bando republicano y los conservadores aún no se lo han perdonado. Yo qué sé. El caso es que los pijos presumen de brutos. Y las mujeres, como no está bien visto que trabajen, ni que lean, ni que vayan al teatro o a visitar un museo, pues se aburren, y ejercen lo que llaman «maternidad responsable». —Sofía hizo una pausa para mirar los ojos excesivamente abiertos de Darío—. Te juro que no exagero. Lo de la maternidad responsable me lo decían a todas horas, sobre todo después de que naciera Ernesto. La mía debía ser irresponsable porque trabajaba y encima ganaba más dinero que mi marido, lo cual para ellos era algo así como un pecado mortal.

—¿Y por qué salías con ese tipo de gente?

—Era lo que le gustaba a mi marido.

—¿Y qué era lo que te gustaba a vos?

—A mí me daba igual.

—Entonces no te sentías mal con ellos.

—Mal no. Diferente. Ya te lo he dicho. Siempre fui diferente. Las madres responsables, por ejemplo, dejaban a los niños con la mucama los fines de semana para irse a esquiar con sus mariditos, y consideraban que yo era algo así como una excéntrica porque prefería quedarme con Ernesto, jugar con él y reírme de sus payasadas... Igual no he sido tan mala madre, después de todo.

—No sé por qué te atormentás con eso.

—Me da miedo no haberlo hecho bien, Darío. Pensaba que eso de ser madre era algo intuitivo. Jamás se me ocurrió leer un manual o seguir las normas, como lo de bañar siempre al niño a la misma hora, o darle de comer un menú estricto. Y ahora no lo sé, quizás me equivoqué. Pero que conste que si me atormento, es por culpa tuya —añadió con una sonrisa.

—¿Mía? —preguntó Darío sorprendido.

—Tanto psicoanálisis es lo que tiene. Cada vez que me explicas cómo me afectó mi infancia, acabo pensando que soy yo quien le ha jodido la vida a mi hijo.

—¿Vos creés que su vida se jodió?

—Eso habría que preguntárselo a él.

—¿Y su padre?

—¿Su padre qué?

—¿Qué papel jugó en todo esto?

—Un papel secundario. De figurante diría yo —Sofía sonrió por su propia ocurrencia—, hasta que hizo mutis por el foro.

—Parece que hubo un paralelismo entre tu padre y tu marido.

—¿En qué sentido?

—En que los dos se fueron.

—¿Y qué me quieres decir? Muchos hombres se van. —Sofía hizo una pausa y miró a su psicoanalista—. No empecemos, Darío. Ya sé por dónde vas. Y no, yo no elegí a un hombre que se comportara como mi padre. Al contrario. Cuando conocí a mi marido, parecía un hombre tranquilo, me daba mucha paz. No tenía nada que ver con mi padre. De hecho, cuando nació Ernesto, yo llevaba muchos años sin hablar con mi padre, y fue mi ex quien insistió en que fuéramos a verle con el niño. Decía que Ernesto tenía derecho a tener un abuelo. Fíjate. Se ve que abuelo sí, pero padre no.

—¿Y qué pasó? ¿Fueron a verle?

—Sí. Cuando llamé a mi padre, pareció ilusionarse. Pero en cuanto llegué, cogió al niño en brazos, le dio un beso y me lo devolvió diciendo: «Toma, me he propuesto no querer a este niño, a ver si le voy a coger cariño».

—No puede ser. ¿Estás segura de que te dijo eso?

—Como lo oyes.

—¿Cuánto tiempo llevabas sin hablar con él?

—Yo qué sé. Años. No le soportaba. Y él a mí tampoco.

—¿No aceptaste que volviera a casarse?

—No, no tiene nada que ver. Me daba igual lo que hiciera con su vida mientras estuviera lejos de mí.

Darío la miró en silencio esperando a que continuara. Sofía le devolvió la mirada dispuesta a remover en su memoria, pero entonces le pareció ver que en la foto de Freud se reflejaba una silueta que cruzaba la habitación.

—¿Estás solo? —preguntó.

—Sí, claro.

Sofía volvió a mirarle sin decir nada más. Estaba preparada para que cualquier persona le fallara, cualquiera menos Darío. La posibilidad de que hubiera alguien más ahí, un intruso en la intimidad que llevaba años sosteniendo esa relación, le resultaba terrorífica. Pero ¿por qué? ¿Por qué dependía tanto de ese hombre? Ella era muy escéptica en lo relativo al psicoanálisis, no podía ser por su condición de terapeuta. Siguió mirándole sin decir nada. Darío era un hombre atractivo, simpático, aseadito y con una labia encomiable, y ella una mujer sola con mucho que decir y nadie a quien decírselo salvo a él. Darío la escuchaba. Y, por si fuera poco, llevaba años haciéndole ver sus carencias, para luego prometerle que le iba a dar todo lo que nunca había tenido. De eso se trataba. Casi podía sentir el pinchazo del anzuelo clavándose un poco más adentro cada vez que él decía eso de «Yo voy a cuidar de vos».

—Sofía —Darío la sacó de su abstracción—. Nunca te mentiría en este sentido. Estoy en la consulta y estoy solo. Me senté en el sillón como los indios, habrás visto mi rodilla. Licencias de trabajar por internet.

Sofía siguió mirándole y pensó que fuera o no fuera cierto, ella necesitaba creerle. Después de casi una década de terapia, había llegado el momento de tratar lo intratable y, si no confiaba en él, se iría todo a la mierda. Si podía cambiar el relato del pasado, no pasaba nada por hacer lo mismo con el presente. Se dijo a sí misma que Darío estaba solo en la consulta y se lo creyó. Cogió aire y empezó a hablar.

—Nunca te terminé de contar lo que pasó aquel día —dijo Sofía por fin.

—¿El día de la playa?

—Sí.

—¿Pasó algo más?

—En cuanto el gilipollas ese acabó la faena, se fue y me dejó ahí. Yo empecé a vestirme como pude. Estaba todo muy oscuro y no encontraba las bragas. Fíjate que tontería, lo de las bragas era lo de menos, pero en ese momento me preocupaba llegar a casa sin ellas y me costó mucho encontrarlas. Cuando conseguí ponérmelas, traté de levantarme, pero apenas mantenía el equilibrio. Las piernas no dejaban de temblarme. Eso es lo que más recuerdo de esa noche, el temblor de mis piernas que no conseguía controlar. No sé cómo llegué a casa. Iba buscando la oscuridad, huyendo de las farolas para que nadie me viera, y temiendo que ese temblor de mis piernas durara para siempre. Solo pensaba «Tengo que llegar a casa, tengo que llegar a casa».

—Es normal. Querías ponerte a salvo —dijo Darío.

—Al entrar oí voces en la cocina. Mi madre debía estar con Gabi, recogiendo la cena, y yo intenté decir algo desde la puerta, algo así como «Ya estoy aquí», para que todo pareciera normal, pero la voz no me salía. —Sofía se quedó pensativa unos segundos—. Fíjate. Ahora que lo pienso... He soñado muchas veces que me pasa algo, intento gritar y no consigo emitir ni un sonido. ¿Tú crees que tendrá algo que ver con ese día?

—Puede ser —dijo Darío—. ¿Qué pasó después?

—Subí las escaleras agarrándome a la barandilla, intentando llegar hasta el cuarto de baño sin que nadie me viera, pero justo cuando estaba alcanzando el último escalón, mi padre salió de su habitación y me vio. Yo pensé que me iba a abrazar y me iba a preguntar qué me había pasado. Pero entonces me di cuenta de que no me miraba a la cara, sino que miraba mi cuerpo, y también lo miré. Tenía la camisa rota, por fuera de la falda, la ropa manchada de sangre y la piel llena de arena, que se mezclaba con la sangre como haciendo una plasta. Agaché la cabeza avergonzada y cerré los ojos, y entonces él me gritó...

Sofía no pudo continuar. Había dejado de esforzarse por contener las lágrimas que caían en fila india hacia abajo y tampoco hacía por secárselas, como si ya nada tuviera remedio.

—¿Qué te dijo? —preguntó Darío en un susurro.

—Eres una puta.

37

Sofía dejó a Carver en el Bauer con Omar y subió a la puebla vieja. Llegó mucho antes de la hora acordada. Entró en la iglesia de Santa María y miró hacia el altar. Recordó una de las últimas veces que había estado ahí, varias décadas antes. Un cuarteto de cámara interpretaba piezas de Haydn y ella, sentada en un banco, sentía cómo la música se le metía por dentro, a través de los oídos, pero también a través de la piel, de las uñas, del pelo. No había vuelto a sentir la música con la misma intensidad.

Escuchó durante unos breves segundos y le pareció que el silencio también se filtraba por su piel, como si hubiera algo sobrenatural en aquella iglesia.

Atravesó la nave central y salió por la puerta trasera. Caminó despacio, subiendo la Atalaya por las escaleras del cementerio hasta llegar a la parte más alta, y buscó la tumba del Nono. Ya habían levantado la piedra en la que aún había solo dos nombres tallados: Angelo Amoretti y Giulio Amoretti, su bisabuelo y su abuelo. Nunca se había parado a pensar por qué no habían enterrado ahí a su abuela ni a su bisabuela. La abuela Ulpiana era de Comillas y siempre odió Laredo, le parecía demasiado poco para ella. Sofía solo tenía un recuerdo nítido de ella, pero no necesitaba más. Debía de tener ocho o nueve años. La abuela había venido a su casa de visita por alguna razón, sería su cumpleaños o el de Gabi. Sofía había invitado a una amiga y se pasó la tarde jugando con ella. Antes de irse, la abuela señaló a su amiga y le dijo:

«Te prohíbo que vuelvas a ver a esa niña. Es muy fea. Tú solo puedes tener amigas guapas». Ese mismo día, Sofía dejó de querer a su abuela, así sin más. Nunca más la quiso.

De su bisabuela, sin embargo, no sabía nada. Ni siquiera su nombre. Echó cuentas. La madre del Nono debió nacer a finales del siglo XIX. Se imaginó a una mujer viviendo los años 20 en plena juventud, moderna, muy chic, con flecos y collares largos y un cigarrillo sujeto con una larga boquilla, y deseó parecerse a ella. Al fin y al cabo, tenía que parecerse a alguno de sus antepasados y aún no había descubierto a cuál.

Cogió aire. Le había costado llegar hasta ahí más de lo que esperaba. Se dio la vuelta y miró hacia la bahía. Por un momento le pareció que quizás fuera un error enterrar a su padre justo ahí, en lo alto de la Atalaya, con vistas a la playa de Laredo, pero ya no tenía remedio.

Bajó de nuevo hasta la escalinata de la iglesia. Los primeros en llegar fueron Gabriel, Irene y Claudia. Sofía miró a su madre con admiración. Se había puesto un abrigo negro corto sobre un vestido a juego y zapatos italianos planos. Un broche de estilo modernista adornaba la solapa de su abrigo, y hasta el bolso de serpiente parecía diseñado para la ocasión.

Empezaba a llover. Ella se había esmerado en tener buen aspecto, aunque evitando las prendas de color negro. Lo había dejado todo preparado la noche anterior. Había planchado sus pantalones grises de vestir, un jersey crudo y un pañuelo de seda en tonos morados que pensó que aprobaría el examen visual que, sin duda, le iba a hacer su madre. Lo más complicado había sido elegir los zapatos. Acabó decidiéndose por los botines grises de tela impermeable que facilitarían la caminata hasta lo alto del cementerio. Antes de acostarse, había cogido el cepillo de uñas y el detergente para fregar los platos y se había esmerado en limpiar los botines hasta que estuvieron impecables, dejándolos a secar sobre un radiador.

Tal y como esperaba, en cuanto su madre la vio, escudriñó detenidamente cada detalle de su atuendo para terminar chasqueando la lengua.

—No te has puesto el reloj —dijo Claudia, mirando la muñeca desnuda de Sofía—. Si no lo vas a usar, devuélvemelo.

Sofía miró a su madre con una sonrisa. Si ese era el único fallo, la cosa no había ido tan mal.

El siguiente en llegar fue Camilo, escoltado por sus dos hijos menores y con la rubia del descapotable colgada del brazo.

—¿Le habrá pedido ya matrimonio? —le susurró Sofía a Gabi en la oreja.

Gabi se limitó a sonreírle.

—Gracias por venir —le dijo Sofía a su tío.

—¿Cómo estás?

—Muy bien, Camilo. Muchas gracias.

—¿Averiguaste algo más sobre Luis Mari? —preguntó él.

—No mucho. Estoy segura de que la clave está en la sociedad que compró la fábrica, creo que es suya. Luego te cuento.

—Vale, luego hablamos —contestó Camilo.

—¿No me presentas? —dijo Sofía señalando a la rubia.

—Sí, claro. Erika, Sofía. Sofía, Erika.

—*Pleased to meet you* —dijo Sofía tendiéndole la mano.

Erika se la estrechó con una enorme sonrisa y volvió a agarrarse del brazo de Camilo.

La lluvia empezaba a calar y Sofía observó, horrorizada, que no había debido aclarar bien sus botines porque empezaba a formarse una capa de espuma de jabón sobre cada uno de ellos. Aterrada de que Claudia pudiera darse cuenta, decidió que era el momento de resguardarse bajo el pórtico de la iglesia y rogó para que dejara de llover antes de que subieran el féretro.

—¿Vamos? —preguntó al resto del grupo.

—Un momento —dijo Gabi—. Aún falta alguien.

Sofía le miró extrañada y en ese momento vio a Gabriela y Olga, que se dirigían hacia las escaleras de la iglesia cogidas del brazo.

Sorprendida de verlas ahí, bajó unos cuantos escalones para ir a su encuentro y las abrazó agradecida. Gabriela estaba seria, pero Olga sonreía con complicidad.

—Qué alegría veros aquí —les dijo.

—Se ha empeñado Olga —contestó Gabriela.

—Tú atiende al resto, que vamos a saludar a tu madre —dijo Olga señalando hacia arriba.

—¿Esa es Claudia? —preguntó Gabriela—. Cuántos años sin verla. Está estupenda, ¿cómo lo hace?

Gabriela enfiló los escalones precedida por ese flequillo que apuntaba al futuro, como decía ella, y Sofía sonrió, cayendo en la cuenta de que lo de su tía era una forma, como cualquier otra, de darle la espalda al pasado. Olga aprovechó para retrasarse un instante y hablar con Sofía.

—¿Te sirvieron los papeles?

—Mucho, Olga. Muchas gracias.

—Me alegro. Mucho ánimo.

Sofía se fijó entonces en los dos hombres que fumaban en la parte baja de la escalinata, como si la cosa no fuera con ellos, y los saludó con la mano. Eran Andetxaga y Campos.

Estaba a punto de subir y pedir que empezara la ceremonia cuando dos manos le cubrieron los ojos desde atrás. Le pareció reconocer el olor de esas manos, se dio la vuelta tan rápido como pudo y comprobó que, efectivamente, era Ernesto.

Abrazó a su hijo con todas sus fuerzas y trató de entender cómo había llegado hasta ahí. Ernesto le dio un sonoro beso en la mejilla y Sofía buscó a Gabi con la mirada. El resto de la familia los miraba desde lo alto de la escalera y Sofía se agarró del brazo de su hijo.

—Venga, vamos, que está a punto de empezar la fiesta.

—¿Qué te ha pasado en los pies? —preguntó Ernesto con pitorreo señalando las dos esferas de espuma que no dejaban de crecer.

—Anda, calla —Sonrió ella—, que como se dé cuenta tu abuela, la tenemos.

—Pero, mamá, ¿cómo no se va a dar cuenta? —Ernesto se retorcía de la risa—. Estas cosas solo te pasan a ti.

—¿Cuándo has llegado?

—Ahora mismo.

—¿Te ha avisado Gabi?

—Me llamó para contarme lo de tu accidente.

—Qué cabrón. Le pedí que no te dijera nada —susurró Sofía entrando a la iglesia.

No había sido del todo fácil convencer al párroco de que se saltara la parte religiosa de la ceremonia. Sofía había tenido que insistir en que ya había habido un funeral en Santander, lo cual no era del todo mentira, aunque hubiera sido nueve años antes. Aun así, sin que estuviera planificado, todos se detuvieron en el interior de la iglesia y se sentaron unos minutos. Sofía agarró la mano de su hijo.

—Es del siglo XIII —le explicó al oído—. Espectacular, ¿verdad? Yo creo que esta iglesia es mágica.

—¿Mágica en plan guay, o mágica en plan espíritus y fantasmas?

—Solo mágica.

Uno a uno, fueron levantándose y subiendo al cementerio. La ceremonia duró poco. Sofía no quería mirar el interior del agujero y se apartó unos pasos.

—¿Quieren decir unas palabras? —preguntó uno de los enterradores.

Todos miraron a Sofía. Ella miró a su hermano, que se encogió de hombros. Camilo agachó la cabeza, claramente afectado. A su tía Gabriela era mejor no darle la palabra. Miró al enterrador y negó con la cabeza.

Bajaron el féretro con unas cuerdas y Sofía cogió aire. En ese ataúd iba el hombre que se había ausentado de su vida durante varias décadas, pero también el hombre que la sacó a bailar el día de su primera comunión, y el que la cogía en brazos en el despacho del Nono mirando orgulloso a la cámara. Se sintió imbécil por llevar tanto tiempo intentando comprender lo incomprensible. No todo se podía explicar contando tan solo con unas cuantas variables humanas, que igual ni siquiera existían en el mundo real. Es un error, pensó, nos creemos que existe el tiempo, que existe el espacio, la vida, la muerte, la felicidad, el amor... y probablemente nada de eso exista, solo es nuestra interpretación de algo que no comprendemos.

Se preguntó si su padre alguna vez intentó encontrar su lugar en el mundo, y sin saber muy bien por qué, de pronto le pareció que no era tan disparatado pensar que Emilio se hubiera podido suicidar.

Cuando todo terminó, Sofía pidió a los asistentes que la acompañaran al Bauer. Le había encargado a Omar que le reservara unas mesas para poder reunirse a tomar algo con su familia, como si se llevaran todos bien. Ninguno rechazó la propuesta.

—¿De dónde han salido los Blues Brothers? —le preguntó Ernesto a Sofía mientas bajaban la cuesta.

Sofía se volvió para mirar a la tropa que desfilaba tras ellos y no tardó en identificar a los dos hombres que se habían unido al grupo con traje negro, corbata negra, sombrero negro y gafas negras. Sonrió ante el comentario de su hijo y le contestó:

—Son los tíos D'Acquisto. Hermanos de la abuela Claudia.

Cuando llegaron al Bauer, Sofía vio que Omar había juntado las dos primeras mesas y había puesto un cartel de reservado. Carver estaba tumbado vigilando las mesas y se levantó al ver a Sofía llegar. Ella se detuvo en el umbral, obligando al perro a que caminara hasta ahí, como hacía con su hijo cuando aprendía a andar. Carver llegó muy despacio y se dejó caer a su lado, esperando la caricia de recompensa.

—Mira, Carver, este es mi otro amor.

Ernesto la miró sorprendida.

—¿Tienes perro?

—No sé quién tiene a quién.

—¿Por qué le vistes así, en plan superhéroe?

—¿Te gusta la camiseta? Si quieres te compro una igual.

Como no podía ser de otra forma, Ernesto y Carver congeniaron en el acto. Omar se acercó al grupo y saludó a Gabriela y a Olga. A continuación, muy formal, se apresuró a darle la mano y el pésame a cada uno de los asistentes, tomó nota de las consumiciones y volvió a la barra. Ernesto le susurró algo a Carver y el perro le acompañó obediente hasta el fondo del local. Se sentaron juntos en el suelo, y Sofía los miró sabiendo que no se movería ninguno de los dos de ahí en un buen rato.

La situación era algo incómoda. Camilo presentó a la nórdica primero a Gabriela, luego a Olga, y después al resto. Gabriela y Olga se entretuvieron en un análisis exhaustivo de la que a todas luces sería su próxima cuñada, murmurando a la vez que señalaban a la rubia sin ningún tipo de contención. A los pocos minutos, todos los presentes hablaban a la vez, sin escucharse los unos a los otros.

Irene y Gabi observaban la escena divertidos sin animarse a participar.

Claudia había pedido un vermú. Ella era elegante hasta para el aperitivo. Omar se lo sirvió muy sonriente y Claudia le devolvió la sonrisa.

—Qué buena pinta tiene el argentino —le dijo Claudia a Sofía.

—¿A qué le llamas tú buena pinta? —preguntó ella provocadora.

—Que no es como esos andrajosos que te suelen gustar a ti.

—Concreta un poco más. ¿Que no lleva pelotillas en el jersey?

—Ya está lloviendo otra vez —dijo Claudia cambiando de tema.

—Para que luego hablen de cambio climático —comentó uno de sus hermanos.

—Eso son cuentos chinos —contestó el otro.

—Fíjate —continuó Claudia—, han dicho hoy en la televisión que hemos tenido el febrero más caliente de la historia. Con el frío que ha hecho.

—Lo que te digo —le confirmó el primero de sus hermanos—, lo del calentamiento global no hay quien se lo trague. Lo dicen para manipularnos.

—No lo diréis en serio —intervino Sofía.

—Sofía, por favor —le recriminó Claudia en voz baja.

—¿Por favor, qué?

—Preferiría que no hablaras de política.

—¿De política? ¿La evidencia científica te parece que es política?

—Deja el tema —insistió Claudia—, no es momento para...

—¿De qué puedo hablar? —la interrumpió Sofía poniéndose en pie—. ¿Hay algún terraplanista en la familia? —preguntó alzando la voz.

—Desde luego, hija, eres insoportable.

—Es que no me puedo creer que seáis negacionistas, mamá. ¿Estáis ciegos?

—Hablemos de otra cosa —insistió Claudia—. Me gusta el argentino. ¿Por qué no sales con él?

Sofía intentaba no soltar toda la presión que llevaba dentro, pero su madre, que no sabía ponérselo fácil, decidió llevar la intromisión un paso más allá.

—¿Es de buena familia?

Como si Claudia hubiera abierto la espita de golpe, Sofía perdió definitivamente el control.

—Esto de las buenas y las malas familias, mamá, nunca lo he entendido. ¿A qué le llamas tú buena familia?

Gabriel e Irene hicieron simultáneamente el gesto de sujetarse la cabeza con las dos manos, como preparándose para el previsible choque de trenes.

—Hija, no empecemos otra vez. Sabes muy bien a qué me refiero.

—La verdad es que no, mamá. Llevo toda la vida oyéndote eso de ser de buena familia, pero nunca he sabido qué significa exactamente. ¿Cuáles son las buenas familias? ¿Las que van a misa? ¿Las que tienen mucho dinero? ¿Las de apellido compuesto?

—Eres imposible. No he dicho nada.

—No, por favor, explícamelo, que quiero entenderlo. ¿Yo soy de buena familia? —dijo señalando a su alrededor—. Mi padre nos dejó por una gilipollas, mi exmarido era adicto a los burdeles, mi tío se ha casado más veces que Elizabeth Taylor, mi tía lleva toda la vida más para allá que para acá, mi hijo vive en un barco a miles de kilómetros de mí, tus hermanos, a los que apenas conozco, no se han quitado las gafas de sol de Armani ni para darme un beso... ¿Esto es lo que tú consideras una buena familia?

Sofía se levantó para salir a fumar un cigarrillo sin esperar la respuesta de su madre. Omar salió tras ella con dos copas de vino y le ofreció una.

—¿Cómo estás?

—Bien —dijo Sofía —. Pasando el trago.

—Estás seria. ¿En qué pensás?

—En la familia. No sé muy bien qué es eso de la familia.

—Y todos estos ¿qué son?

—Coincidentes genéticos. ¿Qué te parecen?

—Interesantes.

Sofía sonrió ante la diplomacia de Omar.

—Son insoportables.

—La clásica familia conservadora española —dijo Omar.

Sofía se quedó pensando antes de contestar.

—¿Me equivoco? —preguntó el argentino temiendo haber dicho algo inadecuado.

—No, no te equivocas. Son conservadores aunque no lo sepan. Mira mi tío Camilo, por ejemplo. Ahí donde lo ves, siempre ha ido de progre.

—¿Ese señor es progresista?

—Eso dice. Pero todo lo que tiene de progre es que iba a la universidad con trenca. Comprada en Londres. —Al ver la risa de Omar, Sofía continuó—. En Bond Street. Y las chicas lo mismo. Todos estos enarbolaban *El libro rojo* de Mao para provocar a sus padres, pero en cuanto los dejas a solas, rezuman clasismo por todos sus poros.

—La gente tiende a hacerse conservadora con la edad.

—¿Tú crees que es eso? Yo no estoy tan segura. En su generación hay muchos como ellos. Les gusta creer que formaban parte de la *gauche divine*, pero siempre tuvieron mucho más de *divine* que de *gauche*. Todo era algo así como una *performance*. Era guay eso de repartir panfletos contra el dictador sabiendo que, si los detenían, su papá les traía de vuelta a casa. En el fondo, lo único que les importa es su estatus social. No pueden evitarlo. Les hicieron creer desde pequeños que eran seres superiores y nunca lo han puesto en duda.

—¿Y vos qué?

—¿Yo...? Yo qué sé. Algo de soberbia habré heredado también, supongo. Pero no consigo sentirme parte de esta familia. Ni de esta ni de ninguna. No sé muy bien qué es eso de la familia. Debería ser con quien vives, con quien comes, con quien sufres, o con quien follas —sonrió—, si es que follas. Mi hermano tiene su propia familia, su mujer, sus hijos... Mi padre ha muerto. Dos veces por si con una no era suficiente. Mi madre... digamos que tengo tanto en común con ella como con la reina de Inglaterra. De follar, mejor no hablamos. Y mi hijo... mírale. Está más cómodo con Carver que con los Amoretti. No sé quién es mi familia. —Sofía le dio una calada a su cigarrillo—. Igual mi familia eres tú. Venga, por mi familia —añadió alzando la copa para brindar con Omar.

Sofía apagó el cigarrillo y, antes de que pudiera volver a entrar, se abrió la puerta del bar. Ernesto salía muy nervioso, buscando a su madre con el teléfono móvil en la mano.

—Mira —le dijo—, vas a flipar.

Sofía leyó el mensaje que se veía en la pantalla.

—Hablando de familia —dijo Sofía tendiéndole a Omar el móvil de Ernesto—. Mira el mensaje que le manda su padre.

—«Me caso mañana a las 12.15 en el Registro Civil de Pradillo» —leyó el argentino.

38

Los últimos en irse habían sido Gabi, Irene y Claudia. Ernesto estaba sentado en el suelo, aparentemente jugando con Carver, pero Sofía le conocía lo suficiente para saber que su cabeza estaba en plena actividad. No se le veía triste, ni enfadado, ni preocupado, solo concentrado. Ernesto era así. Dedicaba tanto tiempo a observar la vida con los ojos muy abiertos como a tratar de entenderla.

Sofía se acercó a él y le tendió la mano para ayudarle a que se levantara.

—Vamos a comer algo —Sofía se volvió hacia Omar—. ¿Te apuntas?

—¿No querías ir a Santander? —preguntó Omar.

—¿A Santander? —preguntó Ernesto.

—Joder, se me había olvidado —dijo Sofía—. Hay que ir a que le quiten los puntos a Carver.

—Ya te llevo yo —dijo Ernesto.

—¿Tú? ¿Cómo?

—He alquilado un coche para llegar al entierro.

—¿Desde cuándo tienes carné? —preguntó Sofía.

—¿Sí o qué? —bromeó Ernesto—. ¿Hace falta un carné?

Sofía le pidió a Omar que preparara la cuenta y Ernesto sacó dos billetes de cincuenta euros del bolsillo.

—¿Cómo vas a pagar tú? —preguntó Sofía.

—Tú flipas. Los cien pavos no son míos. Me los dio Gabi antes de irse.

Sofía sonrió, pensando que ciertas cosas no cambiaban nunca. Gabi le había dado el dinero a Ernesto porque sabía que ella no lo iba a aceptar. Sus tíos, en cambio, se habían dado por invitados sin pestañear.

Carver se sentó en el asiento trasero y Sofía le ató al enganche del cinturón de seguridad.

En cuanto salieron del pueblo, Sofía se animó a abordar el tema.

—¿Cómo estás? —le preguntó a su hijo.

—Dabuti. ¿Y tú?

—¿Has llamado a tu padre?

—Estará liado con todo el rollo de los preparativos —contestó Ernesto con ironía—, no quiero molestarle.

—No se lo tengas en cuenta. Tu padre es así.

—Él tampoco es que esté en plan loco por hablar conmigo.

—No es que no tenga interés. A veces a tu padre le cuesta decir las cosas. Pero aunque sea torpe, tú le importas.

—Ya lo veo —dijo Ernesto—, por eso me lo dice el día antes, no sea que me dé tiempo a llegar. Ni siquiera me ha invitado. Solo me manda un mensaje, en plan «que sepas que me caso».

—Te dice la hora y el sitio de la boda. Es su forma de decirte que le gustaría que fueras.

—Vaya, pues no lo he pillado.

—Yo creo que deberías llamarle. Es tu padre.

—Tú tampoco hablabas mucho con el tuyo, que digamos.

—Yo con mi padre lo intenté muchas veces.

—Ya. —Ernesto la miró con incredulidad—. Pues yo no. El padre es él, yo soy el hijo. Que me llame él.

—Igual algún día te arrepientes.

—¿A ti no te importa que mi padre se vuelva a casar?

—No es mi problema.

—Pero ¿cómo lo ves?

—¿Qué quieres que te diga? Yo no volvería a casarme ni aunque se me ocurriera con quién. Pero yo soy yo, y tu padre es tu padre. Si a él le va lo de la reincidencia, pues me parece estupendo. Tampoco le des más importancia.

—¿Perdón? —Ernesto miró a su madre atónito—. Me pone un mensaje, en plan «tronco, que me caso mañana», y ¿tú me dices que no le dé importancia? En plan «cómo mola tu padre, qué buen rollo, que se casa mañana y te enteras hoy», ¿no?

—Mira, Ernesto. El matrimonio no es más que un contrato mercantil. No cambia nada. Y como vuelvas a decir «en plan» te juro que no respondo de mis actos.

Ernesto se quedó unos minutos en silencio pensando en las palabras de su madre.

—Pero entonces ¿para qué se casa?

—Eso se lo tendrás que preguntar a él. ¿Qué tal es la novia? ¿La conoces?

—Supongo que será la última que me presentó.

—¿Es agradable contigo?

—No es desagradable. Solo lerda.

—Esas son las más listas. Les irá bien.

—Oye, cuéntame a dónde vamos —dijo Ernesto cambiando de tema—, ¿qué es eso de un hospital para perros?

—Pues parecido a un hospital para personas, pero se dedican a curar animales. Ni te imaginas las cosas que pueden pasar en un sitio así.

Sofía le contó a su hijo la escena de la pareja con el calcetín indiscreto. Ernesto se echó a reír y a hacer chistes sobre el perro, los dueños del perro, el cirujano y el calcetín, y cuando se le acabaron las ocurrencias volvió a quedarse serio.

—¿Qué pasó entre papá y tú? —le preguntó a su madre.

—¿Cómo que qué pasó?

—¿Papá te ponía los cuernos?

—Eso no es asunto tuyo. Nos conocimos muy jóvenes y tuvimos maneras diferentes de hacernos mayores. Eso es lo que pasó.

—Y del abuelo, ¿qué me dices? ¿Tú fuiste a su boda?

—No, no fui. Pero no tiene nada que ver con lo de tu padre. Tu abuelo se casó con el demonio.

—Casi no me acuerdo de él —dijo Ernesto.

—No me extraña. Prácticamente no le conociste.

—Una vez apareció por casa un tío vestido con un mono azul, rollo fontanero, con una bici, y tú me dijiste que era un regalo de mi abuelo.

—Me acuerdo. Era el repartidor de El Corte Inglés.

—Pues yo estuve años convencido de que mi abuelo era el del mono azul.

—No me digas —dijo Sofía riéndose—. ¿De verdad?

—¿Cómo era el abuelo?

Sofía tardó en elegir las palabras:

—Torpe. En eso sí se parecía a tu padre.

—No, me refiero a físicamente. ¿Tienes alguna foto?

—Sí, espera.

Sofía abrió la riñonera y le enseño la foto a su hijo, que la miró de refilón sin apartar las manos del volante.

—¿Esa eres tú?

—Eso creo —dijo Sofía.

—Se ve que ya eras mazo gamberra de pequeña.

Se quedaron los dos en silencio.

—¿En qué piensas? —preguntó Ernesto.

—En nada.

—¡Anda ya, mamá! Tú no puedes no pensar en nada.

Sofía sonrió.

—Estaba pensando en una cosa que me contó el sargento de la Guardia Civil. Lo último que hizo tu abuelo antes de morir fue meterse unos percebes entre pecho y espalda.

—¿Percebes? ¿Es época de percebes?

—Si hay buena mar, sí. —Sofía miró a su hijo que le hacía morritos—. Vale, mañana a primera hora voy a la pescadería. Si no hay percebes, ¿qué te compro? ¿Centollo? —Ernesto exageró aún más el gesto de desamparo—. Vale, percebes y centollo.

—Esa es mi madre —dijo Ernesto relamiéndose—. ¿Y entonces?

—¿Entonces qué?

—Me decías que el abuelo se comió unos percebes.

—Ah, pues que el restaurante tenía cámara y la Guardia Civil tiene la grabación.

—¿Y nos dejarán verla?

—No perdemos nada por intentarlo.

Sofía volvió a guardar silencio. No estaba segura de querer ver esa grabación, pero no dijo nada más. Cogió el teléfono y le puso un mensaje a Andetxaga: «¿Sería posible ver la grabación del restaurante en el que cenó mi padre?». Andetxaga no tardó en contestar: «No tengo inconveniente, pero si quiere verla, tiene que venir al puesto».

39

Atravesaron el patio del puesto cogidos del brazo. Andetxaga no tardó en recibirlos y Sofía le presentó a su hijo. En el despacho solo había dos sillas, por lo que nadie se decidió a sentarse.

—¿Alguna novedad? —le preguntó Sofía.

—Me temo que no —contestó el sargento—. ¿Por qué quiere ver la grabación?

—Mi hijo casi no conocía a su abuelo.

—¿Solo es por eso?

—Sí —mintió Sofía.

—Le advierto que la calidad no es muy buena —dijo Andetxaga manipulando su ordenador—. No sé lo que esperan ver aquí.

Andetxaga giró el monitor para que Sofía y Ernesto pudieran ver el vídeo y, cuando estuvieron preparados, lo puso en marcha.

La cámara estaba colocada en una esquina de la terraza del restaurante, orientada hacia la entrada del local. Un toldo cubría las mesas y ocultaba las farolas de la calle, por lo que la única iluminación provenía de la llama de las estufas. Solo había un hombre sentado a una mesa. La cámara le había cogido de perfil. Llevaba un gorro de lana, de color claro, y una bufanda del mismo tono. Todo su rostro quedaba en sombra, de manera que era imposible distinguir ni uno solo de sus rasgos.

En el último corte del vídeo el hombre se giraba, quedando de espaldas a la cámara, y alzaba una mano para pedir la cuenta al camarero, que se había asomado a la puerta del restaurante.

—¿Esto es todo? —preguntó Sofía mirando a Andetxaga.

—Sí. No hay más.

—Este podría ser mi abuelo o podría ser Osama bin Laden —dijo Ernesto decepcionado.

—¿Puede ponerlo otra vez? —le pidió Sofía.

—¿Ha probado a ajustar el brillo? —preguntó Ernesto.

—Esto es lo mejor que tengo. Si quiere, apago la luz, que se verá un poco mejor.

Sofía y Ernesto vieron el vídeo una segunda vez.

—Pero ¿cómo han podido llegar a la conclusión de que ese es mi padre? —preguntó Sofía enfadada.

—Tenía la factura en la cartera. Y la ropa es la misma con la que le encontramos.

Vieron el vídeo una tercera vez y Sofía se dio por vencida.

—Bueno, es igual. Se lo agradezco de todas formas —dijo tendiéndole la mano a Andetxaga.

—¿Han venido en coche? —preguntó el sargento.

—Sí, me ha traído mi hijo —contestó Sofía—. ¿Por qué lo pregunta?

—Por si se quiere llevar los objetos personales de su padre. Espere aquí, que se los traigo.

Sofía y Ernesto esperaron en el pasillo.

—Lo siento, hijo. Vaya mierda de vídeo. Pensé que sería mejor.

—No te rayes, mamá. No es culpa tuya.

Al poco, volvió Andetxaga con una maleta pequeña, de las de fin de semana, y se la tendió a Sofía.

—La última herencia de mi padre —dijo ella sin darse cuenta de que hablaba en voz alta.

—Esto es lo que había en el apartamento. Lo que llevaba encima cuando falleció está aún en Santander. En cuanto me lo envíen, se lo haré llegar.

—¿Esto quiere decir que no van a seguir investigando?

—Ya no la molestaremos más.

—Y entonces ¿cómo queda la cosa?

—El informe del forense concluye que su padre murió por lesiones compatibles con el suicidio. No hemos encontrado nada que nos haga pensar que no fue así.

—¿Y la Perlas?

—Seguimos buscándola.

—Pero saben que alguien la contrató para implicarme a mí, ¿no?

Andetxaga miró a Sofía sin decir nada, esperando a que ella misma contestara a su pregunta.

—¿Creen que la contrató mi padre? —preguntó con voz distante.

—Parece lo más probable —Andetxaga hizo una pausa—. Lo siento.

—¿Y mi accidente?

—Un accidente con fuga. Pasa todos los días.

—Ya. ¿Y Lumami?

—Sabemos que su padre estaba tratando de conseguir información acerca de Lumami, pero no hay nada que indique que ese hecho estuviera relacionado con su muerte.

—¿Y qué me dice del robo en casa de mis abuelos? ¿No le parece mucha casualidad que la investigación la llevara precisamente Luis Mari?

—No, no me lo parece. Entraron a robar en la casa familiar. Es lógico que su padre le pidiera a su cuñado que se hiciera cargo.

—Ya. O sea, que una vez que han encontrado explicación para todo, Luis Mari se va de rositas.

—Si se queda más tranquila, puedo decirle que hemos trasladado el expediente de Lumami a la Unidad de Delitos Económicos, por si consideran conveniente abrir una investigación.

—Está bien —dijo Sofía cogiendo la maleta que le ofrecía el sargento—. Muchas gracias por todo. ¿Volveremos a vernos?

—Aún me quedan cosas que hacer en Laredo antes de redactar el informe definitivo. Espero poder entregarle el resto de las pertenencias de su padre antes de irme.

Sofía y Ernesto se despidieron del sargento y salieron del cuartelillo. Metieron la maleta en el coche de Ernesto y Sofía le indicó a su hijo cómo llegar hasta la puerta del Bauer. Ernesto paró en doble fila.

—¿Vas tú a por Carver? —dijo Sofía cuando salieron del coche.

—¿Y tú?

—Yo ahora vengo. Espérame aquí.

Ernesto entró en el Bauer y Sofía cruzó la calle para entrar en una de las pescaderías. A los pocos minutos salió con dos bolsas de plástico y vio que Ernesto y Carver ya estaban esperándola junto al coche. Levantó una de las bolsas para que su hijo viera cómo se movían las patas del centollo.

Al ver a Sofía, Carver tiró con fuerza de la correa agitando el rabo a toda velocidad y no dejó de gimotear y mover el trasero de lado a lado hasta que la tuvo al alcance del hocico. Sofía soltó las bolsas y le abrazó con cariño.

—Si algún hombre me hubiera hecho los recibimientos que me hace Carver, me habría rendido a sus pies de por vida.

—¿Papá nunca te meneó el rabo con tanto brío? —preguntó Ernesto sonriente.

—Mira que eres burro —dijo Sofía entre carcajadas.

—¿A quién habré salido?

En cuanto llegaron a casa, Sofía puso agua a calentar y Ernesto salió a la calle con el perro. A los diez minutos volvió a entrar:

—Ya levanta la pata. Igual era solo que le tiraban los puntos.

—Yo creo que le sientas bien tú —dijo Sofía mientras picaba cebolla para hacer una ensalada.

Ernesto abrió dos botellines de cerveza, le dio uno a su madre y se sentó sobre la mesa de la cocina.

—¿Estás bien, mamá?

—Muy bien. ¿No se nota? Te echo de menos, nada más.

—Ahora estoy aquí —dijo él poniéndose en pie para darle un beso a su madre.

—A veces siento no haberte cuidado un poco mejor.

Ernesto la abrazó por detrás.

—Pero ¿qué dices? —preguntó secándole las lágrimas con los dedos.

—Que conste que lloro por la cebolla.

—¿Y esto? —preguntó él cogiendo el cuaderno 3D de la encimera.

—Eso déjalo ahí —dijo Sofía.

—¿Qué es? ¿Tu diario? —preguntó en tono de pitorreo.

—Pues sí. El diario de mi terapia.

—¿Qué terapia?

—Llevo años yendo al psicoanalista, ¿no lo sabías?

—Y eso, ¿para qué sirve?

—Para echarle la culpa a tus padres de todo lo que te pasa en la vida. Te lo recomiendo.

—Problemas del primer mundo —dijo Ernesto—. Yo no necesito terapia. Mira.

Ernesto fue al salón a por su teléfono y cuando volvió le enseñó una foto a Sofía. Se le veía a él en el barco, con un casco rojo y un impermeable amarillo, consolando a un hombre probablemente subsahariano, de la misma altura que él, que le abrazaba.

—Pasa las fotos —le pidió a su madre.

Sofía obedeció y vio imágenes de su hijo en el barco acompañado de personas con chalecos naranjas de distintas edades, de distintos orígenes, de distintos colores de piel, pero todos con el gesto serio de quien no se le ocurre nada por lo que sonreír.

—Es impresionante.

—Esta gente sí tiene problemas. Yo estoy bien. Y no podría hacer nada de esto sin ti. No hay ninguna madre mejor que tú.

Sofía le devolvió el teléfono y le dio un sonoro beso.

—Estoy orgullosa de ti. ¿Te lo he dicho alguna vez?

—Muchas. Pero mola. —Ernesto sonreía—. Yo también estoy orgulloso de ti.

—No sé por qué. Soy un desastre. Me hubiera gustado ser...

—¿Perfecta? —la interrumpió Ernesto—. La gente perfecta es insoportable.

—Por cierto —dijo Sofía comprobando en el reloj de la cocina que aún le quedaban unos minutos al centollo—. Que no se me olvide.

Fue al salón y volvió con el estuche de terciopelo gris con el reloj de su padre.

—Toma. Esto es para ti. Era de tu abuelo.

Ernesto abrió la caja y miró su interior.

—Gracias, mamá, pero ya no usa reloj ni el tato.

—¿No quieres tener un recuerdo de tu abuelo?

—¿Y qué hago con él?

Sofía miró a su hijo tratando de encontrar una respuesta adecuada.

—No sé qué decirte. Es de oro, algo valdrá.

Ernesto sacó el reloj de la caja y se lo puso en la muñeca sin llegar a abrocharlo.

—No me pega nada.

—La verdad es que no —reconoció Sofía con una sonrisa—. Mi madre te diría que lo guardaras para estrenarlo el día de tu boda.

Los dos se echaron a reír ante la idea.

—Parece nuevo —dijo Ernesto—. ¿Lo llevaba el abuelo cuando murió?

—No, qué va. Fue el regalo de pedida de mi madre.

—¿De pedida?

—La pedida de mano. Antes se hacían esas cosas.

—¿Qué dices? ¿Este reloj tiene cincuenta años?

—Más.

—¿Y por qué está tan nuevo?

—Tu abuelo solo usaba relojes de correa metálica.

—Eso te lo acabas de inventar.

—No, es verdad. Odiaba las correas de piel, pero ya conoces a tu abuela. Prefirió regalarle el reloj que le gustaba a ella, aunque a él le pareciera espantoso.

—Pues será que al viejo le cambió el gusto.

—¿Por? —preguntó Sofía colando el centollo.

—Porque en el vídeo se ve que llevaba un reloj como este.

Sofía soltó de golpe la cazuela.

—¿Cómo?

—¿No te fijaste?

—¿Estás seguro?

—Fijo, mamá. Era lo único que se veía en el puto vídeo. Cuando levanta la mano así, en plan «la cuenta, por favor», se le ve el reloj. Era igualito que este.

40

Eran casi las cinco de la tarde cuando Ernesto acabó con la última pata del centollo.

—¿Quieres café? —le preguntó Sofía.

—Tranqui, no te muevas. Ya recojo yo.

—No, déjalo. Recojo yo luego. ¿Seguro que no te puedes quedar un día más?

Ernesto se puso en pie y abrazó a su madre con tanta fuerza que la levantó del suelo.

—No soporto las despedidas —dijo Sofía.

—Piensa que luego toca recibimiento.

No dijeron mucho más. Sofía y Carver acompañaron a Ernesto hasta el coche y se quedaron en la acera viéndole marchar.

—¿Andamos un poquito? —le preguntó Sofía a Carver sin esperar respuesta.

Por primera vez, decidió enfilar por la calle González Gallego y, al pasar junto al portón de madera, se detuvo y se asomó a mirar por los huecos que había entre los setos. Le impresionó ver que todo parecía exactamente igual a como ella lo recordaba, y por un brevísimo instante volvió a sentirse la niña que vivía ahí cuarenta años antes. Entonces reparó en el espacio vacío que había quedado donde antes estaba el sauce llorón. Ella solía esconderse bajo aquel árbol para tumbarse a soñar.

—Antes tenía grandes sueños, Carver —dijo—. Debí soñarlos todos juntos.

Se preguntó cuántos años viviría un sauce. Era imposible que alguien hubiera sido tan bestia de talar ese árbol. Debía haberse muerto de viejo, llevándose sus sueños con él.

El resto del jardín estaba intacto. Las hortensias que rodeaban la casa empezaban a florecer y pronto estarían llenas de color, y la buganvilla de la fachada, que siempre estuvo enferma, había aguantado como una jabata, aunque solo fuera por contradecir a todos los que la habían desahuciado año tras año.

Se preguntó cuánto valdría la casa, dudando si podría comprarla, como si eso pudiera servir para cambiar algo. No tardó en decirse a sí misma que era la peor idea que se le había pasado por la cabeza en mucho tiempo.

Volvió al apartamento y, nada más entrar, se tumbó en el sofá en el que su hijo había pasado la noche. Ernesto era tan cabezón como ella y le había dicho que, si insistía en cederle la cama, se iría a un hotel. «Esto es infinitamente mejor que una litera, mamá», dijo acurrucándose entre los almohadones del sofá. Sofía ahora se alegraba de que hubiera sido así. Cogió uno de los almohadones, que aún conservaba el olor de su hijo, se abrazó a él y cerró los ojos.

El sonido de un mensaje en su teléfono le hizo abrirlos de nuevo. Estaba convencida de que acababa de tumbarse, pero el reloj la sacó de su error: había dormido más de dos horas.

El mensaje era de Roque: «Nos han desestimado». Sofía cogió el teléfono y marcó el número de su abogado.

—¿Cómo que nos han desestimado?

—Yo tampoco me lo explico —dijo Roque.

—Pero a ver, ¿cuál es el argumento?

—Lo he leído varias veces. No tiene ni pies de cabeza. Viene a decir que, aunque ella no hubiera pagado por los bienes de su marido, tu padre tenía derecho a donárselos mientras no perjudicara la legítima.

—Bueno, pero la legítima son dos tercios del total, ¿no?

—Sí.

—¿Y entonces?

—Es que no entiendo muy bien la cuenta. Mira, aquí está —se oía cómo Roque pasaba las páginas de la sentencia—, han valorado la casa de tu madre en trescientos mil euros.

—¿De dónde sacan esa valoración?

—No lo sé. No coincide ni con la tasación ni con el valor catastral. Será una estimación del juez.

—Bueno, sigue.

—La casa de General Dávila la valoran en cuatrocientos cincuenta mil. Eso sí lo explica. Dice que es el precio que pagó tu padre por ella. Y luego están las transferencias que se hicieron de la cuenta de tu padre a la de ella. En total, otros trescientos mil euros.

—¿Y lo que sacó en efectivo de la cuenta de mi padre?

—Eso no lo han considerado. Acuérdate de que ella alegó en la vista que lo que sacaba en efectivo era para sus gastos del día a día.

—¿Casi un millón de euros para los gastos del día a día?

—Ella insistió en que a tu padre le gustaba comer cosas caras: solomillo, cerezas...

—¿Cerezas? ¿El juez se ha tragado que mi padre se ha comido un millón de euros en cerezas? Joder, pues se debió coger la cagalera del siglo. Mira, ya sabemos de qué murió, aclarado el misterio.

—Ya, no es creíble, pero tampoco se puede demostrar a dónde fue ese dinero, así que con el efectivo no podemos hacer nada. En total, sale que el patrimonio de tu padre era de un millón y medio.

—A ver, a ver. No puede ser. Si sumas las dos casas y las transferencias sale un millón cincuenta mil.

—A ver, espera. Es que te falta la hipoteca, que son otros 450.000.

—Joder, pero la hipoteca es una deuda. Habrá que restarla en vez de sumarla, ¿no?

—Ya, pues su señoría la ha sumado.

—Pero vamos a ver —Sofía se estaba desesperando—, en la audiencia son tres jueces, ¿no? ¿Ninguno de los tres sabe sumar y restar?

—Bueno, son tres, pero dudo mucho que se revisen los tres todos los casos.

—¿Entonces para qué son tres?

—Mira, no lo sé.

—Bueno, vale, ¿y qué más dicen?

—Sigo. La masa hereditaria es de un millón y medio. Por tanto, la legítima es dos tercios, es decir, un millón.

—Vale, pero no hemos recibido un millón ni de lejos. Tenemos los trescientos de la casa de mi madre, menos los cuatrocientos cincuenta de la hipoteca.

—No, ya te he dicho que la hipoteca la suma.

—No me lo puedo creer.

—Es lo que hay, Sofía.

—Bueno, vale. Pues la suma. Trescientos más cuatrocientos cincuenta son setecientos cincuenta. ¿No decías que nos corresponde un millón? Nos deben doscientos cincuenta mil.

—El fallo dice que no procede ejercitar la acción de rescisión por lesión porque no se ha producido lesión de más de la cuarta parte.

—¿Eso qué quiere decir?

—El artículo 1.074 del Código Civil dice que se pueden rescindir las particiones de herencia si hay una lesión de más de la cuarta parte.

—O sea, que es legal robar mientras no te pases del veinticinco por ciento. ¿Es eso?

—Bueno, dicho así...

—Y además, ¿por qué dicen eso? —le interrumpió Sofía—. ¿Nosotros pedíamos que anularan la partición?

—No. No tiene nada que ver con lo que pedíamos. Mira, Sofía, yo estoy igual de asombrado que tú. No sé qué decirte. Esta sentencia es un disparate.

—¿Y ahora qué?

—Solo te queda la opción de ir al Supremo.

—¿Y eso qué supone?

—Varios años más, siempre y cuando admitan el recurso, que casi nunca lo admiten.

—No sé, Roque —dijo Sofía abatida—. Déjame que le dé una pensada y te digo algo. Si el nivel de incompetencia matemática sigue creciendo según subes por la escala judicial, igual es mejor que lo dejemos aquí, no nos vaya a tocar poner dinero encima.

—Dinero vais a tener que poner de todas formas. Si lo dejas aquí, tendréis que pagar las costas.

—¿Y eso cuánto es?

—Te lo tendría que calcular, pero con IVA debe rondar los ciento cincuenta mil euros.

—¿Cómo?

—Podríamos intentar impugnarlas, pero por ahí andará la cosa.

—O sea, que el sacrosantísimo tribunal reconoce que nos han robado doscientos cincuenta mil euros ¿y el resultado es que tengo que pagar otros ciento cincuenta?

—Tienes veinte días para decidir si recurres. Piénsatelo. Si decides hacerlo, yo te aconsejaría que te buscaras un abogado especialista.

—¿Cómo un especialista? Tú eres especialista, ¿no?

—Lo mío es el derecho hereditario. Ahora vas a necesitar un especialista en recurrir al Supremo.

—¿Hay especialistas en eso?

—Sí. Ya te digo que el Supremo inadmite casi todos los recursos. Si no está redactado como a ellos les gusta, no hay nada que hacer.

—Está bien, Roque. Me lo pensaré. Mándame la sentencia si puedes.

Sofía colgó el teléfono. Al final iba a tener razón Camilo en eso de que la justicia era como la ruleta rusa. No tenía ni idea de cómo se lo iba a decir a Gabi.

Encendió un cigarrillo. La noticia no había llegado en buen momento. Roque había dicho que tenían veinte días para recurrir, y en ese momento no podía pensar en la demanda, así que decidió aparcar la decisión hasta que pudiera leer la sentencia. Primero tenía que resolver lo del reloj de su padre. Marcó el número de Andetxaga.

—Hola, sargento. Soy Sofía.

—Mire, estaba a punto de llamarla. Acaba de llegarme el paquete de Santander con el resto de las pertenencias de su padre. ¿Cómo quiere que lo hagamos?

—Un momento, no se embale. Le llamo por otra cosa.

—Dígame.

—Cuando encontraron a mi padre, ¿qué reloj llevaba puesto?

—Espere que lo compruebo. —Tardó menos de un minuto en volver—. Aquí lo tengo. Es un Seiko.

—¿Cómo es la correa?

—De esas metálicas, con eslabones plateados y dorados...

—Lo sabía —le interrumpió Sofía—. El hombre del vídeo que nos enseñó ayer llevaba un reloj con correa de piel. No era él.

—¿Cómo que no era él?

—Compruébelo.

—Espere un momento —dijo Andetxaga de nuevo. Esta vez tardó algo más en volver al teléfono—. Disculpe la espera. ¿Le viene bien que me pase por su casa en media ahora?

—De acuerdo, aquí estoy.

Sofía se levantó del sofá y miró la mesa en la que aún estaban los restos del centollo y los percebes. Le dio el tiempo justo para recoger apresuradamente y lavarse la cara en el lavabo antes de que llegara Andetxaga. Le abrió la puerta para dejarle pasar y le invitó a que se sentara a la mesa del salón.

—¿Quiere tomar algo?

—He vuelto a ver la grabación y tiene usted razón.

—¿Significa eso que van a volver a abrir la investigación?

—Lo intentaré, pero no puedo asegurárselo.

—Si el hombre del vídeo no es mi padre, entonces no saben a qué hora comió, y tampoco saben a qué hora murió, ¿me equivoco?

—Sabía que me iba a hacer esa pregunta. No, no se equivoca. Acabo de hablar con el forense. Me ha dicho que solo puede asegurar que había comido entre una y dos horas antes de morir.

—¿Es posible que a las nueve ya estuviera muerto?

—Sí.

—Pues ahí lo tiene. A Luis Mari le dio tiempo a matarle y llegar a Madrid. Era policía, seguro que sabe de autopsias lo suficiente para montar todo esto. Lo tenía calculado, el muy cabrón. Queda con mi padre a media tarde y se comen unos percebes. Luego le da el Orfidal y se lo lleva al puerto viejo. Allí se lo carga. Y luego se va él a comerse otros percebes asegurándose de que las cámaras le graban. Vuelve a atravesar el túnel, le pone al cuerpo de mi padre el gorro y la bufanda, le coloca la bolsa en la cabeza, le deja el recibo de la cena en la cartera y sale pitando hacia Madrid.

—¿Y hace todo eso en cuatro horas?

—Se puede hacer. Por la noche y pisándole fuerte, se puede hacer.

Andetxaga se puso de pie y empezó a andar por el apartamento en el mismo gesto que hacía Sofía cuando quería pensar.

—Mire —dijo Andetxaga sentándose de nuevo—. Luis María Somolinos está siendo investigado por otro caso. Eso significa que sabemos mucho más de él de lo que a él le gustaría. Y solo puedo decirle que él no mató a su padre.

—¿Es eso lo que le han dicho sus superiores para que lo deje en paz?

Andetxaga suspiró con desesperación.

—Piense como quiera.

Sofía se quedó sentada y escuchó cómo Andetxaga cerraba la puerta al salir.

41

Se encontraba bien. Por primera vez podía mirar hacia atrás sin grandes dramatismos, lo cual debía significar que no se le había dado mal eso de reescribir el relato.

Fue a la cocina para servirse una copa de vino y abrió un frasco de gildas con anchoas de las buenas. Carver se sentó a la entrada de la cocina y la miró con gesto de súplica. Sofía le sonrió. Terminó de preparar una bandeja con el aperitivo y le abrió la puerta del jardín para que pudiera salir.

Junto a la puerta principal, estaba la maleta que le había dado el sargento con las cosas de su padre. Ahí estaba prácticamente todo lo que quedaba de él. La llevó al centro del salón y se arrodilló junto a ella. La abrió con cierto pudor. Emilio Amoretti nunca imaginó que su hija acabaría deshaciendo esa maleta, pero ella estaba ahí, de rodillas, cogiendo sus camisas, sus calcetines y sus calzoncillos, doblando todo cuidadosamente y haciendo montoncitos en el suelo, como si alguna vez hubiera habido alguna confianza entre ellos.

En el neceser había un cepillo de dientes, desodorante, una maquinilla de afeitar eléctrica y un frasco de perfume. Roció un poco de perfume en su mano, con la esperanza de que el olor le trajera algún recuerdo, pero no fue así.

Al fondo de la maleta había una revista de coches y un catálogo de una exposición de fotografía. Nada más. Eso era todo. Ni un papel personal, ni un recuerdo, ni una foto, ni un solo detalle que la pudiera ayudar a saber algo más sobre Emilio Amoretti.

Buscó en la riñonera la foto en la que estaba ella en sus brazos y, sin dejar de mirarla, fue de nuevo a la cocina. La colocó a un lado de la mesa para seguir mirándola mientras rellenaba la copa de vino.

Se preguntó quién la habría tomado. Llevaba varios días mirando esa instantánea con la sensación de que el padre y la hija la miraban a ella, pero obviamente no era así. Quizás miraran a su madre. O quizás al Nono. Cuando uno mira una fotografía, se dijo, de alguna manera está fisgando en una mirada que no es suya.

La idea le hizo recordar el catálogo que había visto en la maleta y sintió curiosidad. El interés de su padre por el arte siempre había sido nulo, ¿por qué habría conservado un catálogo de una exposición de fotografía?

Volvió a abrir la maleta y sacó el catálogo. Era de una exposición de retratos de Arnold Newman en la Fundación Mapfre de Madrid. Por las fechas de la exposición, debía de ser de la época en la que se cruzó con su padre en Barajas. Según le había dicho Andetxaga, los viajes de Emilio coincidían con los ingresos de la Zorra. Eso explicaba por qué estaba su padre en Madrid, pero le sorprendía que le hubiera dado por visitar una exposición, lo imaginaba más entrando en un restaurante a pegarse un atracón o en un estanco a comprar una caja de habanos.

Andetxaga le había dicho que su padre se alojaba en un hotel de Alonso Martínez. Eso estaba cerca de la sala que tenía la Fundación Mapfre en la calle Bárbara de Braganza. Sofía había visitado esa sala muchas veces. Colocaban enormes carteles en la fachada para anunciar las exposiciones. Quizás su padre había pasado por ahí y algo en el cartel había llamado su atención.

La portada del catálogo mostraba una foto de Marilyn Monroe despeinada. El nombre del fotógrafo no le sonaba, pero la foto era espectacular. Abrió el catálogo por la primera página. El currículo del tal Newman decía que era un fotógrafo neoyorquino especialista en retratar a personajes famosos. Pasó las páginas despacio, escudriñando cada una de las fotografías de rostros ilustres en blanco y negro. Aunque no hubiera oído hablar del autor, muchas de las fotografías le resultaban familiares. Eran realmente impactantes. Ahí estaba Picasso sujetándose la cabeza con una mano mientras miraba a la cámara, Stravinsky apoyado sobre su piano de cola, Reagan posando en el despacho oval, Woody Allen tumbado entre manuscritos, y así una larga lista de artistas. Pasaba las páginas fascinada por aquellas fotografías, como si en cada mirada se pudiera reconocer la energía de su protagonista.

De pronto se encontró con una fotografía que le aceleró el pulso. Se veía a un pintor de unos setenta años en su estudio. El hombre estaba sentado en una banqueta y apoyaba el codo en una mesa que había a su derecha con una mirada como de resignación ante el fotógrafo. Al fondo se veían caballetes con tres o cuatro de sus obras. La que estaba más cerca del pintor era un lienzo enorme. A pesar de que la foto era en blanco y negro, y de que el cuadro estaba algo ladeado, Sofía lo reconoció inmediatamente. Cogió la fotografía en la que estaba ella de pequeña con su padre y la puso junto a la del pintor. Efectivamente, parecía el mismo cuadro. Fue entonces al salón y descolgó el dibujo que había hecho ella de niña y ya no le quedó ninguna duda.

Leyó el pie de foto del catálogo. El pintor era un tal Hans Hofmann y la fotografía había sido tomada en su estudio de Provincetown, Massachusetts, en 1956.

Abrió el portátil y buscó a Hans Hofmann en internet, y resultó que había sido maestro de genios como Pollock o Rothko. Le sorprendió no haber oído hablar antes de él. Leyó su biografía en detalle y, a continuación, buscó fotos de sus obras. Encontró montones de imágenes con esos colores vivos que tanto la habían fascinado de niña. Fue pasando con el ratón de imagen en imagen, hasta que encontró lo que buscaba: el cuadro del Nono. Volvió a mirar su dibujo y lo comparó con la imagen de la pantalla, orgullosa de ver cómo sus rotuladores Carioca habían sido capaces de reproducir prácticamente los mismos colores que los que le mostraba ahora mismo el monitor de su portátil.

Pinchó en la foto y el navegador la llevó hasta la página web de una casa de subastas británica. El cuadro, de título *Distant Gaze,* se iba a subastar en Londres en dos semanas y se estimaba que alcanzaría un precio de entre siete y nueve millones de dólares.

Miró la cifra con la boca abierta. Si su padre había conservado ese catálogo, solo podía ser porque él también había identificado el cuadro. Intentó recordar sus conversaciones con su hermano, con su madre y con sus tíos. Sofía les había preguntado a todos, pero ninguno sabía qué había sido del cuadro. Tuvo que quedarse en la fábrica cuando la vendieron, no había otra explicación. Todo la llevaba de nuevo a Luis Mari Somolinos y Lumami. Luis Mari se había quedado con la fábrica y con todo lo que había dentro. Emilio supo por casualidad lo que valía el cuadro y trató de recuperarlo. Esa sí que era una razón de peso para matarle. Un peso de entre siete y nueve millones de dólares.

Tenía que intentar que la casa de subastas le diera más información sobre el cuadro y su propietario, pero no iba ser fácil. Abrió el menú principal de la página web y vio que tenían una delegación en Madrid, lo cual simplificaba las cosas. Pinchó en el enlace y se encontró con una fotografía de la Puerta de Alcalá, un mapa con la dirección de la delegación y una sección de datos de contacto.

Movió el ratón hacia abajo buscando un número de teléfono, pero en ese momento sonó el timbre de la puerta. Supuso que sería Andetxaga y corrió a abrir.

Para su sorpresa, quien estaba al otro lado de la puerta era su tío Camilo. Sofía se alegró de verle.

—Hombre, Camilo, qué sorpresa.

—¿Cómo estás? —dijo él sonriente—. Me voy a Biarritz de fin de semana y se me ha ocurrido parar para hacerte una visita.

—Hoy es jueves.

—Por eso. Ya no trabajo hasta el lunes.

—Es verdad. Tu plan de vida genial. Pasa, pasa. ¿Y tu novia?

—Hemos quedado allí. Ella va en avión.

—¿Cómo has sabido dónde vivía?

—He llamado a tu hermano y me ha dado la dirección. ¿Qué has hecho con el perro?

—Ha salido a correr por el jardín. Desde que ha dejado de cojear, se pasa la vida corriendo, como si quisiera recuperar los pasos perdidos —dijo Sofía con una sonrisa—. Estaba tomándome un aperitivo. ¿Te gustan las gildas?

Sofía fue a por una copa para Camilo y volvió al salón. Camilo la esperaba sentado en el sofá.

—Al final no me contaste lo que habías descubierto sobre Luis Mari —le dijo mientras le ofrecía su copa de vino para brindar.

—Es verdad. Tenía que haberte llamado.

—¿Y qué?

—Fue él quien mató a papá, Camilo, y ya sé por qué.

—¿Estás segura? Tenía entendido que habían confirmado lo del suicidio.

—Eso pensaban, sí, pero han aparecido más pruebas.

—¿Ah, sí? —preguntó Camilo sorprendido.

Sofía pasó entonces a contarle todo lo que sabía, incluyendo lo del reloj y lo del cuadro que estaban a punto de subastar en Londres.

—¿Siete millones? ¡Madre mía! —dijo Camilo hojeando el catálogo de Newman que Sofía le acababa de entregar—. Hans Hofmann. Ni siquiera me suena.

—Yo tampoco había oído hablar de él.

—¿Y qué vas a hacer ahora? ¿Puedo ayudarte en algo?

—No, muchas gracias, Camilo. A ver si detienen a Luis Mari de una vez y se acaba todo este infierno.

—Eso espero yo también. Se me hace tarde —dijo poniéndose de pie—. ¿Puedo utilizar tu cuarto de baño?

—Claro —dijo Sofía señalando hacia la entrada—. Saliendo al vestíbulo, la primera puerta a la derecha.

Camilo salió de la habitación y Sofía aprovechó para recoger la mesa. Fue a apagar su portátil, pero la imagen de la pantalla la detuvo. La página web de la casa de subastas mostraba ahora un retrato de una mujer sonriente, que según el pie de foto era la directora de la oficina en España. A la derecha podían leerse sus datos de contacto, un teléfono, una dirección de email, y un nombre: Erika Weber. No era otra que la rubia del descapotable que colgaba del brazo de Camilo el día del entierro.

La cabeza de Sofía empezó a funcionar a toda prisa. No tenía ningún sentido que Camilo hubiera llamado a Gabi para pedirle su dirección pudiendo llamarla a ella. Como de sopetón, le vino a la memoria la imagen de Andetxaga imitando a Apollonia Corleone: lunes, martes, miércoles... Camilo acababa de decir que sus fines de semana empezaban los jueves, es decir, que solo iba al estudio lunes, martes y miércoles, lu-ma-mi.

Se estiró para coger su teléfono que estaba en el otro extremo de la mesa, pero antes de que consiguiera alcanzarlo oyó unos pasos apresurados a su espalda y, en décimas de segundo, dejó de respirar.

Intentó gritar, pero no podía. Intentó golpear hacia atrás, pero ni sus brazos ni sus piernas acertaban ni a rozar a su atacante. Decidió centrar sus esfuerzos en tratar de arrancarse el lazo que le estaba oprimiendo el cuello, pero lo único que consiguió fue clavar las uñas sobre su propia piel, averiguar que lo que Camilo apretaba con tanta fuerza alrededor de su cuello era la correa de Carver y reconocer que no iba a conseguir aflojarla.

Tuvo el tiempo justo de pensar que estaba a punto de morir y, sorprendentemente, no le importó. Era como un guion malo de cine. Justo cuando a la protagonista ya no le queda nada por resolver, va y se muere. Dejó caer los brazos con resignación, convencida de que primero llegaría un desmayo y ya no sentiría nada más. Entonces oyó un golpe violento proveniente de la cocina, seguido de un grito:

—¡Guardia Civil! ¡Deténgase!

El siguiente sonido fue el gruñido agresivo de un perro cargado de ira y, aunque no pudiera verlo, sintió el salto de Carver abalanzándose sobre Camilo justo antes de que el aire volviera a entrar en sus pulmones.

42

Andetxaga traía una bolsa de papel de Anaïs en una mano y una caja de cartón en la otra.

—He venido a despedirme —le dijo tendiéndole el paquete de la pastelería.

—¡Me encantan estos bollos! —le agradeció Sofía metiendo la nariz en la bolsa de papel—. ¿Cómo ha sabido...? —Antes de terminar la pregunta, cayó en la cuenta de que después de dos semanas vigilando todos sus movimientos, probablemente el sargento conocía más sobre ella que ella misma—. Pase, que estaba a punto de hacer café.

Mientras Sofía preparaba el café, Andetxaga entró en el salón, dejó la caja de cartón sobre la mesa y se quedó de pie, curioseando entre los escasos libros de Sofía. Carver se acercó a él y se tumbó a su lado.

Cuando Sofía llegó con la bandeja, se encontró al sargento con uno de sus libros en la mano.

—¿Te interesa el psicoanálisis? —preguntó Andetxaga alzando el libro.

—¿Ahora eres tú quien me tutea? ¿En qué quedamos?

—Hemos cerrado la investigación. Ya no estoy aquí de manera oficial.

—Mira qué bien.

—Siempre quise estudiar psicología —dijo Andetxaga devolviendo el libro a la estantería.

—Nunca es tarde —dijo Sofía acercándose a coger el libro que Andetxaga acababa de dejar—. Toma. Te lo regalo.

—¿En serio? —preguntó Andetxaga sorprendido.

—Sí. Ya no lo necesito. Solo quería entender bien cómo funciona eso de la transferencia y la contratransferencia para poder despistar a mi psicoanalista.

—No quisiera ser yo quien tuviera que analizarte a ti.

—No sé cómo tomarme eso.

Sofía colocó sobre la mesa el plato con los bollos de almendras, sirvió los cafés y le señaló a Andetxaga una silla para que se sentara.

—Bueno. ¿Y ahora qué vas a hacer? —preguntó ella finalmente.

—Esperar a que me asignen otro caso.

—¿Te puedo hacer una pregunta?

—Nunca he conocido a nadie que hiciera tantas preguntas como tú —dijo Andetxaga con una sonrisa.

—¿Por qué apareciste? Pensé que ya no me vigilabais.

—A ti no. Vigilábamos a Camilo.

—¿Sospechabais de él?

—Cuando descubriste lo del reloj, la única coartada que se desmoronó fue la suya. Había llegado a Solares a las diez para cenar con sus hijos, lo cual significaba que había tenido tiempo de sobra de matar a Emilio aquí y llegar a la cena. Y, además, había algo que no cuadraba.

—¿El qué?

—Te llamó para contarte algo sobre Somolinos que no tenía sentido.

—¿También escuchabais mis llamadas?

Andetxaga no contestó.

—De haberlo sabido, os habría dado carnaza.

—¿De qué tipo? —preguntó Andetxaga con una sonrisa.

—No sé. Una sesión de sexo telefónico o algo así.

—Eres capaz —rio Andetxaga.

—¿Qué fue lo que me dijo Camilo?

—Que Somolinos estaba metido en una trama de corrupción urbanística.

—¿Y no era cierto?

—No.

—Pero tú me confirmaste que le estabais investigando.

—Sí. Por otro tipo de asunto.

—Anda, cuéntamelo —dijo Sofía en tono infantil.

—No puedo —le sonrió Andetxaga.

—Dime por lo menos de qué va, ¿drogas, armas, putas, tráfico de viagra?

—¡Cómo eres! —rio Andetxaga.

—Bueno, vale, pues no me lo cuentes. Aún no me he hecho a la idea de que fuera Camilo. Su propio hermano... Siempre he creído que la humanidad tiene que encontrar un nuevo sistema de valores, y que nuestro futuro depende de que hagamos que ese sistema se centre en la fraternidad. Y mira por dónde...

—Fue él, no hay duda. Hemos encontrado a la Perlas en su casa. La tenía escondida, haciéndola pasar por empleada de hogar.

—¿La de la cofia?

—¿Qué cofia?

—Así se hacen ricos algunos —dijo Sofía—. Solo a él se le ocurre esconder a una delincuente y utilizarla de sirvienta.

—El resto ya lo sabes. Lo de Lumami, la muerte de Marcelo, la fábrica... Tenías razón en todo. Salvo que fue Camilo y no Somolinos.

—¿Y qué va a ser de él ahora?

—Le juzgarán.

—¿La gente de su edad va a la cárcel?

—Claro. ¿Qué quieres? ¿Que encima le premien?

Sofía le dio un trago a su café.

—Lo que no entiendo es qué tenía Camilo contra mí.

Andetxaga abrió la caja de cartón que había traído consigo y sacó un sobre.

—Esto —dijo tendiéndoselo.

Sofía lo abrió y sacó de su interior la fotocopia a color de un documento de varias páginas.

—El original está en el juzgado, pero he pensado que querrías tener una copia.

La portada era de un tono naranja pálido, con el nombre de un notario impreso en la parte inferior. En la esquina superior derecha aparecía el número de protocolo y el año: 1978. En el centro, con letras mayúsculas, se leía: «Escritura de donación otorgada por Don Giulio Amoretti Colmenar».

Sofía pasó las páginas y leyó el documento. Era bastante sencillo. Don Giulio Amoretti le donaba a su nieta Sofía Amoretti el cuadro de Hans Hofmann titulado *Distant Gaze* adquirido en la Kootz Gallery de Nueva York en 1958. Sofía Amoretti, menor de edad, y representada en ese acto por su padre, Emilio Amoretti, aceptaba la donación. El resto de la escritura contenía copias de los certificados de autenticidad, la factura de adquisición del cuadro y una fotografía de la obra.

Sofía cerró la escritura y miró a Andetxaga.

—No lo entiendo.

—Camilo convenció a tu padre de que le dejara quedarse con el cuadro. Tu padre sabía que era tuyo, pero no debió darle importancia, hasta que en algún momento se enteró de lo que valía.

—En cuanto vio la exposición de Newman en Madrid.

—El resto ya lo sabes. La mujer de tu padre se estaba muriendo. Tu padre necesitaba dinero y Camilo no estaba dispuesto a ayudarle. Tu padre fue a la notaría con la esperanza de recopilar pruebas de los chanchullos de su hermano para poder presionarle.

—¿Hay algo más ahí? —preguntó Sofía señalando la caja de cartón.

—Toma —dijo Andetxaga sacando una bolsa transparente que contenía un reloj Seiko con correa metálica y una cartera—. Los objetos personales que quedaban.

—El reloj se lo daré a mi hermano —dijo Sofía sacando los objetos de la bolsa.

—¿No vas a mirar en el interior de la cartera?

—¿Hay algo importante?

—Míralo tú misma.

—No me digas que mi padre llevaba una foto mía, porque no me lo trago.

—No.

—¿Entonces? —dijo Sofía mirando en el interior de la cartera.

Fue sacando todo lo que encontró, que no era mucho, y esparciéndolo sobre la mesa. Estaba el permiso de residencia a nombre de Marcelo Pereira, unos cuatrocientos euros en billetes, un décimo de lotería, unos cuantos recibos y un resguardo de una empresa de mensajería.

—¿El décimo está premiado?

—No se me ha ocurrido comprobarlo.

Sofía cogió entonces el resguardo de la empresa de mensajería y lo leyó. El sobre se había enviado a Sofía Amoretti, a la dirección de Konigsberg Advisors de Madrid.

—El misterioso aviso de Correos era por algo que me había enviado él... —dijo Sofía pensativa—. ¿Qué pudo ser?

—El original —dijo Andetxaga señalando la copia de la escritura de donación.

Sofía se quedó un instante con la mirada perdida. Después de más de media vida pasando de ella, su padre había metido esa escritura en un sobre para hacérsela llegar.

—¿Por qué crees que lo haría? —preguntó, aunque la pregunta era más para ella que para el sargento—. ¿Quiso hacer algo por mí o solo se trataba de joder a Camilo?

—Eso no puedo saberlo —contestó Andetxaga encogiéndose de hombros.

Sofía cogió de nuevo la copia de la escritura y volvió a ojearla.

—*Distant Gaze* —leyó en voz alta.

—¿Sabes qué significa? —preguntó Andetxaga.

—Es una mirada. Algo así como una mirada lejana, una mirada desde la distancia.

—La mirada de Sofía Amoretti.

—¿Qué me quieres decir?

—Que el cuadro es tuyo. ¿Qué vas a hacer con él?

—Joder. No lo sé. Tendré que pensarlo.

—Bueno, tengo que irme —dijo Andetxaga poniéndose de pie.

Sofía le acompañó a la puerta y le tendió la mano.

—No sé cómo te llamas —dijo antes de abrir la puerta.

—Porfirio —dijo Andetxaga con una enorme sonrisa.

—No me jodas —contestó Sofía asombrada—. ¿Y aún te hablas con tus padres?

—Me caes bien, Sofía. —Andetxaga se reía con todas sus ganas—. No me importaría volver a verte.

—¿Me estás tirando los tejos? —preguntó ella.

—No —contestó él sin dejar reír.

—Pues qué putada —contestó Sofía abriendo la puerta.

—Nos vemos —dijeron los dos a la vez.

—Gracias por el libro —se despidió Andetxaga.

Cuando cerró la puerta, Sofía se sentó de nuevo y volvió a leer la escritura de donación. Cogió las reproducciones que tenía del cuadro y las puso todas juntas sobre la mesa: la fotografía en la que estaba ella con su padre, su dibujo, el catálogo de la exposición de Newman y la foto que venía como anexo a la escritura de donación. Cada una por separado era diferente e imperfecta, o estaban en blanco y negro, o de refilón, o solo se veía un fragmento, o se marcaban los trazos enérgicos de una mano infantil.

Mirada lejana, se dijo a sí misma. Caminó hasta el otro extremo de la habitación, se volvió y miró hacia la mesa. Alejándose lo suficiente, las cuatro imágenes parecían fundirse en una sola para mostrarle el cuadro original, con sus formas geométricas, estáticas, llenas de color, mezcladas con otras más imperfectas, más blandas, más espontáneas, como más humanas.

Su cuadro era un poco como ella, aparentemente cuadriculada y estática, pero cada vez más imperfecta y más ella misma.

Miró entonces el hueco que había quedado en la estantería. Se acababa de desprender de un libro, así que podía permitirse un objeto nuevo y tuvo clarísimo lo que quería.

Al llegar a la alameda, Carver intentó seguir de frente, por el camino que tomaban habitualmente, pero ella tiró de la correa hacia la derecha para bordear el parque. Al tomar la calle Comandante Villar, encontró la tienda que buscaba. Carver se quedó en la puerta y ella no tardó en salir sonriente con una bolsa de plástico.

En cuanto traspasaron la puerta del Bauer, Omar se apresuró a salir de la barra para saludarlos y Carver se puso de pie sobre sus patas traseras, demostrando que ya estaba totalmente recuperado. Omar le acarició la cabeza y el perro hundió el cuello de placer.

—¿Café y bollo? —preguntó Omar.

—No, solo café —contestó Sofía sin atreverse a confesar que ya se había tomado el bollo con Andetxaga.

—¿Qué vas a hacer ahora? —preguntó el argentino.

—Nada. Dejar de pensar. Meterme contigo. Aporrear este piano sin dueño...

—No es mal plan.

Giró la cabeza hacia la mesa de los eruditos. La mujer pasó la página del libro que estaba leyendo y no se dio cuenta de que se le caía el chal que tenía en el respaldo de la silla. El erudito sí lo vio. Apoyó el periódico en la mesa y se levantó. Cogió el chal del suelo y con mucho cuidado lo puso sobre los hombros de su mujer.

Sofía miró a los eruditos con los ojos entornados, como si no consiguiera enfocarlos. Entonces sonrió y volvió la cabeza hacia Omar.

—Acabo de enterarme de que estoy forrada y me he ido de compras —dijo Sofía abriendo la bolsa.

—¿Qué compraste? ¿Una joya?

—¿Tú me ves a mí con joyas?

Sofía sacó de la bolsa dos cajas idénticas y le tendió una a Omar.

—Toma. Esta para ti y esta para mí.

—¿Unos prismáticos? —preguntó el argentino sorprendido.

—A veces hay que mirar de lejos para poder ver de cerca.

Nota de la autora

Playa Soledad es una obra de ficción.

El dibujo de Rafael Alberti existe. Todo lo demás —los personajes de *Playa Soledad* y las situaciones en las que se encuentran— es fruto de mi fantasía, una invención sin relación alguna con la realidad. Lo siento por el morbo.

Cualquier coincidencia en nombres o acontecimientos debe entenderse como fruto del azar y, si alguien se viera identificado con alguno de los personajes, deberá saber que lo que haya originado dicha identificación no es más que una casualidad.

Agradecimientos

Gracias.

A mis extraordinarios hijos, Cecilia y Miguel, que siempre me han apoyado sin condiciones, adaptándose a mis cambios de vida, a mis cambios de horarios y sobre todo a mis cambios de humor.

A mi querido Miguel, que se entusiasmó con la novela desde el primer borrador y tuvo la paciencia de apuntalarme cada vez que me entraban tentaciones de abandonar.

A Gloria Villalba, mi amiga del alma, que habla con tanta pasión de esta novela que incluso a mí me entran ganas de leerla.

A esos buenos amigos que leyeron con interés el manuscrito. En especial a Ángela González que me hizo un precioso dibujo de Sofía y Carver que guardo como un tesoro.

A esos nuevos amigos que, aunque aún no lo eran, defendieron mi manuscrito dando muestras de una generosidad extraordinaria: Lilian Neuman, Alfonso Delgado, Augusto Abello y Emili Albi.

A Fernando Marino, que se prestó sin titubeos a dedicarme una sesión fotográfica en plena ola de calor.

A Zacarías Marco y a Noemi Castiñeira, que hicieron lo posible por conseguir que yo aprendiera algo sobre psicoanálisis clínico.

Gracias a todos, de verdad, muchas gracias. Sin vosotros no habría sido posible.